Mary Jayne Baker
Ein Fahrrad für zwei

Autorin

Mary Jayne Baker wuchs in West Yorkshire auf, lebte nach ihrem Universitätsabschluss in Englischer Literatur aber auch einige Zeit in London, bevor sie mit ihrem persönlichen Märchenprinzen wieder in die Heimat ging. Wenn sie nicht gerade schreibt, sieht man sie für gewöhnlich mit Stricknadel oder einem Glas Wein in der Hand. Sie arbeitet als Grafikdesignerin für ein englisches Magazin, träumt aber eigentlich davon, Leuchtturmwärterin zu sein.

Besuchen Sie uns auch auf www.facebook.com/blanvalet und www.twitter.com/BlanvaletVerlag

Mary Jayne Baker

Ein Fahrrad für zwei

ROMAN

Deutsch von Christoph Göhler

blanvalet

Die Originalausgabe erschien 2018 unter dem Titel »A Bicycle Made For Two« bei Mirror Books, an imprint of Trinity Mirror plc, London.

MIX
Papier aus verantwortungsvollen Quellen
FSC® C014496

Verlagsgruppe Random House FSC® N001967

1. Auflage

Published by Arrangement with Lisa Firth
Dieses Werk wurde vermittelt durch die Literarische Agentur Thomas Schlück GmbH, 30161 Hannover.

Redaktion: Ulrike Nikel
Umschlaggestaltung: Favoritbuero, München
Umschlagmotive: iStock.com/chuwy; solmariart/Shutterstock.com; Favoritbuero
Satz: Vornehm Mediengestaltung GmbH, München
Druck und Bindung: GGP Media GmbH, Pößneck
LH · Herstellung: sam
Printed in Germany
ISBN 978-3-7341-0718-4

www.blanvalet.de

Für meine nette, liebe Familie, die Firths,
die mich stets unterstützt haben:
Opa Eric und Oma Maura, Mum Sandra und
meine freche kleine Schwester Erica.
Danke für alles.

Kapitel 1

Meine Freitagabende waren einfach nicht wie die von anderen Mädchen, schoss es mir durch den Kopf, während ich das schwarze Mieder schnürte.

Gerade als ich meinen Vorbau unter dem Leder verstaut hatte, schob Tom seinen Kopf durch die Tür meines Zimmers.

»Bist du endlich fertig? Deine Schicht hat vor fünf Minuten angefangen.«

Erschrocken zuckte ich zusammen. »Mann, kannst du nicht anklopfen? Ich hätte splitterfasernackt hier stehen können.«

»Superidee, wir sollten echt was Neues ausprobieren, um den Laden in Schwung zu bringen. So eine kleine Stripeinlage als Amuse gueule, als kleinen Gruß aus der Küche, wie es in den Nobelrestaurants immer heißt. Bestimmt locken wir damit jede Menge zusätzliche Gäste an. Auch junge Typen, die wir bislang weniger zu sehen kriegen.«

»Dad wird begeistert sein, wenn du ihm das erläuterst. Ich freue mich jetzt schon auf seine Miene.«

»Beeil dich«, drängte mein Bruder mich, nachdem er auf seine Uhr gesehen hatte. »Ich muss nach unten in die Küche, damit Deano in die Pause kann. Sonst geht unsere Primadonna wieder auf wie ein Soufflé.«

Seufzend stopfte ich meine dunkelbraunen Locken unter die biedere Waschweiberhaube, die eigentlich nicht zu meinem recht offenherzigen Mieder passte, aber angeblich hatten mittelalterliche Schankmädchen original so ausgesehen. Behauptete unser Vater zumindest.

Was Deano anging, hatte Tom leider Gottes recht. Seit Dad zu krank war, um sich um sein Restaurant zu kümmern, kam es einem vor, als würden wir nur noch um unseren launischen Koch herumtanzen, der sich wie eine Diva aufspielte. Dad meinte zwar, eine solche Exzentrik sei Ausdruck von wahrem Talent, Tom hingegen hielt es für ein Zeichen von Beschränktheit und betrachtete Deano als angeberischen Schwachkopf.

Rasch zog ich den Rock über, schnürte die Lederstiefel und richtete mich auf, um mich mit geheimem Grausen im Spiegel zu betrachten.

»Na schön, ich bin so weit.«

»Hey, unten wartet übrigens eine nette Überraschung auf dich.« Tom grinste mich im Spiegel an. »Mr. Quetschflasche. Ich dachte, ich überlasse ihn dir, bestimmt willst du ihm irgendeine Vorzugsbehandlung zukommen lassen.«

»Harper Brady? Hier?«

»Exakt. Ich kann's kaum erwarten, das Dad zu erzählen.«

»Nicht heute Abend, Tom«, sagte ich und schüttelte den Kopf. »Er ist nicht gut drauf.«

Mein Bruder zog die Stirn in Falten. »Schlechter Nachmittag?«

»Kann man so sagen. Gerry ist bei ihm.«

»Okay, wenn wir den Laden abschließen, löse ich Gerry ab.« Er tätschelte meinen Arm. »Dann hast du mal Pause von Dad, du siehst ohnehin fix und fertig aus.«

»Bin ich auch. Manchmal ist es doch von Vorteil, einen Bruder zu haben«, witzelte ich und puffte ihn freundschaftlich in die Rippen. »Und was will Brady hier? Ich hätte gedacht, in einem Schuppen wie unserem würde er nicht mal tot gesehen werden wollen.«

Tom zuckte die Schultern. »Vielleicht will er sich zur Abwechslung mal unter den Pöbel mischen. Egal, auf alle Fälle sollten wir uns von ihm ein Foto mit Autogramm geben lassen, das wir hinter die Bar hängen können. Wäre immerhin eine Superwerbung.«

Ich zog gelangweilt einen Mundwinkel hoch. »Frag ihn selbst, denn ich werde bestimmt nicht sein Groupie spielen.«

»Jetzt tu nicht so. Du hättest dir vor Begeisterung fast in die Hose gemacht, als letztes Jahr dieser Bursche aus der Boyband reinmarschiert kam.«

»Das war was anderes«, beschied ich ihn pikiert und gab mir alle Mühe, cool zu wirken. »Der Typ war für mich ein Jugendidol, vor Jahren war seine Band voll angesagt.«

»Komm Lana, ein Jugendidol, dem du sofort auf den Schoß hüpfen wolltest.«

»Gar nicht. Und jetzt Klappe.«

»Trotzdem.« Toms Blick verlor sich. »Ich wette, Harper Brady ist der berühmteste Promi, der je bei uns war. Kein Vergleich mit diesem Schmierenkomödianten aus der Daily Soap.«

Tom konnte sich den Mund fusselig reden – Harper Brady ging mir so was von am Arsch vorbei.

»Gütiger Gott«, stöhnte ich dramatisch. »Hoffentlich erwartet er keine Sonderbehandlung. Ich bekomme bei Promis die Krätze. Wenn er was anderes bestellen will als das, was auf der Karte steht, kann er das persönlich mit Deano ausmachen, und dann werden wir ja sehen, ob er schneller ist als eine fliegende Bratpfanne.«

Ungeachtet meines demonstrativen Desinteresses musste ich Tom recht geben: Harper Brady war eine ziemlich große Nummer. Sicher, ab und zu kamen Schauspieler aus irgendwelchen Vorabendserien vorbei oder abgehalfterte Popstars, die ihre Neugier zu uns trieb, in dieses skurrile, in einer gottverlassenen Ecke der Yorkshire Dales gelegene, auf Mittelalterschenke getrimmte Lokal, dessen Aushängeschild trotz Deanos manchmal gewagten Kreationen für die Tageskarte deftige Sachen wie Schlachtplatten und Wildgerichte sowie gewürztes Met vom Fass waren.

Nachdem sie ihren Spaß gehabt hatten, rauschten die Gäste wieder ab in ihre kultigen Fresstempel mit den winzigen Portionen, wo sie allen erzählten, was für ein kurioses, hinterwäldlerisches Erlebnis das gewesen sei. Uns störte das nicht. Schließlich brachte uns selbst der Besuch eines zweit- oder drittrangigen Prominenten mehrere Wochen lang zusätzlichen Umsatz.

Und jetzt Harper Brady, der echt First Class war, erste Sahne sozusagen.

Allerdings stammte er aus der Gegend, und seine Familie gehörte zur Lokalprominenz. Harpers Mutter Sonia hatte sich in den Neunzigern ein Design für eine auf dem Kopf stehende Ketchupflasche aus Plastik patentieren lassen und sich damit eine goldene Nase verdient. Ein beachtliches Vermögen, das nach ihrem frühen Tod an ihren einzigen Sohn gefallen war.

Eine Weile hatte Harper als Jetsetplayboy die Puppen tanzen lassen, doch bevor er sein Erbe auf diese Weise durchbringen konnte, hatte ihn das Leben als Gentlemanmüßiggänger gelangweilt, und er beschloss, sein Geld lieber für Schauspielunterricht auszugeben, um, so hoffte er, sich beim Fernsehen einen Namen zu machen.

Falls es so etwas wie göttliche Gerechtigkeit gäbe, wäre dies das Ende der Geschichte gewesen. Ein paar Schauspiellehrer hätten dank der Quetschflaschenmillionen in Saus und Braus gelebt, und Harper Brady, verhätschelter Nutznießer eines Treuhandfonds, der sich dank der vielen Schmarotzer irgendwann in Luft aufgelöst hätte, wäre gezwungen gewesen, wie jeder Normalbürger von neun bis fünf im Büro zu hocken.

Aber nein. Einer extrem ärgerlichen Laune des Schicksals verdankte er es, dass man in ihm tatsächlich einen verflucht guten Schauspieler erkannte. Jetzt war er doppelt so reich wie zuvor und immer noch genauso gut aussehend, sodass Legionen von Fans dahinschmolzen wie Butter in der Sonne, wenn sie abends vor dem Fernsehseher mit ihm lebten und litten.

Insgeheim nahm ich mir in einem Anfall von Missgunst vor, ihn auf sein Essen warten zu lassen.

Als ich den Gastraum betrat, entdeckte ich Harper sogleich weit vorne in der Warteschlange. Er trug einen Designeranzug mit Krawatte, Weste und was weiß ich und sah lächerlich overdressed aus. Alles an ihm war top, wenngleich das lange, flachsblonde Haar so gegelt war, als wäre er ein verschollen gegangenes Mitglied der Boygroup *One Direction*. Was ich ein bisschen übertrieben und albern fand.

Neben ihm stand ein attraktiver, leicht zerzaust wirkender, also ungegelter junger Mann, mit dem er sich unterhielt. Ob die beiden gemeinsam gekommen waren oder nur zufällig ins Gespräch kamen, konnte ich leider nicht feststellen. Wie auch immer: Sie zogen eindeutig die Blicke der übrigen Gäste auf sich. Woraufhin Harper, dem das nicht entging, sogleich Posen einnahm, als wäre er bei einem Fotoshooting. Hingegen hatte er nicht einmal ein klitzekleines freundliches Lächeln für seine Bewunderer, wie mir auffiel. Eher schaute er über sie hinweg.

Dieser eitle Fatzke wurde mir immer unsympathischer.

Gerade deswegen empfing ich das Paar mittleren Alters ganz vorn in der Schlange besonders entgegenkommend.

»Willkommen im *Here be Flagons*. Sagen Sie mir bitte, unter welchem Namen Sie reserviert haben?«

»Das ist er, ganz bestimmt«, flüsterte die Frau unter dem schreiend lila Hut ihrem Mann zu. »Glaub mir, ich bin mir ganz sicher.«

Ich räusperte mich vernehmlich, um sie auf mich aufmerksam zu machen. Keine Reaktion.

»Ist wirklich nett, wenn ein Star auch kleinere Lokale besucht«, erwiderte ihr Göttergatte leise.

»Verzeihen Sie«, setzte ich neu an. »Hinter Ihnen wartet eine ganze Reihe von Gästen, wenn Sie also bitte …«

»Ja, ja, Liebes.« Die Frau senkte die Stimme, beugte sich vertraulich vor und hüllte mich in eine Wolke von Maiglöckchenduft. »Ich weiß nicht, ob es Ihnen schon aufgefallen ist – hinter uns steht Harper Brady.«

»Ich habe es bemerkt. Wenn Sie mir jetzt Ihren Namen nennen würden, damit ich Sie zu Ihrem Tisch führen kann.«

Die Frau tat, als hätte sie keine Ohren, und wandte sich erneut an ihren Mann. »Ich frage ihn, ob ich ein Foto mit ihm machen darf«, wisperte sie aufgeregt.

»Mach nur, mach nur«, spornte ihr Mann sie unter kräftigem Nicken an.

»Ich tu's. Ich tu's wirklich.« Die Frau kicherte. »Soll ich?«

»Ja, mach nur«, wiederholte ihr Ehemann und lächelte mich entschuldigend an. »Die paar Minuten kann die junge Dame bestimmt warten.«

Inzwischen war bereits unwilliges Gemurmel zu

hören, denn die anderen Wartenden schienen weniger begeistert von Harper Bradys Anblick.

»Also ehrlich gesagt …«, begann ich unschlüssig, doch die Frau hatte sich längst zu Harper umgedreht.

»Ach Mr. Brady, sind Sie das wirklich?«, seufzte sie und verdrehte die Augen in geheuchelter Überraschung.

Verärgert, weil er aus dem Gespräch gerissen wurde, drehte Harper sich um. »Nein, in Wahrheit bin ich Abe Froman, der Würstchenkönig aus Chicago.«

Die Frau strahlte ihn weiter an, ohne den Sarkasmus in seiner Stimme zu bemerken. »Mein Mann und ich sind Riesenfans von Ihnen«, sprudelte es aus ihr heraus. »Wir haben jeden Film von Ihnen gesehen. Jeden einzelnen, selbst damals, als noch kein Mensch Sie kannte.«

Harpers Gesicht verdüsterte sich. Ganz offensichtlich missfiel ihm der Gedanke, dass es eine Zeit gegeben hatte, in der er kein berühmter Megastar gewesen war.

»Würde es Sie sehr stören, wenn ich ein Foto mit Ihnen machen würde?«, plapperte die Frau nichtsahnend weiter. »Das werden mir meine Freundinnen nie glauben.«

»Ein Selfie?« Harper zog verächtlich einen Mundwinkel hoch. »Tut mir leid, so etwas mache ich grundsätzlich nicht.«

Die Gesichtszüge der Frau entgleisten. »Dann vielleicht … ein Autogramm?«

Verärgert senkte der Schauspieler die Stimme. »Hören Sie, Gnädigste, ich bin hier, weil ich mit ein paar Freunden einen netten Abend verbringen möchte. Ich schätze es nicht, wenn ich aus einem Gespräch gerissen werde – und schon gar nicht von einem fetten, abgehalfterten Hutständer. Wie wäre es mit etwas Respekt meiner Privatsphäre gegenüber?« Er wurde lauter, damit ihn ja keiner – und ich erst recht nicht – überhörte. »Ich verstehe nicht, wie die Angestellten hier es zulassen können, dass ihre Gäste derart belästigt werden. Unglaublich.«

Die Frau sackte in sich zusammen. »Verzeihung«, murmelte sie. »Ich dachte, es würde Sie nicht stören.«

»Das tut es sehr wohl.«

Da Harper den Eindruck erweckte, als würde er noch mehr ausgewählte Beleidigungen ausbrüten, die seinem Hutständervergleich nicht nachstanden, kam ich hinter meinem Pult hervor, um die Situation zu entschärfen.

»Folgen Sie mir«, erklärte ich der Frau und ihrem Mann mit fester Stimme, ohne sie nochmals nach einer Reservierung zu fragen.

Verlegen und tief verletzt tappten die beiden hinter mir her an einen freien Tisch, wo ich ihnen die Weinkarte in die Hand drückte und Jasmine zuwinkte, damit sie sich um das unglückselige Paar kümmerte.

Unsere hübsche Kellnerin im Teeniealter kam sofort angetänzelt, und einmal mehr bewunderte ich, dass angesichts ihrer schmalen Hüfte, die sie gekonnt zu schwingen verstand, selbst eine mittelalterliche Schankmaid aussah, als würde sie sich auf einem Catwalk produzieren.

»Übernimm das bitte, du bekommst zur Entschädigung eine Flasche Wein nach Wahl«, murmelte ich ihr zu. »Mein Vater springt im Dreieck, wenn er das hier erfährt.«

»Geht in Ordnung.«

Jasmine ging, um die Bestellung des Paares aufzunehmen, und ich kehrte an den Empfang zurück. Das breite Lächeln, das ich für Harper Brady aufsetzte, war alles andere als warm und freundlich, sondern dürfte eher gewirkt haben, als würde ich feindselig die Zähne blecken.

»Willkommen im *Here be Flagons*. Sagen Sie mir bitte, unter welchem Namen Sie reserviert haben?«

Harper tat so, als hätte er nichts gehört, und redete weiter auf den Mann mit den sandblonden Wuschellocken ein.

Ich beugte mich über das Pult und tippte ihm ärgerlich auf die Schulter. »Es warten noch mehr Gäste, wenn Sie also bitte meine Frage beantworten könnten …«

Harper drehte sich überrascht zu mir um. »Verzeihung, was haben Sie gesagt?«

»Unter welchem Namen Sie reserviert haben, wollte ich wissen. Damit ich Sie an Ihren Tisch bringen lassen kann.«

»Ist das Ihr Ernst? Sie fragen mich nach meinem Namen?« Er lachte kurz auf, verdrehte die Augen und streckte mir sein Gesicht entgegen. »Reicht das?«

Scheinbar gelangweilt starrte ich ihn an. »Wenn Sie keine Reservierung haben, kann ich leider nichts für Sie tun. Wir sind heute Abend komplett ausgebucht.«

»Sie machen Witze, oder? Ich stehe seit einer Viertelstunde hier in dieser dämlichen Schlange«, empörte er sich.

Allmählich bekam ich Spaß an der Sache und spielte immer überzeugender den erbarmungslosen Türsteher mit Machogehabe. Resolut verschränkte ich die Arme.

»Tut mir leid, Kumpel. Keine Reservierung, kein Einlass.« Nach einer Sekunde Pause fügte ich hinzu: »Für Sie setze ich meinen Job nicht aufs Spiel.«

Volltreffer. Das wollte ich immer schon mal zu so einem widerlich arroganten Gecken wie Harper Brady sagen, der sich weiß Gott ein bisschen viel auf seinen Promistatus einbildete.

»Hören Sie, ich habe keine Zeit für diese unsägliche Wichtigtuerei. Ich bin hier mit meiner Agentin verabredet. Ich muss …« Er holte tief Luft und senkte die Stimme. »Kommen Sie, tun Sie nicht so, als wüssten Sie nicht, wer ich bin. Sie wissen es ganz genau.«

Meine Miene blieb eisern. »Ich versichere Ihnen, dass ich das nicht tue.«

Ungläubig glotzte er mich an. »Sie wollen mich wohl verarschen. Haben Sie *Stitch* nicht gesehen? Oder die *Chester Files?*«

Er spulte eine ganze Litanei von Fernsehfilmtiteln ab, aber ich zeigte mich unbeeindruckt.

»Nein. Sind das Filme?«

Der Anblick seines offen stehenden Mundes war es wert, den PR-Bonus eines prominenten Gastes zu verlieren. Die Mundwinkel des niedlichen Freundes zuckten verräterisch.

»Vielleicht kann ich die Sache klären, bevor wir hier alle verhungern«, mischte er sich ein.

Er schob Harper zur Seite, stützte sich mit einem Arm auf mein Pult und schenkte mir ein hinreißendes Lächeln. Prompt schmolz ich dahin und erwiderte es. Harper kippte fast aus den Latschen, schien es nicht fassen zu können, dass der Charme seines Begleiters Wunder bewirkte, wo er mit seinem Promigetue gescheitert war.

»Wir haben online reserviert«, sagte er. »Unter dem Namen meines Freundes.«

»Und der wäre?«

»Sag ihn ihr«, forderte er Harper auf.

»Na schön. Harper Brady«, antwortete der Schauspieler sichtlich beleidigt und beobachtete mich argwöhnisch, ob mir der Name etwas sagte.

Ich ließ ihn zappeln.

»Ja, richtig, wir haben hier eine Buchung für Brady.« Geschäftig fuhr ich mit dem Finger über die Reservierungsliste. »Könnte ich vielleicht einen Ausweis sehen? Tut mir leid, wir sind komplett ausgebucht, und deshalb muss ich übervorsichtig sein, dass ich nicht einen Tisch an jemanden vergebe, der sich unter falschem Namen reingeschmuggelt hat.«

Vollkommener Quatsch, das merkte er auch, aber ich amüsierte mich viel zu sehr, um mit dieser Scharade aufzuhören.

»Mein Gott! Sind wir hier im *Savoy*?« Harper zückte die Brieftasche und zeigte mir seinen Führerschein. »Das ist vollkommen lächerlich. Ich werde mich beim Manager dieses Ladens beschweren.«

»Weil ich meine Arbeit tue?«

Der Form halber warf ich einen Blick auf den Führerschein und strich den Namen von der Liste.

»Nein, weil Sie unhöflich sind und Ihre Gäste schikanieren. Und ich mache keine Witze, lassen Sie sich das gesagt sein.«

Noch während er mich runterputzte, blieb sein Blick auf dem eindrucksvollen Ausschnitt meines Ledermieders kleben, der kaum etwas der Fantasie überließ. Er war sich nicht mal zu blöde, mich in seinem selbstgerechten Zorn zu begaffen.

»Raus mit der Sprache, wie heißt der Manager? Ich werde ihm eine Mail wegen Ihres skandalösen Verhaltens schreiben.« Er feixte hämisch. »Und dann viel Spaß auf dem Arbeitsamt, Schätzchen.«

»Es ist eine Frau. Und sie heißt Lana Donati.«

»Sehr gut. Und wie heißen Sie?«

»Lana Donati.«

Der Freund überspielte seinen Lachanfall eilig mit einem Husten. Harper nahm seinen Führerschein, warf mir einen letzten wütenden Blick zu und stakste zu seinem Tisch.

»Sie waren ganz schön gemein zu ihm«, sagte sein Freund. »Trotzdem war es zum Brüllen komisch.«

»Ich konnte nicht anders, nachdem ich mitbekommen habe, wie rüde er die Dame mit Hut behandelt hat. Das war echt unterste Schublade.«

Der Blondgelockte lächelte. »Sie wissen also sehr wohl, wer er ist.«

»Bitte nicht verraten, okay?«, erwiderte ich grinsend.

Er kniff seine Lippen zusammen und fuhr mit einem Zeigefinger darüber. »Keine Silbe, großes Ehrenwort.«

»Und in welcher Beziehung stehen Sie zu diesem Rüpel?« Mein Auge wanderte über den athletischen Körper und die breite Brust. »Sind Sie etwa sein Bodyguard?«

»Nein, zu meinem Leidwesen ist er mein Cousin.« Er streckte lächelnd die Hand aus. »Stewart McLean.«

Nachdenklich ergriff ich sie. »Ach, richtig.« Irgendwoher kannte ich den Namen. »Ein Familientreffen?«

»Nein, eher ein Meeting wegen einer Recherche. Harper soll demnächst die Hauptrolle in einem Dreiteiler spielen, in dem es auch um ein Radrennen geht, deshalb hängen wir seit ein paar Tagen andauernd zusammen herum.«

»Sie fahren Rennen?«

»Gelegentlich. Jedenfalls werde ich im Abspann als Berater erwähnt, das ist immerhin ziemlich cool, oder?« Er schaute über die Schulter auf die Schlange hinter ihm. »Ich bitte um Entschuldigung, dass ich den ganzen Betrieb aufhalte.«

Zwar trat er auf die Seite, damit ich die anderen Wartenden abfertigen konnte, setzte sich allerdings nicht zu seinem Cousin. Vielleicht weil bereits jemand anders bei ihm Platz genommen hatte? Es war die Blondine mit dem Riesenbusen und dem fast durchsichtigen Kleid, die seit mindestens einer halben Stunde allein an der Bar gesessen hatte. Wenngleich der Mann ein ungehobelter Klotz war, mangelte es ihm offenbar nicht an Gesellschaft.

Nachdem ich die letzte Reservierung kontrolliert hatte, wandte ich mich an Stewart. »Also. Hört sich so an, als wären Sie bald ein Star.«

»Keine Autogramme bitte.« Mit einem ironischen Lachen warf er die Haare nach hinten. »Und Sie managen tatsächlich das Restaurant, Lana?«

»Eigentlich gehört es mir sogar – na schön, meiner Familie. Mein Dad kaufte es, als er aus Italien kam, und hat es in das hier verwandelt.«

Mein Arm schwenkte über den von Kerzen erhellten Raum, der mit Eberköpfen, nachgemachten Hellebarden und Fantasiewappen gepflastert war und wo im Hintergrund Dads Lieblings-CD: *Renaissance des Cembalos*, in Endlosschleife lief. Es war der LSD-Horrortrip eines Altenglischprofessors.

»Originell ist es, das muss man ihm lassen.« Stewart folgte meinem Blick und ließ das Ambiente auf sich wirken. »Doch warum Mittelalter? Nicht dass Ihnen das Kostüm nicht steht, wohlgemerkt, bloß ist das alles nicht ein bisschen too much?« Er hielt inne. »Und dann der Name: *Here be Flagons* … Ernsthaft?«

»Das brauchen Sie mir nicht zu sagen«, gab ich schulterzuckend zurück »Das ist eben das Verständnis meines Vaters von Humor – irgendwie hatte er die fixe Idee, diesen Kalauer zum Motto seines Restaurants zu machen.«

Alles hatte damit angefangen, dass er auf einer nachgemachten mittelalterlichen Landkarte den Spruch *Here be Dragons* – Hier gibt es Drachen – entdeckte, mit dem einst unbekannte Gewässer gekennzeichnet wurden, und hatte das so komisch gefunden, dass er es in *Here be Flagons* – Hier gibt es Trinkkannen – abgeändert hatte.

»Arbeitet er heute Abend?«, fragte Stewart. »Ein Italiener mit einer Vorliebe fürs Mittelalter und Kalauer – das klingt nach jemandem, den ich unbedingt kennenlernen sollte.«

Verlegen blickte ich zur Seite. »Nein, heute Abend nicht. Es geht ihm nicht gut.«

»Ach, schade. Vielleicht ein andermal.«

»Nein, ich meine, es geht ihm nie wirklich gut – es geht ihm richtig schlecht.« Ich hatte keine Ahnung, warum ich das diesem Fremden erzählte. Die Worte schienen einfach aus meinem Mund zu purzeln. »Er hat Krebs. Einen richtig fiesen Dreckskrebs im Endstadium.«

»O Gott.« Mitleid drückte sich auf Stewarts Gesicht aus. »Das tut mir leid, Lana.«

»Sie können ja nichts dafür, oder?«

Er sah mich verdattert an. »Eigentlich nicht. Das sagt man nur so, wenn man …«

»Wenn man nicht weiß, was man sonst sagen soll«, beendete ich den Satz für ihn. »Entschuldigung, ich wollte nicht unhöflich sein. Ich inhaliere seit Jahren Suppendampf, das hat meinem Humor eine surreale Note gegeben. Falls ich Sie damit in Verlegenheit gebracht haben sollte, reduzieren Sie einfach das Trinkgeld.«

Er brach in ein befreiendes Lachen aus. »Nein, keine Sorge, dafür finde ich Sie viel zu nett. Sie sind ziemlich schräg, das gefällt mir.«

»Welch ein Kompliment, vielen Dank«, erwiderte ich amüsiert.

»Keine Ursache, das sind begehrte Eigenschaften bei einer Schankmaid. Sie verleihen ihr eine Aura von weltläufiger Unberechenbarkeit, die einen ständig nach dem Portemonnaie schauen lässt.«

Ich lachte. »Wenn das eine Anmache war, sollten Sie noch daran feilen.«

»War es nicht.«

Errötend fragte ich mich, ob ich den Flirt falsch eingeschätzt hatte.

»Klar, war lediglich ein Witz.«

»Aber jetzt kommt eine ernst gemeinte Anmache: Würdest du mit mir irgendwann etwas trinken gehen?«

»Äh ja. Klingt gut«, sagte ich und wurde der Hitze nach zu urteilen, die in meine Wangen stieg, bestimmt rot.

»Wann würde es dir passen? Nächste Woche?«

»Donnerstag wäre super. Da ist hier nicht viel los, sodass ich früher wegkann.«

»Bestens, dann hole ich dich um acht ab?«

»Perfekt.«

»Weißt du, zum ersten Mal heute Abend bin ich froh, dass Harper mich bequatscht hat, ihn zu begleiten.« Stewart seufzte theatralisch. »Ich sollte lieber zu ihm gehen, bevor ihn diese Gottesanbeterin zwischen ihren Schenkeln zerquetscht. Wir sehen uns, Lana.«

Kapitel 2

»Autsch!«, sagte ich, als mir eine Viertelstunde später jemand gegen den Arm boxte.

»Was war los, während ich in der Küche war?«, erkundigte sich Tom.

Ich nickte zu Stewart hinüber, der inzwischen an Harpers Tisch saß.

»Erst habe ich mich mit einem berühmten Schauspieler beziehungsweise Ketchupplayboy angelegt, dann war der hübsche Blonde da drüben davon so beeindruckt, dass er mich um ein Date gebeten hat. Er heißt Stewart und ist sein Cousin.«

»Das gibt's doch nicht, echt jetzt?« Tom war völlig perplex. »Wie denn das?«

»Vielleicht findet er mich ja nett, selbst wenn mein lieber Bruder das für kaum möglich hält.«

»Quatsch. Der Typ ist bestimmt auf Drogen«, meinte Tom geringschätzig und musterte Stewart genauer. »Eindeutig. Der schluckt hundertpro jeden Tag zwanzig Ketamin, das sieht man auf den ersten Blick.«

»Du bist bloß eifersüchtig, weil niemand dich um ein Date bittet.«

Tom plusterte sich auf. »Lass dir gesagt sein, dass ich, just bevor du deine Schicht angetreten hast, angemacht wurde. Von einem muskelbepackten Feuerwehrmann mit einem Bauch wie eine Grillpfanne und einer dieser scharfen Kinnspalten, die dich heiß und markig aussehen lassen.«

»Tolle Eroberung. Und wo ist er jetzt?«

»Ich habe ihn abblitzen lassen, versteht sich. Glaubst du etwa, dass ich all das«, seine Hand strich über seinen schlaksigen Körper, »an den erstbesten Schlauchschwenker verschwende?« Er nickte zu Harper hinüber. »Und wie ist Mr. Quetschflasche so?«

»Bescheiden. Zurückhaltend. Ein reizender Gesprächspartner.«

»Im Ernst?«

»Natürlich nicht. Er ist ein Arsch.«

»Und wer ist die Botoxprinzessin an seiner Seite?«

»Keine Ahnung, die saß schon an der Bar, als er hereinkam«, antwortete ich. »Er sagte etwas von seiner Agentin.«

Mein Bruder schnaubte verächtlich. »Wenn die seine Agentin ist, bin ich sein Stuntdouble.«

»Ein bisschen viel Silikon für eine Theateragentin, oder?« Ich sah, wie sich die Frau Harper an den Hals warf und ihm etwas ins Ohr gurrte. »Und ein bisschen … übergriffig.«

Toms Smartphone summte, und er zog es aus seiner Tasche, wischte übers Display.

»Ich glaube es nicht«, zischte er und starrte ungläubig auf den Bildschirm. »Dieses *Arschloch!*«

»Wer?« Vergeblich versuchte ich über seine Schulter einen Blick auf das Handy zu erhaschen.

»Harper Brady!« Er hielt mir das Gerät hin. »Er hat uns tatsächlich nur einen einzigen mickrigen Punkt bei TripAdvisor gegeben. Ich habe eben ein Google-Alert bekommen.«

»Verfluchter Dreck!« Am liebsten wäre ich Harper an die Gurgel gegangen. »Wie hat er das angestellt? Seit er hier angekommen ist, hat er ihre Zunge im Ohr.«

»Offenbar hat er die Beurteilung ins Handy getippt, während sie ihm den Gehörgang ausgeschleckt hat.« Tom überflog den Text. »*Lange Wartezeiten, unfreundliche Bedienung, historisch fehlerhaftes Dekor. Essen bestenfalls mittelmäßig. Reine Zeitverschwendung.* Der Henker soll ihn holen. Er hat sein Essen noch nicht mal bekommen. Na warte, gleich kriegst du deine Antwort.«

Ich legte die Hand auf seinen Arm. »Nicht, Tommy. Warte, bis du dich abgeregt hast. Wenn du überreagierst, machst du alles noch schlimmer.«

»Keine Sorge, ich werde mich zurückhalten.« Er begann auf sein Handy einzutippen. »Moment: Zechpreller schreibt man mit Doppel-L, oder?«

»Ernsthaft, Tom! Lass es gut sein.«

»Okay, okay, kleiner Scherz.« Er legte das Smartphone beiseite. »Ich warte bis morgen. Vielleicht biete ich ihm einen Gutschein oder so an. Er wird ihn nicht annehmen, doch dann weiß immerhin jeder, der seine Kritik verfolgt, dass wir uns bemüht haben.«

»Ja, das ist gut, fände Dad sicherlich auch.«

Jemand tippte mich an. Es war Jasmine, die mich

verzweifelt ansah und nervös von einem Fuß auf den anderen trat.

»Was ist los, Schätzchen?«, fragte ich. »Hackt Deano wieder auf dir rum?«

»Noch nicht.« Sie schaute über ihre Schulter zu Harpers Tisch. »Es geht um diese Leute da. Der Mann sagt, er sei Veganer.«

»Warum überrascht mich das nicht?«, stöhnte Tom.

»Und hast du ihm die veganen Gerichte auf der Karte gezeigt?«, hakte ich nach. »Nicht dass er die nicht selber finden könnte, wozu er vermutlich zu sehr mit fleischlichen Genüssen anderer Art beschäftigt zu sein scheint.«

»Schon«, gab das Mädchen verlegen zurück und scharrte mit den Schuhen auf dem Boden herum. »Ich habe sie ihm vorgelesen, aber …«

»Mein Gott, Jaz, halt endlich die Füße still, du siehst aus, als müsstest du aufs Klo. Raus mit der Sprache, was ist los?«

»Er behauptet, er sei eine besondere Art von Veganer. Ein Ökoveganer. Er isst ausschließlich Gemüse aus ökologischem Anbau oder so und am liebsten roh. Und als ich ihm sagte, ich wisse nicht, ob wir was für ihn hätten, wollte er sofort meine Chefin sprechen.«

»Himmel«, murmelte ich. »Warum ausgerechnet heute Abend? Warum muss es ausgerechnet heute Abend sein? Zum ersten Mal seit über einem Jahr ziehe ich einen Kerl an Land, und er taucht ausgerechnet mit dem Ernährungsapostel aus der Hölle auf.«

»Soll ich das übernehmen?«, bot Tom sich an.

»Nein, das würde lediglich damit enden, dass du ihn wegen seiner Beurteilung zur Schnecke machst«, widersprach ich mit einem Blick auf Harper, der mich überheblich musterte. »Außerdem habe ich den Eindruck, dass er mich an seinem Tisch sehen will.«

Mit einem eisigen Lächeln ging ich zu ihm hinüber. »Gibt es ein Problem, Sir?«

»Und ob es ein Problem gibt«, fauchte er mich an. »Ihre Speisekarte – kannst du mal kurz mein Ohr in Frieden lassen, Claudia –, Ihre Speisekarte ist das verfluchte Problem. Kann es wirklich sein, dass nichts von dem Zeug aus biologischem Anbau stammt?«

»Reicht es nicht, dass alle Produkte aus der Region kommen und wir sämtliche Zutaten von Farmen in der Umgebung beziehen?«

»Ich habe nicht gefragt, ob sie regional sind, sondern ob sie biologisch sind.« Er verschränkte die Arme. »Ich kann nichts essen, was konventionell angebaut wurde. Das jagt meinen Blutdruck hoch.«

Mein Blick fiel auf die fast leere Flasche Champagner. Offenbar wirkte sich der nicht auf seinen Blutdruck aus.

»Wir tun natürlich unser Bestes, um auf verschiedene Ernährungsgewohnheiten Rücksicht zu nehmen, so spezielle Wünsche hätten Sie allerdings vorher telefonisch durchgeben müssen«, erklärte ich ihm mit mühsam gewahrter Geduld.

»Wie bitte? Ich wäre im Traum nicht auf die Idee gekommen, dass man vorab anrufen muss, wenn man Biogemüse essen will. Das sollte inzwischen eigentlich in allen Restaurants Standard sein.« Überheblich zog er die Oberlippe hoch. »In allen *anständigen* Restaurants.«

»Wir sind hier nicht in London, Mr. Brady. Wir servieren gesundes Essen, zubereitet nach traditionellen, teilweise jahrhundertealten Rezepten, und unsere Gäste schätzen das.«

»Leider ist es nicht das, was dieser Gast mag, Herzchen. Also: Kriegen Sie das auf die Reihe?«

Stewart schüttelte den Kopf. »Mein Gott, Harper, nimm einfach die Suppe. Wenn sie aus regionalen Produkten besteht, sollte das schließlich reichen.«

»Gesund ist sie deshalb noch lange nicht«, verkündete der Ketchupmillionär und Gesundheitsapostel. »Ich möchte mich nicht schleichend mit Kunstdünger vergiften, vielen Dank.«

Stewart lächelte bedauernd. »Tut mir wirklich leid, Lana. Bring ihm einfach die Suppe.«

»Auf keinen Fall. Ich bestehe auf ökologischem Gemüse, oder ich gehe.«

»Du nimmst die Suppe«, beharrte Stewart energisch. »Oder du kannst allein für deine Rolle recherchieren.«

»Nein, kein Problem.« Ich rang mir ein strahlendes Lächeln ab. »Wir werden bestimmt etwas für Sie finden. Ich spreche mit dem Koch.«

In der klinisch sauberen Edelstahlküche rührte Deano gerade in einem Kanincheneintopf. Seine stacheligen, scharlachrot gefärbten Haare leuchteten dämonisch im gleißenden Neonlicht. Er summte leise kichernd

Fetzen von Weihnachtsliedern vor sich hin – nur eine seiner vielen Macken, die uns rätseln ließen, ob er wirklich ganz bei Trost war. Immerhin hatten wir Mai!

Als er mich hereinkommen hörte, drehte er sich sofort um. »Hey, Lana-Banana! Stets eine Freude, nie eine Last.«

Dann hob er mich an den Hüften hoch und pflanzte einen fetten Kuss auf meine Lippen.

»Pfui Teufel«, würgte ich, sobald ich wieder festen Boden unter den Füßen hatte. »Lass das, Deano! Wie oft soll ich dir das noch sagen: Zum einen ist es ein absolutes No-go, seinen Boss abzuküssen, und zum anderen mag ich es nicht. Nicht im Geringsten. Du erinnerst dich hoffentlich an unser kleines Gespräch?«

Achselzuckend wandte er sich wieder seinem Stew zu. »Du willst Italienerin sein? Ich dachte, ihr seid ein leidenschaftliches und offenherziges Volk.«

»Ich bin zur Hälfte Italienerin, meine andere Hälfte ist englisch, was bedeutet, dass ich zu einem reservierten und verklemmten Volk gehöre, das sich seine Leidenschaft für fünf Minuten in der Missionarsstellung am Samstagabend aufspart.«

»Da sprichst du allein für dich selbst.«

Ich wippte auf den Zehenspitzen und wappnete mich für ein Attentat auf unsere Diva.

»Deano …«, säuselte ich so einschmeichelnd wie möglich.

»Ja?«

»Könntest du eventuell einen Sonderwunsch erfüllen?«

Er drehte sich missbilligend zu mir um. »Nein, kann ich nicht. Ich habe in einer Stunde Feierabend.«

»Bitte. Mir zuliebe. Wenn du das für mich machst, bekommst du heute Abend sämtliche Trinkgelder.«

»Hm. Worum geht's denn?«

Ich kniff die Augen zu, damit ich sein Gesicht nicht sehen musste.

»Um einen Gast, der Ökoveganer ist. Leider sitzt er draußen.«

Wie erwartet ballte sich auf Deanos Gesicht ein Gewitter aus Grauen und Abscheu zusammen.

»Und was soll das?«, fragte er drohend.

Sein Arm schwenkte hilflos über seine handverlesenen Zutaten und die blubbernden Töpfe, als wäre der bloße Gedanke, dass jemand dieses wunderbare Essen verschmähte, eine kulinarische Blasphemie.

»Keine Ahnung, irgendein Quatsch von wegen Kunstdünger und Blutdruck. Vegan reicht ihm nicht, er will ausschließlich etwas aus ökologischem Anbau.«

»Er will meinen Hirsch nicht? Ich habe ihn in Rotwein eingelegt. *Rotwein,* Lana!«

Beschwichtigend tätschelte ich seinen Arm. »Das weiß ich ja«, sagte ich in der unendlich sanften Stimmlage, die ich dann einsetzte, wenn er kurz vor der Explosion stand. »Es wird immer Banausen geben, die große Kunst nicht zu schätzen wissen. Du bist der Vincent van Gogh der Küche, das steht fest. Ich wette, wenn du nicht mehr lebst, wird sich jemand mit deinem Rezept für Kaninchenstew eine goldene Nase verdienen.«

»Und ich habe in Honig gebratene Ochsensteaks auf der Karte und außerdem meine Rosmarinsteckrübensuppe, die hat mich Stunden gekostet«, jammerte er gekränkt weiter. »Was stört ihn an der Suppe? Die ist vegan und köstlich, und ich habe Stunden dafür gebraucht.«

»Ist sie denn bio?«

»Woher soll ich das wissen? Sie ist köstlich, das reicht mir.«

Ich seufzte. »Kannst du wirklich nichts machen? Es ist dieser Ketchupheini, Harper Brady. Er hat uns bereits auf TripAdvisor in die Pfanne gehauen. Ein winziges Sternchen hat er uns gegeben, so eine Frechheit. Ein weiterer Tweet könnte uns vollends ins Aus katapultieren.«

»Und wenn er der Papst wäre, da setze ich mich drauf.« Deanos Stimme wurde von Sekunde zu Sekunde schriller. »Er kann gerne herkommen und mir erklären, was für ein Problem er mit meiner köstlichen Suppe hat, oder er kann mich an meinem *cul* lecken.«

»Komm schon, Deano, jetzt mach nicht auf französischen Maître de Cuisine.« Der beschwichtigende Tonfall war vergessen. »Dein Job ist es in erster Linie, diese Schwachköpfe da draußen mit Spanferkel, Ochsensteaks und Gemüsesuppe zu beglücken. Also spiel dich nicht auf, in Ordnung?«

»Ich spiele mich nicht auf, ich habe Ideale, die ich nicht verraten will.«

»Zwei Jahre Berufsfachschule und gleich hältst du dich für Paul Bocuse oder zumindest für Gordon

Ramsay«, schimpfte ich. »Steig von deinem hohen Ross herunter und tu es mir zuliebe. Brady bringt mir sonst noch den ganzen Laden durcheinander mit seinem miesen Benehmen, er will uns eindeutig eins reinwürgen. Der Abend war auch ohne weiteren Terz beschissen genug.«

Deanos Miene wurde weicher. »Es geht Phil schlechter, stimmt's?«

»Ja. Ich war fast die ganze Nacht wach und bin fix und fertig.«

Mitleidig musterte er mein Gesicht und krempelte die Ärmel hoch.

»Na schön, Lana, weil du es bist. Ich schicke die Kleine mit dem Motorroller in den Hofladen, dann ist sie in fünf Minuten zurück. Bestimmt kann ich ein Quinoa Surprise oder irgendwas in der Richtung zusammenrühren.«

Endlich eine gute Nachricht.

Erleichtert atmete ich auf. »Du bist ein Goldstück. Ich sage Jasmine Bescheid.«

»Darf ich dich danach zur Belohnung abknutschen?«

»Nein. Aber du darfst mir drei Monate lang jeden zweiten Samstag einen Klaps auf den Po geben.«

Grinsend streckte er mir die Hand hin. »Abgemacht.«

Es wurde ein Erfolg.

Harper verschlang die von Deano gezauberte Quinoa-Bohnen-Pfanne mit sichtlicher Wonne, obwohl man den Eindruck haben konnte, dass das Gericht womöglich ein wenig trocken war, zumindest wenn man nach den Mengen Schampus ging, die er dazu kippte. Wie auch immer, er schien zufrieden zu sein.

Was sich allein daran zeigte, dass er noch an seinen Tisch saß, als die anderen Gäste längst den Heimweg angetreten hatten.

Das blonde Gift klebte nach wie vor kichernd an seiner Seite und hatte, seinem Gesichtsausdruck nach zu urteilen, höchstwahrscheinlich unter dem Tisch die Hand in seiner Hose. Stewart hockte desinteressiert daneben und blätterte in einem Buch.

Inzwischen war es elf, Sperrstunde bei uns. Ein Gähnen unterdrückend, kam ich hinter der Bar hervor und trat an Harpers Tisch. »Kann ich Ihnen die Rechnung bringen?«

»Nein, lieber noch eine Flasche«, lallte der Superstar mit schwerer Zunge – er klang definitiv nicht so, als bräuchte er noch mehr Champagner.

»Tut mir leid, die Bar ist geschlossen. Ich könnte Ihnen einen Kaffee bringen, wenn Sie möchten. Vielleicht einen Espresso?«

Bevor der bis Oberkante abgefüllte Harper protestieren konnte, kam Stewart ihm zuvor.

»Danke, Lana. Die Rechnung bitte«, sagte er und wandte sich an seinen Cousin. »Vergiss nicht, du musst morgen drehen.«

Ich ging zur Kasse, tippte die einzelnen Posten ein und servierte die Rechnung auf einem kleinen Tablett. Normalerweise legte ich ein After Eight dazu, doch ich fand, dass dieser ungehobelte Promi eine solch freundliche Geste nicht verdient hatte. Und mochte er sich noch so sehr wie King Kong fühlen – es war mein Restaurant, und ich war die Königin der After Eights. Eher würde ich sterben, als ihn das vergessen zu lassen.

»Na schön, dann los«, brummte Harper, nachdem sie gezahlt hatten, und stand schwankend auf.

»Bis nächste Woche, Lana«, rief Stewart mir zu und steckte sein Buch ein.

Harper starrte seinen Cousin an. »Das ist nicht dein Ernst, Stew. Du hast ein Date mit dieser Bedienung?« Er musterte mich abschätzig. »Du hättest wenigstens die Dünnere nehmen können.«

»Die Dünnere ist sechzehn, Mr. Brady«, wies ich ihn zurecht.

»Scheiße, ist sie nicht, oder?« Er sah mich gereizt an. »So was kann ins Auge gehen. Diese Kids sollten den Ausweis vorzeigen müssen, bevor sie Make-up kaufen dürfen.«

Die blonde Claudia lachte und wühlte ihr Gesicht in seine Halsbeuge.

»Du bist lustig«, hörte ich sie flüstern.

»Außerdem möchte ich Sie darauf hinweisen«, belehrte ich ihn streng, »dass ich nicht einfach eine Bedienung, sondern Miteigentümerin dieses Lokals bin.« Mit diesen Worten stolzierte ich zur Tür. »Gute Nacht, Sir.« Dann reckte ich den Daumen hoch und fügte sarkastisch hinzu. »Ach ja, und vielen Dank für den einen Stern!«

Sobald sie weg waren, sperrte ich ab und schleppte mich erschöpft nach oben. Harpers Tisch ließ ich so, wie er war: übersät mit leeren Flaschen, schmutzigen Gläsern und Trinkbechern, aber das hatte Zeit bis morgen, ich würde es nach dem Einfetten der mittelalterlichen Laute an der Wand und dem Polieren der Ritterrüstung, beides selbstredend billige Imitate, erledigen.

Leise klopfte ich an Dads Zimmertür, und eine Sekunde später schaute Toms Kopf heraus.

»Ist er wach?«, flüsterte ich.

»Halb. Ich habe ihm gerade die letzte Dosis gegeben.«

Vorsichtig schob ich die Tür auf. Dad lehnte mit schweren Lidern in einem Kissenstapel. Das Buch, aus dem Tom ihm vorgelesen hatte, lag aufgeschlagen am Fußende. Er lächelte schläfrig, als er mich erkannte, und winkte mich näher. Ich ließ mich auf den Stuhl neben seinem Bett sinken und nahm seine ausgestreckte Hand.

»Na, mein Mädchen, kümmerst du dich gut ums Geschäft?«, stammelte er leicht verwaschen, woran die Morphinkeule schuld war.

»Versteht sich wohl von selbst, oder?«, antwortete ich betont munter. »Es läuft richtig gut, Dad. Wir waren ausgebucht. Und haben drei Flaschen Champagner verkauft.«

»Aha.« Er atmete zufrieden auf. »Und wie geht es meiner Lana?«

Ich lächelte. »Sollte es mir zu denken geben, dass du das nicht als Erstes fragst?«

»Vergiss es. Du bist sowieso zu schlau, um mir zu sagen, wie du dich wirklich fühlst.« Er gähnte und stieß ein kurzes Lachen aus. »Genauso schlau wie deine Mutter früher. Zu schlau.«

»Hattest du heute Spaß mit Gerry?«, erkundigte ich mich, um das Thema zu wechseln.

»Ich weiß nicht, ob es für ihn besonders spaßig war, für mich war es schön, ihn zu sehen. Er meinte, ich schulde ihm ein Pint im *Sooty Fox*, wenn ich wieder besser drauf bin. Ich glaube, er will aus meinen Erinnerungslücken Kapital schlagen.«

Tom lachte. »Das zeugt von einem echten Yorkshire-Mann. Solange du noch jemandem ein Bier schuldest, wird es dir nie an Gesellschaft mangeln, Dad.«

»Und gibt es neuen Klatsch aus dem Restaurant für euren alten Herrn? Mir fehlen die Menschen, das ganze Drum und Dran, die Atmosphäre …«

Solange Dad unter Drogen stand, wollte ich ihm nichts von dem Fiasko mit Harper Bradys TripAdvisor-Beurteilung erzählen, vielleicht morgen früh, wenn er klarer war und mit Glück sogar darüber lachen würde. Also schüttelte ich den Kopf.

»Nichts Besonderes, außer dass Deano zwischendurch mal wieder ausgetickt ist«, erzählte ich ihm. »Er musste für einen besonders heiklen Gast, einen kompromisslosen Veganer und Biofreak dazu, extra ökologisch unbedenkliches Gemüse beschaffen und daraus ein Gericht zaubern. Ich hatte Angst, dass er an die Decke gehen würde, wenn er hört, dass jemand seinen köstlichen marinierten Hirsch verschmäht.«

»Mit Recht«, bekräftigte Dad. »Ein talentierter Bursche. Ich war früher genauso wie er.«

Resigniert hob ich die Arme. »Für einen Geisteskranken, der eigentlich eingewiesen gehört, schlägt er sich nicht übel.«

Tom zwinkerte mir zu. »Den wahren Klatsch verschweigt sie dir, Dad. Frag sie mal nach Stewart.«

Dad runzelte die Stirn, sodass sie aussah wie ein zerknittertes Stück Papier. »Stewart? Wer ist Stewart?«

»Einfach jemand, den ich heute Abend kennengelernt habe. Wir haben uns für nächste Woche verabredet«, erklärte ich errötend und warf Tom einen bitterbösen Blick zu.

»Zu einem Rendezvous?«

»Ja, heute nennt man das Date.«

»Hoffentlich verschreckst du ihn nicht mit deinem Sarkasmus.«

»Seit du nicht mehr unten bist, flirtet sie wie eine Geisteskranke drauflos, Dad«, gab mein Bruder erneut seinen Senf hinzu. »Klimpert bei allen Gästen mit den Wimpern, nur damit sie mehr Trinkgeld kassiert als ich.«

Ich sah, wie mein Vater das Gesicht verzog und kurz die Augen zukniff – offenbar hatte er trotz des Morphiums Schmerzen, spielte es jedoch herunter, als ich ihn danach fragte.

»Halb so wild. Er mag also meine Lana, dieser Stewart?«

»Ja, sieht so aus. Zumindest hoffe ich es.«

»Dann musst du ihn mir vorstellen.«

»Dafür ist es noch ein bisschen früh, finde ich.«

»Du hast wohl Angst, ich könnte ihn verschrecken, wie?«

»Nein, darum geht es nicht.« Ich tätschelte seine Hand. »Weißt du, erstens kenne ich ihn kaum, und zweitens möchte ich nicht, dass du ihn nach Strich und Faden in die Mangel nimmst, um rauszufinden, was für Absichten er hat.«

»Ich werde mich benehmen.« Inzwischen waren ihm die Augen halb zugefallen. »Jedenfalls bin ich froh, dass du einen netten Jungen kennengelernt hast. Das habe ich mir immer gewünscht: einen netten Jungen, der auf dich aufpasst.«

Genervt verdrehte ich die Augen. »Mach dir keine Sorgen, ich komme prima alleine zurecht.«

»Weiß ich. Trotzdem ist es besser, wenn da jemand ist, der sich um dich kümmert und um den du dich kümmern kannst.«

Er seufzte, und ich wusste, dass er gerade an meine Mutter dachte, die inzwischen seit beinahe zwanzig Jahren nicht mehr lebte. Für mich war sie letztlich bloß noch ein Schatten aus meiner frühen Kindheit, Dad hingegen spürte den Schmerz bis heute.

»Das gilt auch für dich, Tomasso«, wandte er sich jetzt seinem Sohn zu. »Wann findest du endlich einen netten Jungen?«

Tom verzog das Gesicht. »Musst du mich so nennen? Tomasso, niemand heißt so!«

»Pah! Deine Mutter wollte dich Thomas nennen, aber das habe ich nicht zugelassen. Mir lag daran, dir einen Namen aus der alten Heimat zu geben, damit du deine Herkunft nicht vergisst.«

»Wenn dir Italien so am Herzen liegt, dann hättest du eigentlich aus lauter Sentimentalität eine stinknormale italienische Trattoria eröffnen sollen, statt so einen albernen Mummenschanz zu veranstalten«, widersprach Tom und deutete anklagend auf sein Mittelalterkostüm, das er noch nicht ausgezogen hatte.

Dad richtete einen zittrigen Finger auf ihn. »Lenk nicht vom Thema ab. Du hoffst, dass ich eingeschlafen bin, bevor du antworten musst, richtig?«

Mein Bruder grinste. »Vielleicht.«

»Na, womöglich hast du Glück.« Dad gähnte. »Geht ins Bett, Kinder. Ihr habt morgen wieder einen anstrengenden Tag.« Verwirrt sah er mich an. »Morgen ist doch Freitag, oder?«

»Samstag, Dad«, korrigierte ich ihn liebevoll und betrachtete ihn wehmütig.

Es fiel mir schwer, ihn so zu sehen, denn durch die Medikamente hatte mein Vater jedes Zeitgefühl verloren. Außerdem war er mittlerweile durch die Krankheit so sehr verändert, dass man in dem eingefallenen, schmerzzerfurchten Gesicht nicht mehr den kräftigen, energiegeladenen Mann erkannte, der er einmal gewesen war. Ich blinzelte eine Träne weg und drückte ihm einen Kuss auf die Wange.

»Du schläfst jetzt, okay?«, flüsterte ich. »Vielleicht gehen wir morgen früh an die frische Luft, wenn du dich stark genug fühlst. Ich hab dich lieb, Papa.«

Er lächelte. »Ich mag es, wenn du mich so nennst.«

»Weiß ich, dann Gute Nacht.«

Ich ging aus dem Zimmer und zog leise die Tür zu, Tom folgte mir ein paar Sekunden später. Sein Lächeln war wie ausgelöscht, er wirkte müde und bekümmert. Instinktiv schmiegte ich mich an ihn und brach an seiner Schulter in Tränen aus.

»O Gott, ich wünschte, wir könnten es beenden«, flüsterte ich. »Er hat schlimmere Schmerzen, als er uns wissen lässt.«

Tom nickte. »Ich weiß, Kleines, ich wünsche mir dasselbe.«

Kapitel 3

»Und ich sehe ganz sicher okay aus?«

Ich renkte mir halb den Hals aus, weil ich im Spiegel meinen Rücken zu betrachten versuchte.

»Zum zweihundertneuntenmal, Lana, du siehst gut aus«, versicherte Tom.

»O Gott, gut? Bloß gut? Gut heißt nicht gut, es heißt beschissen, das weiß doch jeder. So was sagt man, wenn man überspielen will, dass jemand Hüften wie ein Dockarbeiter und einen Arsch wie ein Brauereigaul hat.«

»Hör zu, ich bin dein Bruder. Glaubst du nicht, ich wäre der Erste, der dich damit aufziehen würde, wenn du so einen Arsch hättest?«

»Hm. Auch wieder wahr.« Ich zog mein Trägertop etwas nach oben, um meinen üppigen Ausschnitt zu verkleinern. »Große Busen sind ein Albtraum. Damit sehen selbst absolut seriöse Tops aus wie Fetischklamotten. Ich verstehe nicht, was manche Typen daran finden.«

»Dito«, gab mein Bruder vage zurück und nährte damit meine Selbstzweifel eher, als dass er sie ausräumte.

Unschlüssig zupfte ich weiter an meinem Top herum. »Weißt du, ich möchte weder verklemmt wirken wie ein Mauerblümchen oder verzweifelt, als hätte ich Torschlusspanik. Und noch weniger will ich aufgebrezelt daherkommen wie eine Tusse oder gar wie eine Schlampe«, suchte ich tausend Stolperfallen, die mein Date ruinieren könnten.

Mein Bruder verlor die Geduld. »Hör auf, du siehst gut aus, und damit basta. An deinem Arsch, deinem Busen und deinen Hüften ist nichts auszusetzen, und das Verhältnis von Stoff und nackter Haut passt ebenfalls. Was also soll das Theater?« Er stand von der Bettkante auf und schob mich sanft in Richtung Tür. »Und jetzt zisch ab, ich muss mich für meine Schicht umziehen. Entspann dich und genieß den Abend, okay?«

»Ja, ich versuche mein Bestes«, versprach ich und holte tief Luft. »Entschuldige. Ich will es einfach nicht vermasseln.«

»Himmel, du musst echt scharf auf ihn sein, so nervös habe ich dich noch nie erlebt.«

Meine Augen wurden groß. »Was, merkt man mir das etwa an? Du hast geschworen, dass ich nicht verzweifelt aussehe.«

Tom stöhnte. »Geht das etwa wieder los.«

Ich zuckte zusammen, weil in diesem Moment das Schnarren der Klingel anzeigte, dass jemand unten an der Treppe zu unserer Wohnung wartete.

»Das ist er«, hauchte ich. »Was soll ich jetzt machen?«

»Runtergehen.«

»Hoffentlich schaffe ich das, ohne ohnmächtig zu

werden.« Ich drückte seinen Arm. »Wir sehen uns im nächsten Leben, Tommy.«

»Viel Spaß!«, rief er mir grinsend nach, während ich nach unten ging.

Stewart erwartete mich mit einem warmen Lächeln an der Treppe.

»Hi«, tat ich betont locker und cool. »Also, da bist du …«

»Sieht so aus.« Er beugte sich vor und küsste mich auf die Wange. »Schön, dich wiederzusehen, Lana. Gut siehst du aus, toll.«

»Danke, ich gebe das Kompliment zurück«

Sein Outfit war gleichermaßen smart wie casual und ziemlich sexy. Er trug ein gut geschnittenes Sakko über einem knappen grauen T-Shirt, und ich musste mir Mühe geben, die Konturen seines athletischen Oberkörpers unter dem eng anliegenden Baumwollfetzen nicht allzu aufdringlich anzustarren.

»Also, äh, möchtest du kurz mit nach oben kommen?«, fragte ich und kämpfte dabei das Prickeln nieder, das sein Kuss in meinem Bauch ausgelöst hatte.

»Wenn du versprichst, dass du mich danach noch respektierst.«

Ich entspannte mich ein wenig. »Um meinen Dad kennenzulernen, du Schwerenöter. Er hat gefragt, ob wir kurz bei ihm vorbeischauen, bevor wir losziehen.«

»Ach so, ist okay.«

»Entschuldige, dass ich dich damit so überfalle«, sagte ich auf dem Weg nach oben. »Aber du weißt ja, seine Krankheit …, da wollte ich ihm den Gefallen tun.«

»Du brauchst dich nicht zu entschuldigen, Lana, das ist für mich total in Ordnung.«

»Er freut sich bestimmt, es schien ihm irgendwie wichtig zu sein. Inzwischen kommt er kaum noch aus der Wohnung, weißt du.«

Dad war hellwach, saß im Bett und löste das Kreuzworträtsel im *Guardian*, während die untergehende Sonne durch die Fenster strömte. Ich war froh, dass Stewart ihn an einem seiner besseren Abende kennenlernte.

Bereits in den ersten Monaten nach der Diagnose, als er noch voll im Restaurant mitarbeitete, hatten Tom und ich das erste Aufflackern der Schmerzen bemerkt. Zunächst kamen sie vereinzelt und in großen Abständen: ein kurzes Verziehen des Gesichts, ein Innehalten, ein Abstützen an der Arbeitsfläche, um das Gleichgewicht wiederzufinden, doch mit der Zeit steigerten sich Häufigkeit und Intensität der Attacken, bis sie zu einem Dauerzustand wurden. Mittlerweile lebte er seit sieben Jahren mit dem Krebs und baute immer mehr ab.

Jetzt allerdings, als ich Stewart zu ihm ins Zimmer führte, bemühte er sich nach Kräften, noch einmal den guten, alten leutseligen Phil heraufzubeschwören.

»Äh«, machte ich mich bemerkbar, mehr sagte ich nicht.

»Dir fehlen die Worte? Das ist ja mal was Neues.« Dad legte das Kreuzworträtsel beiseite und nickte Stewart zu. »Eine schüchterne kleine Blume, meine Lana, wie es aussieht. Aber man muss sich hüten, alles zu glauben, denn manchmal trügt der Schein.«

Ich rang mir ein schwaches Lächeln ab. »Bring mich nicht in Verlegenheit, du Spaßvogel.«

»Wer, ich? Nie!«, empörte sich Dad in gespieltem Ernst und bekreuzigte sich.

Mein Date fand das offenbar komisch. »Stewart McLean«, sagte er und streckte die Hand aus. »Schön, Sie kennenzulernen, Sir.«

Mein Vater schüttelte Stewarts Hand. »Phil reicht völlig. Und jetzt setzen Sie sich, junger Mann. Meine Tochter hat mir erklärt, ich soll Sie bezüglich Ihrer Absichten«, er warf mir einen verschwörerischen Blick zu, »in die Mangel nehmen. Hast du es nicht so ausgedrückt, Lana?«

Na toll, hatte ich es nicht geahnt! Unsicher schaute ich zu Stewart, der irritiert wirkte.

»Stewart McLean.« Dad sah ihn nachdenklich an. »Ich kenne den Namen irgendwoher. Kommen Sie aus Egglethwaite?«

»Nein, ich lebe etwa zehn Meilen von hier in Richtung Halifax.«

»Und was tun Sie so?«

»Ich bin Radrennfahrer.«

»Radrennfahrer …« Dad blinzelte kurz, dann fiel der Groschen. »Sie sind derjenige, der letztes Jahr einen neuen Rekord bei der Etape du Dales aufgestellt hat, richtig?«

»Stimmt, das war ich«, räumte Stewart leicht verlegen ein.

Während ich nicht mal eine Speiche von einer Nabe unterscheiden konnte, war mein Vater ein großer Radsportfan und deshalb von seinem Besucher sichtlich beeindruckt.

»Also, das nenne ich einen Zufall. Ich habe gerade über Sie gelesen.« Dad blätterte mit zittriger Hand in seiner Zeitung. »Die Top Ten der Athleten, die man im Auge behalten sollte, und Nummer sechs sind Sie.« Er nickte Stewart aufmunternd zu. »Sehr gut.«

»Heißt das, ich habe Ihren Segen, wenn ich Ihre Tochter ausführe?«, erkundigte sich die Nummer sechs der Bestenliste.

»Den Segen muss sie Ihnen selbst geben, tut mir leid. Sie ist nämlich ziemlich erwachsen und verbittet es sich, dass ich ihr reinrede.« Er wandte sich an mich. »Wohin geht ihr, Lana?«

»Ich dachte an den Pub.«

Dad wedelte wegwerfend mit der Hand. »Der *Fox* ist kein Ort für ein romantisches Date. Vielleicht solltet ihr lieber wohin gehen, wo ihr allein seid.«

O Gott. Auf diese Weise, mit demselben belustigten Zucken seiner Lippen, hatte er mich schon als Teenager vor meinen Freunden bloßgestellt. Na ja, schön für ihn, dass es noch etwas gab, das ihm eine diebische Freude bereitete, dachte ich mit einem Anflug von Sarkasmus.

»Am *Fox* ist nichts verkehrt«, widersprach ich und fügte süffisant hinzu: »Immerhin können wir dort Dart spielen, falls uns der Gesprächsstoff ausgeht.«

»Es wird immer schlimmer mit dir, Mädchen. Mir

blutet jede Faser meines romantischen italienischen Herzens«, seufzte Dad theatralisch und gab mir mit einem Kopfnicken zu verstehen, näher heranzukommen. »Geh mit ihm zum Pagans' Rock«, flüsterte er, als ich mich zu ihm beugte. »Da oben kann man die Sterne sehen.«

»Pagans' Rock? Das ist ein ziemlich langer Weg, Dad.«

»Umso besser. So spät am Abend habt ihr ihn bestimmt für euch allein. Du kannst ja etwas Champagner aus der Bar mitnehmen, wenn du magst.«

»Und ihn mir hinterher vom Lohn abziehen lassen, meinst du?«

Er zuckte mit den Achseln. »Selbstverständlich. Geld wächst schließlich nicht auf Bäumen.«

»Ist dir das zu weit?«, fragte ich Stewart. »Es geht eine gute Meile hügelaufwärts, dafür ist der Ausblick wirklich grandios.«

Verdattert sah er mich an. »Äh, Verzeihung, wohin wollen wir?«

»Zu einem Aussichtspunkt hier in der Nähe, dem Lieblingsfleck meines Vaters. Jugendreminiszenzen. Was meinst du? Vielleicht sollte man einen so schönen Abend wirklich nicht drinnen vergeuden.«

»Viel Spaß«, rief Dad uns nach, als wir aufbrachen. »Bis elf bist du zurück, Lana.«

»Ich bin keine sechzehn mehr, Dad«, erinnerte ich ihn.

»Na schön, dann bis Mitternacht.«

Stewart folgte mir sichtlich amüsiert nach unten.

»Er passt immer noch auf dich auf, wie?«

»Ach, ich weiß nicht. Mag sein, dass er ein typisch italienischer Papa ist, aber eher denke ich, er tut nur so und zieht mich auf. Jedenfalls mag er dich, das habe ich gemerkt.«

»Er ist ein netter Dad und ein tapferer Mann, so wie er seine Krankheit überspielt. Hat er starke Schmerzen?«

»Ununterbrochen, ohne Morphium geht gar nichts mehr«, erklärte ich so nüchtern wie möglich. »Ich bin froh, dass du ihn an einem Tag wie heute kennengelernt hast.«

»Was ist heute anders?«

»Inzwischen ist er phasenweise völlig weggetreten durch die hochdosierten Schmerzmittel. Das eben hingegen war der alte Phil Donati. Leider bekommen wir ihn nicht mehr oft so zu sehen.«

Wir machten einen kurzen Abstecher an die Bar, wo heute Debbie, unserer zweite Kellnerin, Dienst hatte. Ich nahm eine Flasche Champagner aus dem Kühlschrank und reichte sie Stewart, während ich zwei Gläser in meiner Handtasche verstaute. Dann gingen wir nach draußen und spazierten über das Kopfsteinpflaster der Hauptstraße in Richtung Ortsrand.

»So, du bist also ein hoffnungsvoller Radrennfahrer«, sagte ich, um ein Gespräch in Gang zu bringen. »Mein alter Herr jedenfalls war schwer beeindruckt.«

»Na ja, ich stehe noch am Anfang«, erwiderte er. »Immerhin kann ich inzwischen davon leben.«

»Noch ein Promigast für unsere Sammlung. Das

muss ich meinem Bruder erzählen, der wird ausflippen.«

»Also, ich weiß nicht. *Ein* Prominenter in der Familie reicht, zumal Harper diesen Titel für sich beansprucht.«

»Mhm. Und ich wette, das lässt er dich keine Sekunde vergessen.«

Stewart verzog das Gesicht. »Ach ja, ich muss mich für ihn noch entschuldigen. Ich weiß nicht, warum er an diesem Abend absolut unausstehlich war. Hoffentlich hat er euch keinen allzu großen Ärger mit seinem Ökoveganerquatsch bereitet.«

»Das war halb so wild, schlimmer war sein arschiges Posting auf TripAdvisor – darauf hätten wir weiß Gott verzichten können. So was kann für einen kleinen Laden wie unseren ruinös sein.«

»Hat er dort tatsächlich eine Bewertung eingestellt?«

»O ja. Mit einem einzigen Stern, und zwar bevor er das Essen überhaupt bestellt hatte. So ein Mistkerl.«

Stewart sah mich betreten an. »Das tut mir schrecklich leid, manchmal ist Harpers Benehmen echt völlig daneben. Ich werde ihn zu bewegen versuchen, dass er diese Kritik zurückzieht.«

»Danke, das ist nett.« Ich kramte in meiner Handtasche und reichte ihm ein kleines quadratisches Päckchen. »Für dich, du hast es verdient.«

Er betrachtete es stirnrunzelnd. »Was ist da drin?«

»After Eight, nette Gäste bekommen es mit der Rechnung. Verrate es lieber nicht deinem Cousin, sonst arriviere ich am Ende zu seiner Todfeindin.«

»Klar«, versprach er und zwinkerte mir zu. »Das bleibt unser Geheimnis, und die«, er deutete auf die After Eight, »die verputzen wir später gemeinsam.«

Mittlerweile hatten wir die Holyfield-Farm erreicht, den letzten Außenposten der Zivilisation, und spazierten den Waldweg hinauf zum Pagans' Rock. Die Sonne versank eben hinter dem Horizont und inszenierte am Himmel ein flammendes Farbspektakel in allen Tönen von Orange, Rot und Gold.

Stewart ging dicht neben mir, und irgendwann berührten sich zufällig unsere Finger.

Es war wie ein winziger Stromschlag, und unwillkürlich zog ich meine Hand zurück.

»Entschuldige.«

Jetzt griff er gezielt nach meiner Hand und verschränkte seine Finger mit meinen. Mein Magen begann zu flattern, als ich den erregenden, lange vermissten Druck von Haut auf Haut spürte. Stewarts Daumenspitze zog leichte Kreise auf meinem Fingerrücken, während wir Hand in Hand weitergingen.

»Das ist schön«, flüsterte er.

»Ja.« Das Wort kam als Seufzer über meine Lippen, obwohl ich nicht so recht wusste, ob er unsere Berührung oder den grandiosen Abendhimmel gemeint hatte.

»Übrigens finde ich es sehr angenehm, dich zur Abwechslung mal nicht im Ledermieder und mit Haube zu sehen«, sagte er mit liebevollem Spott, während sein Blick wohlgefällig meine dunkelbraunen Haare streifte, die mir offen bis über die Schultern fielen. »Wobei du, wie ich zugeben muss, den Wäscherinnenlook total rockst. Trotzdem bist du mir in der Normalversion lieber«, flüsterte er und drückte wie zur Bekräftigung meine Finger.

»Von hier aus wird's anstrengend«, lenkte ich verlegen ab. »Es geht nämlich ziemlich steil nach oben«, sagte ich, als wir uns der Wiese unterhalb des Pagans' Rock näherten. »Ich hoffe, du schaffst das.«

»Nicht dein Ernst, oder? Das überhaupt anzuzweifeln ist eine Beleidigung für jeden Leistungssportler«, grinste er und musterte geringschätzig den Anstieg, der es durchaus in sich hatte. »Was erwartet uns eigentlich da oben?«

»Du wirst schon sehen.«

Nachdem wir teilweise auf allen vieren die Wiese hochgekrabbelt waren, mussten wir erst mal schwer atmend verschnaufen, sogar der Leistungssportler. Doch es war die Mühe wert gewesen. Auch Stewart war beeindruckt und sah sich fast ehrfürchtig um.

»Nie zuvor habe ich von diesem Ort gehört«, wunderte er sich. »Die Aussicht ist echt spektakulär.«

»Pagan's Rock kennen nur die wenigsten, es ist sozusagen ein Geheimtipp für Insider. Fremde kommen so gut wie nie hierher.«

Ein riesiger, flacher Fels ragte über die von Bäumen umstandene Kuppe hinaus, auf der wir uns befanden. Tief unter uns sahen wir die Bögen des alten Eisenbahnviadukts von Egglethwaite, das sich in der vom Sonnenuntergang erleuchteten Fläche des Speichersees spiegelte. Dahinter stieg ein Hochmoor auf, das in der letzten Glut des Tages zu erröten schien.

Dad hatte recht: Was Romantik anging, war Pagans' Rock nicht zu schlagen.

Als junger Mann hatte mein Vater seine Angebetete, meine Mum, hierhergebracht, und noch heute konnte man auf dem Stein unter Hunderten von Inschriften irgendwo ihre Initialen finden. Kitschig, und dennoch hatte ich plötzlich einen Kloß im Hals.

»Besser als der Pub, oder?«, wandte ich mich an Stewart, nachdem wir den Ausblick eine Weile schweigend in uns aufgenommen hatten.

»Allerdings«, stimmte er mir zu und nickte zu dem Viadukt hin. »Ist die Strecke noch in Betrieb?«

»Nein, sie wurde in den Sechzigern stillgelegt. Lediglich der Viadukt wurde verschont. Beeindruckendes altes Ding, nicht wahr?«

»Ja, es hat was Monumentales. Trotzdem ist mir heute Abend deine Gesellschaft wichtiger.« Er deutete zu dem flachen Felsen mit den Inschriften hinüber. »Wollen wir dort hinauf?«

Seite an Seite kletterten wir auf das felsige Plateau und machten es uns nebeneinander bequem, um unseren Champagner zu trinken. Stewart entkorkte die Flasche, die infolge des Durchrüttelns beim Aufstieg gewaltig knallte, und ich kramte die Gläser aus meiner Tasche. Nachdem er uns eingeschenkt hatte, legte er einen Arm um meine Schultern und hielt mich fest. Sehr fest.

Was sehr angenehm war in dieser schwindelerregenden Höhe. Als Kind hatte ich mich immer gefürchtet, so nah am Abgrund zu sitzen. Gehalten von Stewarts kräftigem Arm hingegen, fühlte ich mich absolut sicher. So sicher, dass ich mich wohlig an ihn kuschelte. Und noch wohler wurde mir, als seine Finger zärtlich die nackte Haut meines Armes zu streicheln begannen und mich ein begehrliches Prickeln durchlief.

»Ist dir kalt?«, raunte er, als er mein leichtes Zittern spürte. »Du kannst meine Jacke umhängen.«

»Schon okay, ich bin lediglich ein bisschen kitzlig.«

Stewart grinste. »Eines Tages wirst du bereuen, dass du mir das verraten hast, das kann ich dir versprechen.«

»Es fühlt sich gut an«, murmelte ich und ließ meinen Kopf an seine Schulter sinken. »Hör nicht auf.«

Mittlerweile hatte ich so lange jungfräulich gelebt, dass ich bereits fürchtete, vergessen zu haben, wie man sich bei einem Date verhielt. Tom hatte den Nagel auf den Kopf getroffen, als er feststellte, dass er mich noch nie so nervös gesehen habe. Kein Wunder, denn ich hätte nicht zu sagen gewusst, ob es meine Vorfreude auf die Begegnung mit Stewart plus einer gewissen Erwartung war oder die Angst, völlig aus der Übung zu sein und mich zur Lachnummer zu machen.

Jetzt aber war alles vergessen – jetzt, wo Stewarts Finger sanft und erregend zugleich über meine Haut strichen und wir perlenden Schampus tranken, kam mir alles ganz einfach vor. Das Setting stimmte. Die Nähe stimmte. Stewart stimmte. Irgendwie stimmte einfach alles.

Obwohl irgendetwas fehlte. Bloß was? Wein abgehakt. Sonnenuntergang abgehakt. Sexy Mann mit magischen Fingern abgehakt. Jetzt brauchten wir nur noch …

»Musik wäre nicht schlecht, oder?«, warf Stewart ein.

»Du hast meine Gedanken erraten«, sagte ich lächelnd. »Eine Sekunde.«

In Windeseile zog ich aus meiner Jeans das Smartphone hervor und suchte was von Kirsty MacColl. Kurz darauf plärrte der Klang vertrauter Britpop-Melodien aus dem kleinen Gerät. Nicht die allerromantischste Playlist, doch was anderes hatte ich nicht zu bieten. Jedenfalls half es mir, mich zu entspannen.

Stewart lachte. »Wie, kein Barry White?«

»Ich mag Kirsty MacColl.«

»Ein bisschen vor deiner Zeit, oder?« Er betrachtete mich versonnen. »Es sei denn, ich hätte dein Alter total falsch eingeschätzt. In diesem Fall Hut ab vor deinem Botoxspritzer.«

»Ich bin fünfundzwanzig«, klärte ich ihn leicht gekränkt auf. »Wie dem auch sei, die Musik erinnert mich an meine Mutter. Sie liebte Kirsty. Ich weiß noch, wie sie zu *Don't Come the Cowboy* durch die Küche tanzte, während mein Vater am Herd stand und kochte.«

»Wo ist deine Mum?«

»Sie starb, als ich fünf war.«

Mitleidig strich er mir über die Wange. »Du hattest ziemliches Pech, Kleines, oder?«

»Könnte man so sagen.« Ich brachte ein trauriges Lächeln zustande. »Aber wir sollten uns lieber den schönen Dingen zuwenden. Komm, leg dich mit mir hin.«

Er zog eine Braue hoch. »Hallo.«

Ich versetzte ihm einen Klaps. »Nichts da, du Lüstling. Um den Himmel anzuschauen, meinte ich.«

Wir legten uns nebeneinander auf den Felsen. Inzwischen war der Tag dem Abend gewichen, die Sonne hatte sich hinterm Horizont verzogen, und der Mond linste verstohlen durch eine hauchdünne lavendelfarbene Wolke. Stewart rutschte näher, bis sich unsere Arme berührten, und fasste nach meiner Hand.

»Und wie hast du Harper heute Abend abgeschüttelt?«, suchte ich angesichts dieser verstörenden Nähe nach einem unverfänglichen Thema. »Ich dachte, er folgt dir wie ein Schatten.«

Stewart grinste »Ich habe ihm einen Fünfer gegeben und ihn ins Kino geschickt.«

»Bei eurem Essen letzte Woche sah es nicht so aus, als hätte er dich über Radrennen ausgefragt.«

»Ach weißt du, letztlich kreist er einzig und allein um sich, andere vergisst er, sobald er eine Gelegenheit wittert, sich in den Mittelpunkt zu drängen. Diese Nummer hat er bereits als Kind abgezogen, so ist er nun mal.«

»Und diese Claudia ist tatsächlich seine Agentin?«, bohrte ich weiter. »Sie erweckte eher den Eindruck, als ginge sie einer anderen Profession nach, um es vorsichtig auszudrücken.«

»Hm, er zieht mit mehreren von dieser Sorte herum.

Meist an eher abgelegenen Orten und manchmal sogar in dubiosen Spelunken.«

»Gib's zu, sie kommen nie im Leben von einer Agentur, oder?«

»Von einer Agentur vielleicht, allerdings von keiner, die Schauspieler vermittelt, schätze ich.«

Hatte ich's doch geahnt.

»Mit anderen Worten, sie ist ein *Callgirl?*«

»Exakt.«

»Mein Gott, das ist wahrscheinlich das Aufregendste, was je im *Flagons* passiert ist. Ein Promi mit einer vom horizontalen Gewerbe«, kicherte ich und nahm einen kräftigen Schluck Champagner. »Und wieso hat er dich mitgeschleift?«

»Keine Ahnung, zur Tarnung vermutlich. Damit er nicht in Erklärungsnot gerät, falls ihn ein Paparazzo aufspürt.« Stewart drehte sich zur Seite und stützte sich auf einem Ellbogen auf. »Für mich war es trotzdem ein schöner Abend. Immerhin habe ich ein paar interessante Leute kennengelernt.«

»Unsinn, ich bin nicht interessant«, wiegelte ich ab.

»Bist du sehr wohl, schließlich interessiere ich mich für dich.«

»Und was findest du so interessant an mir?«

»Kann ich dir nicht genau sagen.« Er strich mir das windzerzauste Haar aus der Stirn. »Es ist irgendwas hier drin, glaube ich«, sagte er und umkreiste mit seinem Zeigefinger mein Auge.

Ich merkte, wie meine Wangen brannten – ein Übel, das ich nicht ablegen konnte, wenn ich verlegen oder nervös war. Und seit Stewarts Gesicht meinem so nahe war, stand ich ganz schön unter Strom. Es war lange her, seit die Lippen eines Mannes so dicht an meine herangekommen waren.

Scheiße, er würde mich gleich küssen, oder? Wusste ich noch, wie das ging? Oder würde ich mich total blöd anstellen beim ersten Zungenkuss nach einer gefühlten Ewigkeit? Nicht dass ich hernach den Mund zu schnell aufriss. Oder zu weit. Grundgütiger, ich hatte das Gefühl, über ein Minenfeld zu laufen. Küssen war definitiv frühestens ein Punkt fürs zweite Date.

Ich richtete mich auf und griff, um ihn abzulenken, nach der Champagnerflasche.

»Noch ein Schluck?«, fragte ich übertrieben munter.

Er setzte sich stirnrunzelnd hin. »Ist irgendwas, Lana? Stimmt etwas nicht?«

»Hör zu, könnten wir uns eine Weile einfach unterhalten? Ohne dich kränken oder enttäuschen zu wollen, ich bin irgendwie völlig durch den Wind. Vermutlich weil ich total aus der Übung bin … Deshalb würde ich es lieber langsam angehen lassen.«

»Natürlich, ganz wie du willst.« Er nahm mir die Flasche ab, schenkte uns nach und legte erneut den Arm um mich. »Wir haben alle Zeit der Welt.«

Unendlich erleichtert trank ich einen Schluck. »Also erzähl mir von dir. Wie bist du zum Radfahren gekommen?«

»Eigentlich ganz normal wie andere Kinder auch. Eines Tages haben meine Eltern die Stützräder abmontiert, und das war's, von da an gab es kein Zurück mehr.«

»Unsinn, wie war es wirklich?«

»Na schön, wenn du darauf bestehst.« Er lächelte wieder. »Ich bin von frühester Kindheit an gern Rad gefahren, bin ständig auf meinem BMX durch die Gegend gekreuzt. Mit zehn trat ich dann in die Radgruppe meiner Schule ein, und von da an entwickelte sich alles praktisch von selbst. Wir machten Radtouren, etwa ins Lakeland, zu den Peaks.« Seine Augen leuchteten. »Über die Hügel, auf freier Strecke, hoch im Sattel, den Wind im Gesicht, als würdest du fliegen – ich konnte nicht genug davon bekommen. Fährst du gerne Rad, Lana?«

Ich schüttelte den Kopf. »Jedenfalls nicht so. Bei mir beschränkt es sich darauf, dass ich auf einem Rad sitzen kann, ohne runterzufallen. Und wann hast du angefangen, an Rennen teilzunehmen?«

»Als Teenager. Anfangs drängte mich meine Mutter dazu. Zwar liebte ich das Freiheitsgefühl beim Radfahren, hatte jedoch nie den Ehrgeiz, der Beste zu sein. Erst als ich richtig damit angefangen hatte, wurde es zur Passion. Es war wie eine Droge, machte mich regelrecht süchtig.«

»Das Gewinnen?«

»Zum Teil sicherlich, aber auch die Herausforderung an sich versetzte mir einen Kick. Es war dieser Drang, jedes Mal ein bisschen besser zu werden. Und irgendwann konnte ich mir nicht mehr vorstellen, keine Rennen zu fahren. Der Radsport wurde mein Leben.«

Nachdenklich schaute er zum Viadukt hinunter, als wäre er ganz woanders, und schüttelte nach einer

Weile den Kopf, um sich in die Gegenwart zurückzuholen.

»Entschuldige«, sagte er und lächelte schuldbewusst. »Wir Radfahrer neigen zu einem fast missionarischen Eifer. Wahrscheinlich hört sich das für einen Außenstehenden ziemlich schräg an.«

Das tat es wirklich. Und dennoch war es inspirierend zu sehen, wie er für diesen Sport brannte, selbst wenn ich diesen Drang, unbedingt gewinnen zu wollen, nicht wirklich nachzuvollziehen vermochte. Wer weiß, vielleicht war das ja eine Testosteronsache.

»Genug von mir und Radrennen«, schloss Stewart. »Diese Storys kenne ich bis zum Abwinken. Erzähl mir lieber von dir. Das hier ist nämlich mein allererstes Date mit einer mittelalterlichen Schankmaid.«

»Wirklich? Dann hast du bisher nicht gelebt, mein Lieber.«

»Komm, mal ganz im Ernst: Was war dein Kindheitstraum?«

»Sicher nicht, sich wie eine Waschfrau herzurichten und den Gästen über einer Platte mit Spanferkel die Titten ins Gesicht zu strecken.« Ich zuckte mit den Achseln. »Es waren einfach gewisse Zwänge. Für meinen Bruder, der ein paar Jahre älter ist, war es ganz selbstverständlich, in den Familienbetrieb einzusteigen, und vermutlich bin ich irgendwie mit reingerutscht.«

»Und was wäre die kleine Lana eigentlich gerne geworden? Es klingt zumindest so, als ob die Gastronomie für dich nicht gerade die erste Wahl gewesen ist.«

»Nein. Während der Schulzeit war das okay, da habe ich mein Taschengeld mit Kellnern aufgebessert, für später hingegen schwebte mir was anderes vor …« Eine Weile zögerte ich, bevor ich weitersprach. »Es ist wirklich albern. Mich zog es als Kind zu den Sternen.«

»Klar, du wolltest Sterneköchin werden«, witzelte Stewart.

»Von wegen, zu den richtigen Sternen«, verbesserte ich ihn lachend und richtete die Augen gen Himmel, wo allmählich ein paar leuchtende Punkte auf dem samtigen Dunkel zu erkennen waren. »Der Himmel, das Weltall, all das hat mich seit jeher fasziniert, also beschloss ich, Astronomin zu werden.«

»Horoskope schreiben und so?«

Ich versetzte ihm einen Klaps. »Astronomin, nicht Astrologin. Das sind sie, die das Universum erforschen.«

»Und wie alt warst du, als du diese Leidenschaft entdecktest?«

»Etwa vier. Im Grunde fing alles mit einem Familienausflug in ein Planetarium an, wo wir eine atemberaubenden Show sahen. Wir mussten uns unter der Kuppel auf den Rücken legen, während eine Tonbandstimme alles über die verschiedenen Galaxien und Sternbilder erzählte.«

Spontan nahm er meine Hand und zog mich sanft nach unten, bis wir beide erneut auf dem Rücken lagen.

»Ungefähr so?«

Mein Blick zuckte über die Sterne und erfasste die

Sternbilder wie alte Freunde. »Ja«, sagte ich leise und drückte seine Hand. »Ganz genau so.«

»Und was passierte dann?«

»Ach, danach war ich wie besessen. Ließ im Fernsehen keine Sendung aus, die sich nur annähernd mit diesem Thema befasste. Und eine ganze Weile kam man nicht in mein Zimmer, ohne über einen Astronauten zu stolpern.«

»Und dann hast du das alles hinter dir gelassen?«

»So würde ich es nicht sagen. Gut, die Astronauten verschwanden, das Interesse blieb. Ich hatte mich sogar schon über entsprechende Studiengänge an verschiedenen Unis informiert.« Ich seufzte. »Und dann durchkreuzte Dads Krebsdiagnose alle meine Pläne, denn mir wurde klar, dass ich hier gebraucht wurde. Zum einen weil wir, Tom und ich, das Einzige an Familie sind, was er in England hat, und zum anderen weil ich im Restaurant mit anpacken musste. Schnell stand nämlich fest, dass es für Dad keine Heilungschance, sondern lediglich ein Hinauszögern gab. Da konnte ich nicht zum Studium weggehen.«

»Bestimmt hat dein Dad nicht verlangt, dass du seinetwegen auf ein Studium verzichtest, oder?«, erkundigte sich Stewart leise.

»Er wusste gar nichts von meinen Träumen, ich habe nie darüber gesprochen. Vielleicht aus Angst, ausgelacht zu werden. Und dann habe ich kommentarlos getan, was getan werden musste.« Ich stieß ein freudloses Lachen aus. »Wahrscheinlich glaubt er, die Arbeit sei mein Traumjob.«

»Du solltest es ihm sagen.«

»Das kann ich nicht. Außerdem habe ich mich inzwischen mit der Situation ausgesöhnt und bin zufrieden. Ehrlich.«

Stewart hob die Hand an meine Wange und strich mit dem Fingerrücken über eine feuchte Stelle unter meinem Auge.

»Ich bin nicht sicher, ob ich dir das glaube.«

»Ich auch nicht.«

Sein Blick tastete erneut mein Gesicht ab, und unwillkürlich fragte ich mich, ob mein Mascara verschmiert war.

»Eigentlich schulde ich dir von letzter Woche noch ein Trinkgeld«, sagte er nach einer Weile. »Wenn du möchtest, kann ich es dir in Form einer Umarmung geben.«

»Ja.« Ich lächelte schwach. »Ja, ich glaube, ich würde gern in den Arm genommen werden.«

Nachdem wir uns beide aufgesetzt hatten, umschlossen mich warm und tröstend seine Arme, und ich ließ mich in diese Umarmung sinken, fühlte mich geborgen und atmete den Geruch seines Körpers ein, in den sich Alkohol und Aftershave mischten.

»Entschuldige«, flüsterte ich.

»Wofür?«

So nah an meinem Körper klang seine Stimme tiefer und ließ meine Wange vibrieren, die in seiner Halsbeuge lag.

»Dass ich dir was vorheule. Wahrscheinlich ist dir klar geworden, dass ich in puncto Beziehungen nicht gerade fit bin.«

»Dann wird es Zeit, das zu ändern.« Er hielt mich von sich weg und lächelte mich an. »Weißt du, wenn man mir vergangene Woche erklärt hätte, dass ich den heutigen Abend mit einem schluchzenden mittelalterlichen Schankmädchen verbringen würde …«

»Und dass ich vor einem wildfremden Gast meine Geschichte auskotzen würde …«

»Es ist wirklich leicht surreal«, stimmte Stewart grinsend zu. »Was nicht heißt, dass ich es nicht gerne öfter erleben würde.«

»Ich ebenfalls, glaube ich.«

»Ab Montag fängt mein Training für die nächsten Rennen an, und ich kenne die genauen Zeitpläne noch nicht. Gib mir am besten deine Handynummer, dann rufe ich an, sobald ich kann, okay? Und beim nächsten Date bestimme ich, wohin wir gehen.« Er sah kurz auf mein Handy mit der quäkenden Kirsty, die sich absolut unromantisch über unpassendes Schuhwerk beschwerte. »Und die Musik desgleichen.«

»Solange es nichts mit Cembalo ist.«

»Nichts Mittelalterliches, Ehrenwort.« Sein Finger strich über meine Wange. »Ich dachte an ein nettes Tapasrestaurant, das ich kenne. Mit großartiger romantischer Beleuchtung und leisem Jazz.«

»Klingt perfekt.«

»Ich mag dich wirklich, Lana. Obwohl wir uns erst vergangene Woche begegnet sind, denke ich, das mit uns könnte etwas Besonderes sein, verstehst du?«

»Ja«, wisperte ich. »Das wäre schön.«

»Wärst du womöglich interessiert, das Date bei mir

zu Hause fortzusetzen?«, fragte er mich leise. »Ich habe eine beeindruckende Sammlung verschiedener Kaffeesorten …«

Ich schüttelte den Kopf. »Übertreib es nicht, bitte.«

»Entschuldige«, erwiderte er reumütig. »Ich bin bloß gern mit dir zusammen.«

»Lass uns einfach den Abend genießen, ohne es zu überstürzen.«

Kaum hatte ich es ausgesprochen, warf ich alle Vorsätze über Bord. Mein Blick verband sich mit seinem, und schlagartig machte ich mir keine Gedanken mehr über unkontrollierbare Zungen oder Lippen. Und das Küssen war nicht länger ein eingebildetes Minenfeld, sondern etwas ganz Natürliches, ganz Selbstverständliches, das in diesem Augenblick genau richtig war. Ich hob Stewart meinen Mund entgegen und entspannte mich in seinen Armen, während sich unsere Lippen trafen, und in diesem Moment fühlte ich mich glücklicher als seit langer, langer Zeit.

Kapitel 4

Ein Jahr, fünf Wochen und zwei Tage später …

»Bitte sehr«, sagte Gerry und knallte mein Guinness und Toms Boltmaker auf unseren Tisch. »Und richtet eurem alten Herrn aus, dass ich euch beiden ein Glas ausgegeben habe. Er kann das mit dem Pint verrechnen, das ich ihm schuldig bin.«

»Warum habe ich den Eindruck, dass ihr zwei euch ständig Getränke schuldet?«, fragte Tom und zog sein Bier zu sich heran.

»Weil der eine so knickrig ist wie der andere, darum«, sagte Sue und pikste ihren Mann in die Rippen.

Gerry ließ sich auf einen Stuhl sinken und zuckte mit den Achseln, wischte sich dabei Schaum von der Oberlippe.

»Du hast gewusst, wie ich bin, als du mich geheiratet hast.«

Tom stöhnte. »Könnt ihr beide heute ausnahmsweise mal euren ewigen Ehekrieg vergessen? Das ist unser erster freier Abend seit Monaten, und wir haben null Bock, ihn damit zu verplempern, uns euer Gezänk anzuhören.«

»Ich halte die alte Lady lediglich auf Trab«, feixte Gerry und versetzte Sues beachtlichem Hinterteil einen herzhaften Schlag. »Wenn es eines gibt, was dir Onkel Gerry über Frauen beibringen kann, dann Folgendes: Halt sie auf Zack, wenn sie scharf bleiben sollen.«

»Dass ich schwul bin, hat er immer noch nicht wirklich kapiert, oder?«, murmelte Tom vor sich hin.

»Vielleicht begreift er es, wenn du endlich jemanden kennenlernst.«

Er schnaubte verächtlich. »So toll, wie das zurzeit läuft, kann er lange warten.«

»Gibt's was Neues bei euch, ihr zwei?«, erkundigte sich Sue, die den Hickhack mit ihrem Ehemann vorübergehend eingestellt hatte, was allerdings kaum von langer Dauer sein dürfte.

»Nicht seit wir uns das letzte Mal gesehen haben«, antwortete ich. »Dads Zustand hat sich nicht groß verändert. Im Grunde vegetiert er seit einem Jahr auf diesem miesen Level dahin. Keine Ahnung, wie lange es noch weitergeht. Vielleicht ein paar Tage, vielleicht ein paar Wochen oder ein paar Monate. Wir können nichts tun, außer ihm die Zeit einigermaßen erträglich zu machen.«

»Und wie ergeht es euch dabei?«

»Es ist, als wären wir in einer Art Vorhölle gefangen.« Tom seufzte vernehmlich. »Natürlich fürchten wir den Moment, wenn es zu Ende ist, aber zugleich sehnen wir ihn herbei.«

Er streckte die Hand nach mir aus, und ich drückte sie zur Bestätigung.

»Ist es schlimm, dass wir so empfinden?«, fragte ich Sue mit flehendem Unterton, um nur ja die erhoffte Antwort zu erhalten.

Ich bekam sie. »Ist es nicht«, versicherte Sue. »Ihr wollt ihn nicht leiden sehen, das ist allzu verständlich.«

»Man sieht euch an, dass ihr fix und fertig seid, ihr zwei«, fügte Gerry hinzu. »Seid ihr sicher, dass er inzwischen, wo er rund um die Uhr Betreuung braucht, in einem Hospiz nicht besser aufgehoben wäre?«

»Nein. Das kommt nicht infrage«, wies Tom den Vorschlag brüsk zurück. »Als er von seiner Krankheit erfuhr, hat er sich ausdrücklich gewünscht, zu Hause bleiben zu können, also wird es so gemacht.«

»Er kann nicht wollen, dass ihr euch seinetwegen aufreibt.«

»Glaubt ihr, das sähe anders aus, wenn er im Hospiz wäre?« Ich warf einen kurzen Blick auf mein Handy, um mich zu vergewissern, dass Dahlia, Dads Krankenschwester, uns keine Nachricht geschickt hatte. »Nein, dann müssten wir ständig hin und her rennen und wären außerdem nicht gleich bei ihm, wenn sich sein Zustand verändert oder er uns sehen möchte.«

»Schon gut, Blümchen«, beschwichtigte Gerry mich. »Ihr wisst selbst, was das Beste ist. Sagt uns einfach Bescheid, falls wir irgendwas für euch tun können.«

Ein paar Minuten starrten wir alle stumm in unsere Biergläser.

Ich war achtzehn, als bei Dad Krebs festgestellt wurde, und kaum zwanzig, als wir erfuhren, dass er unheilbar war, und ich musste mich an den Gedanken gewöhnen, bald den Verlust des zweiten Elternteils zu erleben. Doch nichts, wirklich nichts hatte mich auf die schreckliche Quälerei vorbereitet, die nunmehr bereits so lange andauerte. Insofern waren wir dankbar, wenn Gerry und Sue uns mal für ein paar Stunden aus dem Haus zerrten und uns ablenkten, damit wir den Kopf frei bekamen.

»Also, ganz bestimmt würde er nicht wollen, dass wir hier hocken und Trübsal blasen«, erklärte Gerry schließlich energisch. »Wir haben euch hergebracht, um euch aufzumuntern, nicht um euch zum Heulen zu bringen.« Er hob sein Glas. »Ich sag euch was, wir trinken auf abwesende Freunde. Auf meinen besten Kumpel Phil, auf den anständigsten Kerl, den man sich denken kann. Nie hat er beim Billard beschissen, wenn er glaubte, dass es jemand sehen könnte, und sich nie vor seiner Runde gedrückt, wenn er überzeugt war, dass du zu betrunken warst, um zu merken, dass er höchstens ein kleines Bier ausgab. Ich wünschte, du wärst bei uns, alter Kumpel.«

»Auf Dad«, sagten wir im Chor und stießen an.

Eine Weile blieb es still, da jeder für sich seinen Erinnerungen nachhing.

»Und was macht euer Tanz um den Maibaum, Gerry?«, erkundigte ich mich schließlich so fröhlich wie möglich, um die düstere Stimmung ein wenig aufzuhellen. »Wird er dafür sorgen, dass eure Farm in diesem Jahr Monstererträge einfährt, oder müssen wir Tom auf dem Scheiterhaufen als Jungfrauenopfer darbringen?«

»Es ist ein Morris Dance, der Maibaum spielt dabei kaum eine Rolle«, wies Gerry mich zurecht und bedachte mich mit einem strengen Blick.

Als Mitglied der Morrismen, einer Volkstanzgruppe, die in traditionellen Schellengewändern auftrat, nahm er die Sache zum Kummer seiner Angetrauten sehr ernst.

»Immerhin könnt ihr behaupten, dass euer Onkel in Hand- und Fußschellen tanzt«, fügte er seinen Lieblingswitz hinzu.

Erwartungsgemäß stöhnte Sue auf. »Weißt du eigentlich, wie oft du diesen dämlichen Kalauer bemühst? Mittlerweile hat er einen Bart.«

Bevor sich darüber ein neuer Streit entzünden konnte, wandte mein Bruder sich scheinbar empört an mich. »He. Hast du mich etwa gerade als Jungfer bezeichnet?«

»Du bist ziemlich sicher derjenige in der ganzen Gegend, der dem am nächsten kommt. Seit fast drei Jahren bist du mit niemandem mehr ausgegangen, von anderem gar nicht erst zu reden.«

»Verfluchter Dreck.« Trübselig trank er einen Schluck. »Das Schlimme ist, dass es stimmt.«

»Du brauchst gar nicht auf ihm herumzuhacken, Lana«, nahm Sue ihn in Schutz. »Ich sehe dich ebenfalls nicht gerade häufig mit irgendwelchen Verehrern herumziehen. Wäre dieser junge Koch mit der Punkfrisur, den dein Vater so mag, nicht was für dich?«

Entsetzt riss Tom die Augen auf. »Deano?«

»Ja, der. Phil hält große Stücke auf ihn.«

»Danke der Nachfrage«, sagte ich. »Deano mag ja ganz amüsant sein, ist allerdings zu neunundneunzig Prozent durchgeknallt. Also, bitte nicht.«

»Und was ist mit eurer Musikkapelle, die ihr fälschlicherweise immer als Band bezeichnet? Gibt's da nicht wenigstens ein paar nette Jungs?«

Ich lachte. »Die *Egglethwaite Silvers* sind nicht *Oasis*, Sue. Bis auf drei sind alle über fünfzig. Und die drei kannst du dir sonstwo hinstecken.«

»Für mich bist du längst über den Punkt hinaus, an dem du wählerisch sein darfst. Dein letztes Date dürfte locker ein Jahr her sein.« Sue trank einen Schluck von ihrem Bier. »Wie hieß er gleich, dein Radler?«

»Ich weiß nicht, wen du meinst.«

»Unsinn, du erinnerst dich sehr wohl. Der Radrennfahrer, mit dem du ausgegangen bist und der sich nie wieder gemeldet hat.«

»Nein, ich erinnere mich nicht. Und ich will mich auch nicht mehr an Stewart McLean erinnern.«

Tom strich über seine Lippen, als wollte er sie verschließen. »Erwähn ihn nicht, Susan. Das Thema ist bei uns tabu.«

»Alles schön und gut. Trotzdem ist es Zeit, wenn du mich fragst, dass unsere Lana wieder unter Menschen geht.« Sie musterte mich kritisch. »Welche Größe trägst du inzwischen?«

Pikiert verzog ich das Gesicht. Okay, ich hatte im letzten Jahr ein bisschen zugelegt, aber musste die dumme Kuh mich ständig darauf ansprechen und mir indirekt suggerieren, dass es sich um Kummerspeck handelte?

»Kümmere dich um deinen eigenen Kram«, gab ich rüde zurück. »Und um dein eigenes Gewicht.«

»Tu ich ja«, konterte sie prompt. »Willst du nicht mal mit mir zu *Slimming World* gehen?«

»Ich brauche keine Abnehmgruppe. Ich muss einfach ein bisschen aufpassen und weniger übrig gebliebene Schlachtplatten oder süße Kalorienbomben verdrücken.«

Gerry schüttelte den Kopf. »Ich weiß nicht, warum ihr Mädchen immer an eurem Gewicht rumnörgeln müsst. Ist doch schön, wenn was auf den Rippen sitzt. Da haben wir Jungs was zum Festhalten.«

Er beugte sich nach hinten und warf einen wohlwollenden Blick auf die Rückansicht seiner besseren Hälfte.

»Und gibt es diesen Monat was Neues aus der Gemeinde, Gerry?«, wechselte Tom diplomatisch das Thema. »Wurde der Höschendieb von Egglethwaite gefasst?«

»Nein. Der Schlüpferzupfer ist immer noch auf freiem Fuß.« Gerry gönnte sich einen großen Schluck. »Um ehrlich zu sein, bin ich ganz froh darüber. Das ist der einzige Aufreger bei den Versammlungen des Bürgervereins. Ansonsten geht es immer bloß um Baugenehmigungen für Gartenschuppen oder um die Papiersorte für das diesjährige Rundschreiben.«

»Warum bist du überhaupt eingetreten?«, wollte ich wissen.

»Ach, du weißt ja, wie das so läuft. Ich hielt es für meine Pflicht, immerhin ist es wichtig, die Interessen der Farmer zu vertreten. Außerdem hatte ich das Gefühl, dort im Sinne deines Vaters Einfluss nehmen zu müssen, seitdem er nicht mehr kann.« Gerry hielt inne, schien an seinen Kumpel und die guten alten Zeiten zu denken. »Wenn man allerdings sentimentale oder ehrenwerte Beweggründe außer Acht lässt, ist es kacklangweilig. Wichtige Sachen dürfen die einzelnen Gemeinden ja seit Einführung des Metropolitan Countys ohnehin nicht mehr entscheiden. Bei der letzten Versammlung haben wir ungelogen eine halbe Stunde damit zugebracht, gelbe Farbmuster zu vergleichen.«

»Soll der Gemeindesaal gestrichen werden?«

»Nein, ein paar Spinner sind auf die Idee verfallen, bei dieser Werbekampagne für die Tour de France mitzumischen, für den Grand Départ. Der startet nämlich nächstes Jahr in Yorkshire.«

»Aber nicht in unserer Gegend, oder?«

»Weiß ich nicht, die Route wurde offenbar noch nicht festgelegt. Jedenfalls meinen ein paar Typen, Egglethwaite solle sich an den Medienrummel um die Tour anhängen und ein gelbes Fahrrad vor dem Gemeindesaal aufstellen.«

Ich verstummte und starrte nachdenklich in mein Guinness, während sich das Gespräch anderen Themen zuwandte. Doch als der Alkohol in mein müdes Hirn stieg, begann sich ein Plan herauszukristallisieren.

»Lana?« Gerry versuchte mich aus meiner Versunkenheit zu reißen. »Alles in Ordnung, Blümchen?«

»Klar, warum eigentlich nicht?«, murmelte ich vor mich hin.

»Wie bitte?«

»Warum sollten sie hier nicht durchkommen?«

»Was für verqueres Zeug redest du da vor dich hin, Mädchen?«, mischte sich Sue ein.

»Ich meine den Grand Départ? Warum sollte er nicht durch Egglethwaite führen? Wir sind schließlich nicht schlechter als andere Orte in den Dales, oder?«

»Leider auch nicht besser«, meinte Tom. »Letzten Endes sind wir ein winziges Nest, haben gerade mal eine einzige große Straße mit Kopfsteinpflaster, zwei Kirchen, einen Pub und ein Restaurant, unseres, ein paar Pensionen, dazu ein paar Läden, ein paar Farmen, monotone Reihenhäuser und was Dörfer sonst noch so aufzuweisen haben. Was soll daran toll sein?«

»Verbundpflaster«, warf Gerry ein. »Wir haben kein Kopfsteinpflaster, sondern Verbundsteine. Die sind breiter und flacher.« Er schüttelte den Kopf. »Das bringen alle durcheinander.«

Tom wedelte abfällig mit der Hand. »Kopfstein, Verbundstein, Kiesel, wen interessiert das? Ich will damit sagen, dass es Orte wie unseren hier in der Gegend jede Menge gibt. Was hätten wir vorzuweisen, damit sie sich für Egglethwaite entscheiden?«

Ich sah mich im *Sooty Fox* um, dem einzigen Pub, in dem sich die Dorfbewohner lachend über ihren Wochenendbieren unterhielten.

»Wir haben uns«, sagte ich. »Unser Kaff mag wie alle anderen sein, aber die Menschen sind was Besonderes. Das hat Dad immer gesagt.«

Sue sah mich zweifelnd an. »Was interessieren Radrennfahrer beziehungsweise die Organisatoren der Tour die Menschen, Lana? Denen geht es höchstens um eine großartige Kulisse, eine spektakuläre Straßenführung – eben alles, was sich vermarkten lässt und was Zuschauer und das Fernsehen anlockt.«

»Das hätten wir.« Allmählich erwärmte ich mich für das Thema. »Denkt an den Ausblick vom Pagans' Rock, an den Viadukt, das Hochmoor. Wir haben alles, Leute! Warum sollten sie nicht hier vorbeikommen? Irgendwo müssen sie ja durchfahren.«

Gerry sah mich zweifelnd an. »Nimm's mir nicht übel, was würde uns das denn bringen? Ich will mir lieber nicht vorstellen, wie mein Farmland überrannt wird, wenn die da Fanparks mit riesigen Leinwänden und allem Drum und Dran einrichten und die Touristen einfallen wie Heuschreckenschwärme. Vielen Dank. Die machen mir am Ende noch die Schafe nervös.«

Sue schnalzte warnend mit der Zunge. »Pfeif auf deine Schafe. Es gibt mehr im Leben als deine dämlichen Swaledales, Gerry Lightowler.«

»Aus dir spricht keine wahre Farmersfrau. Und dass du sie dämlich genannt hast, werde ich ihnen verraten.«

»Warum nennst du Sue überhaupt Farmersfrau?«, erkundigte sich Tom.

»Weil sie mit einem Farmer verheiratet ist. Ganz einfach.«

»Geschenkt, bloß klingt das, als wäre sie ein Anhängsel, obwohl die Farm euch gemeinsam gehört und sie sie gemeinsam mit dir bewirtschaftet. Und du tust, als wäre ihr Beitrag geringer. Richtiger wäre, sie als Farmerin zu bezeichnen.«

Gerry schaute Tom perplex an, ohne ein Wort zu sagen.

»Jetzt hast du ihn mit deinem feministischen Gequatsche völlig durcheinandergebracht«, warf ich meinem Bruder vor. »Du bist schuld, wenn sein armer Yorkshire-Schädel explodiert.«

Sue sah mich streng an. »He, Schluss damit. Niemand außer mir darf meinen Alten beleidigen.«

»Ist recht, so oft, wie du das tust, reicht es eindeutig für uns alle«, stichelte ich. »Doch wir kommen vom Thema ab. Was ist mit der Tour? Ehrlich. Ich finde, wir sollten uns näher damit beschäftigen.«

»Eine nette Idee, wenngleich ich diesmal Gerry eher recht geben muss«, sagte Sue. »Es wäre ein enormer Aufwand, der kaum was bringt, fürchte ich.« Sie stupste ihren Mann an. »Mehr Unterstützung kriegst du nicht von mir, du Holzkopf.«

»Und die vielen Touristen hältst du für unwichtig?«, gab ich zu bedenken. »Möglicherweise ließe sich dadurch der Tourismus dauerhaft ankurbeln. Darüber sollte der Bürgerverein mal nachdenken. Kannst du das den anderen nicht so verkaufen, Gerry?«

»Hm. Ich bin nicht überzeugt von der Sache, tut mir leid.«

»Jetzt kommt schon, Leute. Wir könnten Geschichte schreiben!« Als ich sah, dass Gerry zögerte, setzte ich meinen schönsten Kindchenblick auf. »Für mich? Oder für Dad – der würde das sicherlich befürworten.«

Gerry trank einen Schluck. »Na schön, ich werde es ansprechen«, erklärte er nach dieser schöpferischen Pause. »Nur mach dir keine allzu großen Hoffnungen, Lana. Vielleicht wurde die Route ja längst festgelegt. Wir werden sehen …«

In diesem Augenblick summte mein Handy. Hastig griff ich danach und wischte über das Display.

»O Gott«, flüsterte ich. »Tommy, wir müssen nach Hause. Sofort.«

Kapitel 5

»Herrgott, Flash. Jetzt mach mal zu!«

Der kleine, dicke Border Collie blieb auf seinem Welpenhintern unter dem Baum sitzen und sah definitiv aus wie ein pelziger schwarz-weißer Gnom.

Vorwurfsvoll schwenkte ich die Plastiktüte in seine Richtung. Er starrte mich weiter an.

»Okay, kapiert. Du willst deine Privatsphäre. Aber beeil dich.«

Ich drehte ihm den Rücken zu und schaute über die mit Gänseblümchen bedeckten Wiesen. Es war ein trüber Sommermorgen gewesen, doch genau in diesem Moment brach die Sonne durch die Wolken. Lange Sonnenstrahlen – Finger Gottes hatte Dad sie immer genannt – trafen wie Speere auf den Viadukt, bevor sie sich in dem dahinterliegenden Stausee brachen.

Ich wandte den Blick ab – die Schönheit dieses Naturschauspiels passte nicht zu meiner Gemütsverfassung.

Mein Handy summte, eine Nachricht von meinem Bruder. *Brauchst du noch lange?*

»Hast du es bald, Kleiner?«, rief ich Flash zu. »Tommy drängt uns, nach Hause zu kommen.«

Zu meiner Erleichterung stellte ich fest, dass Flash endlich getan hatte, was er tun sollte. Stolz stand er schwanzwedelnd daneben, als hätte er einen Preis oder zumindest eine Belohnung verdient.

»Braver Junge.« Ich streichelte seinen Kopf. »Dann komm, es wird Zeit.«

Tom, in Anzug und Krawatte, stand bereits ungeduldig wartend neben dem Empfangspult.

»O gut, da bist du ja«, seufzte er. »Ich fürchtete bereits, du könntest dich verspäten. Musst du dich noch umziehen?«

»Nein, bin ich schon, siehst du das nicht«, erwiderte ich und deutete auf mein seröses dunkles Kostüm. »Ich bringe schnell Flash nach oben in sein Körbchen, dann können wir.«

Bevor ich ihn allerdings packen konnte, war der kleine Hund auf und davon und flitzte die Treppe hinauf, um fordernd an der Tür zu Dads Zimmer zu kratzen.

»Nein, mein Junge, da kannst du nicht rein.«

Er begann zu winseln und schaute mich mit großen Augen flehend an.

»Ich habe Nein gesagt, Flash! Ab ins Körbchen mit dir!«

Zu spät bemerkte ich den schmalen Türspalt, durch den sich soeben Flash zwängte, und mir blieb nichts anderes übrig, als ihm zu folgen.

Da die Vorhänge geschlossen waren, musste ich die Augen zusammenkneifen, um genug sehen zu können. Dads Buch lag aufgeschlagen neben seinen

Schmerzmitteln auf dem Nachttisch, und in dem ungemachten Bett hatte sich leise fiepend Flash eingerollt.

»Dummer Hund. Herrchen ist nicht hier, siehst du das nicht? Jetzt komm.«

Ich drehte mich um, wollte ihn zur Tür locken, doch Flash rührte sich nicht vom Fleck und winselte weiter.

»Hörst du nicht? Er ist nicht mehr da.«

Ich sah auf das Buch, aus dem Tom zuletzt vorgelesen hatte. Es war *Der Weg nach Wigan Pier* von George Orwell, das hatte Dad so sehr geliebt.

Hatte. Ich sank auf den Stuhl neben dem Bett, auf dem ich die vergangenen Jahre so viele Stunden gesessen hatte, und brach in Tränen aus.

»Es hilft nichts, Flash«, flüsterte ich dem Welpen zu. »Er kann nicht mehr mit dir kuscheln.« Durch den Tränenschleier vor meinen Augen erkannte ich nichts als ein flauschiges Knäuel, nach dem ich die Hand ausstreckte. »Er wird dir fehlen, nicht wahr? Mir auch, mein Süßer.«

»Wenigstens muss er nicht mehr leiden.«

Als ich aufschaute, sah ich verschwommen Tom auf mich zukommen, der mir tröstend eine Hand auf die Schulter legte.

»Ich weiß«, schluchzte ich. »Es war für ihn eine Tortur, gefangen in einem Körper, der ihm unsägliche Schmerzen bereitete, dahinzuvegetieren. Es ist einfach egoistisch, ihn mir zurückzuwünschen.«

»Du hast das Recht, ein bisschen egoistisch zu sein. Schließlich warst du sein kleines Mädchen.« Tom nahm meine Hand und presste sie so fest, als wollte er sie zerquetschen. »Er hätte nie so sterben dürfen. Zweiundfünfzig, was ist das für ein Alter? Dieser Dreckskrebs …«

»Und wir haben jetzt niemanden mehr. Mit sechsundzwanzig Vollwaise, das ist verdammt hart.« Ich stand auf und drückte mich an ihn. »Ach Gott, Tommy, wie sollen wir das heute durchstehen?«

»Gemeinsam, anders geht es nicht.« Er streichelte mir übers Haar. »Lass uns runtergehen, der Wagen kann jeden Moment kommen.«

Als wir vor dem Krematorium Cedarwood ausstiegen, stand dort eine Gruppe von Trauergästen versammelt und unterhielt sich leise mit Sal, die die Trauerrede halten würde. Dad, der eine nichtkonfessionelle Zeremonie wollte, hatte sie selbst ausgewählt.

»Das sind hoffentlich nicht alle, oder?«, flüsterte ich Tom zu, da ich gerade mal zehn Personen zählte, darunter neben ein paar Einheimischen Tante Clem, Dads Schwester, die mit ihrem Mann eigens aus Italien angeflogen war.

Sichtlich betroffen zuckte Tom die Schultern. »Ich habe den Termin auf unsere Facebook-Seite gestellt …, so wirklich verstehe ich das nicht.«

Sal kam auf uns zu, um uns zu begrüßen. »Wie geht es Ihnen beiden?«

Tom rang sich ein Lächeln ab. »Es ging uns schon mal besser.«

»Natürlich«, erwiderte sie. »Falls Sie irgendwelche Probleme haben oder irgendwelche Unklarheiten bestehen, sagen Sie es frei heraus. Ich bin dafür da, Ihnen zu helfen, soweit es in meiner Macht steht.«

Diese zupackende Art mochte ich an Sal. Seit Dad uns gebeten hatte, jemanden zu engagieren, der ihm half, seine Trauerfeier zu organisieren, hatte sie eine perfekte Kombination von Mitgefühl und Effizienz an den Tag gelegt, ohne unaufrichtige Anteilnahme zu heucheln, wie es Fremde oft taten. Genau das hatten wir alle gebraucht. Besonders Dad war ganz hin und weg von ihr gewesen. Man hätte fast glauben können, er habe sich sogar ein bisschen in sie verliebt.

»Wo ist der Sarg?«, fragte ich mit ganz kleiner Stimme, denn mir graute davor, ihn zu sehen.

»Drinnen.« Sal drückte meinen Arm. »Ich weiß, das wird heute schwer für Sie werden – es gibt einfach keine fröhliche Beerdigung, das ist nun mal so. Aber vergessen Sie eines nicht: Ihr Vater hat sich ausdrücklich gewünscht, dass wir an diesem Tag sein Leben feiern. Denken Sie an die glücklichen Jahre, die Sie mit ihm hatten, und sehen Sie diese Trauerfeier nach Möglichkeit als … sagen wir als würdigen Abschluss.«

»Ich kann lediglich daran denken, dass er nicht mehr da ist.« Meiner Kehle entrang sich ein leises Schluchzen. »Mein Dad hat mich verlassen und kommt nicht zurück.«

»Wenn er zurückkäme, würde er zu Leid und Schmerz zurückkehren.«

»Das wissen wir«, warf Tom ein. »Wir haben das weiß Gott lange genug miterlebt. Und eigentlich sollte dieses Wissen es uns leichter machen, seinen Tod zu akzeptieren, doch das tut es nicht.«

»Halten Sie sich einfach an dem Gedanken fest, dass er Sie über alles liebte und dass er sehr stolz auf Sie beide war«, schlug Sal mit sanfter Stimme vor.

Ich lächelte unter Tränen. »Das war er wirklich, der alte Dummkopf. Mal ehrlich, wie konnte er auf zwei verkorkste Existenzen wie uns stolz sein?« Ich stupste Tom an. »Also dann los. Bringen wir es hinter uns.«

Wir folgten Sal in die Aussegnungshalle und trauten unseren Augen nicht.

»Mein Gott, Lana, der ganze Ort ist da«, hauchte Tom überwältigt.

Der große Raum war bis auf den letzten Platz gefüllt, und nicht wenige standen sogar. Gerührt gingen wir durch den Mittelgang nach vorne, wo zwei Stühle für uns frei gehalten worden waren. Im Vorübergehen sah ich die vertrauten Gesichter von Deano, Jasmine und Debbie, das des Metzgers, der Blumenfrau, des Wirts vom *Sooty Fox* und, und, und …

Bevor ich all das wirklich in mich aufnehmen konnte, fiel mein Blick auf die längliche Holzkiste vor den Vorhängen, hinter denen sich, wie ich allzu gut wusste, der Verbrennungsofen befand.

»O Gott, da liegt er drin«, flüsterte ich Tom zu, und plötzlich überfiel mich Panik.

Mein Kopf fühlte sich an, als würde er in einem Schraubstock stecken, der ihn zunehmend zusammendrückte.

»Da liegt Dad drin«, wiederholte ich gepresst.

Tom schüttelte den Kopf. »Dad ist nicht mehr hier. Was da drin liegt, ist nicht er. Das ist lediglich seine Hülle.«

Dennoch vermochte ich die Augen nicht von dem Sarg abzuwenden, starrte wie gelähmt darauf und fürchtete, im nächsten Moment in Ohnmacht zu fallen.

»Ich schaffe das nicht«, murmelte ich. »Es tut mir leid, Tommy, ich muss raus.«

»Lana«, rief er mir nach, aber ich rannte bereits zur Tür.

Draußen sank ich keuchend gegen die Wand und versuchte verzweifelt, mein wild pochendes Herz zu beruhigen. Sie würden meinen Dad … Ich verbot es mir, den Gedanken zu Ende zu bringen.

»Hier steckst du also.«

Sue war mir gefolgt und musterte mich streng, die Arme hatte sie resolut vor der Brust verschränkt.

»Ja, hier stecke ich«, murmelte ich.

»Was tust du hier? Drinnen wartet die Pfarrerin auf dich, damit sie anfangen kann.«

»Die Rednerin. Sie ist keine Pfarrerin.«

Missbilligend schüttelte sie den Kopf. »Dein Dad und seine komischen Ideen. Also, kommst du wieder rein?«

»Ich kann nicht, Sue. Der Sarg …« Krampfhaft schluckte ich ein paar Tränen hinunter. »Ich kann nicht zuschauen, wie er verschwindet.«

»Muss ich jetzt deine Mutter spielen und dich zwingen?«, drohte sie mir. »Dir wird Hören und Sehen vergehen, wenn du nicht auf der Stelle wieder da reingehst und deinem Bruder beistehst, wie es sich gehört.«

»Aber …«

»Kein Aber, Lana Donati. Denk dran, was deine Mum mir mit ihrem letzten Atemzug eingeschärft hat: Sue, sagte sie, sorg dafür, dass die zwei immer füreinander da sind.«

»Ich dachte, ihre letzten Worte an dich seien gewesen: Herr im Himmel, wie schaffe ich es, dass Filippo diese scheußlichen Vorhänge austauscht?«

»Also, das hier hat sie mir mit ihren Augen gesagt«, redete Sue sich heraus und legte die Hand auf meinen Arm. »Ich weiß, es ist schwer, doch so ist das Leben nun mal. Du liebst jemanden, und irgendwann kommt der Tag, an dem du ihn verlierst und dir nichts bleibt als die Erinnerung. Es ist wie ein Tritt in den Allerwertesten, dem du nicht ausweichen kannst. Ihr zwei braucht euch jetzt. Also geh gefälligst rein und kümmere dich um ihn, so wie es deine Mum gewollt hätte, in Ordnung?«

Sue legte den Arm um mich. »Er ist nicht da drin, mein Mädchen, er ist woanders. Irgendwo, wo er keine Schmerzen mehr hat. Vor dem Vorhang steht nur eine große, leere Kiste – so musst du dir das denken.«

»Das hat auch Tom gesagt.« Ich seufzte. »Der arme Tommy. Jetzt sind wir ganz allein auf uns gestellt.«

»Nein, seid ihr nicht.«

»Stimmt. Danke, Sue.«

»Du kümmerst dich künftig um den armen kleinen Tommy, und Gerry und ich, wir kümmern uns um die arme kleine Lana.« Sie reichte mir ein Taschentuch. »Wir übernehmen von nun an die Elternstelle.«

»Kommandierst du mich deshalb so rum?«

»Nein, das tue ich, weil es mir Spaß macht«, scherzte sie und führte mich behutsam zum Eingang. »Es wird Zeit, Abschied zu nehmen, Liebes, und Zeit, dein Leben zu leben.«

Drinnen wurde im Hintergrund leise Musik gespielt. *Renaissance des Cembalos*, was sonst. Egal, so hatte Dad es sich gewünscht.

Sal stand hinter dem Rednerpult und wartete darauf, anfangen zu können. Schwer auf Sue gestützt, gab ich mir alle Mühe, nicht auf den Sarg zu blicken, damit ich nicht ein weiteres Mal ausflippte. Aus dem Augenwinkel sah ich nichts als die verschwommenen Farben von Dads Fußballschals, Bradford City und Neapel, die kreuzweise über dem Sargdeckel lagen.

»Entschuldige, Tommy.« Ich setzte mich neben meinen Bruder und tätschelte sein Knie. »Da bin ich wieder – und diesmal bleibe ich.«

Er lächelte schwach, in seinen Augen glitzerten Tränen – ich merkte, dass er über den Punkt hinaus war, an dem er noch etwas sagen konnte.

Als Sal sich räusperte, verstummten die letzten leisen Gespräche.

»Ich kannte Filippo Donati nicht lange, lernte ihn erst kurz vor seinem Tod kennen«, begann sie. »Natürlich könnte ich jetzt die üblichen Floskeln bringen: dass er ein außergewöhnlicher Mensch war – was zweifellos stimmte –; dass er seine Kinder über alles liebte; dass er ein guter, zuverlässiger Freund und ein angesehenes Mitglied dieser kleinen Gemeinde war; dass er alles, was er anpackte, zielstrebig verfolgte. Aber das werde ich nicht, denn was für ein Mensch Phil war, kann niemand besser erklären als er selbst. Also werde ich ihn das selbst sagen lassen, indem ich den von ihm persönlich verfassten Nachruf verlese.«

Erneut fing mein Herz bei diesen Worten zu klopfen an, und ich griff nach Toms Hand. Sal hatte uns gefragt, ob wir ihn vorab lesen wollten, doch wir hatten es vorgezogen, diesen Moment so lange wie möglich hinauszuzögern.

»Als ich ein Junge von zehn Jahren war, damals in Neapel, mussten wir das Gedicht eines Engländers namens John Keats auswendig lernen«, las Sal vor. »Inzwischen habe ich das meiste davon vergessen, bis auf eine Zeile. Sie lautet: *So scheint mir Sterben jetzt besonders schön.* Als Kind fand ich es idiotisch, etwas Derartiges zu behaupten, da eigentlich kein Mensch sterben will. Diese Engländer waren schon ein komischer Haufen, dachte ich damals.«

Leises Gelächter lief durch den Saal.

»Und deshalb, wie sollte es anders sein, lachte ich über diesen Satz und war wie alle Zehnjährigen davon überzeugt, dass ich ewig leben würde«, fuhr Sal fort, und ihre Stimme begann zu beben. »Jetzt indes, da ich dies schreibe, verstehe ich, was Keats meinte. Denn nun liege ich im Sterben, und ja, der Augenblick ist schön, ist erfüllt mit einer zugleich schmerzlichen wie süßen Wehmut. Zwar war mir kein langes Leben vergönnt, aber ich hatte ein schönes Leben und ein glückliches dazu. Ich verliebte mich in eine wunderschöne Frau, meine Paula, die unbegreiflicherweise meine Liebe erwiderte und mir zwei wunderbare Kinder schenkte, Tom und Lana, die zu zwei wunderbaren Erwachsenen heranwuchsen. Außerdem durfte ich in der unsterblichen Schönheit der Yorkshire Dales leben, in jenen Hügeln und Tälern, die mir zur Heimat wurden und deren Menschen mich mit offenem Herzen aufgenommen haben, und jedes Pfund Schmerz wurde mir mit einer Tonne Glück versüßt. Um einen Menschen, der geliebt hat und geliebt wurde, sollte man nicht trauern.«

Sal umfasste Tom und mich mit ihrem Blick, bevor sie weiterlas.

»Weint nicht, Kinder. Bereut keinen Tag eures so kostbaren Lebens. Liebt und lebt, und wenn ihr eines Tages zurückblickt, werdet ihr sehen, dass kein noch so großer Schmerz euch die Süße nehmen kann, die ihr aus dem Wissen ziehen werdet, dass die Welt ein besserer Ort ist, weil ihr darin gelebt habt. Vergesst nie, dass ich euch immer lieben werde, und lebt. Das ist alles. Gute Nacht, meine Lieblinge.«

Toms Hand umklammerte meine so fest, dass die Knöchel weiß hervortraten, doch ich spürte es kaum.

»Jetzt würde traditionell der Teil der Trauerfeier kommen, da wir schweigend des Menschen gedenken, der von uns gegangen ist«, hörte ich Sal sagen, »nur war Phil kein Freund der Stille. Darum wollen wir uns stattdessen dem Menschen neben uns zuwenden und ihn in die Arme schließen, so wie er es sich gewünscht hat.«

Leises Gemurmel kam auf, während sich die Gäste erhoben, sich umarmten, sich die Hand reichten oder sich küssten. Vereinzelt wurde sogar gelacht. Es war ein wunderschöner Moment.

Ich wandte mich Tom zu und drückte ihn mit aller Kraft an mich.

»Sein letzter Gedanke hat uns gegolten«, murmelte er erstickt.

»Ja, lass uns versuchen, seinen Wunsch zu erfüllen und zu leben. Für uns und für ihn.«

Kapitel 6

Trauer hin oder her, wir konnten es uns nicht leisten, das Lokal länger als am Tag der Beerdigung zu schließen, da die Geschäfte in letzter Zeit eher schlecht liefen. Die ersten Tage entlasteten unsere Mitarbeiter uns noch durch Extraschichten, damit wir mehr Zeit hatten, Dads Tod zu verarbeiten, doch nach zwei Wochen war der Alltag wieder eingekehrt.

An meinem ersten vollen Arbeitstag sah ich mich seufzend im Gastraum um. Es war ein Samstag, und vor einem Jahr hätte das ein volles Haus bedeutet. Heute Abend dagegen war höchstens ein Drittel der Tische besetzt.

Dad war das Herz und die Seele des Restaurants gewesen – selbst als er bereits zu krank war, um aktiv mitzuarbeiten, wirkte das nach, aber irgendwann im Laufe der Jahre schien sich sein Fehlen mehr und mehr bemerkbar zu machen.

Es war, als hätte sich über alles ein grauer Schleier gelegt, was auch unseren Gästen nicht verborgen blieb.

Ich tippte Jasmine auf die Schulter, die mit einem Wildschweinragout unterwegs war.

»Jaz, ich schaue kurz zu Deano hinter und mache dann Pause. Kommt ihr zurecht?«

»Klar, lass dir ruhig Zeit, Lana. Debbie und ich kriegen das schon hin.«

Deprimiert betrachtete ich erneut das schwach besetzte Restaurant. »Ja, das sollte allerdings zu schaffen sein«, seufzte ich sarkastisch.

Bevor sie weiterging, sah Jasmine mich mit jener Mischung aus Mitgefühl wegen des Todesfalls und Bedauern wegen der Talfahrt unserer Mittelalterschänke an, die ich nicht allein von ihr kannte. Ich hatte diese Blicke so satt.

Insofern war es eine Erleichterung, in die Küche zu gehen. Deano war einfach Deano: übergriffig, laut und freundlich, fast wie eine riesige, Angst einflößende Muppetpuppe. Unnütze Gedanken verschwendete er nicht. Hatte ich ihn anfangs eher für einen lästigen und leicht ekligen Volltrottel gehalten, so war er im Laufe des letzten Jahres im Grunde mein engster Freund geworden. Was schräg war, weil er nach wie vor die Hände nicht von mir ließ, obwohl ich bei aller Liebe zu viel Nähe von ihm nun wirklich nicht wollte.

»Hey, Lananana! Sieh dir das mal an!«

Er winkte mich zu sich, und in seinen irren braunen Augen glitzerte wilde Begeisterung.

Blinzelnd starrte ich auf den Herd. »Das ist eine Pfanne.«

»Das ist nicht einfach eine Pfanne. Das ist eine Spitzenpfanne, Mum hat sie mir besorgt und sie hergebracht, weil ich es nicht erwarten konnte, damit zu braten.«

»Wieso? Ist es eine Zauberpfanne?«

»Das ist sie, zumindest wenn ich damit koche.« Deano deutete auf die Innenbeschichtung. »Schau! Antihaftbeschichtung aus Titan, supereffiziente Wärmeverteilung … Ich sage dir, Lana, wenn Jesus gekocht hätte, würde er ausschließlich diese Pfanne benutzt haben.«

»Quatsch, Jesus hätte eine schlichte Eisenpfanne benutzt, weil er selbst für die Wunder sorgte und keine zauberwirkenden Gerätschaften brauchte.«

»Na schön, dann eben der Dalai Lama. Oder irgendeine andere beeindruckende Persönlichkeit, die das Besondere zu schätzen weiß«, sagte er und strich ehrfürchtig über den Griff.

»Hast du der Pfanne etwa einen Namen gegeben, Deano?«, hakte ich nach, da ich das bei ihm nicht für unmöglich hielt.

»Selbstverständlich nicht, das wäre ja lächerlich«, wehrte er sich, doch sein Gesichtsausdruck verriet ihn.

»O Gott. Und wie heißt das Ding?«

»Das *Ding* ist eine Sie und heißt Katie, wenn du es unbedingt wissen musst.« Er wandte sich von Pfannen-Katie ab und musterte mich. »Und wie schlägst du dich so, Boss?«

Ich seufzte. »So gut wie möglich, schätze ich. Danke der Nachfrage.«

»Na, die einen fragen bloß, die anderen tun auch was«, verkündete er geheimnisvoll und hob einen kleinen Ragouttopf vom Herd. »Nichts Besonderes, Hühnchen mit Gemüse. Ich dachte, dir und Tom ist bestimmt nicht nach Kochen zumute.«

»Danke dir, das ist ganz lieb von dir, aber das musst du nicht tun. Schließlich hast du genug Arbeit.«

Er wedelte mit den Händen. »Das ist alles Teil meines Masterplans.«

»Also gut, ich habe angebissen«, sagte ich und verdrehte die Augen. »Was ist dein Masterplan?«

»Ein Vermögen zu machen, indem ich dich heirate und deine Hälfte des Geschäfts übernehme.« Er zuckte mit den Achseln. »Oder Tom. Ich bin nicht wählerisch, ganz wie ihr wollt.«

Wie zur Bestätigung wackelte er theatralisch mit den Hüften und entlockte mir unwillkürlich ein Lachen, dem allerdings eine weniger lustige Feststellung folgte.

»Wenn du mich fragst, solltest du dir einen neuen Plan zurechtlegen. So wie es aussieht, wirst du auf dem Arbeitsamt reicher als in einer Ehe mit den Donatis.«

»Ach, jedes Geschäft macht mal eine Flaute durch. Das wird bestimmt wieder. Warte, wenn ich dir die neue Speisekarte vorlege, die ich für den Herbst geplant habe.« Er kniff mich tröstend in den Hintern. »Los jetzt, Lana-Banana, ab in die Pause mit dir. Wir kriegen das hier unten locker geschaukelt.«

Oben stellte ich die Kasserolle in unserer winzigen Küche ab, warf mich aufs Sofa und wartete darauf, dass Tom ebenfalls auftauchte.

Flash lag eingerollt in seinem Körbchen und beobachtete mich eine Weile aus einem halb geöffneten Auge, bevor er es aufgab, mir etwas vorzuspielen, und auf meinen Bauch sprang, um mir begeistert das Gesicht abzulecken.

»Pass auf, dass du nicht mein kostbares Kostüm vollsabberst, Kleiner«, warnte ich ihn, während ich ihn zärtlich hinter den Ohren kraulte.

Nach ein paar Minuten schlug mir der durchdringende Geruch von Frittieröl und Essig in die Nase, als dessen Quelle sich Tom erwies, der mit einem in Pergamentpapier eingewickelten Päckchen zur Tür hereinkam.

»O Gott, Tom, nicht schon wieder Pommes«, stöhnte ich. »In ein paar Monaten gehst du auf wie ein Hefekranz. Und dann wird Sue dir mit Diättipps in den Ohren liegen.«

»Ach, halt die Klappe und übernimm ein paar Kalorien.«

Er ließ sich neben mich aufs Sofa fallen und schob mir das Päckchen hin.

»Warum fragst du ihn nicht einfach, ob ihr mal zusammen einen trinken geht, bevor deine Arterien endgültig verstopft sind?« Ich riss das Papier auf und angelte eine Fritte heraus. »Eine Abfuhr kann unmöglich so wehtun wie ein Herzinfarkt.«

»Quatsch, natürlich kann sie das, zum Teufel.«

Flash robbte gierig näher und verlangte seinen Anteil. Seit Dads Tod verzogen wir ihn nach Strich und Faden. Wenn man über so lange Zeit rund um die Uhr für jemanden gesorgt hatte, fühlte man sich mit einem Mal irgendwie leer, und diese Leere füllten wir aus, indem wir den Welpen mit einem Übermaß an Liebe überschütteten und ihn mit einem Übermaß an Pommes fütterten. Gerry hatte ihn uns eigentlich geschenkt, damit er Dad in seinen letzten Monaten Trost spendete, jetzt tat er das bei uns.

»Komm, du bist seit wer weiß wie lange bereits auf den Typen aus der Imbissbude scharf«, pflaumte ich Tom an. »Willst du bis in alle Ewigkeit zweimal die Woche Fritten kaufen, bis er dich irgendwann wahrnimmt?«

»Solange ich keinen besseren Plan habe«, meinte er resigniert und bediente sich ebenfalls an den fettigen Kartoffelstäbchen. »Hey, immerhin habe ich heute erfahren, wie er heißt.«

»Na, das ist ja ein toller Fortschritt. Und wie ist sein Name?«

»Cameron. Erinnerst du dich, dass ich von Anfang an dachte, er könnte wie ein Cameron aussehen. Seine Haare verraten das.«

»Letzten Monat hast du mir noch erklärt, seine Augen sprächen für Craig.«

Er zuckte mit den Achseln. »Kein großer Unterschied, fängt beides mit C an.«

Ich gab Flash eine weitere Fritte und nickte zu unserer Küche hin.

»Wegen der Pommes kriegst du im Übrigen Ärger mit Deano. Er hat extra einen Hühnchen-Gemüse-Topf für uns gemacht. Wenn er rausfindet, dass du dir den Appetit mit Fast Food verdirbst, ist der Nachtisch für dich bestimmt gestrichen.«

»Wo steht er denn heute auf der Skala des Wahnometers?«, erkundigte sich Tom. »Ich muss ihm in einer halben Stunde in der Küche helfen.«

»Ziemlich weit oben, würde ich sagen.«

»O Gott, was ist es diesmal?«

»Er hat eine unangemessene Beziehung zu einer weiblichen Bratpfanne namens Katie aufgenommen.«

»Nicht dein Ernst, oder.« Tom grinste. »Na ja, wenigstens ist es was Neues.«

»Ja, es wird immer schlimmer mit seinen Verrücktheiten. Trotzdem ist er ein lieber Kerl.«

»Ich weiß.« Tom schnaubte. »Also ist Deano ab sofort pansexuell, oder?«

»Bitte hör auf.«

Irgendwo in meinem Mieder summte mein Handy, und ich begann in meinem Ausschnitt zu wühlen.

Tom verzog das Gesicht. »Musst du dein Handy immer zwischen deinen Möpsen verstauen, du Busenwunder? Es ist peinlich, dir bei deinen Suchaktionen zuzusehen.«

Gleichgültig hob ich die Schultern. »Tut mir leid. Wer immer das Genie war, das diese Kostüme entworfen hat, scheint offensichtlich vergessen zu haben, Taschen einzunähen, in denen wir Maiden unsere Utensilien verstauen können. Ich würde alles Geld der Welt darauf wetten, dass es ein Mann war.«

»Und wer ruft an?«

»Gerry.« Ich wischte über das busenwarme Display und nahm den Anruf entgegen.

»Hi«, sagte ich. »Ist ja nett gemeint, aber ihr müsst

euch nicht täglich melden. Wir sind ganz okay, ehrlich.«

»Deswegen rufe ich diesmal nicht an. Gestern Abend war eine Versammlung des Bürgervereins, da habe ich deine Idee für den Grand Départ vorgetragen.«

»Um Himmels willen, hast du das wirklich?« Ich verzog das Gesicht. »Ganz ehrlich, vergiss es – ich weiß nicht, was ich mir dabei gedacht habe.«

»Nein, sie waren ganz begeistert. Rodge möchte, dass du ebenso wie andere Geschäftsleute zur nächsten Versammlung kommst, damit wir das besprechen können. Vorausgesetzt, du fühlst dich dazu imstande.«

»Du machst Witze!«

»Keineswegs. Wir treffen uns am Sonntag, um das zu diskutieren. Glaubst du, das lässt sich einrichten? Unser großer Vorsitzender möchte, dass du dein Konzept präsentierst.«

»Konzept?« Meine Augen wurden groß. »Was für ein Konzept? Ich habe keins.«

Gerry stöhnte genervt. »Du hast vorgeschlagen, dass wir die Leute von der Tour de France umwerben, damit sie die Route durch Egglethwaite leiten«, erklärte er ungeduldig. »Und dann hast du mich gebeten, im Bürgerverein den Vorschlag zu unterbreiten, und das habe ich getan, obwohl ich ursprünglich dagegen war. Wo also liegt bitte jetzt das Problem, Mädel?«

»Ich hatte lediglich die Idee, dass wir uns vielleicht ins Spiel bringen sollten. Es war ein spontaner, völlig unausgereifter Einfall, sonst nichts. Ein Konzept ist etwas anderes, Gerry. Das muss detailliert ausgearbeitet werden. Und ich habe zudem nie daran gedacht, als Kopf und Schaltstelle einer solchen Aktion zu fungieren.«

»Musst du nicht, du sollst lediglich deine Idee vortragen. Die Missus und ich werden da sein und euch unterstützen. Ach ja, du sollst übrigens Tom mitbringen.«

Mein Bruder, der ahnungslos an einer Fritte knabberte, wusste noch nichts von seinem Glück. Ihm würde das Ganze sowieso am Arsch vorbeigehen, so abfällig, wie er sich über meinen Vorschlag geäußert hatte.

»Sie erwarten bestimmt keine PowerPoint-Präsentation oder so von dir«, drängte Gerry. »Erklär einfach, warum du glaubst, dass es gut für unseren Ort wäre.«

»Mein Gott, es war eine Schnapsidee! Wenn ich jeden verrückten Einfall, der mir unter Alkoholeinfluss im Pub durch mein umnebeltes Hirn geschossen ist, verfolgt hätte, wäre ich inzwischen beim Armdrücken gegen Rock Johnson angetreten und als Schlumpfine beim Marathon mitgelaufen. Willst du mir ernsthaft klarmachen, dass mir gerade mal fünf Tage bleiben, um mir irgendwelchen Schrott auszudenken?«

»Mehr oder weniger.«

»Und wie viele Leute sitzen in eurem Vorstand?«

»Acht.«

»Und wer wird sonst noch da sein«

»Na ja, die Vereinsmitglieder und die Geschäftsleute, denke ich.«

»Shit!«

»Und natürlich dürften interessierte Einwohner ebenfalls kommen.«

»Fuck!«

Gerry lachte. »Eigentlich sollte ich dich auf der Stelle ins Bad schicken, damit du dir den Mund auswäschst.«

»Hundesohn«, schimpfte ich. »In was hast du mich da reingeritten?«

»Ich? Jetzt mach mal einen Punkt«, gab er entrüstet zurück. »Auf wessen Mist ist denn diese Idee gewachsen, wie? Auf meinem jedenfalls nicht. Ich habe einzig und allein das getan, was mir ein vorlautes Weibsbild aufgetragen hat.« Er seufzte. »Komm einfach zu der Versammlung und wiederhole, was du im Pub gesagt hast. Falls sich die Leute überzeugen lassen, hast du deine Aufgabe erfüllt.«

»Na schön«, knickte ich ein. »Dafür zwicke ich euch vor dem nächsten Maitanz die Schellen ab. Falls ihr beim Tanzen nichts klingeln hört, dann wisst ihr, wem ihr das zu verdanken habt.«

»Wenn du dich wirklich rächen wolltest, würdest du die Zapfhähne im Pub abschrauben«, sagte er. »Wir sehen uns am Sonntag, Blümchen.«

»Herr des Himmels, was ist denn da los?«, fragte Tom, als ich das Handy weggelegt hatte.

»Wer sagt, dass irgendwas los ist?« Ich schob Flash beiseite und trat ans Fenster.

Der seit Langem leer stehende Laden auf der anderen Straßenseite war eingerüstet, und ich fragte mich flüchtig, was wohl damit passieren mochte.

»Dein dummes Maidengesicht sagt mir das. Raus mit der Sprache: Was hast du angestellt, Lana?«

»Nichts«, wehrte ich ab und ließ mich zurück aufs Sofa plumpsen. »Okay, vielleicht eine winzig kleine Kleinigkeit, die uns allerhöchstens eine halbe Stunde kosten wird.«

»Und worin, bitte schön, besteht diese Kleinigkeit«, bohrte Tom weiter.

»Wir müssen in der Versammlung des Bürgervereins eine Präsentation machen«, ratterte ich so schnell herunter, dass man es kaum verstand.

»Wir müssen was?« Fassungslos sah Tom mich an.

»Das ist alles Gerrys Schuld.«

»Mal ganz langsam, ich verstehe bloß Bahnhof. Was soll überhaupt präsentiert werden?«

»Na, die Idee mit der Tour de France.«

»Machst du Witze? Dann hör auf damit – ich finde das nämlich absolut nicht witzig.«

»Ich auch nicht mehr«, räumte ich kleinlaut ein. »Nur wollen sie mich jetzt festnageln, die Leute vom Vorstand scheinen ganz besoffen von der Idee zu sein.«

Tom lehnte sich zurück. »Ist dein Bier, mir kann's eigentlich egal sein.«

»So einfach ist das leider nicht, sie wollen dich ebenfalls dabeihaben. Warum, weiß ich nicht. Egal, du sitzt mit im Boot. Tut mir leid, Tommy.«

Mein Bruder schwieg eine Weile, und man sah ihm förmlich an, dass seine kleinen grauen Gehirnzellen auf Hochtouren arbeiteten. Schließlich richtete er sich auf und teilte mir das Ergebnis dieses zerebralen Kraftakts mit.

»Also, vielleicht wäre das gar nicht so schlecht«, meinte er. »Vielleicht ist es, so ungern ich das zugebe, im Grunde sogar eine tolle Idee. Und für uns wäre es eine willkommene Abwechslung und Ablenkung nach der ganzen Geschichte …«

»Wie bitte? Du bist einverstanden, dich für diese Schnapsidee zu engagieren? Und dich dafür sogar vor anderen zu produzieren? Ein solcher Ausbund an Schüchternheit wie du? Das hat echt eine gewisse Größe.«

»Na und, dafür hast du die größte Klappe auf Gottes weiter Erde, seit Eva ihren Adam zum Apfelessen überredet hat. Zusammen könnten wir das hinkriegen, eben weil wir uns ergänzen.« Er klopfte mir auf die Schulter. »Du hattest recht, das ist für Egglethwaite eine einmalige Chance, aus dem Dornröschenschlaf aufzuwachen und Geschichte zu schreiben. Komm, wir machen Dad stolz und tun es, okay?«

Kapitel 7

»Pffffffffff«, atmete ich langsam durch die Zähne aus.

»Was soll das werden?«, erkundigte Tom sich verwundert.

»Was?«

»Dieses komische Geräusch, das du von dir gibst. Kommt dir etwa Deanos Käsesoufflé hoch?«

»Das ist eine Atemübung, du Torfkopf. Ich bringe mich in Form.«

»Ich wünschte, ich hätte mich mit einem steifen Drink in Form gebracht«, sagte er und verkroch sich tiefer in seine Ecke. »O Gott, bald kommt die Meute. Da hast du uns in einen schönen Schlamassel geritten.«

»Wie bitte? Ich dachte, du hättest dich zu der Überzeugung durchgerungen, dass es eine gute Idee sei.«

»Plötzlich finde ich sie gar nicht mehr so toll. Und warum zum Teufel sind wir so früh hergekommen?«

»Zugegeben, wir sind zu früh dran, aber wenn du dich bitte daran erinnerst, wollten wir ein Spießrutenlaufen durch einen voll besetzten Saal vermeiden. Leider haben wir nicht daran gedacht, Gerry und Sue einzusammeln. Dann würden wir uns jetzt nicht so verrückt machen.«

»Guten Abend, ihr beiden.«

Ich rang mir ein müdes Lächeln für die eben hereingeschwebte Vorsitzende des Frauenvereins ab beziehungsweise des ehemaligen Frauenvereins Egglethwaite. Seit Yolanda Sommerville, mit der Sue eine Hassliebe verband, zur Vorsitzenden gewählt worden war, hatte man sich des schlichten Namens entledigt und nannte sich nun hochtrabend *Feinschmeckerclub Egglethwaite*.

Yolanda hatte rosa Haar, liebte Schals und Klatschmagazine sowie Männer, die halb so alt waren wie sie, und genoss ihre angestammte Rolle als schockierendste Persönlichkeit des Ortes. Sie brachte mich regelmäßig so weit, dass ich mir am liebsten die eigenen Ohrläppchen abgekaut und in Knoblauchöl frittiert hätte.

»Hi«, sagte ich.

»Hallo, Schatz.« Sie schenkte Tom ein einladendes Lächeln. »Groß und dunkel, genau wie ich euch Kerle mag. Wie steht's denn so, Tomasso?«

»Unverändert stehe ich auf Männer, tut mir leid.«

Sie zuckte mit den Achseln. »Egal, sag mir Bescheid, wenn du deine Meinung änderst. Es geht nichts über Herausforderungen.«

»Tja. So funktioniert das allerdings nicht.«

»Ich habe in meiner Speisekammer eine Flasche Holunderblütengin, die das Gegenteil sagt, mein Hübscher«, flötete sie. »Bestimmt kennst du das gute alte Sprichwort, man solle alles ausprobieren außer Inzest und Morris Dance. Aber verratet Gerry nicht, dass ich das gesagt habe.«

»Okay.« Ich schüttelte den Kopf. »Trotzdem, Yo-yo, lass die Finger von dem Jungen. Mal abgesehen davon, dass er schwul ist, bist du alt genug, um seine Mutter zu sein.«

»Heutzutage nennt man Frauen wie mich *Cougars*, meine Schöne«, belehrte sie mich und warf affektiert den Schal nach hinten. »Wir sind total angesagt, weißt du?«

»Du bist total irre«, murmelte ich vor mich hin.

Zum Glück wurde das fruchtlose Geplänkel durch die Ankunft von Gerry und Sue sowie einer Handvoll anderer Leute beendet. Allmählich füllte sich der Saal, bislang waren es etwa dreißig Leute, die in Grüppchen herumstanden.

»Wieso zum Henker lasse ich mich von dir ständig in so was reinziehen?«, raunte Tom mir zum wiederholten Mal zu. »Wieso um alles in der Welt gebe ich immer nach?«

Diesmal beachtete ich ihn nicht, ich hatte andere Probleme.

»Ach du Scheiße. Sieh dir das an. Die scheinen zu glauben, wir wissen, wovon wir reden ...«

»Vorsicht, achte auf deine Sprache. Keine Fäkalausdrücke, keine unanständigen Flüche hat Gerry gesagt.«

»Ist das dein Ernst? Ich stehe in einem Saal voller bierernster Spießer, darunter die absolut spaßfreien Morristänzer, und darf nicht fluchen? Das ist ja wie der Vorhof zur Hölle.«

Jetzt war Tom der Coolere. Beruhigend tätschelte

er meine Schulter. »Wird schon, Schwesterchen, das machst du mit links. Ich habe volles Vertrauen zu dir.«

»Wieso ich? Wir! Wag ja nicht, dich in letzter Minute zu drücken.« Ich packte ihn am Arm, weil ich merkte, dass er genau das plante. »Du bleibst hier, sonst werfe ich dich Yo-yo zum Fraß vor.«

In diesem Moment machte sich der Vorsitzende des Bürgervereins, Roger Collingwood, mit einem lauten Räuspern bemerkbar, woraufhin schlagartig alle Gespräche verstummten.

»Ladys und Gentlemen«, begann er. »Willkommen zu dieser außerplanmäßig einberufenen Versammlung des Bürgervereins, bei der es anders als sonst keine Tagesordnung gibt – genauer gesagt, steht lediglich ein Punkt auf dem Programm. Und zwar das Thema, ob wir uns für den Grand Départ der nächsten Tour de France, die diesmal in Yorkshire startet, um einen Streckenabschnitt bewerben sollen. Dazu wird ein Konzept vorgestellt, zu dem sich die hier Versammelten äußern können.«

Ein leises Murmeln lief durch die Menge.

»Falls wir berücksichtigt würden, brächte mir das eine Menge Kundschaft«, rief Billy, der Wirt des *Sooty Fox*.

»Dir bringt es vielleicht was«, hielt einer von Gerrys Farmerfreunden dagegen, »mir nicht. Vielmehr muss ich Angst haben, dass meine Felder niedergetrampelt werden und ein Haufen wild gewordener Fans meine trächtigen Kühe in Panik versetzt, sodass sie womöglich ihre Kälber verlieren.«

»Da hat er nicht unrecht«, stimmte Gerry zu und schaute achselzuckend in unsere Richtung. »Tut mir leid, Kinder.«

Die giftigen Blicke seiner Frau ignorierte er geflissentlich.

»Meine Herren, bitte Ruhe.« Roger hob die Hand. »Ihr bekommt alle noch Gelegenheit, eure Meinung zu sagen.«

Er hielt inne und nickte einem Mann zu, der soeben eingetreten war. Kurz blitzte ein vertrautes Gesicht auf, über dem sich sandblonde Haare lockten, dann war es in der Menge verschwunden.

»Der Besitzer des neuen Fahrradladens, nehme ich an?«, erkundigte sich Rodge. »Wir haben gerade erst angefangen, also haben Sie noch nichts versäumt.«

Ungläubig kniff ich die Augen zusammen. »Das ist er, oder nicht?«, flüsterte ich Tom leise auf Italienisch zu.

»Ja, sieht ganz so aus, Lana. Kopf hoch!«

Stewart McLean. Der Mann, der nie zurückgerufen hatte, war wieder da.

Kapitel 8

Mit einem Auge riskierte ich einen Blick. Stewart stand ganz hinten im Saal und hatte mich anscheinend bislang nicht bemerkt.

Er sah anders aus als bei unserem ersten und einzigen Date vor einem Jahr, das mir vorkam, als wäre es in einem anderen Leben gewesen. Attraktiv war er nach wie vor, aber in seinem Gesicht lag eine gewisse Traurigkeit oder Melancholie. Und außerdem wirkte er ziemlich blass.

Aha, jetzt hatte er mich entdeckt und lächelte mir glatt zu. Sein Lächeln war immer noch warm, sexy, verlockend, also verlogen. Was für eine Frechheit, mich nach einem Jahr Schweigen so anzulächeln!

Ich tat, als hätte ich ihn nicht bemerkt, und schaute in die andere Richtung.

»Was tut er hier?«, flüsterte ich Tom zu.

»Keine Ahnung! Ignorier ihn einfach. Und hör auf, italienisch zu sprechen, sonst denken alle noch, wir reden über sie«, ermahnte er mich und machte eine winzige Kopfbewegung zu Roger hinüber, der uns bereits argwöhnisch musterte.

»Entschuldigung, wir haben kurz abgesprochen,

was wir sagen wollen. Auf Italienisch, damit es eine Überraschung bleibt«, schwindelte ich routiniert.

»Ach so, sehr gut.« Zufrieden wandte er sich erneut an die anderen. »Bevor wir über das Für und Wider diskutieren, überlasse ich das Wort zwei jungen Geschäftsleuten, die sich eingehend mit diesem Projekt befasst haben. Wir alle kannten Phil Donati, einen engagierten Bürger unserer Gemeinde und erfolgreichen Gastronomen, der leider viel zu früh von uns gegangen ist. Umso mehr danke ich seinen Kindern Lana und Tom, die sich trotz dieser Umstände dafür starkmachen wollen, dass der Grand Départ durch Egglethwaite geführt wird. Es war ihr Vorschlag, daher weiß ich, dass sie einige überzeugende Argumente vorbringen werden.«

»O Gott, ich komme mir vor wie beim Krippenspiel in der vierten Klasse«, hörte ich Tom murmeln.

Ich nickte. Wir beide erinnerten uns allzu gut an diese denkwürdige Katastrophe. Tom hatte die Rolle des Herbergsvaters beim Krippenspiel ergattert und platzte vor Stolz, dass er im Gegensatz zu den meisten anderen aus seiner Klasse, die Ochsen, Esel und Schafe darstellten, einen Text aufsagen durfte, einen winzigen allerdings: »In der Herberge ist kein Zimmer frei.« Wochenlang hatte er diese sieben Worte in verschiedenen Tonlagen vor dem Spiegel geprobt, doch als Josef und Maria mit ihrer Babypuppe an seine Tür klopften, starrte Tom sie eine volle Minute wortlos an wie ein stummer Karpfen, bevor er einladend winkte und »Kommt nur rein« sagte. Danach wurde er für den

Rest der Weihnachtsspielsaison zum Junioresel degradiert. Und es sah ganz so aus, als wäre die Nervosität, die damals seinen Auftritt ruiniert hatte, mit Macht zurückgekehrt.

»Bleib cool, Tommy, wir schaffen das«, wisperte ich mit zusammengepressten Lippen und wandte mich nach einem letzten Blick auf Sue, die mir aufmunternd zulächelte, beherzt an unser Publikum. »Hallo, wie ihr alle wisst, hat Yorkshire den Zuschlag für den Grand Départ der nächsten Tour de France erhalten, wobei die genaue Streckenführung noch nicht feststeht. Wie üblich bei diesem Ereignis ist sowohl mit einem Medienspektakel als auch mit einem großen Besucherandrang aus dem ganzen Land, sogar aus der ganzen Welt zu rechnen. Das spült Geld in die Kassen. Warum sollten wir also nicht versuchen, uns ein Stück von dem Kuchen zu sichern? Denn die meisten Geschäftsleute aus Egglethwaite könnten die zusätzlichen Einnahmen gut gebrauchen, ist es nicht so? Das heißt, wir müssen uns darum bewerben, dass unser Ort bei der Streckenführung berücksichtigt wird.«

Im Saal wurde es unruhig, die Leute unterhielten sich leise, wobei leider für mich nicht festzustellen war, ob das Gemurmel Zustimmung oder Ablehnung bedeutete.

»Wenn die Schönheit der Yorkshire Dales die Organisatoren bewogen hat, den Auftakt der nächsten Tour in unsere Gegend zu verlegen«, mischte sich Tom überraschend ein, »dann könnte unsere Bewerbung sie ebenfalls überzeugen. Obwohl wir am Rande der Tourismusrouten liegen, kann Egglethwaite sich durchaus sehen lassen. Unser Panorama übertrifft schließlich das vieler anderer Orte um Längen.« Seine Stimme zitterte ein wenig, doch mein armes Eselchen kämpfte sich mannhaft durch. »Mein Vater sagte immer, er würde dieses Fleckchen Erde nicht gegen die ganze Welt tauschen, und ich empfinde das genauso.«

»Und warum sollten sie sich für uns entscheiden?«, meldete sich Billy zu Wort. »Ich hätte bestimmt nichts gegen ein paar Tage Hochbetrieb in meinem Pub einzuwenden, sehe bloß nicht, was wir anderen Orten voraushaben könnten. Klar, die Landschaft ist schön, aber unsere Nachbarn geizen auch nicht mit Reizen.«

»Da wäre zum Beispiel der Ausblick vom Pagans' Rock«, warf ich ein und bemühte mich, Stewarts Blick auszuweichen. »Der ist eindeutig eindrucksvoll.«

»Das streite ich gar nicht ab«, räumte Billy ein. »Nur wird niemand, der das Rennen sehen will, dort hinaufkraxeln. Nehmen wir Oakworth, praktisch gleich nebenan, das hat massenhaft Panoramapunkte, die weniger mühsam zu erreichen sind, und zudem eine Museumseisenbahn. Hebden Bridge hat den Kanal, Haworth hat dieses Literaturdings. Und was hat Egglethwaite? Einen einzigen nennenswerten Aussichtspunkt, von dem aus man auf eine idyllische Landschaft, einen stillgelegten Viadukt und ein verschlafenes Nest hinunterblickt.«

»Er hat nicht unrecht«, meinte Yolanda. »Die Konkurrenz ist ziemlich stark. In Yorkshire gibt es das Herriot Country, das Emmerdale Country, alle möglichen

Countrys. Und wir liegen mitten im … Nowhere Country.«

»Stimmt gar nicht. Wir gehören zum Brontë Country, oder etwa nicht?«

»Na ja, höchstens ganz knapp. Zu weit weg jedenfalls, als dass die Besucher, die nach Haworth pilgern, einfach mal so bei uns vorbeikommen.«

»Okay, vielleicht liegen wir etwas abseits der Touristenstrecke«, gab Tom ihr recht. »Und genau deshalb müssen wir Anstrengungen unternehmen, damit sich das ändert, damit man uns wahrnimmt. Wir könnten uns als einen versteckten Schatz präsentieren, der gehoben werden will. Vielleicht klappt es ja, in der Tourismusbranche wird oft mit Geheimtipps geworben. Und was haben wir schon zu verlieren?«

»Wir Farmer eine ganze Menge«, wandte Kit trocken ein. »Mal angenommen, wir haben Erfolg: Euer Laden und der Pub bekämen sicher für ein paar Tage gewaltigen Zulauf und Carolines Bed & Breakfast desgleichen. Hingegen sehe ich nicht, was wir anderen davon hätten.«

»Eine Menge niedergetrampeltes Land und verschreckte Tiere, das hätten wir davon«, rief Gerry. »Diese Fanparks, die bei der Tour überall eingerichtet werden, sind die reinsten Rummelplätze mit allem Drum und Dran. Und wo bitte, wenn nicht auf unserem Land?«

Kit nickte. »Manche von uns sind ganz glücklich damit, dass wir noch nicht vom Tourismus entdeckt wurden.«

»Jedenfalls wäre es eine einmalige Gelegenheit«, hielt Mrs. Wakefield, die Rektorin der Grundschule, dagegen. »Wenngleich ich keine geschäftlichen Interessen verfolge, wäre ich froh, wenn hier mal etwas Besonderes passieren würde. Ich denke vor allem an die Kinder, die für jede Abwechslung dankbar sind. Zudem könnten wir die Tour de France zum Hauptthema des Schulhalbjahres machen.«

»Das ist ein Argument«, stimmte Roger zu. »Meine Enkel wären sicher total begeistert, viel geboten wird ihnen hier ja wirklich nicht.«

»Alles schön und gut, doch wer schützt meine Mauern, he?«, piepste Trevor, ein kleines Männchen mit hoher Stimme und Gründer der Initiative zum Erhalt der historischen Ackermauern. »Unsere Freiwilligen haben die vergangenen sechs Monate damit zugebracht, alle Natursteinmauern in der Gegend auszubessern. Ich bin nicht wild darauf, dass sich ein Haufen dämlicher Touristen dagegenlehnt und die Decksteine runterfallen.«

»Wir müssen eben Vorsichtsmaßnahmen treffen, Wachleute abstellen und anderes mehr«, ertönte eine Stimme aus dem Hintergrund.

Ich brauchte nicht aufzusehen, um zu wissen, wer gesprochen hatte. Die Stimme gehörte zu dem Abend auf dem Pagans' Rock, als ich beinahe geglaubt hatte, den Mann fürs Leben gefunden zu haben.

»Ah, Mr. McLean. Bitte erklären Sie uns, wie Sie als Insider der Radsportszene und als Neubürger von Egglethwaite das sehen«, übernahm Roger erneut die

Regie und winkte Stewart zu sich, der sich daraufhin durch die Menge nach vorne schob und sogleich das Wort ergriff.

»Ich habe an ziemlich vielen internationalen Rennen teilgenommen, nicht so berühmt wie die Tour de France, aber ebenfalls mit Zuschauerströmen und Medienspektakel. Deshalb bin ich gerne bereit, die Organisatoren zu kontaktieren. Ob wir überhaupt eine Chance haben, und wenn ja, welche Präventivmaßnahmen es ihrer Erfahrung nach gegen jede Form von Vandalismus gibt.«

»O mein Gott!«, stöhnte Yolanda und starrte Stewart an, als wollte sie ihn mit Haut und Haaren verschlingen. »Ich habe vorher absolut nicht erkannt, wer Sie sind.«

Auch die meisten anderen im Saal registrierten erst jetzt, wer sich unter sie gemischt hatte, und aufgeregtes Gemurmel setzte ein.

Stewart lächelte amüsiert. »Wenn mein Laden nächsten Monat eröffnet wird, bin ich einfach ein weiterer Geschäftsmann, sonst nichts. Trotzdem bin ich wie gesagt gerne bereit, Ihnen mit meinen Kontakten zu helfen, sofern Sie das wünschen.«

»Bestimmt sind wir dankbar für jede Hilfe, die Sie uns geben können, Mr. McLean«, versicherte Roger. »Vielleicht wäre Egglethwaite mit Ihrer Unterstützung ja tatsächlich kein so hoffnungsloser Fall, wie manche vermuten. Einen berühmten Radrennfahrer als Mitbürger zu haben dürfte uns gewissermaßen ein Alleinstellungsmerkmal verleihen.«

»Jetzt übertreiben Sie mal nicht, Mr. Collingwood«, wiegelte Stewart ab. »Immerhin fahre ich keine Rennen mehr, und das ist in der Szene bekannt.«

Er fuhr also keine Rennen mehr. Der Mann, der mir erklärt hatte, der Wettkampf sei sein Leben, hatte sich aus dem Profisport zurückgezogen. Oder war das nicht ganz so, wie es sich anhörte, fragte ich mich und dachte an die fette Lüge, die er mir aufgetischt hatte, als er versprach, mich anzurufen. Wenngleich es in mir brodelte, zwang ich mich zu einer demonstrativ freundlichen Miene.

»Nun, vielleicht kann ich die Diskussion mit einem konkreten Vorschlag voranbringen«, schlug Roger vor. »Ich finde, Egglethwaite sollte sich um einen Streckenabschnitt beim Grand Départ bewerben«, er hob die Hand, um Kit an einem neuerlichen Widerspruch zu hindern, »*falls* die Organisatoren Maßnahmen treffen können, um unser Acker- und Weideland zu schützen, und *falls* die Route nicht längst festgelegt wurde. Weiterhin schlage ich vor, dass wir ein Komitee bilden, das sich weiter mit der Angelegenheit befasst.«

»Ist das nicht dein Job?«, erkundigte Sue sich. »Ich dachte, für so etwas seien diejenigen zuständig, die im Bürgerverein das Sagen haben, also der Vorsitzende und der Vorstand.«

»Wie dir sicher nicht entgangen ist, Susan, müssen wir uns mit einer Menge wichtiger und unwichtiger Dinge beschäftigen, die in einer Gemeinde so anfallen, und zwar neben unseren Berufen«, erwiderte

Roger steif. »Da ist es nicht ungewöhnlich, bei besonderen Angelegenheiten Ausschüsse zu bilden. Macht selbst die Regierung in London«, fügte er mit Nachdruck hinzu.

»Ach ja, apropos viel Arbeit. Vor ein paar Tagen ist wieder mal eines meiner besten Stücke von Marks & Spencer von der Wäscheleine verschwunden. Ein teures Teil aus Seide. Habt ihr endlich irgendwelche Spuren von dem Höschendieb?«

»Vielleicht näht er sich aus deinem Seidenhöschen ja einen Fallschirm«, spottete Gerry und erntete dafür einen heftigen Seitenhieb.

Roger bedachte Sue mit einem missbilligenden Blick. »Natürlich verfolgt die Polizei eine Reihe von Spuren, aber können wir bitte beim Thema bleiben?« Er sah zu uns herüber. »Bei dieser Sache ist vor allem Engagement seitens der Geschäftswelt gefragt. Was meinst du dazu, Lana?«

»Meinen Höschen geht es bestens, danke, Rodge. Ich habe noch alle«, zog ich ihn auf, woraufhin er zu meiner Freude einen knallroten Kopf bekam.

»Nicht so albern bitte, junge Dame«, ermahnte er mich streng. »Ich wollte wissen, ob du für ein solches Komitee zur Verfügung stündest?«

Unentschlossen sah ich Tom an. Sollten wir uns wirklich so weit aus dem Fenster lehnen?

Bevor wir antworten konnten, mischte sich Gerry ein, vermutlich auf einen weiteren Rippenstoß seines rigorosen Ehegesponses hin.

»Hör zu, Rodge«, setzte er zögernd an, »ich finde,

es war sehr nett von Lana und Tom, heute Abend herzukommen. Allerdings halte ich es nicht für richtig, ihnen momentan noch mehr aufzuhalsen. Phils Pflege hat sie viel Kraft gekostet, da sollten sie erst mal zur Ruhe kommen.«

»Selbstverständlich, wie gedankenlos von mir«, beeilte sich Roger zu versichern. »Ich will euch um Himmels willen nicht unter Druck setzen …«

Tom unterbrach ihn. »Ich bin bereit, bei einem solchen Komitee mitzumachen.«

»Im Ernst?«, flüsterte ich.

»Ja«, antwortete er leise. »Der Vorschlag kam von uns, also können wir jetzt keinen Rückzieher machen.« Er senkte die Stimme noch mehr. »Ganz davon abgesehen, würde es uns guttun, Lana, wenn wir uns mal mit was anderem beschäftigen als unserem Laden. Das hilft uns mehr aus dem Tief als Ruhe, denn die führt bloß zu unnötigen Grübeleien.«

Ich dachte an Dad und seine Abschiedsworte an uns. Die Welt besser machen …

»Vielleicht hast du recht«, sagte ich zu ihm, bevor ich mich an den Vorsitzenden des Vereins wandte. »Okay, Rodge. Du kannst mit zwei Donatis rechnen.«

»Danke. Wir wissen das alle zu schätzen.« Er ließ den Blick über die Versammelten wandern. »Noch irgendwelche Freiwilligen?«

»Autsch!« Gerrys Aufschrei verriet, dass er erneut Sues Ellbogen zu spüren bekommen hatte. »Na schön«, seufzte er, »sie und ich sind auch dabei. Um des lieben Friedens willen.«

»Du?«, hakte Roger verwundert nach. »Ich dachte, das alles sei eine Horrorvorstellung für dich.«

»Verglichen mit der Vorstellung, ewig meine Frau im Genick zu haben, ist es das kleinere Übel, glaub mir.«

Alle lachten, und Roger ging wieder zur Tagesordnung über.

»Okay, damit hätten wir vier Mitglieder«, stellte er fest. »Noch jemand dabei?«

»Ich würde gerne mitmachen«, meldete Stewart sich. »Für mich ist das zum einen eine lohnende Sache und zum anderen eine willkommene Gelegenheit, mich in die Gemeinschaft einzubringen.«

Verdammt! Was für ein Spiel trieb dieser Mann? Er war der letzte Mensch auf der Welt, mit dem ich in einem Komitee sitzen wollte, das musste ihm eigentlich klar sein.

»Und ich bin ebenfalls mit von der Partie«, ließ sich jetzt Yolanda vernehmen. »Du kennst mich, Roger, und weißt, dass ich alles für unser entzückendes Dörfchen tun würde.«

Das bedeutungsvolle, verführerische Lächeln in Stewarts Richtung stellte mehr als alle Worte klar, was dieses Alles bedeutete.

Roger strahlte. »Ausgezeichnet, damit wären es sechs. Sehr schön, ich glaube, damit können wir die Versammlung beenden. Ich danke euch allen für euer Kommen.«

Kapitel 9

Sobald die Versammlung offiziell beendet war, stürmte ich durch das Gedränge zum Ausgang, bevor Stewart mich ansprechen konnte.

»Warte, ich will noch ein paar Takte mit Rodge sprechen«, versuchte Tom mich aufzuhalten. »Du tust ja, als müsstest du vor was weiß ich flüchten. Oder ist es, weil du den Leibhaftigen persönlich erspäht hast«, fügte er süffisant hinzu.

»Wir sehen uns zu Hause«, rief ich ihm über die Schulter zu und hastete weiter.

Zu spät, kurz vor der Tür hielt mich eine Hand mit eisernem Griff zurück. Verfluchte Rennfahrer, mussten die auch zu Fuß so schnell sein?

»Lana. Warte eine Sekunde.«

Betont langsam drehte ich mich zu Stewart um und machte total auf Desinteresse, wollte weder Ärger noch Freude zeigen. Wie eine Frau, die an jedem Finger zehn attraktive Junggesellen haben konnte und auf einen, der bestenfalls Mittelmaß war, weiß Gott nicht angewiesen war.

Ich legte eine Bruchlandung hin.

Dieser Bastard lächelte mich breit an, als hätte

es kein letztes Jahr gegeben, lächelte meine nachtschwarze Miene weg, meine gerunzelte Stirn, meine Verbitterung und meinen Ärger. Und alle meine rachsüchtigen Vorsätze, es ihm heimzuzahlen.

Obwohl ich merkte, wie ich an Boden verlor, bemühte ich mich um Schadensbegrenzung. »Hi«, sagte ich ziemlich emotionslos.

»Schön, dich wiederzusehen«, erwiderte er und schien nicht so recht zu wissen, wie er einen auf gut Wetter machen sollte.

Ich ließ ihn zappeln.

»Also, erzähl mal, wie geht's denn so?«, setzte er schließlich neu an.

Wie es so geht, wenn man Single ist? Einsam, wie sonst, hätte ich am liebsten zurückgegeben.

Stattdessen sagte ich: »Ganz gut. Und dir?«

»Mal so, mal so.«

»Du hast also mit dem Radfahren aufgehört«, stellte ich überflüssigerweise fest, und um meine Ungeschicklichkeit perfekt zu machen, klang es auch noch vorwurfsvoll.

Gott, ich würde es nie lernen, cool rüberzukommen.

»Stimmt, wegen einer Knieverletzung. War ziemlicher Mist.«

»Tut mir leid für dich.«

»Und du gibst nach wie vor die Schankmaid?«

»Nur wenn ich etwas zu essen brauche oder Rechnungen zahlen muss und so«, versuchte ich es mit einem müden Witz. »Also ja, fast jeden Abend.«

Unser Informationsaustausch gestaltete sich ziemlich zäh. Beide verstummten wir, und sein Lächeln war längst erloschen. Doch ich würde lieber tot umfallen, als unser unseliges erstes und letztes Date anzusprechen.

»Ist zwischen uns alles okay, Lana?«, platzte er schließlich heraus.

Ich fasste es nicht. Wie konnte nach seinem Abgang alles okay sein? Wie blöd war er denn, das zu glauben. Dennoch tat ich arglos.

»Was sollte schon sein?«, sagte ich und zuckte die Achseln.

»Na ja, die Sache mit letztem Jahr und so.« Jetzt war er es, der sich wand. »Mit uns, meine ich. Und mit diesem Komitee, meinem Umzug hierher, eben mit allem.«

»Letztes Jahr?« Meine gekünstelte Nonchalance wirkte so unglaubwürdig, dass jeder Lügendetektor im Umkreis von zehn Meilen anschlagen würde. »Ach so! Du meinst den Abend auf dem Pagans' Rock … Ist lange her!«

Er streckte seine Hand aus und zog sie gleich wieder zurück.

»Weißt du, ich wollte dich anrufen nach dem Abend. Ganz ehrlich. Dann kam etwas dazwischen.«

Es kam etwas dazwischen? Mehr hatte er nicht zu bieten? Was konnte dazwischengekommen sein, das ein ganzes verdammtes Jahr gedauert hatte?

Zugegeben, ich wurde neugierig und hätte ihn um ein Haar danach gefragt. Zum Glück kriegte ich gerade noch die Kurve, es zu lassen. Nein, die Blöße würde ich mir nicht geben, sollte er den Scheiß von sich aus erzählen, wenn er wollte. Hauptsache, ich tat weiter gleichgültig und abgeklärt.

»Kein Problem.« Ich war wieder obenauf. »Ehrlich, Stewart. Ich hatte das inzwischen fast vergessen.«

»Dann ist es ja gut«, erwiderte er ohne einen Hauch von Enttäuschung.

Eher klang er erleichtert, was wiederum mich gewaltig wurmte.

»Also ist es okay, wenn wir gemeinsam diese Tour-de-France-Sache durchziehen?«, fuhr er fort.

»Klar, ist immer gut, wenn man einen Experten an Bord hat«, gab ich mich generös.

»Und wir bleiben Freunde? Das wäre mir wirklich wichtig. Einfach Freunde, mehr nicht.«

»Wir sind Nachbarn.«

»Lana, was machst du …«

Unbemerkt hatte sich Tom genähert und blieb jetzt abrupt stehen.

»Entschuldigung, ich wollte euch nicht unterbrechen …«

»Macht gar nichts, wir sind ohnehin fertig und können gehen.« Ich nickte Stewart knapp zu. »Wir sehen uns.«

»Ja, bis dann, Lana.« Er legte kurz die Hand auf meine Schulter, bevor ich mich wegdrehte, und ich spürte einen sanften Druck. »Hey«, sagte er leise. »Mein Beileid wegen eures Dads. Er war ein guter Mensch.«

»Danke.«

»Was war denn das eben?«, raunte Tom mir zu, während ich seinen Arm nahm und ihn eilig wegzog.

»Das eben war Stewart McLean«, sagte ich verärgert, sobald wir außer Hörweite waren und ich endlich meinen aufgestauten Zorn ablassen konnte. »Was für eine verfluchte Scheiße.

Mich zu fragen, ob wir Freunde sein können. Freunde! Nach einem Jahr! Was für ein Arschaffe, echt erste Sahne. Das muss ihm erst mal jemand nachmachen.«

»Meinst du nicht, etwas mehr Fairness gegenüber dem Affen wäre womöglich angebracht?«

»Gegenüber Stewart McLean, da sei Gott vor. Ich wünschte aus vollem Herzen, Dad wäre hier und würde ihn nach allen Regeln der Kunst zur Schnecke machen, ihn von seinem hohen Ross herunterholen.«

»Soll ich ihn für dich verdreschen? Zumindest symbolisch an Dads Stelle?«

»Nein, mir fällt bestimmt irgendeine Gemeinheit ein, mit der ich es ihm heimzahlen kann. Aber danke für das Angebot.«

»Na ja, schließlich bin ich jetzt der Mann im Haus, da erwartet man so was von mir«, sagte er mit einem spöttischen Grinsen und schlug sich an die Brust.

Währenddessen zeterte ich weiter vor mich hin, sprengte alle Grenzen meines Schimpfwortvokabulars und verstieg mich in Gedanken zu immer drastischeren Foltermethoden, die der Inquisition alle Ehre gemacht hätten.

Irgendwann reichte es meinem Bruder.

»Hör auf, dich so in die Geschichte hineinzusteigern. Wir haben das alles bereits im letzten Jahr durchexerziert. Und ich habe keine Lust auf einen weiteren Durchgang. Du bist sowieso viel zu gut für ihn.«

»Lassen wir das mal dahingestellt«, wandte ich ein – immerhin war Stewart ein Typ, der mich nach wie vor nicht kaltließ.

»Ich weiß echt nicht, warum du dich über diesen Schwindler so aufregst, der es nicht mal wert ist, ihm nachzujammern. Mir jedenfalls hat die Sache einmal mehr die Vorzüge eines zölibatären Lebens vor Augen geführt.«

»Wollen wir unsere Depression mit Schokolade behandeln?« Ich blieb stehen. »Himmel, ich könnte jetzt wirklich ein paar Schokonüsse vertragen. Und ein Guinness.«

»Gebongt. Pub?«

»Pub«, bestätigte ich.

Doch wie der Teufel es wollte, hatten wir selbst dort keine Ruhe vor Stewart McLean. Er folgte uns glatt in den *Sooty Fox*, so kam es mir wenigstens vor. Die ganze Zeit, während ich mein Guinness trank, starrte ich verbissen vor mich hin und mied seinen Blick, der immer wieder in meine Richtung streunte, obwohl er am anderen Ende des Schankraums stand und sich mit Roger und der geilen Yolanda unterhielt.

»Na schön, mehr ertrage ich nicht«, resignierte ich irgendwann. »Selbst meine Stammkneipe wurde besetzt. Lass uns gehen.«

»Okay.« Tom kippte den letzten Schluck Bier und

erhob sich. »Ja, wir zischen ab. Der Hund wartet sowieso längst auf sein abendliches Gassi gehen.«

Und so war es. Ungeduldig sprang er uns entgegen, und wir spazierten mit ihm in Richtung Viadukt, wo er wie verrückt zwischen den Bögen hin und her flitzte, als wollte er mit uns Verstecken spielen.

»Echo!«, rief ich laut unter einem Bogen und wartete darauf, dass mit dem Wind ein leises Wispern zurückwehte. *Echoooo …*

»Weißt du noch, wie wir das mit Dad immer gespielt haben?«, fragte Tom wehmütig.

»Natürlich.« Ich lächelte traurig. »Wir beide am einen Ende, Dad am anderen, bis wir in jedem einzelnen Bogen Echo gerufen hatten und uns in der Mitte trafen. Ich war felsenfest überzeugt, dass wir keinen einzigen Bogen auslassen durften, weil uns das Pech bringen würde.«

Wenn ich die Augen schloss, meinte ich uns wie drei Geistergestalten zu sehen. Ein bisschen verschwommen, durchsichtig fast. Ich war damals eine Handbreit größer als Tom, obwohl er zwei Jahre älter war. Und Dad … Dad war jung, lustig, voller Energie und Kraft, als würde er ewig leben. Damals glaubte ich wirklich, es wäre so. Dabei hätte ich es eigentlich besser wissen müssen, nachdem dieser Kinderglaube an die Unsterblichkeit schon einmal bitter enttäuscht worden war.

Tom sah, wie ich eine vorwitzige Träne zurückblinzelte, die mir zu entwischen drohte, und legte den Arm um meine Schultern, den Blick in die Vergangenheit gerichtet.

»Beeindruckender Koloss, wie?« Tom nickte zum Viadukt hinauf, der sich majestätisch über uns wölbte. »Man kann verstehen, warum Dad ihn so liebte und ständig mit uns hierhergepilgert ist.«

»Stell dir vor, was es für ein Gefühl gewesen sein muss, wenn ein Zug darübergedonnert ist. Ich wette, in dem Augenblick kam man sich vor, als wäre man in ein Gewitter geraten.«

»Wir sollten uns schlaumachen, ob man eine Bank zu Dads Gedenken am Pagans' Rock aufstellen lassen kann, habe ich mir überlegt«, wechselte Tom urplötzlich das Thema.

»Ja. Das würde ihm gefallen.«

Erneut verstummten wir. Ich kniff die Augen zusammen und versuchte mir das Rumpeln eines Personenzugs auszumalen und wie es sich, an die steinernen Bögen gelehnt, angefühlt hätte. Bestimmt wäre die Erschütterung durch den ganzen Körper gerieselt.

»Also, du und Stewart«, brach Tom das Schweigen.

»Es gibt keine Einheit von Stewart und mir.«

»Hmm. So wie du ihn im Pub angefunkelt hast, sah das völlig anders aus. Trotz deiner Wut.«

Flash unterbrach die müßige Diskussion. Aufgeregt kläffend kam er angesprungen und holte uns zum Spielen ab. Wir folgten ihm, und Tom warf für ihn Stöckchen, denen er wie ein geölter Blitz nachrannte.

»Also, welche Politik verfolgen wir jetzt gegenüber Stewart McLean?«, griff Tom das unterbrochene Gespräch wieder auf. »Bist du wirklich sicher, dass du damit umgehen kannst, wenn er mit im Komitee sitzt?«

»O ja, das kann ich. Jedenfalls steige ich seinetwegen sicher nicht aus, schließlich war das Ganze verflucht noch mal meine Idee.«

»Und wie willst du dich ihm gegenüber verhalten?«

Ich zuckte mit den Achseln. »Ihn ignorieren und weitermachen, als wäre nichts gewesen, schätze ich. Irgendwann wird es zur Routine.«

Flash kam mit dem Stock angehechelt, und nachdem ich das Holz in die Nacht zurückgeworfen hatte, drehte ich mich zum Viadukt um.

»Eigentlich ist es eine Schande, oder?«

»Was?«, fragte Tom gedankenverloren.

»Den Viadukt so ohne Sinn und Zweck dastehen zu lassen.«

»Was bitte soll man sonst damit machen? Züge werden kaum mehr darüberfahren, nachdem die Strecke stillgelegt wurde.«

Nachdenklich ließ ich den Blick über die mächtigen Bögen wandern, und eine weitere meiner gefürchteten Schnapsideen nahm Gestalt an, die zweite innerhalb kürzester Zeit.

»Wenn du mich fragst, sollte man ihm wieder eine Funktion geben, andere haben das mit ihren Viadukten ebenfalls gemacht«, wandte ich mich mit blitzenden Augen an meinen Bruder. »Das ist es, Tommy! Das hat Egglethwaite der Tour zu bieten. Nicht nur ein überwältigendes Panorama, sondern desgleichen einen spektakulären Viadukt. Und wenn man den …«

»Du meinst, er sollte als Streckenabschnitt genutzt werden?«, unterbrach Tom mich.

»Ja, genau das denke ich. Wäre schließlich der Hammer, oder?«

Mein Blick wandte sich nach innen, als ich mich in meiner Fantasie verlor. »Stell dir das mal vor: ein Viadukt voller Zuschauer und Fernsehkameras, während Millionen zuschauen, wie der Pelikan dahinschießt …«

Tom verdrehte die Augen. »Peloton, du Sportskanone, falls du das Hauptfeld der Rennfahrer meinst.«

»Wie auch immer. Komm schon, wer sonst hat so was? Und später könnte man die Strecke an einen Wander- und Radfahrweg anschließen.«

»Deine Fantasie geht mal wieder mit dir durch, Lana«, belehrte Tom mich mit seiner Großer-Bruder-Stimme, die ich wie die Pest hasste. »Bestimmt gibt es irgendwelche Gründe, warum der Viadukt seit Jahrzehnten nicht genutzt wird, denn bestimmt sind schlauere Köpfe als wir bereits auf die glorreiche Idee einer veränderten Nutzung gekommen. Vielleicht stimmt ja die Statik nicht mehr oder er ist sogar baufällig, was weiß ich.«

»Und warum wurde er dann nicht abgerissen?«

»Weil er pittoresk und ein Architekturdenkmal von historischem Wert ist. Was aber noch lange nicht heißt, dass er stabil genug ist, damit ein Riesenpulk von Radfahrern einen ganzen Tag lang darüber hinwegbrettern kann. Ganz zu schweigen von einer noch größeren Menge von Zuschauern, die den Viadukt erstürmt. Und womöglich runterfällt. Nicht auszudenken.« Er wuschelte mir durchs Haar. »Also schalt einen Gang zurück und denk nüchtern darüber nach, bevor du

Geister heraufbeschwörst, die sich irgendwann nicht mehr kontrollieren lassen.«

»Trotzdem.« Meine Gedanken eilten weit voraus, ließen eine Horde von rivalisierenden Rennfahrern hoch über den Taleinschnitt flitzen, ließen Tausende Zuschauer ihren Liebling anfeuern und jubelnd Fähnchen schwenken. »Wir könnten Geschichte schreiben in Egglethwaite. Wenn wir das stemmen, werden Generationen noch davon sprechen.« Ich sah zu ihm auf. »Dad hat uns als Vermächtnis hinterlassen, die Welt ein wenig besser zu machen. Meinst du nicht, ein bisschen spannender und interessanter gehört genauso dazu?«

»Okay, wenn du es so ausdrückst …«, gab er nach.

Dankbar strahlte ich ihn an. »Ich kann also auf dich zählen?«

Tom seufzte. »Mache ich nicht bei jeder Verrücktheit mit, die du ausheckst?«

»Und dafür liebe ich dich!«

Hochzufrieden tätschelte ich seinen Rücken. Die erste Hürde war genommen.

Kapitel 10

Der Sommer war immer eine wichtige Saison für die *Egglethwaite Silver Band,* fast so wichtig wie die Vorweihnachtszeit. Sechs Wochen nach Dads Tod fühlte ich mich endlich wieder imstande, den als ersten Posaunisten zwangsverpflichteten Rentner abzulösen und erneut in den Konzertreigen einzusteigen.

Mit elf beziehungsweise dreizehn waren Tom und ich zum Unterricht zu Eric Spiggott geschickt worden, einem netten alten Herrn, der in den Neunzigern die Nachwuchsmusiker unterrichtete. Tom hielt einen Monat am Kornett durch, bevor er es in die Ecke pfefferte, während ich erstaunlicherweise eine nicht erlahmende Freude am Posaunenspiel entwickelte. Es war, als würde ich in einen Geheimcode eingeweiht, sobald ich durch Verschieben des Zugs und durch die Kraft meiner Lunge Töne produzierte. Inzwischen war ich seit fünfzehn Jahren dabei, das einzige weibliche Mitglied unter fünfzig.

»Du warst heute sehr gut, Lana«, lobte Rodge mich, der wie in allen Vereinen auch hier den Ton angab.

Roger Collingwood liebte diese Rolle, drängte sich immer nach dem Vorsitz, womit er sich jedoch nicht bloß Freunde machte. Er brauchte das, verstand sich als charismatische Persönlichkeit und war in manchmal unerträglicher Weise überzeugt von seinen Führungsqualitäten. Okay, vielleicht war er nicht der Führer, den Egglethwaite gebraucht hätte, jedoch hundertprozentig der Führer, der zu Egglethwaite passte. Ich betrachtete ihn als eine Art Leithammel. Dennoch mochte ich ihn, so eingebildet und aufgeblasen er bisweilen sein mochte. Menschen wie Roger hielten das Dorf am Laufen und damit lebendig.

»Danke, Rodge.« Mein Blick glitt über die in braune Blazer mit goldenen Epauletten gekleidete Altherrenriege, die damit wie Karikaturen schneidiger Militärs aussahen. »Es ist schön, wieder dabei zu sein.«

»Und wie kommt euer Komitee voran? Gibt es was Neues zu vermelden?«

»Nicht wirklich, da wir uns bislang noch nicht getroffen haben …« Verschwörerisch beugte ich mich vor. »Allerdings hätte ich da eine Idee. Du kennst bestimmt den alten Eisenbahnviadukt in Thornton, über den inzwischen Fußgänger spazieren können.«

»Richtig. Und was hat das mit uns zu tun?«

»Ich habe mich gefragt, was uns eigentlich davon abhält, etwas Ähnliches mit unserem Viadukt zu machen. Wir könnten ihn als Teil der Rennstrecke ausweisen, dann hätten wir etwas Besonderes, um uns gegen die anderen Orte zu behaupten.«

»Keine schlechte Idee«, räumte Roger zögernd ein, »aber wer soll das bezahlen? So eine Aktion kann Hunderttausende kosten, Lana. Das alte Gemäuer müsste eventuell saniert, die Schienen müssten rausgerissen und durch einen Asphaltbelag ersetzt werden, und man müsste für die Zuschauer einen Zugang nach oben schaffen ... Das ist ein Fass ohne Boden, sage ich dir.« Er schwieg nachdenklich. »Natürlich freut es mich, wenn ihr jungen Leute Interesse an unserem Ort zeigt. Wir Alten haben manchmal Sorge, dass Egglethwaite verkommt, wenn wir eines Tages nicht mehr da sind.«

»Also, ich jedenfalls werde mein Bestes tun, damit es hier nicht irgendwann zugeht wie im alten Rom.«

»Spielst du jetzt auf den Verfall der Sitten an und darauf, dass Yolanda in unserem beschaulichen Dorf eine Lasterhöhle errichten könnte?«

Ich lachte. »Keine Namen, bitte!«

Nachdem wir uns verabschiedet hatten, schleppte ich mich, den Posaunenkoffer in der Hand, in der heißen Julisonne die Straße hinauf nach Hause.

Ich war sogar zu erschöpft, um einen Blick für den gut aussehenden blonden Schwachkopf zu haben, der vor seinem künftigen Laden stand und zwei Arbeitern Anweisungen gab, wie sie das riesige Schild: *McLean's Machines. Radreparaturen, Vermietung, Verkauf,* an der Fassade montieren sollten.

»Schönen Nachmittag, verehrte Nachbarin«, begrüßte er mich und salutierte dabei. »Wen stellst du, wenn ich fragen darf, in diesem Aufzug dar, eine Schokosoldatin?«

Betreten sah ich an mir herunter. Mist. Musste er

mich ausgerechnet in dieser grottenhässlichen Uniform antreffen, die einer Bergarbeiterkapelle Ehre gemacht hätte, nicht jedoch einer Gruppe, die sich hochtrabend als Band bezeichnete. Diese Kluft war sogar um Längen peinlicher als meine Schankmädchenverkleidung, und das wollte was heißen.

»Wie lustig.«

Ich strebte weiter, versuchte ihn abzuschütteln – vergeblich, er klebte an meiner Seite.

»Soll ich dir tragen helfen?«, erkundigte er sich und deutete auf den Posaunenkoffer. »Sieht schwer aus.«

»Danke nein, das schaffe ich locker. Selbst ist die Frau, das habe ich in den vergangenen Jahren gelernt. Lernen müssen«, beschied ich ihn spitz.

Stewart musterte mich sichtlich amüsiert. »Schätzungsweise hast du dir inzwischen einen ordentlichen rechten Haken zugelegt.«

»Lauf mir weiter hinterher, dann findest du es raus.«

»Hör mal, du hast es hoffentlich ernst gemeint, als du gesagt hast, mit uns sei alles okay, oder?«

Ich blieb stehen und blickte in diese freundlichen grauen Augen. O Gott, warum mussten Männer so schwer von Begriff sein?

»Lassen wir das, sei so nett. Ich bin müde und habe heute keinen Nerv für derartige Diskussionen. Wir sehen uns nächste Woche beim Treffen des Komitees.«

Wenn ich erwartet hatte, er werde den Wink mit dem Zaunpfahl kapieren und abziehen, sah ich mich böse getäuscht, denn er folgte mir unverdrossen bis zu unserem Haus.

»Ich habe übrigens inzwischen mit den Organisatoren Kontakt aufgenommen.«

»Was? Vor unserem ersten Treffen? Einfach so? Und ohne einen Ton zu sagen?«

»Stopp, mach mal halblang. Ich habe das neulich so verstanden, dass eine Intervention meinerseits als wünschenswert betrachtet wurde. Und worüber willst du zudem diskutieren, solange du keinerlei Informationen hast?«

»Das ist total idiotisch«, ereiferte ich mich. »Allem voran müssen wir wissen, was wir wollen, bevor wir uns irgendwelche Vorgaben aufs Auge drücken lassen. So wird ein Schuh draus und nicht andersherum.«

»Komm, hab dich nicht so. Zum einen wurde ich bei der Versammlung mehr oder weniger autorisiert, Kontakt aufzunehmen, und zum anderen habe ich vorerst lediglich die Fühler ausgestreckt wegen der Streckenführung. Habe ich damit etwa eure beziehungsweise deine Entscheidungsgewalt infrage gestellt?«

Der Stich saß.

»Ich habe nichts überstürzt, Lana, Ehrenwort.« Sein Blick suchte meinen. »Kein Grund also, gleich wütend zu werden. Wir stehen schließlich auf derselben Seite, oder etwa nicht?«

»Schon, aber du solltest dich unbedingt mit der Gruppe absprechen, bevor du irgendwelche Alleingänge unternimmst, finde ich. Zumal alle anderen ein paar Tage länger hier leben als du und die Befindlichkeiten der Leute besser kennen.«

»Und du solltest dich unbedingt entspannen«, erwiderte er inzwischen leicht unwirsch. »Du bist sauer auf mich, stimmt's? Ich empfange da so subtile Signale … Oder reagiere ich über?«

»Sagen wir einfach, du gehst mir auf den Keks.«

»Hör mal, ich verstehe ja, dass du wegen der Sache letztes Jahr vergrätzt bist …«

»Bilde dir ja keine Schwachheiten ein«, giftete ich.

»Was ist es dann?«

»Ich habe einfach was gegen Großkotze, die ungebeten hier auftauchen und sofort alles an sich reißen wollen. Dein Laden hat nicht mal geöffnet, und gleich heißt es nur noch Stewart McLean hier, Stewart McLean da. Glaub nicht, dass du bei mir mit deinem Promistatus Eindruck schinden kannst.«

»Unsinn, ich will weder alles an mich reißen noch Eindruck schinden – und das mit dem Promistatus ist sowie hirnrissig. Weil ich nämlich nie einen hatte.« Er legte die Hand auf meinen Arm. »Ich habe euch lediglich meine Hilfe angeboten, weil ich nicht ganz zufällig ein paar Leute aus der Szene kenne. Was bitte ist schlimm daran?«

»Okay«, gab ich nach, »von mir aus, dann halten wir das so.«

»Kein böses Blut mehr?«

»Na ja, ich werde mir Mühe geben«, überwand ich mich zu sagen. Gott, wie ich diesen Typen hasste, dachte ich hingegen im Stillen.

In unserer Wohnung angekommen, riss ich mir die braune Montur vom Leib, warf sie in die Ecke und knallte mich neben Tom und Flash vor den Fernseher.

»Guter Gig?«, meinte Tom spöttisch, der sich gerne über die seltsame Band lustig machte.

»Immerhin schienen die alten Damen beim Rasenbowling die musikalische Untermalung zu genießen. Zumindest haben sie sich nicht beschwert. Ist halt so, wie es ist«, fügte ich seufzend hinzu. »Klar würde ich lieber in einer flotten, jungen Gruppe spielen, doch wo soll die in unserem Nest herkommen? Wenigstens hatte ich heute ein persönliches Erfolgserlebnis: Zum ersten Mal ist es mir gelungen, bei Dvoraks *Aus der Neuen Welt* nicht aus dem Takt zu geraten. Toll, was?« Als Tom mir das verdiente Lob versagte, nickte ich zum Fernseher hin. »Was schaust du da eigentlich?«

»O Mann, das ist zu komisch. Eine Doku über Mr. Quetschup. Dauernd lassen sie ihn durchs Moor hüpfen.«

Gerade eben kam Harper Brady wieder ins Bild: in ein stylisches Sakko gewandet und mit flippigen Sneakers an den Füßen, die innerhalb von fünf Minuten auseinandergefallen wären, hätte man ihn tatsächlich durchs Moor pirschen lassen.

»Als Schauspieler wie als Mensch wurde ich durch diese Landschaft geformt«, hörte man Harpers Stimme aus dem Off. »In vieler Hinsicht betrachte ich das Moor als meine Mutter, die mich von der Wiege an nährte.«

»Igitt.« Angewidert verzog ich das Gesicht. »Jetzt kann ich nicht mal mehr im Moor spazieren gehen, ohne dass mir ein nuckelnder Harper Brady vor Augen steht.«

»Bei einer meiner neueren Rollen eines vom Krieg gezeichneten Veteranen, der Heilung sucht, konnte ich unmittelbar aus den Erfahrungen meiner Kindheit schöpfen, in der ich die magischen Kräfte dieser verzauberten Landschaft spüren durfte«, sülzte Harper weiter. »Ich bin meiner Heimat so vieles schuldig.«

»War das etwa die Rolle, für die er Stewart gebraucht hat? Eher nicht, oder? Da ging es schließlich um Radfahren und nicht um Wunderheilungen im Hochmoor. Egal, schalte ab, Tom. Dieser Typ ist unerträglich.«

Nachdem Harpers Egotrip erloschen war, brachte ich meine Begegnung mit seinem Cousin zur Sprache, wenngleich ich wusste, dass Tom dieses Thema noch mehr hasste als die Hüpfer von Mr. Quetschup im Moor.

»Als ich heimkam, ließ Stewart McLean gerade das Schild über seinem Laden anbringen.«

»Und?«

»Wir haben ein paar Worte gewechselt«, rückte ich mit der Sprache raus. »Über die Tour und so.«

Tom musterte mich argwöhnisch. »Und ihm zu begegnen macht dir wirklich nichts aus?«

»Langsam habe ich es echt dicke, Tommy. Wie oft soll ich dir noch sagen, dass alles paletti ist. Himmel, es war bloß dieser eine Abend, und da ist nicht mal was passiert, wie du vielleicht denkst.«

Statt sich dazu zu äußern, klatschte er mit der Hand

auf mein Knie und stand auf. »Ich gehe schnell mal runter zum Imbiss.«

»Du hast wirklich einen Schlag weg.« Verständnislos schüttelte ich den Kopf. »Ehrlich, das wird allmählich albern. Du kannst nicht ständig in diese Bude rennen, bis du hundertfünfzig Kilo wiegst und in ein Fischbrötchen heulst. Jetzt frag den Jungen endlich, ob ihr euch mal trefft.«

»Heute nicht, ich brauche noch mehr Zeit.«

»Jetzt mach mal halblang«, stauchte ich ihn zusammen. »Was soll schon passieren?«

Mein Bruder sah mich verzagt an. »Stell dir vor, er ist nicht schwul, dann kann ich mich nie wieder dort blicken lassen«, stammelte er mit kläglicher Stimme.

»Das wäre kein Schaden nach deiner monatelangen Frittendiät.«

»Und falls er schwul ist, aber nicht auf mich steht, was dann?«

»Was wohl, du trauerst ein bisschen und orientierst dich neu, wie es alle tun«, erklärte ich barsch, doch als ich sein trauriges Gesicht sah, fühlte ich mich sogleich verpflichtet, ihn moralisch aufzurichten. »Ach komm, denk positiv. Wahrscheinlich läuft alles nach Wunsch: Er ist schwul, und ihr bleibt glücklich zusammen, bis dass der Tod euch scheidet. Die Chancen stehen schließlich nicht schlecht.«

Tom wirkte nicht überzeugt, schaute mich weiterhin zweifelnd an. Also redete ich erneut auf ihn ein, um ihn aus seiner mittelschweren Depression herauszuholen.

»Hör zu, ich gehe hin und werde ihn einfach ein bisschen aushorchen.«

»Inwiefern aushorchen?«, hakte er misstrauisch nach.

»Na ja, ihn in ein Gespräch verwickeln. Ein bisschen mit ihm flirten, um festzustellen, wie er auf Frauen reagiert.«

»Und woher willst du dann wissen, ob er schwul ist oder nicht?«

»Ein Mädchen merkt so was.« Ich zerzauste ihm die Haare. »Überlass das mal deiner kleinen Schwester, okay?«

Kapitel 11

Als ich den Imbissladen betrat, stand hinter der Theke ein attraktiver Junge mit dunklen, gewellten Haaren und Brille. Und mit dem wollte ich flirten, um herauszufinden, ob er Weibchen oder Männchen mochte.

O Gott, wie ging das noch mal? Mit den Augen? Und was war mit den Haaren. In den Büchern warfen die Mädchen immer die Haare nach hinten, als würden sie Werbung für L'Oréal machen oder so, und die Männer fanden das immer sexy, betrachteten das offenbar als eine Art Vorgeplänkel, bevor man richtig zur Sache ging. Selbst Yolanda, die alternde Dorfkönigin des Flirtens, schmiss ständig ihre Haare durch die Gegend und klimperte mit den Wimpern.

Also versuchte ich sie zu imitieren, ohne bei Cameron außer einem verwunderten Blinzeln eine Reaktion festzustellen. War ich zu schlecht oder er zu schwul? Ich nahm einen neuen Anlauf.

»Äh, hi«, sagte ich und hätte mir fast auf die Zunge gebissen vor lauter Verlegenheit. »Was macht ein hübscher Junge wie du an so einem Ort?«

Die Anmache zog bei ihm eindeutig nicht. Statt zu antworten, fragte er nach meinen Wünschen. Essenswünschen wohlgemerkt. »Fish und Chips und Panade extra, bitte.«

»Kommt sofort.« Er packte mit der Zange ein paniertes Fischfilet, legte es auf fettundurchlässiges Pergamentpapier und schaufelte anschließend Pommes obendrauf.

»Kenne ich dich nicht?«, fragte er nach einer Weile und sah mich scharf an.

Fiel das bereits unter Anbaggern? Schwer zu sagen. Yolanda wüsste das einzuschätzen – so langsam stieg sie in meiner Achtung, weil bei ihr die Flirterei so kinderleicht wirkte. Ein bisschen was von ihr zu haben wäre gar nicht so schlecht, kam mir in den Sinn.

»Möglich, dass wir uns gelegentlich gesehen haben. Mir und meinem Bruder gehört das Restaurant weiter oben.«

»Ach, du bist mit dem niedlichen Typen verwandt? Tom, richtig? Irgendwie seht ihr euch ähnlich.«

Niedlich, was sollte das heißen? Niedlich wie ein kleines Kätzchen? Oder meinte er es wie die Amerikaner: zum Vernaschen niedlich?

»Sag mal, bist du Amerikaner?«, platzte ich heraus. »Ich meine, bist du schwul?«

»Äh, wie bitte?«

Gott, ich versaute alles, Tom würde mich umbringen.

»Bitte, könntest du den Fisch weglassen?«

»Verzeihung?«

»Entschuldige mein Benehmen, ich weiß nicht, was in mich gefahren ist. Vergessen wir es einfach. Du gibst mir die Fritten, und ich verschwinde wieder, okay?«

Er lächelte. »Meine Mutter stammt aus Vermont, um deine Frage zu beantworten, ob ich Amerikaner bin. Essig auf die Pommes?«

»Ja bitte …«

»Du scheinst wirklich nett zu sein«, fuhr er fort, während er großzügig Essig über den Pommes verteilte, »leider bist du nicht mein Typ«, sagte er und sah mich fast entschuldigend an.

»Na, dann ist ja alles gut«, lächelte ich erleichtert. »Bist du womöglich schwul?«

»Wie man's nimmt. Ich bin bi, wenn du es unbedingt wissen musst.« Er hielt inne und schüttelte den Kopf. »Weißt du, ich werde nicht jeden Tag von Kunden nach meiner sexuellen Orientierung gefragt. Wolltest du mich daten oder was?«

»Eigentlich nicht. Äh, mal was anderes: Fährst du gerne Rad?«

Als ich heimkam, erwartete Tom mich schon gespannt an der Wohnzimmertür und trat nervös von einem Fuß auf den anderen.

»Und, wie war's?«

Ich drückte ihm die Pommestüte in die Hand. »Der Typ unten im Imbiss ordnet sich selbst auf der nicht binären Skala der sexuellen Orientierung ein«, erklärte ich kryptisch.

»Geht es vielleicht deutlicher«, beschwerte sich mein Bruder. »Sei so nett und drück es so aus, dass selbst ein minderbemittelter Kneipenwirt es kapiert.«

»Schlicht und ergreifend heißt das, du bist im Spiel.«

Sein Gesicht hellte sich auf. »Er ist schwul?«

»Anscheinend bi, aber er mag dich, sagt, du seist niedlich.«

»Ernsthaft?« Er stürzte sich auf mich und umarmte mich überwältigt. Um mich sogleich wieder loszulassen. »Und was soll ich jetzt machen?«

»Ist es bei dir wirklich so lange her, dass du das vergessen hast? Dann wärst du ja genauso schlimm wie ich.«

»Traurig und dennoch wahr, und jetzt fehlt mir der Mut, einfach in seine Bude zu spazieren und ihn zu fragen, ob wir mal was gemeinsam unternehmen wollen. Ich bin eine echte Katastrophe.«

»Keine Angst, Tommy, deine scharfsinnige Schwester hat dir alle Wege geebnet. Ich habe ihn nämlich eingeladen, sich unserem Komitee anzuschließen.«

»Nicht wahr, oder?«

In diesem Moment begann das Handy in meiner Jeanstasche zu summen.

»Roger Collingwood«, murmelte ich stirnrunzelnd. »Was will denn der?«

»Sag mal, sitzt du gerade?«, erkundigte sich Roger.

»Was bitte gibt's so Dramatisches, dass ich sitzen muss?«

»War dir das wirklich ernst mit dem Viadukt?«

»Natürlich, warum?«

»Gut, ich bin mal die Archive der Gemeinde durchgegangen und darauf gestoßen, dass jemand vor acht Jahren ebenfalls Überlegungen angestellt hat, was man mit dem Viadukt Sinnvolles anstellen könnte.«

»Kann mich gar nicht daran erinnern. Wer denn?«

»Und du sitzt ganz bestimmt?«

»Also los, wer?«

»Dein Vater.«

Meine Brauen schossen in die Höhe. »Du machst Witze!«

»Ganz und gar nicht. Ich halte gerade einen Stapel Formulare in der Hand, in denen er beantragen wollte, den Viadukt in einen Wanderweg einzubeziehen.«

»Wieso hat er uns das nie erzählt?«

»Er kam nie über eine erste Anfrage hinaus, schätzungsweise war es in dem Jahr, als er krank wurde und der Behandlungsmarathon begann, das war's dann.«

»Ja, vor acht Jahren, kommt zeitlich hin«, bestätigte ich nachdenklich.

»Hör zu, ich werde alles kopieren und werfe es in euren Briefkasten.«

»Danke, Rodge, du bist ein Heiliger.«

»Was war das eben?«, erkundigte sich Tom, nachdem ich aufgelegt hatte.

»Das glaubst du im Leben nicht. Offenbar hat Roger die Idee mit dem Viadukt keine Ruhe gelassen, und er hat im Archiv der Gemeinde herumgewühlt. Und dabei stellte sich heraus, dass Dad vor acht Jahren den Viadukt als Teil eines Wanderwegs umgestalten wollte. Nur kam seine Krankheit dazwischen, und er hat nicht mehr darüber geredet.«

»Alter Schwede, ist ja der Hammer!«

Ich rutschte in den Polstern herum und sah zu Tom auf. »Also, damit ist die Sache entschieden, oder? Vergiss die Bank mit der Gedenktafel. Wir widmen unserem alten Herrn einen ganzen Viadukt.«

Noch am selben Abend schob uns Roger einen Umschlag in den Briefkasten, den ich mir gleich nach Ende meiner Schicht vornahm.

»Das glaubst du nicht, Tommy«, sagte ich, als sich mein Bruder zu mir setzte. »Dad hat einen richtigen Plan ausgearbeitet – mit Blaupausen, Kalkulationen, Finanzierungsmöglichkeiten … Alles, was man braucht, ist da. Sieh dir das an.«

Tom starrte gebannt auf die Unterlagen.

»Vierzigtausend kostet es seiner Berechnung zufolge pro Jahr, um den Viadukt als Baudenkmal in seinem jetzigen Zustand zu erhalten«, erläuterte ich. »Und laut Dads Schätzung würde es lediglich schlappe Zehntausend mehr kosten, ihn zu restaurieren.«

»Wenn das so ist, warum wurde es dann nicht gemacht?«

»Keine Ahnung. Vielleicht weil sich, nachdem Dad als treibende Kraft wegfiel, niemand mehr darum kümmerte. Wahrscheinlich ist es nicht einmal zu öffentlichen Diskussionen darüber gekommen, sonst müsste zumindest irgendjemand von dem Plan gewusst haben. Gut denkbar, dass Dad selbst es geheim gehalten hat. Du weißt ja, wie er war. Wahrscheinlich wollte er alles irgendwann mit großem Trara enthüllen.«

»Und was sollen wir jetzt unternehmen?«

»Kämpfen natürlich! Wir müssen die ganze Gemeinde und vor allem die Verwaltung des Gemeindeverbunds in Bradford hinter uns bringen.« Ich zupfte ein Blatt aus meinem Stapel. »Sieh mal hier.«

Unter den Papieren befand sich eine kolorierte Skizze von Dad, der gerne hobbymäßig gemalt und gezeichnet hatte. Sie zeigte Familien, Radfahrer, Reiter, Wanderer auf dem Viadukt, die perfekte Vorwegnahme meiner Idee.

Mit leuchtenden Augen schaute ich von der Zeichnung auf. »Weißt du, was das bedeutet?«

»Einen Haufen Arbeit.«

»Das zweifellos auch. Vor allem aber bedeutet es, dass wir etwas zu Ende bringen, was unserem Vater wirklich am Herzen lag.«

Tom blieb skeptisch. »Die Idee ist gut. Trotzdem geht mir das alles viel zu schnell, und wenn du enttäuscht wirst, fällst du in ein tiefes Loch. Und das hätte Dad bestimmt nicht gewollt.«

»Alter Miesepeter, was hätte er deiner Meinung nach denn gewollt?«

»Das spielt keine Rolle mehr, außer für uns. Überdies spielst du die Sache mit Dad zu hoch. Immerhin hattest du die Idee mit dem Viadukt, bevor du von den alten Plänen wusstest.« Er legte liebevoll den Arm um mich. »Also tu jetzt nicht so, als müsstest du ein Vermächtnis erfüllen.«

»Alles gut und schön, ich empfinde das nun mal so, seit ich die Unterlagen gesehen habe. Diese Umgestaltung des Viadukts ist, als würde man ihm ein Denkmal setzen. Und ich will einfach, dass man ihn nicht vergisst.«

»Wer sagt denn, dass er in Vergessenheit gerät?«, wandte Tom leise ein. »Niemand hier wird ihn vergessen. Nicht solange Menschen leben, die ihn gekannt haben.«

Kleinlaut rutschte ich in mich zusammen. »Vielleicht habe ich ja Angst, dass ich ihn selbst vergessen könnte. Es ist erst einen Monat her, und bereits jetzt merke ich, wenn ich mir sein Gesicht ins Gedächtnis rufen will, dass es weniger deutlich ist …« Ich sah ihn durch einen Tränenschleier an. »Ich brauche das, Tommy. Lass mich kämpfen. Etwas anderes habe ich nicht.«

»Gesund ist das nicht, sondern zwanghaft … Und das macht mir Sorge.«

»Einen Traum verwirklichen zu wollen ist besser, als nichts zu haben.«

»So etwas darfst du nicht sagen.« Toms Stimme klang streng und zugleich ein wenig traurig. »Bin ich denn nichts für dich? Zählen Gerry und Sue nicht? Du bist nicht allein, Lana, du hast Menschen um dich, die dich lieben. Also tu verdammt noch mal nicht so …«

»Entschuldige, so habe ich das nicht gemeint«, flüsterte ich reumütig. »Aber auch wenn ich euch habe, vermisse ich meinen Dad – und das hier fühlt sich für mich an wie ein letzter Dienst, den ich ihm erweise.«

Kapitel 12

»Debbie und du, ihr kommt bestimmt alleine zurecht?«, fragte ich Jasmine, während Tom und ich uns fertig machten für die erste Zusammenkunft des Komitees.

Mit Rücksicht auf uns war das Treffen auf einen Donnerstag gelegt worden, weil das, vor allem momentan, ein eher lahmer Tag im Restaurant war.

»Im Keller ist noch ein Fass Honigmet, falls er ausgehen sollte, und, ach ja, sag Deano Bescheid, dass …«

»Ganz ruhig, Lana, wir schaffen das.« Jasmine drückte mir einen Kuss auf die Wange. »Mach dir keine Gedanken. Ich gehe schnell zu Deano und bespreche mit ihm das Übliche, ob es eine Empfehlung der Küche gibt oder was immer er sich in seinem kreativen Wahnsinn ausgedacht hat.«

»Hoffentlich vergisst Jaz nicht, sich umzuziehen – so schräg, wie sie heute aussieht, würde sie uns sonst die letzten Gäste verschrecken«, meinte Tom und deutete auf das gewöhnungsbedürftige Outfit unserer Jungkellnerin, die zu Ringelkniestrümpfen in Neonfarben knappe Hotpants trug.

»Vielleicht will sie Deano aufgeilen, bevor sie sich wieder in eine züchtige Schankmaid verwandelt. Wie er gelagert ist, könnte ihn ihr schriller Aufzug durchaus anmachen. Allerdings verstehe ich nicht, was sie an ihm findet. So ein hübsches Mädchen …« Verständnislos schüttelte ich den Kopf. »Egal, ist nicht unser Bier. Komm, lass uns gehen.«

Als wir in den Pub kamen, saßen Yolanda und Sue, die beiden Freundfeindinnen, bereits an unserem angestammten Tisch und starrten einander finster an.

»Himmel, was ist jetzt schon wieder?«, flüsterte ich Tom zu. »Dicke Luft, bevor wir überhaupt angefangen haben, das ist gar nicht gut.«

Wir besorgten uns etwas zu trinken und gingen dann zu ihnen.

»Glaub mir, Susan, nichts läge mir ferner, als dich kränken zu wollen«, sagte Yolanda gerade, »ich habe dein Rezept nur ein winziges bisschen aufgepeppt.«

»Du hast mein Rezept überhaupt nicht verwendet«, ereiferte sich Sue. »Das Rezept war von dieser Kuh Nigella. Das weiß ich genau, sie nimmt immer zu viel Mehl.«

»He, Leute, streitet ihr mal wieder?«, begrüßte Tom die beiden. »Verratet uns wenigstens, worum es geht.«

Sue blickte Yolanda böse an. »Frag ihre Ladyschaft.«

»Also, Yo-yo, was gibt's?«

Yolanda zuckte mit den Achseln. »Ich habe letzte Woche für den Kuchenverkauf während des Konzerts gebacken und ihr Rezept für Lavendelscones verwendet. Obwohl ich höchstens eine Winzigkeit daran verändert habe, plustert sie sich auf, als hätte ich Produktpiraterie begangen.«

»Eine Winzigkeit, leck mich doch an meinem üppigen Allerwertesten«, brauste Sue auf. »Was du da zusammengepanscht hast, hatte mit meinem Rezept überhaupt nichts mehr zu tun, was du aber zu behaupten beliebtest. Jetzt denken alle, dass deine scheußlichen Scones auf meinem Mist gewachsen waren.«

»Gibt es denn so viele verschiedene Rezepte für Scones?«, fragte ich und versuchte den albernen Streit zu neutralisieren. »Sind die nicht alle letztlich aus den gleichen Zutaten?«

Bingo. Das war ein Fauxpas, wie ich am entsetzten Blick der beiden zänkischen Weiber erkannte. Da ich nicht riskieren wollte, dass sie jetzt gemeinsam auf mich losgingen, murmelte ich schnell eine Entschuldigung, die sie zum Glück besänftigte.

»Und dein Vater war Koch, man sollte es nicht glauben.«

Sues Stimme drückte herablassende Verwunderung aus, und mir schien, dass ich in ihrer Achtung ein kleines Stück gesunken war.

Yolanda hingegen tarockte nicht nach, sondern machte einen auf Retterin aus der Not.

»Wie haltet ihr euch, meine Lieben?«, fragte sie milde.

Ich war ihr keineswegs dankbar für diese bemühte Fürsorge, denn ich hatte die Frage inzwischen herzlich satt, selbst wenn sie nett gemeint war. Was sollte ich darauf antworten? Die Wahrheit? Kaum, weil die nämlich niemand wirklich hören wollte. Keine Menschenseele mochte schließlich allzu sehr in die Trauer anderer involviert werden. Also blieb ich unverbindlich und vage.

»So gut wie möglich«, sagte ich.

»Wo ist Gerry?« Tom, der mein Unbehagen gespürt hatte, wechselte geschickt das Thema.

Sue nickte knapp zur Tür hin. »Draußen, eine rauchen.«

»Dann fehlt also lediglich Stewart«, warf Yolanda mit lüstern blitzenden Augen ein.

»Komm ja nicht auf den Gedanken, ihn den ganzen Abend anzubaggern«, warnte Sue sie. »Benimm dich zur Abwechslung mal deinem Alter entsprechend, Yolanda Sommerville.«

»Du bist echt total spaßfrei. Ein bisschen Flirten stärkt bestimmt den Gemeinschaftsgeist, oder etwa nicht?« Yolanda senkte die Stimme zu einem lasziven Flüstern. »Außerdem haben Radfahrer verführerisch knackige Hinterteile.«

Sue zog es vor, keinen Kommentar dazu abzugeben, und wandte sich stattdessen an mich.

»Kannst du einigermaßen damit umgehen, dass Stewart sich für den Ausschuss gemeldet hat, Liebes?«

»Ist okay«, seufzte ich. »Und ganz egal, ob es meine Befindlichkeiten tangiert – wir wären blöd, ihn nicht an Bord zu holen. Immerhin ist er Profi und Insider in einer Person. Wir müssen uns eben alle zusammenreißen. Das werden wir hoffentlich hinbekommen.« Mein Blick wanderte amüsiert zwischen Sue und Yolanda hin und her. »Solange ihr nicht wieder von den Scones anfangt.«

Genau in diesem Moment bemerkte ich, dass Yo-yo wie gebannt zur Bar starrte. Aha, Cameron war eingetroffen, ein neues Objekt ihrer Begierde.

Ich wandte mich an die beiden Streithennen. »Sorry, ich habe ganz vergessen, euch zu erzählen, dass ich noch jemanden für unser Komitee an Land gezogen habe. Da drüben steht er, ihr kennt ihn vielleicht – es ist der nette Bursche aus dem Imbiss. Cameron ist ein großer Radrennfan … Und Halbamerikaner, die sind ja immer recht praktische und tatkräftige Typen«, machte ich ihnen meine Eroberung schmackhaft.

Sue schaute auf Cameron, dann auf Toms verzückten Gesichtsausdruck. »Verstehe.«

Mehr brauchte sie nicht zu sagen. Ihr Instinkt war scharf wie eine Rasierklinge, besonders wenn es um Beziehungskisten ging. Wer mit wem, darüber konnte sie sich endlos auslassen.

»Hi«, begrüßte uns jetzt Stewart, der unbemerkt herangekommen war, und ließ sich auf den freien Stuhl neben Yolanda sinken.

»Herr im Himmel, Sie haben mir den Schreck meines Lebens eingejagt.« Sue fasste sich dramatisch ans Herz, wobei ihr Busen gefährlich ins Wogen geriet. »Wo sind Sie denn plötzlich hervorgekrochen?«

Mein ungetreuer Beinahelover zuckte mit den Achseln. »Ich bin bereits eine ganze Weile im Pub, habe drüben mit Kit was getrunken. Habt ihr mich nicht gesehen?«

Er lachte, als wir unisono verneinend den Kopf schüttelten.

»Ich kann so unsichtbar sein wie ein Nachtgeist. Du drehst dich um, und zack bin ich weg.«

Yolanda kicherte geziert und machte auf mädchenhaft.

»Sie sind ja so witzig! Ich mag das bei Männern«, hauchte sie und bedachte ihn mit einem schwärmerischen Blick.

»Was du an einem Mann magst, sind Muckis und sein bestes Stück, auf den Rest kannst du zur Not verzichten«, redete Sue brutal Klartext.

Ich verdrehte die Augen und war kurz davor, ausfallend zu werden, aber in dem Moment kam Cameron zu uns herüber, eine Tragetasche in der einen Hand, ein Bier in der anderen. Er wirkte sichtlich nervös.

»Hi, kann ich mich dazusetzen?«

»Natürlich.« Sue deutete auf einen Stuhl und lächelte ihn einladend an. »Schön, dass Sie mitmachen.«

Er selbst schien das weniger schön zu finden. Unsicher schaute er von einem zum anderen und schien sich zu fragen, was er hier zu suchen hatte.

Was durch Toms Verhalten nicht gerade besser wurde, im Gegenteil. Mein Bruder stellte sich an wie das letzte Landei. Oder wie so ein verklemmter Schwuli, der sich wegen seiner Neigung im Grunde seines Herzens schämte.

»Äh, hi«, begrüßte er Cameron, und seine Wangen liefen rosa an. »Super, dass du gekommen bist. Du siehst ganz anders aus ohne deine Pommes.«

Innerlich stöhnte ich auf. O Gott, was für ein Entree. Mir kamen Zweifel, ob das wirklich der Beginn einer wunderbaren Freundschaft sein konnte. Zumal Camerons Reaktion auch nicht gerade von Weltläufigkeit zeugte.

»Danke, nett, dass du das findest. Ich habe dir was mitgebracht«, sagte er und griff nach der Tüte unter dem Tisch. »Pommes und extra Panade. Normalerweise ist ja heute dein Tag, da dachte ich, du hast es vielleicht nicht geschafft herzukommen ... Und ein Butterkuchen ist ebenfalls dabei, den magst du ja.«

»Lecker, vielen Dank.« Tom nahm die Tüte. »So mag ich sie am liebsten«, erklärte mein Bruder, wenngleich er erst kürzlich den fettigen Fritten abschwören wollte und behauptet hatte, er werde kotzen, wenn er je wieder Pommes essen müsse.

»Also, wenn du nächste Woche zu der üblichen Zeit kommst ..., na ja, dann könnte ich sie dir vorher fertig machen.«

Tom strahlte. »Wunderbar, Cameron. So machen wir's.«

Yolanda schaute gelangweilt drein, weil sie ihre Felle davonschwimmen sah. Ganz ungewöhnlich für sie, mahnte sie die anderen sogar, endlich mit der Arbeit anzufangen.

»Verzeihung, sind wir nicht hier, um über diesen Grand Départ zu sprechen oder wie das heißt? Was soll da das Gequatsche über Pommes frites?«

»Du hast ja recht«, begütigte ich sie. »Sobald Gerry reinkommt, fangen wir an.«

Sue wedelte wegwerfend mit der Hand. »Ach, auf den brauchen wir nicht zu warten. Der raucht draußen Kette, bis er sicher ist, dass das, was er so großartig als Sconesgate bezeichnet, ausgestanden ist.«

»Okay, und wer will den Anfang machen?«, fragte Stewart.

Tom rammte mir seinen Ellbogen in die Seite. »Meine Schwester, die immer für eine Überraschung gut ist, sollte euch verklickern, welchen neuen Geniestreich sie ausgeheckt hat.«

»Klappe«, zischte ich Tom an und funkelte ihn bitterböse an. »Jetzt tu nicht auf einmal so großspurig.«

»Also, Lana, was hast du für uns auf Lager?«, lenkte Stewart das Gespräch auf eine sachliche Ebene.

Ich griff in meine Handtasche, legte die von Roger kopierten Papiere auf den Tisch und zog Dads Zeichnung heraus.

»Das hier«, sagte ich und hielt sie in die Höhe.

Yolanda runzelte die Stirn. »Soll das etwa unser Viadukt sein?«

»Ja und Nein. Es ist gewissermaßen eine Vision, wie es aussehen könnte, wenn man es einer neuen Bestimmung zuführen würde. Die Idee stammt von meinem Vater, und die Zeichnung zeigt, wie er sich das vorgestellt hat. Und weil ich den Plan toll finde, möchte ich euch dafür erwärmen.«

»Von wann ist die Zeichnung?«, erkundigte sich Sue. »Der alte Fuchs hat nie einen Ton davon verlauten lassen, obwohl wir so enge Freunde waren.«

Bevor sie ihrer Enttäuschung freien Lauf lassen

konnte, mischte Tom sich ein. »Wenn es dich tröstet, Sue, selbst uns, seine Kinder, hat er nicht ins Vertrauen gezogen. Deshalb gibt es keinen Grund, gekränkt oder gar beleidigt zu sein. Dad war halt ein Heimlichtuer.«

Verständnislos schaute Cameron in die Runde.

»Verzeihung, ich bin verwirrt«, stammelte er. »Ich dachte, es geht darum, ob die Rennfahrer durch unseren Ort kommen.«

»Das ist die Basisidee, das Ziel, das wir anstreben«, setzte ich ihm auseinander. »Die Frage ist bloß, wie schaffen wir das? Uns wurde schnell klar, dass wir etwas brauchen, womit wir anderen Bewerbern gegenüber punkten können. Und das können wir mit dem Viadukt, das, ganz nebenbei, erst die grandiose Aussicht vom Pagans' Rock ausmacht. Wir haben das nie bedacht. Unser Dad hat das schon vor acht Jahren erkannt.«

»Also hat er sich den Kopf zerbrochen, Kalkulationen angestellt und Szenarien entworfen, was man mit dem Viadukt anfangen könnte. Und das hat er auf dieser Zeichnung festgehalten«, fügte Tom hinzu.

»Alles ganz nett, Schätzchen, nur inwiefern bringt uns das weiter?«, fragte Yolanda leicht ketzerisch.

»Weil er alles ganz genau durchgeplant und durchgerechnet hat, sodass wir seine Vorarbeiten als Grundlage für unsere Überlegungen hernehmen können. Damit wird uns eine Menge Arbeit erspart.« Ich breitete die Papiere auf dem Tisch aus und tippte auf eines der Dokumente. »Er hat sogar statische Berechnungen angestellt und ist zu dem Schluss kommen, dass sich der Viadukt in einem bautechnisch einwandfreien Zustand befindet und im Grunde lediglich asphaltiert werden muss.« Ich beschrieb eine umfassende Bewegung mit dem Arm. »Stellt euch das mal vor! Ein Pulk von Radrennfahrern, die über die Bögen jagen, während aus einem Hubschrauber alles gefilmt wird, einschließlich Speichersee und Moor. Wär doch eine Schau, oder?«

»Und das alte Gemäuer ist wirklich noch stabil genug?«, gab Sue zu bedenken.

»Wenn ihr Zweifel habt, kann man es ja neu überprüfen lassen«, erwiderte ich. »Ich denke, wenn der Viadukt unter keinem einzigen Zug zusammengebrochen ist und es keine Hinweise auf Baufälligkeit gibt, dann sollte er rund zweihundert drahtige Radfahrer leicht aushalten.«

»Selbst dich, Susan«, frotzelte Yolanda mit spöttischem Lächeln und erntete dafür Blicke, die töten könnten.

»Das wird nicht klappen«, meldete sich unvermittelt Stewart zu Wort.

Geringschätzig verzog ich das Gesicht. »Und warum nicht?«

»Bitte Lana, sei nicht so naiv. Glaubst du wirklich, man kann einen Viadukt, an dem seit fünfzig Jahren nichts gemacht wurde, in so kurzer Zeit wieder zur Benutzung freigeben? Wofür auch immer. Denk an all die Vorschriften, die es zu beachten gilt.«

»Da hat er nicht unrecht«, stimmte Yolanda zu, ob aus Überzeugung oder weil sie einem attraktiven

Typen immer nach dem Mund redete, blieb mir verborgen.

Jedenfalls nahm ich die Einwände persönlich.

»Es würde sich trotzdem lohnen, die Möglichkeiten zumindest zu eruieren, oder? Wir können ja Dads Berechnungen von einem Fachmann überprüfen lassen«, schnappte ich.

»Das müsste ohnehin passieren. Aber gehen wir mal logisch vor.« Stewart zählte an den Fingern ab. »Erstens: Wir wissen nicht einmal, ob wir überhaupt eine Chance auf einen Streckenabschnitt haben beziehungsweise ob die Route nicht längst festgelegt wurde.«

»Das ist zutreffend«, räumte Tom ein, während ich gleich wieder aus der Haut fuhr.

»Und wenn schon. Den Viadukt der Öffentlichkeit zugänglich zu machen lohnt sich mit oder ohne Tour.«

»Also, stellen wir das vorerst zurück«, schlug Stewart vor und reckte den nächsten Finger. »Zweitens: Wir wissen nicht, ob für eine Eintagsfliege wie die Durchfahrt des Grand Départ überhaupt die Mittel genehmigt werden. Schließlich sind die Gemeinden knapp bei Kasse.«

Nichts, rein gar nichts vermochte mich zu bremsen, starrsinnig beharrte ich auf meinem Plan.

»Falls unser Antrag abgelehnt wird, könnten wir immer noch versuchen, das notwendige Geld durch eine Spendenaktion aufzubringen.«

Stewart betrachtete die Kalkulation meines Vaters. »Es geht immerhin um fünfzig Riesen. Glaubst du wirklich, wir könnten in einem kleinen Ort wie Egglethwaite so viel einsammeln? Mal ganz davon abgesehen, dass in acht Jahren alles teurer geworden ist.«

»Falls wir uns ein paar gute Aktionen überlegen …« Ich ließ einfach nicht locker.

»Okay, hier kommt gleich drittens, nämlich der Zeitfaktor. Sowohl was die Geldbeschaffung wie die Arbeiten am Viadukt betrifft, glaube ich keine Sekunde, dass das alles in so kurzer Zeit zu stemmen ist.« Er hielt kurz inne, bevor er fortfuhr. »Zumal der enge zeitliche Rahmen noch enger dadurch wird, dass wir im Grunde erst loslegen können, wenn wir den Zuschlag erhalten. Sonst wäre womöglich alles für die Tonne. Außer Spesen nichts gewesen.«

»Nein, es wäre nicht umsonst!« Zornestränen brannten in meinen Augen. »Selbst wenn die Tour nicht käme, wäre das eine Art Vermächtnis.«

Tom versuchte mich zu beruhigen, doch ich stieß ihn weg.

»Warum stellst du dich quer?«, schrie ich Stewart an. »Weil der Vorschlag von mir kommt? Ist es das?«

Stewart sah mich ebenso wie alle anderen betroffen an, niemand schien meinen Zornesausbruch zu verstehen. War ich vielleicht wirklich dabei, mich in etwas zu verrennen?

»Tut mir leid, Lana«, sagte er. »Ich hatte keine Ahnung, dass dir die Sache so wichtig ist, aber du musst schon bereit sein, die Schwachstellen deines Plans zu sehen, und nicht bloß auf einer Realisierung bestehen, weil du es als Vermächtnis deines Vaters betrachtest. Der Gemeinde geht es in erster Linie um die Tour und die Frage, ob das überhaupt Sinn macht. Keiner will schließlich seine Zeit für ein hoffnungsloses, dazu teures Unterfangen verschwenden.«

»Es ist nicht hoffnungslos«, protestierte ich mit schriller Stimme und brach in Tränen aus. »Mein Dad hat das anders gesehen. O Gott, ich muss hier raus. Ich ertrage es nicht, wenn ihr mich alle so anstarrt.«

Im winzigen Biergarten des Pubs lehnte Gerry an der Wand und rauchte eine Selbstgedrehte.

»Was tust du denn hier draußen?«, fragte er.

»Das Gleiche wie du. Mich verstecken.«

Er drückte die Zigarette an der Mauer aus. »Hat dich was aus der Fassung gebracht, Kleines? Du klingst, als hätte dir etwas die Luft abgeschnürt.«

»Ja. Hat mit Dad zu tun.«

»Hab ich mir fast gedacht.« Er winkte mich zu sich. »Komm mal her.«

Dankbar ließ ich mich in seine Arme sinken. Sein Geruch nach Tabak und Bier erinnerte mich an Dad, wenn er nach einem feuchtfröhlichen Abend mit Gerry heimkam, auf Zehenspitzen in mein Zimmer schlich und mir einen Kuss auf die Stirn hauchte.

»Danke, Onkel Gerry«, murmelte ich.

Er lächelte. »Ich glaube, du hast mich nicht mehr Onkel genannt, seit deine Mum gestorben ist.«

»Na ja. Zurzeit brauche ich alles an Familienfeeling, was ich bekommen kann.« Ich löste mich aus seinen

Armen und sah zu ihm auf. »Deshalb bitte ich dich herzlich: Lasst euch nie scheiden, du und Sue, ihr seid meine Ersatzfamilie, die ich nicht verlieren will.«

»Warum sollten wir uns scheiden lassen?«

»Weil ihr ständig streitet.«

»Ach, das ist nicht ernst gemeint. Sie ist die Liebe meines Lebens, diese blöde Kuh. Verrate ihr das ja nicht, klar?« Er tätschelte mir den Rücken. »Dafür verrätst du mir jetzt, was ich drinnen alles verpasst habe? Hatte es was mit Scones zu tun?«

»Nein.« Nachdrücklich schüttelte ich den Kopf. »Dir ist lediglich ein veritabler Nervenzusammenbruch entgangen. Meiner.«

Mitleidig betrachtete er mein tränennasses Gesicht. »Also raus mit der Sprache, was ist passiert?«

»Stewart fand meinen Vorschlag nicht gut, darum habe ich ihn angeschrien.«

Er nickte zufrieden. »Schadet ihm gar nicht, nachdem er dich letztes Jahr so schäbig behandelt hat.«

»Leider hatte er, genau betrachtet, recht, und ich habe einfach überreagiert.«

»Soll ich mit ihm sprechen?«

»Nein danke, das muss ich selbst machen. Ich schulde ihm eine Erklärung, wenngleich es mir stinkt.«

Wenn man vom Teufel sprach … In der verführerischen Gestalt von Stewarts athletischem und absolut fettfreiem Sportlerkörper trat er gerade in den Hof hinaus.

»Alles okay, Lana?«

»Könntest du uns bitte einen Moment allein lassen?«, flüsterte ich Gerry zu. »Dann habe ich die Aussprache ratzfatz hinter mir.«

»Na schön, Blümchen, wenn du es so willst«, meinte er, obwohl es ihm eindeutig nicht recht war.

»Entschuldige, dass ich dich angeschrien habe«, eröffnete ich das Gespräch.

»Vergiss es.« Stewart wedelte abwehrend mit der Hand. »Ich hätte ein bisschen mehr Taktgefühl an den Tag legen müssen – zumal ich wusste, dass du erst vor Kurzem deinen Vater verloren hast.«

Als ich schniefte, kam er zu mir, und einen Moment lang dachte ich, er werde mich in die Arme schließen, aber dann zuckte er zurück.

Stewart hatte sich im letzten Jahr verändert, das war nicht zu leugnen. Die entspannte Selbstsicherheit, an die ich mich erinnerte, wirkte jetzt irgendwie gezwungen. Und aus der Nähe betrachtet, hatten seine einst strahlenden Augen ihren Glanz verloren. Stattdessen las ich etwas anderes darin – etwas, das mir selbst allzu vertraut war: Schmerz. An seiner Verletzung, die ihn zum Rücktritt vom Rennsport gezwungen hatte, lag das sicher nicht. Ich tippte eher auf etwas Seelisches.

Stewart wartete still ab, dass ich meine Tränen unter Kontrolle brachte, bevor er wieder zu sprechen begann.

»Inzwischen habe ich kapiert, dass dir die Sache mit dem Viadukt sehr am Herzen liegt und dass du sie, lassen wir das mit deinem Dad mal beiseite, als wichtigen Baustein für die touristische Erschließung der Region betrachtest, richtig?«

»Ja, und was die Bewerbung wegen der Tour angeht, wäre es ein ziemlich gutes Argument, gegen das andere schwer ankämen.«

»Also gut, dann werde ich dich unterstützen.«

»Ich dachte, du hältst das für eine hirnrissige Idee«, sagte ich kleinlaut.

»Nein, das hast du mir in deinem heiligen Zorn unterstellt. Ich habe nur Punkte aufgeführt, die man bedenken muss. Doch vielleicht lässt sich ja eine Lösung finden.«

»Glaubst du?«

»Zumindest können wir es versuchen, indem wir alle Optionen prüfen. Und zwar sachlich, ohne uns im Träumereien von Fernsehübertragungen per Hubschrauber zu verlieren.«

»Sorry, ich neige dazu, gelegentlich übers Ziel hinauszuschießen.«

»Ist mir durchaus nicht entgangen. Keine Sorge, ich finde das süß.«

Süß. Er nannte mich süß. Ich sah ihn mit großen Augen an, war kurz vorm Dahinschmelzen und kriegte gerade noch die Kurve, dem nicht nachzugeben.

»Hör auf, mit mir zu flirten, Stewart.«

»Habe ich das getan?«

»Tu nicht so, natürlich hast du.« Misstrauisch beäugte ich ihn. »Warum bist du überhaupt so nett zu mir nach meinem Auftritt?«

»Weil ich dir einen Anlass dafür geliefert habe, und das wollte ich nicht.«

»Okay, akzeptiert. Dennoch ist es mir ernst: kein Flirten mehr.«

»Können wir denn zumindest Freunde sein?«

»Darum sollten wir uns bemühen.« Ich wischte mit dem Ärmel die letzten Tränen weg. »Komm, dann wollen wir die anderen nicht warten lassen und uns überlegen, wie wir am besten vorgehen. Ganz sachlich und professionell!«

Kapitel 13

Tatsächlich schafften wir es, eine Art Konzept zu entwerfen. Und so fand ich mich vierzehn Tage später vor Stewart McLeans Laden wieder mit einer Dokumentenmappe unter dem Arm und Hoffnung im Herzen.

»Bist du bereit?«, fragte ich.

»Allzeit.«

»Erklär mir noch mal, wieso du mich begleiten willst oder sollst.«

Er zuckte mit den Achseln. »Weil die anderen dachten, es sei ein Pluspunkt, wenn ein Insider mit von der Partie ist. Und weil du mich liebst, versteht sich.«

»Bitte hör auf«, stöhnte ich, »sonst kommt mir das Essen hoch.«

»Schau nicht so böse, ich sehe dich so gerne lächeln.«

»Lass uns erst mal das Gespräch hinter uns bringen. Vielleicht lächle ich ja anschließend.«

Er sah mich prüfend an. »Warum bist du überhaupt dermaßen nervös?«

»Weil ich so viel Gefühle, so viel Herzblut in die Sache investiert habe.«

Als er tröstend meine Schulter drücken wollte, verkrampfte ich mich.

»Schön locker bleiben und souverän. Das ist die halbe Miete. Also versuch dich zu entspannen.«

»Und du lass die Finger von mir. Wir müssen schließlich einen guten Eindruck machen. Benimm dich also, okay?«

»Tue ich das nicht immer?«

»Nein.« Ich schloss das Auto auf und nickte zur Beifahrerseite hin. »Steig ein.«

Wir wussten beide nichts über unseren Gesprächspartner, außer dass er Andy Chen hieß und als Verbindungsmann unseres Countys fungierte, dem die einzelnen Gemeinden in der Region zugeordnet waren und das insbesondere bei der Zuteilung von Geldmitteln und bei der Genehmigung von Bauvorhaben das letzte Wort hatte. Den Gemeinden hingegen waren im Laufe der Jahre immer mehr Rechte entzogen worden. Insofern war Andy Chen sehr, sehr wichtig.

Ich hatte ihn mir als einen gesetzten Herrn vorgestellt, aber der Bursche, der sich uns gegenüber in einem Café der zuständigen Metropolitanstadt Bradford niederließ, war höchstens Anfang dreißig, gut aussehend, wenngleich ein wenig konventionell. Vielleicht war das sein chinesisches Erbe.

»Danke, dass Sie uns empfangen«, eröffnete ich das Gespräch.

»Das ist mein Job«, erwiderte Andy verbindlich und lächelte. »Wenn ich es richtig verstanden habe, beantragen sie eine Wiederinbetriebnahme des Viadukts bei Egglethwaite unter neuen Vorzeichen.«

»Genau, das ist die Idee.«

»Sie sind Phil Donatis Tochter, wenn ich das richtig verstanden habe. Nachträglich mein aufrichtiges Beileid im Namen des Gemeindeverbunds.«

»Kannten Sie ihn?«, hakte ich überrascht nach.

»Nicht persönlich, mein Vorgänger hatte gelegentlich mit ihm zu tun und hat mir nur Gutes über ihn berichtet. Ein sehr engagierter Bürger seiner Einschätzung zufolge, der viel für Egglethwaite bewirkt habe.«

Da mir schon wieder die Tränen kamen, zog ich rasch Stewart zu mir heran. »Entschuldigung, ich habe ganz vergessen, Ihnen meinen Begleiter vorzustellen. Das ist Mr. McLean, der kürzlich erst in unseren kleinen Ort gezogen ist.«

»Und der sich gleich eingemischt hat«, fügte Stewart hinzu und streckte die Hand aus. »Stewart.«

Andy ergriff sie und schüttelte sie kräftig. »Mir brauchen Sie sich nicht vorzustellen. Ich weiß natürlich, wer Sie sind.«

»Sie interessieren sich für Radsport?«

»Selbstverständlich.«

Stewart lächelte. »Das höre ich gern.«

Ein Radsportfan. Das hatte mir noch gefehlt. Für Stewarts Ego war es indes ein Festtag. Umso mehr hieß es für mich aufpassen, damit ich nicht ganz ins Abseits geriet.

»Und trainieren Sie bereits für die Tour?«, erkundigte Andy sich.

Ich sah, wie Stewarts Miene gefror. »Nein, leider nicht. Ich fahre keine Rennen mehr.«

»Nicht Ihr Ernst, oder? Und warum nicht? Letztes Jahr hätte ich noch meinen letzten Penny darauf verwettet, dass Sie der nächste Bradley Wiggins werden.«

»Knieverletzung«, erklärte Stewart mit belegter Stimme und sah demonstrativ weg.

»Ach ja, ich erinnere mich, so was gelesen zu haben«, meinte Andy nach einigem Nachdenken. »Und wann dürfen Sie wieder in den Sattel? Bestimmt brennen Sie darauf, den anderen zu beweisen, was Sie draufhaben.«

Sichtlich deprimiert schüttelte Stewart den Kopf. »Es sieht nicht so aus, als würde die Verletzung komplett ausheilen. Ein Knorpel ist dauerhaft geschädigt und verursacht üble Schmerzen, sobald ich in die Pedale trete.« Er nickte zu den Papieren hinüber, die vor uns auf dem Tisch lagen. »Genug von unerfreulichen Dingen, lassen Sie uns lieber über unser Anliegen sprechen.«

Andy wirkte durch den abrupten Themenwechsel ein bisschen überrumpelt.

»Entschuldigen Sie, es lag mir fern, unangenehme Erinnerungen heraufzubeschwören.«

»Kein Problem.« Stewart rang sich ein Lächeln ab. »War einfach Schicksal – was passiert ist, lässt sich nicht ändern.«

In dem Augenblick tat er mir schrecklich leid.

»Gut, dann beginnen wir mal«, ging ich in medias res, um ihn von dem schmerzlichen Thema zu erlösen. »Bevor wir eingehender planen, wie wir den Viadukt konkret in einen Streckenabschnitt beim Grand

Départ integrieren können, brauchen wir erst mal Ihre grundsätzliche Zustimmung. Frage: Sehen Sie überhaupt eine Möglichkeit, den Viadukt zugänglich für die Allgemeinheit zu machen? Mein Vater hat vor ein paar Jahren auf eigene Faust Erkundungen angestellt und gelangte zu der Überzeugung, dass die Bausubtanz wohl noch in Ordnung sei.«

»Ja, dem ist so«, stimmte Andy zu. »Aus den Unterlagen in unserem Archiv geht hervor, dass ein Plan wie Ihrer von Zeit zu Zeit immer mal wieder aufgekommen ist – Ihr Vater war nicht der Einzige. Bloß wurden alle Initiativen fallen gelassen, weil ein Problem ersichtlich wurde.«

»Und das wäre, wenn es nicht die Bausubstanz ist«, fragte Stewart nach.

»Es geht um Artenschutz, konkret um Fledermäuse.«

Ich stutzte. »Verzeihung, sind Fledermäuse denn in ihrem Bestand bedroht?«

»Nein, die Mopsfledermäuse jedoch schon, eine höchst seltene Spezies. Und ausgerechnet die haben sich in den Mauerspalten des Viadukts eingenistet. Die Naturschützer haben damals gleich Alarm geschlagen.«

Die Antwort raubte mir alle Illusionen.

»Mit anderen Worten: Wir müssen auf den Viadukt verzichten?«

»Na ja, eine Möglichkeit gäbe es – man könnte die Fledermäuse umsiedeln. Was allerdings nicht so einfach ist, weil man ihre speziellen Gewohnheiten und den Winterschlafzyklus beachten muss. Es wäre auf jeden Fall ein langwieriges Projekt unter strenger Kontrolle der Tierschützer.«

»Würde ein Jahr reichen?«

Andy riss über so viel Naivität entsetzt die Augen auf.

»Wo denken Sie hin, Lana, das ist so gut wie unmöglich.«

»So gut wie unmöglich heißt zugleich: eventuell möglich, oder?«, wandte Stewart ein. »Also scheint es zumindest einen Hauch Hoffnung zu geben.«

»Wieso überhaupt diese Eile?«, wollte Andy wissen.

»Ganz einfach, weil die Tour de France uns den Termin vorgibt. Wir möchten nämlich, sofern es uns gelingt, einen Streckenabschnitt des Grand Départ zu ergattern, die Rennfahrer über den Viadukt fahren lassen«, erläuterte Stewart. »Sicher ein Highlight, das unsere Chancen gewaltig steigern würde. Hinzu kommt, dass der zu erwartende Medienrummel eine tolle Werbung für Egglethwaite hinsichtlich seiner touristischen Erschließung wäre, die wir dringend brauchen. Mit anderen Worten: Die Umfunktionierung des Viadukts ließe sich als Investition in die Zukunft verbuchen.«

Andy schwieg einen Moment. »Ihr Einfallsreichtum und ihr Engagement in allen Ehren«, meinte er schließlich. »Trotzdem war und ist die Finanzierung der Knackpunkt. Läge Egglethwaite im Nationalparkgebiet, sähe die Sache vermutlich anders aus, da macht man eher Geld locker als in einer Gegend, die kaum jemand kennt. Und eine Garantie, dass durch ihre Pläne ein Strukturwandel eintritt, gibt es leider nicht.«

»Mein Dad hat die Kosten auf fünfzigtausend geschätzt«, warf ich ein. »Halten Sie das nicht für vertretbar?«

»Nachdem wir gerade den Etat für die Jugendzentren in unserem Gemeindeverbund um fünfzig Prozent gekürzt haben? Wie sollen wir unter diesen Bedingungen den Eltern und Jugendlichen klarmachen, dass wir fünfzigtausend für einen Viadukt in einem völlig unbekannten Weiler ausgeben?«

»Verstehe, aber so funktioniert die Mittelvergabe ja nicht, oder?«

»Nein. Leider glaubt die Öffentlichkeit, dass sie so funktionieren sollte. Und deshalb gibt es immer wieder böses Blut.«

Fragend sah ich Stewart an. »Dann müssen wir die Sache wohl abhaken.«

»Nein, ganz so schnell streichen wir nicht die Segel. Bitte, Andy, geben Sie sich einen Ruck und denken Sie mal darüber nach. Sie scheinen den Plan ja durchaus interessant zu finden. Vielleicht lässt sich doch ein Hintertürchen entdecken.«

»Und wenn wir uns bereit erklären, einen Teil der Mittel selbst aufzubringen, im Rahmen einer Spendenaktion etwa, sähe es dann besser aus?«, stellte ich hoffnungsfroh zur Debatte.

Andy zögerte. »Ich werde die Sache so zu verkaufen versuchen, dass es sich für den ganzen Gemeindeverbund positiv auswirken könnte«, willigte er schließlich ein. »Bloß erhoffen Sie sich nicht allzu viel.«

Ich schenkte ihm ein dankbares Lächeln. »Wir wissen es zu schätzen, dass Sie uns helfen werden.«

»Lief gar nicht so schlecht«, stellte Stewart auf der Heimfahrt zufrieden fest.

»Zumindest hat er uns nicht alle Illusionen geraubt«, räumte ich ein. »Und ich nehme ihm auch ab, dass er es ehrlich meinte und uns nicht einfach abwimmeln wollte.«

Ich merkte, dass Stewart mich über den Rückspiegel prüfend ansah.

»Du magst ihn. Stimmt's?«

»Das geht dich absolut nichts an.«

»Komm, Lana, fahr die Stacheln ein. Immerhin habe ich mich so benommen, dass du keinen Grund zur Klage hattest, oder?«

»Okay, zugegeben, du warst ein braver Junge. Mach weiter so.«

Er grinste mich an. »Ob ich das versprechen kann, weiß ich nicht.«

Im Rückspiegel warf ich ihm einen mahnenden Blick zu. »Versuch es einfach. Jedenfalls danke ich dir, dass du mich so energisch unterstützt hast. Dafür kriegst du von mir ein Sternchen.«

Wir lächelten einander zu und setzten schweigend, aber im Gefühl einer neu aufkeimenden Verbundenheit die Heimfahrt fort.

Kapitel 14

Atemlos taumelte ich den farnüberwucherten Abhang hoch, dem vorausspringenden Flash hinterher, dessen gezackte weiße Schwanzzeichnung im nächsten Moment hinter der Kuppe verschwunden war.

»Mach zu«, rief ich Tom zu, »du warst schon mal schneller, allerdings war das, bevor du angefangen hast, dreimal die Woche Pommes zu futtern.«

»Übertreib nicht, es ist zweimal die Woche«, keuchte er. »Letzte Woche war es dreimal.«

»Na schön, ich gebe es zu. Hey, seit Neuestem schenkt er mir zusätzlich immer einen Butterkuchen. Meinst du, das hat was zu bedeuten?«

»Ja, es bedeutet, dass du sein bester Kunde bist.«

Ich zog mich auf den Pagans' Rock hoch, was mir ein erfreutes Bellen von Flash einbrachte.

»Mach mal langsam«, ermahnte ich ihn. »Einige von uns haben nicht mehr als zwei Beine.«

Endlich hatte Tom es ebenfalls geschafft und stützte sich schwer auf meine Schulter, versuchte wieder zu Atem zu kommen.

»Bester Ausblick in der Gegend, mag ja sein, aber dafür sein Leben zu riskieren, ich weiß nicht. Falls mich eines Tages hier der Schlag trifft, stell mir einen Gedenkstein auf«, beschwerte er sich. »Zum Gedenken an den armen Tom Donati und zur Warnung für andere.«

»Wenn du mich fragst«, wandte ich ein und blickte hinunter auf den spielzeugkleinen Viadukt. »Ich finde, die Aussicht ist jede Anstrengung wert.«

Wenngleich der Himmel bedeckt war und die Sonne lediglich hin und wieder durch die Wolken blitzte, war es ein großartiger Anblick. Auf der ruhigen, nahezu unbewegten Oberfläche des Speichersees erzeugten ihre Strahlen pastellfarbene Flecken, die die Spiegelungen des Viadukts in ein faszinierendes Licht tauchten.

Sollten die anderen Orte getrost ihre Dampfeisenbahnen und Kanäle behalten. Dad hatte recht: Gegen den Ausblick vom Pagans' Rock kam nichts an.

»Sag mal, warum ist Flashs Zunge so dunkel?«, riss Tom mich aus meinen Gedanken.

Der flauschige kleine Border Collie hechelte in der Hitze und ließ eine schwarzlila Zunge heraushängen.

»Nicht weiter schlimm, er hat Heidelbeeren gefressen«, stellte ich fest und führte ihn von dem Busch weg, den er entdeckt hatte. »Ich nehme ihn lieber an die Leine, bevor ihm noch schlecht wird.«

»Heidelbeeren«, rief Tom begeistert aus und machte sich seinerseits über die Sträucher her. »Das sollten wir Deano berichten, er hat mir sowieso neulich ein Ohr abgequatscht, dass wir bald Torten mit frischen Früchten machen müssten. Vielleicht sollten wir, Deano und ich, schnellstmöglich hier oben die Beeren ernten, bevor das halbe Dorf Wind davon bekommt und wir in die Röhre schauen.«

»Du willst Deano auf ein Date in die Heidelbeerbüsche locken?«

Seufzend warf Tom sich eine Handvoll Beeren in den Mund. »Besser als nichts, solange ich nicht den Mut aufbringe, Cameron zu fragen. Außerdem haben Deano und ich einen Pakt geschlossen, letzte Woche, als ich Küchendienst hatte.«

»Was für einen Pakt?«

»Dass wir heiraten, wenn ich mit vierzig nach wie vor Single bin. Ist schließlich immer praktisch, einen Notfallplan zu haben, oder?«

»Ganz schön dreist, unser Kochgenie, einen ähnlichen Deal wollte er nämlich auch mit mir schließen.« Ich tätschelte Toms Ellbogen. »Du kannst ihn meinetwegen haben, ich bin nicht wild darauf«, bot ich ihm mit spöttischer Großmut an.

»Wie selbstlos von dir, Schwesterherz«, zahlte er es mir mit gleicher Münze zurück, obwohl Ironie nicht unbedingt sein Ding war, denn er nahm eher alles sehr ernst und wörtlich. »Muss ich dir jetzt ewig zu Dank verpflichtet sein.«

Von unten drangen halblaute Flüche zu uns herauf, und nach ein paar Minuten tauchte Sues blondierte Dauerwelle über der Felskante auf.

»Leg einen Gang zu, alter Mann!«, rief sie Gerry zu, der sich offenbar hinter ihr befand.

»In Ordnung, Herzallerliebste. Ich bin dreiundfünfzig, vergiss das nicht.«

»Das bin ich genauso, und mich hörst du nicht winseln.« Sie sah Tom und mich an. »Ich schwöre euch, dieser Aufstieg fällt mir von Jahr zu Jahr schwerer.«

»Immerhin hältst du dich nicht übel für ein so schweres Mädchen«, schnaufte Gerry, nachdem er sich hochgezogen hatte, und kniff sie in den Hintern.

»Willst du Dresche beziehen?«

Gerry sah uns kopfschüttelnd an. »Ist das zu glauben? Nach all den Jahren will mich die alte Hexe auf einmal zu SM bekehren.«

»Über so was solltet ihr Oldies eigentlich längst hinaus sein«, beendete ich eine drohende Eskalation des Themas. »Also Schluss mit euren dämlichen Witzen. Lasst uns lieber zur Sache kommen.«

Gerry nahm seinen Rucksack ab und holte die kleine Urne mit Dads Asche heraus. Sue kam zu uns herüber, und Tom legte seine Arme um unsere Schultern.

»Wer will es machen?«, fragte sie.

Tom sah mich an. »Ich glaube, ich kann das nicht. Lana?«

»Mach du es«, sagte ich zu Gerry. »Du warst sein bester Freund.«

»Wenn ihr es so wollt.«

Gerry öffnete die Urne und schleuderte den Inhalt in den böigen Wind. Mit Tränen in den Augen beobachtete ich, wie sich die graue Asche zu einer Wolke formierte, noch eine Weile über dem Plateau kreiselte, bevor sie über die Felskante wehte und in Richtung Viadukt davontrieb.

»So, meine Kinder, jetzt ist er frei«, sagte Sue leise. »Keine Schmerzen mehr.«

»Ja. Keine Schmerzen mehr.« Ich kuschelte mich an ihre Schulter und drückte ein paar Tränen in ihre Fleecejacke.

»Sollten wir noch was sagen?«, fragte Gerry.

»Nein, das wäre irgendwie so gewollt. Passender ist, einfach an ihn zu denken.«

»Warum hat er diesen Ausblick so geliebt?«, erkundigte sich Sue.

»Ich glaube, es hatte damit zu tun, dass man hier ganz für sich ist«, spekulierte Tom. »Hier oben fühlt man sich wie in einer ganz eigenen Welt, oder etwa nicht?«

»Außerdem war er, denke ich, ein Eisenbahnfan«, fügte ich hinzu. »Immer wenn er mit uns hierherspazierte, hat er von der Schönheit des Viadukts geschwärmt.« Die Erinnerung schwemmte den Moment der Trauer hinweg. »O Gott, Leute, stellt euch vor, wir könnten ihn bis zur Tour wiedereröffnen. Wäre das nicht sein Traum gewesen?«

Tom sah kopfschüttelnd Sue an. »Keine Ahnung, woher auf einmal bei dieser verrückten Nuss das Radsportfieber kommt. Bis vor ein paar Wochen hat sie sich einen feuchten Kehricht dafür interessiert.«

»Das macht der junge Mann«, warf Gerry ein. »Dieser Stewart McLean. Schlag in dir lieber aus dem Kopf, Blümchen. Schließlich hat er dir bereits einmal das Herz gebrochen. Da beißt die Maus keinen Faden ab, selbst wenn er jetzt eine Charmeoffensive startet.«

Gerrys Vorhaltungen ärgerten mich. »So ein Blödsinn. Es hat null damit zu tun. Der junge Mann kann sich von mir aus vom Acker machen. Und er hat mir keinesfalls das Herz gebrochen, also dramatisier die Geschichte nicht unnötig. Und darüber hinaus wäre ich dir sehr dankbar, wenn du nicht in der Gegend herumposaunen würdest, dass er mich versetzt hat.«

»Lass gut sein, ich habe verstanden«, brummte er. »Was ist es dann?«

»Es hat mit Dad zu tun«, erklärte ich. »Der Viadukt würde immer an ihn erinnern, und ich stelle mir vor, an einem der Bögen eine Gedenktafel anzubringen. Das wäre eine echt große Sache.«

»Wir müssen abwarten, was von oben entschieden wird, Schätzchen, mehr können wir im Moment nicht tun.«

Alle außer mir waren pessimistisch, und das stank mir gewaltig.

»Ja, ist okay«, murmelte ich. »Ich will einfach mein Bestes versuchen, das ist alles.«

»Gehen wir wieder runter?«, schlug Gerry vor. »Der Braten wartet im Ofen auf uns. Die Missus hat euer Leibgericht zubereitet, Lamm in Rosmarin.«

Tom sah mich kurz an. »Geht schon mal vor. Wir treffen uns in einer halben Stunde auf der Farm.«

»Natürlich. Lasst euch ruhig Zeit«, stimmte Susan zu und tätschelte unsere Schultern, bevor sie sich mit Gerry an den Abstieg machte.

Als sie weg waren, blieben wir einen Moment schweigend sitzen, die Arme umeinandergelegt.

»Jetzt ist er in den Kreislauf der Natur zurückgekehrt«, sagte ich nachdenklich. »Ist ein Teil von ihr geworden.«

»Ein Teil von allem.«

»Genau, er ist nirgends und zugleich überall.«

Dann schwiegen wir erneut. Ich ließ den Kopf an Toms Schulter sinken. Es war ein bewegender Moment, ein Ende, das sogar einen Hauch Hoffnung ließ, die wir so dringend brauchten.

»Im Sommer ist es hier immer am schönsten«, bemerkte Tom, der meinem Blick zum Viadukt gefolgt war.

»Mhm«, machte ich und dachte verärgert an die Fledermäuse, die meinen schönen Plan zu vereiteln drohten. »Diese dämlichen Viecher mit ihrem dämlichen Ultraschall.«

Mein Bruder lachte. »Sei nicht gemein, sie können nichts dafür, dass man sie unter Artenschutz gestellt hat.«

»Können sie wohl. Sie vermehren sich einfach nicht schnell genug. Pure Faulheit. Gerade seltene Tiere müssten sich doppelt um Nachwuchs bemühen und es fünfmal pro Nacht treiben, mindestens. Aber die hier sind einfach dekadent.«

In diesem Moment meldete sich mein Handy. »O Gott, das ist er«, hauchte ich erschrocken. »Andy Chen, unser Kontaktmann vom Gemeindeverbund.«

»Dann geh ran und mach dir nicht vor lauter Angst in die Hose.«

Ich wischte übers Display. »Andy, hi.«

»Hi, Lana. Ich komme gerade aus der Ratssitzung.«

»Und wie ist es ausgegangen?«, erkundigte ich mich atemlos und mit wild pochendem Herzen.

»Kommt drauf an, ob Sie erst die guten oder erst die schlechten Neuigkeiten hören wollen.«

»Es gibt schlechte Neuigkeiten?«

»Leider ja«, sagte Andy. »Die Fledermäuse. Ich hatte eine hiesige Vertreterin der Liga zum Schutz der Fledermäuse eingeladen, und sie war gar nicht begeistert von der Idee einer Umsiedelung. Richtiger gesagt, sie war absolut dagegen. Keine Ahnung, ob ich auf meinem linken Ohr je wieder was hören werde, so sehr hat sie gezetert.«

»Mist.«

»Kann man so sagen. Sie hat nachdrücklich klargemacht, dass ihre Organisation mit allen zur Verfügung stehenden Mitteln dagegen vorgehen wird, falls irgendwer versucht, die Fledermäuse aus ihrem selbst gewählten Habitat zu vertreiben. Obwohl ich ihr garantiert habe, dass wir dabei so schonend wie irgend möglich vorgehen würden, und zwar in Absprache mit Fachleuten.«

»Das ist ja grauenhaft! Kann sich der Gemeindeverbund nicht darüber hinwegsetzen?«

»Im Prinzip ja, doch wird das keiner wollen. Schlechte Publicity. Wir können höchstens versuchen, die Tierschützer umzustimmen.«

»Klingt nicht gerade einfach.«

»Das ist es mit Sicherheit nicht. Zum Glück gibt es auch gute Nachrichten«, fügte er hinzu, und es kam mir so vor, als würde er dabei lächeln. »Dem Rat gefiel die Idee mit dem Viadukt durchaus, zumal als sie hörten, dass man bei Ihnen im Ort bereit ist, das Projekt mit eigenen Initiativen finanziell zu unterstützen.«

»Wirklich? Das klingt wunderbar!«

Er lachte. »Das nenne ich ein wahres Wechselbad der Gefühle!«

»Es gibt also Geld?«

»Bis zu fünfundzwanzigtausend Pfund, sofern Egglethwaite die Vorschriften für historische Bauwerke einhält, was sicher kein Problem sein dürfte. Falls Ihr Komitee zusichert, den gleichen Betrag durch Spenden aufzubringen und wir eine Lösung für das Fledermausproblem finden, könnte die Sache klappen.«

»Grandios, Andy! Und glauben Sie, das lässt sich rechtzeitig bis zur Tour durchziehen?«

Er zögerte. »Nun, die Ratsmitglieder waren sehr angetan von der Möglichkeit, dass unsere Region auf diese Weise im Fernsehen präsentiert würde, aber …«

»Aber?«

»Nun, die nötigen Gelder müssten bis Ende des Jahres beisammen sein, ansonsten können Sie sich abschminken, dass die Arbeiten bis zu dem von Ihnen gewünschten Termin abgeschlossen sind. Hinzu kommt die Umsiedelung der Fledermäuse, falls wir die Tierschützer irgendwie überreden können … Außerdem müsste eine Sicherheitsüberprüfung erfolgen, bei der man nie weiß, was herauskommt. Das alles braucht Zeit, viel Zeit.«

»Dennoch ist es nicht gänzlich unmöglich?«

»Sagen wir es so: Es ist nicht so total illusorisch, wie ich dachte – doch verflucht schwer wird es allemal.«

»Mehr wollte ich nicht hören. Danke, Andy, Sie sind ein Schatz.«

»Süßholzraspeln hilft immer«, erwiderte er süffisant. »Wollen Sie sonst noch was wissen, Lana?«

Einen Moment zögerte ich, ob ich Andy ein bisschen anbaggern sollte. Ihn etwa ins Restaurant einladen oder so. Er war nett und fröhlich und mehr oder weniger meine Altersklasse. Vor allem steckte er weder in einer festen Beziehung mit einer Bratpfanne, noch schien er mir der Typ Mann zu sein, der sofort verschwand, weil man beim ersten Date nicht gleich mit ihm in die Kiste springen wollte. Außerdem hatte ich das unbestimmte Gefühl, dass er mit mir flirtete. Aber aus einem mir nicht ganz erkennbaren Grund entschied ich mich dagegen.

»Nein, ich denke, das ist alles«, erklärte ich nach kurzem Nachdenken. »Nochmals vielen Dank.«

»Und?«, fragte Tom, sobald ich das Gespräch beendet hatte.

Ich strahlte ihn an. »Andy meint, dass wir fünfundzwanzig Riesen bekommen können.«

»Ehrlich? Ist ja granatenmäßig!«

»Leider gibt es ebenfalls ein Problem, und zwar ein gewaltiges. Die Tierschützer halten nichts davon, die kleinen Vampire umzusiedeln.«

»Und jetzt?«

Ich zuckte mit den Achseln. »Selbst unterstellt, der Plan zerschlägt sich am Ende, müssen wir anfangen mit Geldsammeln, damit es nicht am Ende daran scheitert. Vielleicht sollten wir darüber hinaus versuchen, uns direkt mit der Obertierschützerin ins Benehmen zu setzen.«

»Was machen wir also als Nächstes?«

»Einen Spendenaufruf entwerfen, der möglichst viele Einwohner erreicht. Immerhin ist es ein Haufen Geld, den wir auftreiben müssen. Also lass die Ideen sprudeln.«

»Hab schon eine.«

»Wow, das ging ja schnell. Raus damit«, forderte ich meinen sonst eher antriebsarmen Bruder auf.

»Ein Kalender mit Nacktfotos.«

Ich verdrehte die Augen. »Grundgütiger, bist du völlig verrückt geworden. Auf solchen Kram ist eher Deano spezialisiert. Oder schweben dir ausschließlich nackte Männer vor? Wem bitte willst du hier auf dem Land derartige Obszönitäten andrehen?«

»Du hast null Ahnung, das wird super. Die Leute stehen auf so was. Im Übrigen denke ich keineswegs an einen Schwulenkalender, wenn du das meinst«, verteidigte er sich leicht gekränkt.

Gleichermaßen empört wie entsetzt sah ich ihn an. »Also, das kannst du gleich knicken. Ich werde mich auf keinen Fall nackt ausziehen, guter Zweck hin oder her. Sosehr Dad den Viadukt liebte, bezweifle ich, dass es ihm gefallen hätte, meine Titten auf einem Kalenderblatt über der Bäckereitheke hängen zu sehen.«

»Die wird niemand sehen. Du hältst einfach zwei Cupcakes davor.«

Ich senkte den Blick auf meine beachtliche Oberweite und erwiderte sarkastisch: »Da wären eher zwei Hochzeitstorten angesagt. Ich fürchte, du musst dir ein anderes Objekt suchen.«

Das Summen meines Handys unterbrach unsere schräge Diskussion. Es war Stewart, den ich schnell mit ein paar Zeilen über Andys Anruf informiert hatte.

Habe ebenfalls gute Neuigkeiten. Die Route ist noch nicht festgelegt, eine Kommission vom britischen Tourismusverband, der für die Vorschläge zuständig ist, wird uns im September besuchen. Drücken wir alle Daumen. Das könnte der Durchbruch sein.

Kapitel 15

»So«, sagte Sue, als wir alle hinter einem vollen Glas im *Sooty Fox* saßen. »Dann wollen wir mal.«

Als Resoluteste unseres Komitees hatte sie gewissermaßen den Vorsitz bei unserer Zusammenkunft übernommen und würde mit Sicherheit streng darauf achten, dass die Punkte auf der Tagesordnung nacheinander abgehakt wurden und nicht alle durcheinanderredeten. Als Erstem erteilte sie Stewart das Wort.

»Danke, Sue. Da ich nicht weiß, ob alle inzwischen informiert sind, fasse ich noch einmal kurz zusammen. Allgemein bekannt dürfte sein, dass ich einen alten Freund kontaktiert habe, der jemanden aus dem Organisationskomitee für den Grand Départ kennt und uns deshalb ein paar vertrauliche Informationen zukommen lassen konnte. Die Route wird nach wie vor diskutiert, wobei der Fokus zwar auf dem Nationalpark Yorkshire Dales liegt, aber angeblich ist man nicht abgeneigt, die zweite Etappe durch Airdale, also unsere Region, zu führen. Daraufhin habe ich den Typen von *Visit Britain* angerufen und ihm die Vorzüge dieser Gegend gerade für ein Radrennen nahezubringen versucht. Mit dem Ergebnis, dass die Kommission, die den Organisatoren der Tour Vorschläge für die Streckenführung beim Grand Départ unterbreitet, uns am ersten Donnerstag im September einen Besuch abstatten wird.«

»Dann blüht gerade die Heide«, murmelte ich. »Das trifft sich hervorragend.«

Stewart lächelte mich an. »Ja, der Gedanke kam mir auch. Wir wollen schließlich, dass sich unser Ort im Festtagsgewand präsentiert.«

»Und sie kommen extra aus Frankreich angereist?«, erkundigte sich Cameron, der die Zusammenhänge noch nicht ganz überrissen hatte.

Stewart musste es eigens für ihn noch mal erklären. »Nein, aus London. Der nationale Tourismusverband *Visit Britain* ist unser Ansprechpartner. Dort hat man eine Kommission zusammengestellt, die Empfehlungen für die Etappen aussprechen wird …«

»Super eingefädelt.« Sue unterbrach ihn und nickte anerkennend. »An uns ist es jetzt zu überlegen, womit wir sie beeindrucken können. Immerhin steht eine Menge auf dem Spiel. Auf jeden Fall sollten wir jemanden benennen, der sich um die Besucher kümmert: sie begrüßt und herumführt.« Sie wandte sich an Tom und mich. »Ich plädiere dafür, dass ihr das übernehmt. Ist ja sowieso euer Baby.«

»Gerne, bloß hoffe und bete ich, dass ich nicht übers Ziel hinausschieße und alles vermassele.«

»Keine Sorgen, Gerry und ich stehen Gewehr bei Fuß, falls ihr uns braucht.«

»Wie kriegen wir sie auf den Pagans' Rock?«, warf

Tom ein. »Die dürften an solche Klettertouren kaum gewöhnt sein. Aber nach oben müssen sie.«

»Ich könnte sie mit meinem Land Rover von der anderen Seite durchs Gelände bis aufs Plateau fahren.«

»Okay, damit wäre das geklärt«, sagte ich und fügte hinzu: »Was ist mit Bewirtung? Sollen wir hier im Saal vielleicht ein Büfett aufbauen?«

»Warum macht ihr das nicht im *Flagons*?«, hakte Stewart nach.

Ich sah ihn zweifelnd an. »Glaubst du wirklich, sie stehen auf Cembalomusik und Mittelalterkolorit?«

»Es wäre jedenfalls was Ausgefallenes. Normale Kneipen gibt's überall.«

»Stewart hat recht«, stimmte Tom zu. »Das würde ihnen ganz bestimmt im Gedächtnis bleiben.«

»Damit wäre das entschieden«, mischte sich Yolanda ein. »Führung durchs Dorf, Panoramablick vom Rock, Essen wie im Mittelalter. Wenn ihr wollt, kann ich mit meinen Ladys noch ein paar Kuchen zaubern.«

»Ich mache Scones«, warf Sue sofort ein.

Yolanda schwenkte die Hand. »Meinetwegen. Du machst die Scones, ich bringe Magentabletten mit.«

»Was steht als Nächstes auf der Tagesordnung?«, wechselte Cameron weise das Thema, bevor ein zweites Sconesgate drohte.

»Die Fledermäuse«, erwiderte ich. »Diese dämlichen kleinen Vampire.«

»Gibt es schon einen Plan, was wir diesbezüglich unternehmen könnten?«, fragte Gerry in die Runde.

»Ich dachte, wir laden die oberste Schützerin aller

Fledermäuse zu unserem nächsten Treffen ein und sondieren, ob wir vielleicht einen Kompromiss finden.«

»Okay, Lana, das überlassen wir dir.« Sue warf einen Blick auf ihren Zettel, auf dem sie sich die einzelnen Punkte notiert hatte. »Okay, kommen wir zum Thema Spendensammeln. Lana hat die Anträge für den Zuschuss vom Gemeindeverbund des Countys bereits ausgefüllt, bleibt die Frage, wie wir die andere Hälfte auftreiben. Fünfundzwanzig Riesen sind kein Pappenstiel, den wir aus der Portokasse des Bürgervereins zahlen können. Vorschläge?«

»Ich hätte einen«, meldete ich mich.

»Okay, Süße, hau uns um«, säuselte Yolanda mit unverhohlenem Spott.

»Guerilla Knitting«, verkündete ich strahlend und schaute stolz in die Runde.

»Wie bitte?« Gerrys Gesichtsausdruck sprach Bände, was er von diesem Vorschlag hielt.

»Guerilla-Stricken ist wie Graffiti-Malerei mit Wolle. Extrem angesagt.«

»O ja, ich habe davon gehört«, sprang Stewart mir bei. »Das ist eine neue Form der Streetart. Schals für Laternenpfähle stricken und so. Doch inwiefern könnte uns das Spenden bringen?«

»Hauptsächlich würden wir damit Aufmerksamkeit erregen«, räumte ich ein. »Aber wenn wir, sofern uns das gelingt, ein Event folgen lassen …«

»Nette Idee, nur strickt bei uns meines Wissens niemand«, gab Sue zu bedenken.

»Ich kann stricken.«

Alle Blicke richteten sich auf Stewart, der achselzuckend erklärte: »Was denn, für mich war es eine Therapie in der langen Zeit, als meine Knieverletzung ausheilen musste.«

»Du steckst wirklich voller Überraschungen.« Yolanda betatschte dermaßen penetrant seinen Oberarm, dass es mich ekelte. »Ich liebe die modernen Männer«, fügte sie hinzu, als ob das nicht jeder im Raum wüsste.

»Und zwar jede Woche einen anderen«, ergänzte Sue spitz.

»Könnt ihr diesen Hickhack vielleicht vertagen«, fuhr ich dazwischen, »und mir euer geneigtes Ohr schenken? Mein Vorschlag sähe so aus: Wir besorgen eine ganze Ladung an alten Drahteseln, wer auch immer strickt Überzüge, wir verteilen sie im ganzen Dorf. Und dann fotografieren wir alles. Jede Wette, die Zeitungen und Fernsehsender von ganz Yorkshire, wenn nicht sogar landesweit, würden über diesen Gag berichten. Damit könnten wir symbolisch ...« Ich stockte und versuchte mir den schlauen Spruch ins Gedächtnis zu rufen, der mir seinerzeit eingefallen war. »Wir könnten symbolisch die für die Region typischen Gewerbe von Schafzucht und Textilmanufaktur mit dem Radsport verbinden. Wäre das nicht ein toller Werbeslogan?«

»Hmm. Ich bin nicht sicher, ob ich so schnell stricken kann, um das alleine zu bewältigen«, meldete Stewart Vorbehalte an.

»Bestimmt gibt es in deinem Koch- und Backclub

Frauen, die stricken. Glaubst du, es ließen sich ein paar rekrutieren, Yo-yo?«

»Ich weiß nicht, Schätzchen«, beschied sie mich von oben herab. »Sicher könnte ich das arrangieren, bloß will ich das? Irgendwie kommt mir das alles ziemlich dämlich vor, nimm's mir nicht übel. Außerdem halte ich es für zielführender, schlicht und ergreifend zu Geldspenden aufzurufen.«

»Ganz meine Meinung«, ergriff Stewart ihre Partei. »Wenn wir bis zum Januar fünfundzwanzig Riesen in der Kasse haben müssen, sollten wir uns auf echte Spendenaktionen konzentrieren und uns irgendwelche Werbunggags für später aufheben. Tut mir leid, Lana.«

Yolanda schickte einen triumphierenden Blick in meine Richtung, und dass ich sichtlich deprimiert war, weil niemand außer mir die Idee mit dem Guerilla Knitting toll zu finden schien, steigerte ihre Schadenfreude noch.

»Nimm es nicht tragisch, Kleines«, tröstete Sue mich. »Ein hübscher Gedanke ist es allemal.«

»Und gibt es weitere Vorschläge?«, fragte Gerry.

»Ich hätte noch einen.« Tom war sichtlich bemüht, mich und Cameron nicht anzusehen.

»Wage es nicht«, flüsterte ich, aber es war zu spät.

»Ein Nacktkalender. Zum Thema Radfahren. Das würde uns Geld einbringen und bekannt machen.«

Cameron sah ihn verdattert an. »Was, mit uns?«

»Klar, warum nicht? Es ist frech und lustig, das ganze Dorf wäre begeistert.«

»Yo-yo?«, wandte sich Gerry an unsere Spezialistin in Sachen Sex und notorische Möchtegernverführerin. »Was sagst du dazu. Ist schließlich dein Ressort. Es heißt immerhin, euer Frauenverein würde splitternackt Marmelade einkochen.«

»Wir bezeichnen uns inzwischen als Feinschmeckerclub, mein Lieber«, erwiderte Yolanda steif. »Und ja, ich koche nackt, und zwar nicht allein Marmelade.« Sie schenkte Stewart ein einladendes Lächeln. »Das ist schließlich natürlich, oder etwa nicht?«

»Igitt«, würgte Tom. »Mir fällt gerade der Napfkuchen ein, den ich beim letzten Kuchenbasar an ihrem Stand gekauft habe.«

»Nackt zu sein ist inzwischen ein alter Hut, Yo-yo. Das war vielleicht in deiner Jugend hipp, heute ist es als Aufreger mega-out«, meinte Sue verächtlich. »Mittlerweile veröffentlicht alle Welt einen eigenen Nacktkalender und kaum jemand nimmt Notiz davon.«

»Nicht zum Thema Radfahren«, verteidigte Tom seinen Vorschlag.

»Also, ich halte das für eine wunderbare Idee«, unterstützte ihn Yolanda erwartungsgemäß und verschlang Stewart geradezu mit ihrem erprobten lasziven Blick. »Du würdest doch mitmachen, oder, Stewpot?«

»Stewpot, mein Gott, diese Frau hat nicht als Scheiße in ihrem Hirn«, raunte ich Tom zu.

Unser Radrennfahrer hingegen zuckte gleichmütig mit den Achseln. »Klar, wieso nicht. Für einen guten Zweck tue ich fast alles.« Er legte die Stirn in Falten, und man sah förmlich, wie es dahinter arbeitete.

»Hey. Und wenn ich einen echten Promi dazuholen würde?«

»Zum Teufel, was hat er jetzt vor«, flüsterte ich Tom zu. »Sag mir, dass meine Befürchtungen haltlos sind.«

Waren sie nicht, denn schon platzte Stewart mit seiner Schnapsidee raus.

»Ich könnte Harper Brady überreden.«

»Yeah«, stieß Tom aus und ballte triumphierend eine Faust.

Yolandas Augen wurden so groß wie Murmeln. »Das ist nicht dein Ernst! Du kennst Harper Brady? *Den* Harper Brady?«

»Zu meinem Leidwesen«, erklärte Steward. »Er ist mein Cousin.«

»Das glaube ich einfach nicht«, quietschte sie. »Ich *liebe* ihn!«

»Da bist du nicht die Einzige, aber vielleicht solltest du ihn erst kennenlernen, bevor du dich vor lauter Begeisterung überschlägst.«

Yolanda ließ sich nicht beirren, sondern taxierte Stewarts körperliche Vorzüge, soweit sie sich ihr darboten.

»Ihr müsst in eurer Familie exzellente Gene haben, Schätzchen«, schmeichelte sie. »Glaubst du wirklich, er würde für so etwas zur Verfügung stehen?«

»Ich wüsste nicht, was dagegenspräche. Zum einen lässt er keine Gelegenheit aus, die ihm Publicity beschert, und zum anderen gibt es meines Wissens keinen Film, in dem er nicht seinen nackten Arsch und mehr in die Kamera gehalten hat. Außerdem schuldet er mir noch einen Gefallen dafür, dass ich bei den Recherchen für sein letztes Projekt mitgewirkt habe.«

»Wow.« Jetzt war Yolanda vollends hin und weg. »Diese Serie, die gerade läuft? Toll, ich habe jede einzelne Folge verschlungen. Und du hast dabei mitgemacht?«

»Das wäre zu viel gesagt, ich habe zum Thema Radfahren beratend mitgewirkt. Na ja, immerhin werde ich im Abspann genannt.«

»Ich hatte keine Ahnung, dass du so wichtig bist, Schätzchen«, schnurrte sie und zog ihre langen Fingernägel über seinen Arm.

Inzwischen saß Yolanda praktisch auf seinem Schoß, und zu meinem nicht geringen Ärger schien es mir, als würde Stewart seinen Auftritt ganz schön genießen und zudem ein bisschen viel angeben

»Brady wird nicht mitmachen«, versuchte ich ihn runterzubügeln. »Der ist sich bestimmt zu gut für so was.«

»Möglich«, räumte er ein. »Jedenfalls wäre es einen Versuch wert, falls ihr das mit dem Kalender ernsthaft in Erwägung zieht.«

»Sehe ich genauso, fragen kostet ja nichts«, fiel mir mein lieber Bruder in den Rücken. »Wer stünde sonst für Fotos zur Verfügung?« Er sah zu Cameron hinüber. »Was ist mit dir?«

»Äh, meinst du etwa ganz nackt …, also von Kopf bis Fuß?«

»Kommt drauf an. Stewart kann zur Not Pimmelwärmer stricken, wäre ein witziger Zusatzeffekt.«

»Hör nicht auf ihn«, beruhigte ich Cameron. »Du musst nicht komplett blankziehen. Soll schließlich kein Pornokalender werden. Es geht eher um die Andeutung von Nacktheit.«

Cameron war sichtlich unsicher und fühlte sich nicht wohl in seiner Haut. »Also, wenn ihr alle mitmacht …«

»Ich weiß nicht, ob ich dabei bin«, gab ich zögernd zu. »Ich könnte fotografieren oder so.«

»Ach komm, zier dich nicht so.« Tom stupste mich an. »Alle für eine und eine für alle. Du hast es selbst gesagt, wir zeigen nicht wirklich was her. Nichts, was die Schicklichkeit verletzt. Es soll ein Joke sein.«

Betreten schaute ich auf meinen Bauch, der eindeutig über den Bund meiner Jeans quoll. Nicht gerade sexy, und das sollte ich öffentlich zeigen beziehungsweise noch vermarkten lassen?

»Vergiss es.« Gerry verschränkte die Arme. »Lana wird da nicht mitmachen. Wenn du als Bruder nicht dafür sorgst, dann kümmere ich mich darum. Sozusagen stellvertretend für ihren Dad. Phil wäre das nicht recht gewesen.«

»Und wenn Tom mitmacht, stört dich das nicht«, wandte ich leicht verärgert über seine penetrante Bevormundung ein.

»Das ist was anderes. Er ist ein Kerl. Wenn Frauen so was machen, ist das …« Er verstummte und suchte vergeblich nach einem Wort außerhalb seines üblichen Vokabulars. »Du willst wohl nicht, dass dich jeder geile alte Bock im Evaskostüm sieht, oder?«

»Ist alles Quatsch.« Mit glitzernden Augen kam

Yolanda um den Tisch herum, begann an mir herumzufummeln, piekte ihren spitzen Finger in meine Arme, meine Hüften, in meinen Bauch und meine Taille, als wäre ich eine Kuh auf einer Versteigerung. »O ja, damit lässt sich ganz sicher was anfangen. Neue Frisur, weg mit dem Vogelscheuchenlook, dann schminke ich dich, und wir geben dir was, um dein Bäuchlein zu kaschieren. Die hier wollen wir hingegen optimal präsentieren, oder?«, sagte sie und tätschelte wohlwollend meine Brüste.

»Finger weg!« Ich versetzte ihr einen Klaps auf die Hand und wurde rot vor Verlegenheit. »Das macht man nicht, okay?«

»Himmel, bist du etepetete.« Sie zuckte mit den Achseln. »Sind wir nicht alle Mädchen, haben alle den gleichen Vorbau? Kein Grund also, sich zu genieren.« Sie wandte sich an Stewart. »Was meinst du, Stewpot? Glaubst du nicht auch, unsere Lana würde eine perfekte Miss Juli abgeben?«

Stewart starrte wie hypnotisiert auf meinen von Yo-yo als prachtvoll deklarierten Busen und blinzelte verwirrt. »Verzeihung, wie bitte? Ich war gerade ganz woanders.«

Yolanda hob die Brauen in meine Richtung. »Mal ehrlich, diese Jungs. Ein Anflug von Busen, und schon sind sie im siebten Himmel.«

»Okay, okay, ich mache mit«, beeilte ich mich zu versichern – Hauptsache, sie hörten auf, sich über meine Oberweite auszulassen. »Aber ich zeige mich nicht ohne alles, das mache ich auf keinen Fall.«

»Na gut, wenn du darauf bestehst.« Yolanda wirkte sichtlich enttäuscht. »Dann müssen wir uns eben was einfallen lassen. Allerdings verstehen kann ich das nicht. Ich für meinen Teil sehe das weniger eng …«

»Wissen wir, Herzchen«, unterbrach Gerry sie. »Bereits in der Schule hast du den Jungs für eine halbe Kippe und eine Tüte Chips alles gezeigt, was du hattest.«

Tom wandte sich daraufhin an ihn und Sue. »Und ihr, seid ihr ebenfalls dabei?«

Gerry schnaubte. »Wie bitte? Erwartest du wirklich, dass ich in meinem Alter noch meine Mannespracht über einen Radsattel baumeln lasse? Ich dachte, wir wollten Geld verdienen.«

Sue nickte. »Er hat recht, ist wirklich kein schöner Anblick. Erinnert mich immer an Weihnachten.«

Prompt hakte Stewart nach. »Warum Weihnachten? Bindet er sich ein Schleifchen um?«

»Nein«, sagte sie. »Ich dachte eher an den nackten Truthahn in der Gefriertruhe.«

Nachdem wir noch eine Weile hin und her diskutiert hatten, ohne wegen des Kalenders zu einem Konsens zu finden, vertagten wir das Thema und lösten die Runde auf.

»Ich begleite euch, wenn's recht ist. Ich muss sowieso in die Richtung«, sagte Cameron.

Einen kurzen Moment dachte ich fieberhaft nach, dann hatte ich es. »Eigentlich wollte ich noch mit zu Sue und Gerry gehen, weil ich Hundefutter brauche.«

Ich legte eine bedeutsame Pause ein. »Macht ja nichts, ihr könnt ruhig vorausgehen.«

Gerry kapierte mal wieder nichts. »Wie? Du hast ja gerade erst …«, stammelte er verwirrt, doch ein heftiger Stoß in die Rippen brachte ihn zum Schweigen.

»Ein Welpe, der noch im Wachstum ist, frisst Unmengen, hast du das vergessen, du Torfkopf«, wetzte Sue die Scharte aus.

Zum Glück kriegte Gerry diesmal die Kurve. »Okay, Mädels, gehen wir. Unterwegs können wir uns überlegen, wie wir Roger Collingwood beibringen, dass wir seine braven Gemeindeschäfchen ziemlich nackig auf Fahrrädern ablichten wollen. Der wird sich freuen!«

Kapitel 16

Als ich mit meinem Alibisack Trockenfutter nach Hause kam, saß Tom im Wohnzimmer.

»Und wie war euer Mondscheinspaziergang?«, erkundigte ich mich und setzte mich neben ihn.

Seine Mundwinkel zuckten. »Sag ich dir nicht.«

»Ooooh. Ihr habt ein bisschen herumgemacht, hab ich recht?«

Ein Lächeln breitete sich auf seinem Gesicht aus. »Vielleicht.«

»Guter Junge! Kommt was nach?«

»Das hoffe ich schwer. Nächste Woche wollen wir was trinken gehen.«

»Ha! Ich bin ein Genie. Habe ich dir nicht versprochen, es sei eine Superidee, ihn in die Gruppe zu holen.«

Er zuckte mit den Achseln. »Schlecht war sie nicht.«

»Sag es. Sag: Lana Donati ist ein Genie.«

»Na schön. Lana Donati ist ein Genie.«

»O ja, das bin ich wirklich.« Ich nahm ihn in den Schwitzkasten. »Und jetzt sag: Du bist der Boss!«

»Du bist der Boss. Du bist der Boss! Hör auf, Lana!«

»Genau, ich bin der Boss. Vergiss das nie«, schloss ich zufrieden und ließ ihn los.

Tom strich sich die verwuschelten Haare glatt. »Okay, Lana Donati, selbst ernanntes Genie. Wann lässt du mich endlich in Frieden mein Liebesleben zugrunde richten und kümmerst dich um dein eigenes?«

»Wie das jetzt? Du hast dir gerade den einzigen anständigen Burschen unter fünfunddreißig in unserem Kaff gekrallt und schwafelst von Zugrunderichten.«

»Komm schon, du übertreibst.«

»Was die verfügbaren Junggesellen angeht, sicher nicht.« Ich reckte einen Finger hoch. »Ryan Crooke, zweiunddreißig. Wohnt bei seiner Mum, riecht nach Schmelzkäse.« Der nächste Finger schnellte in die Höhe. »Scott Spen, sechsundzwanzig. Sieht aus wie ein Schaf, klingt wie ein Schaf, könnte gut ein halbes Schaf sein.«

Wider Willen musste Tom lachen. »Sei nicht so streng, ganz so schlimm ist es nicht.«

»Egal, weiter. Graham Hobson, neunundzwanzig.« Ich zog einen Mundwinkel nach unten. »Immobilienmakler, mehr brauche ich nicht zu sagen. Matthew Cornwall, mit dreiunddreißig wahrscheinlich immer noch Jungfrau. Jamie Collingwood, fünfundzwanzig, süchtig nach Onlinepornos. Olly Harrington, fünfunddreißig, zwei Exfrauen und ein Kind, das er nie besucht. Johnny Southgate, achtundzwanzig, Bart. Deano Teasdale, vierundzwanzig, durchgeknallt wie ein Märzhase und wahrscheinlich noch der Beste in dem ganzen Haufen … Soll ich weitermachen?« Ich stockte. »Nein, kann ich nicht. Das waren alle.«

»Waren sie nicht. Einen hast du ausgelassen.«

»Na schön, Stewart McLean, siebenundzwanzig. Arroganter Arschaffe, der keine Zeit auf ein zweites Date verschwendet, wenn er beim ersten nicht landen kann.«

»Glaubst du wirklich, dass das der Grund war?«

»Ich weiß es nicht«, räumte ich seufzend ein. »Jedenfalls hat es sich bei mir so festgesetzt.«

»Er steht auf dich, das sieht ein Blinder mit Krückstock.«

»Das hat er bereits vor einem Jahr getan. Und was hat es gebracht? Nichts.«

»Hmm. Immerhin hatte er kurz darauf einen schweren Unfall. Vielleicht spielte das irgendwie eine Rolle.«

»Für einen gewissen Zeitraum, geschenkt. Jedoch nicht für ein ganzes Jahr.« Ich schüttelte den Kopf. »Nein, Tommy, er hatte mich einfach vergessen. Unser Treffen war entgegen seinen schönen Worten keine große Sache für ihn. Ich wette, der Mann hat mehr Frauen vernascht als du Pommes.« Verdrossen schaute ich hinüber zu unserem Fenster, aus dem man auf das Radgeschäft sah. »Zum Glück habe ich rechtzeitig die Bremse gezogen. Wenn ich etwas auf keinen Fall sein will, dann eine weitere Kerbe auf Stewart McLeans Radsattel.«

»Ich weiß nicht. Auf mich macht er nicht den Eindruck, als würde er reihenweise Frauen flachlegen.«

»Selbst wenn, das mit uns ist so oder so den Bach runter. Wieso verteidigst du ihn überhaupt?«

»Das tue ich gar nicht. Ich spiele lediglich den Advocatus Diaboli, um dich zu provozieren.« Tom legte den Arm um meine Schulter. »Denk drüber nach. Natürlich hast du genauso gut andere Optionen. Es gibt mehr Orte auf der Welt als Egglethwaite, schau über die Grenzen hinaus.«

Ich dachte an Andy Chen. »Vielleicht später. Noch bin ich nicht zurück auf dem Beziehungsmarkt. Erst bist du an der Reihe, okay?« Ich tätschelte sein Bein. »Du hast nächste Woche ein Date, und dafür müssen wir dich gut vorbereiten.«

Tom schaute in den Spiegel und schüttelte den Kopf. »Das ziehe ich nicht an.«

»O ja, das wirst du, denn es ist perfekt!« Deano fegte ein paar Hundehaare von Toms Schulter. »Wenn er dich so sieht, wird er augenblicklich in deine Arme sinken, und du kannst ihn gegen deine liebestolle Brust drücken, das wird total geil.«

»Herr des Himmels, Lana. Musstest du ausgerechnet jemanden um Stylingtipps bitten, der sein letztes Date mit einer Bratpfanne hatte?«

»Ich dachte, wir bräuchten eine männliche Perspektive«, erwiderte ich gelassen.

Deano verschränkte die Arme und setzte eine gekränkte Miene auf. »Wollt ihr jetzt meine Hilfe oder nicht?«

»Natürlich wollen wir deine Hilfe«, kam ich einer weiteren abfälligen Bemerkung von Tom zuvor. »Du bist als Stilberater die Perfektion in Person. Allerdings …« Kritisch betrachtete ich Toms Outfit. »Fliege und Tweedsakko, ist das wirklich dein Ernst? Er sieht aus wie ein pensionierter Bibliothekar.«

»Unsinn, das ist fast so angesagt wie Porno«, verteidigte sich Deano. »Hipster fahren total darauf ab, und besonders Fliegen sind megacool.«

»Ganz bestimmt nicht, und ich finde Hipster sowieso nicht sonderlich cool.« Tom zerrte sich die Fliege vom Hals. »Lana hat recht, ich sehe aus wie fünfundsiebzig.«

Deanos Brauen zogen sich drohend zusammen. Ein Zeichen, dass ihm etwas gewaltig gegen den Strich ging und er vor einem Ausbruch stand. Ich kannte es aus leidvoller Erfahrung, wenn wir ihn baten, etwas zu kochen, das nicht auf der Speisekarte stand.

»Du musst das aus einem anderen Blickwinkel betrachten, Deano«, warf ich rasch ein. »Stell dir vor, Tom wäre eine Mahlzeit, die du für eine besondere Gelegenheit zubereiten sollst.«

»Ich weiß nicht, ob mir die Vorstellung gefällt, dass Deano mich als ein Stück Fleisch sieht.«

»Im Gegenteil, du würdest es lieben«, sagte unser Kochgenie fast verzückt, und einen Moment fragte ich mich unbehaglich, was der Typ damit zum Ausdruck bringen wollte.

Dennoch blieb ich bei dem Thema. »Also, du hast ein ganz ausgefallenes Gericht komponiert, Trüffel auf Johannisbeerjus oder was weiß ich …«

»Und?«

»Nur sind deine Gäste keine Gourmets, die das zu schätzen wissen, sondern du landest auf einem Kindergeburtstag. Und was tun die ignoranten Kids? Sie schreien nach Götterspeise und Eiscreme. Kapiert?« Ich klopfte aufmunternd Deanos Arm. »Glaubst du, dass du Tom in Götterspeise und Eiscreme verwandeln kannst, bevor Cameron hier aufschlägt?«

»Ich denke schon«, antwortete er schmollend. »Sofern ihr mich entsprechend brieft. Also: Wo wollt ihr hin?«

»In den Pub«, sagte Tom. »Ich dachte, das sei für ein erstes Date unverfänglicher.«

»Und wie willst du dich präsentieren?«

»Also, am liebsten zurückhaltend und interessant, Typus schweigsamer Lord Byron. Wenn ich Glück habe, denkt er, ich würde vor mich hinbrüten, falls es mir zwischendurch vor lauter Befangenheit die Sprache verschlägt.«

»Sehr wohl, der Herr. Eine Lord-Byron-Götterspeise mit Eiscreme, kommt sofort.«

Deano riss Toms Schrank auf und begann Kleidungsstücke auf das Bett zu werfen.

»Okay, schwarze Jeans, die tut es für den Anfang. Das Hemd lässt du an, aber mach den obersten Knopf auf. Dann dieses Sakko hier.« Er blickte auf Toms nackte Füße. »Was hast du für Sneakers? Converse?«

»Was ist konvers?«

Der verhinderte Stylist verdrehte die Augen. »Wenn Jasmine dich das sagen hört, schmeißt sie dich aus deinem eigenen Schuppen. Vergiss es, normale Sportschuhe tun es zur Not auch.«

Tom zog sich um, und ich musste zugeben, dass der

Effekt verblüffend war. Groß und dürr und zu schlechter Körperhaltung neigend, sah er oft aus wie eine Kleiderstange, an der alles formlos herabbaumelte. Deano nun hatte mit sicherem Griff Sachen ausgewählt, die figürliche Mängel kompensierten und Tom schick aussehen ließen.

Zufrieden begutachtete er seine Kreation. »Ha! Ich hab's immer noch drauf, oder?«

»Ja, klasse Arbeit«, bestätigte ich. »Echt cool. Selbst ich muss zugeben, dass er nicht ganz hässlich ist.«

»Und was kriege ich zur Belohnung von dir? Darf ich dich knutschen? Du hast es mir versprochen, wenn ich euch helfe.«

»Habe ich nicht!«

»Deine Augen haben es versprochen. Komm, Lananana, nur ein kleines Küsschen.«

Ich drückte kurz die Lippen auf seine Wange. »Bitte sehr.«

Er zuckte mit den Achseln. »Besser als nichts. Na schön, und viel Spaß bei deinem Date, Tom.«

»Noch bin ich viel zu aufgeregt, um an Spaß zu denken«, murmelte Tom, nachdem Deano sich getrollt hatte. »Diese verdammte Nervosität macht mich ganz fertig.«

»Bleib locker, schließlich kennt ihr euch inzwischen einigermaßen gut. Bloß wenn man dich hört, könnte man denken, du gehst zu einem Blind Date.«

»Und du tust so, als wäre das für mich ganz easy. Dabei weißt du genau, wie oft ich so was schon in den Sand gesetzt habe.«

Wir schraken beide zusammen, als jemand an die Wohnungstür klopfte.

»*Cazzo,* er kommt viel zu früh«, zischte Tom. »Halt ihn hin, Lana! Wenn er mich ohne Socken sieht, macht das sicher keinen guten Eindruck.«

Hektisch riss er eine Kommodenschublade auf und machte sich auf die Suche nach einem passenden Sockenpaar. Währenddessen ging ich in den Flur und öffnete die Tür. Cameron wirkte mindestens so nervös wie Tom.

»Hi, kannst du deinem Bruder Bescheid sagen?«

Ich lächelte. »Er müsste jede Minute aufkreuzen.«

Bevor jedoch mein Bruder erschien, kam Flash angeschossen und stürzte sich so ungestüm auf den Besucher, dass er ihn fast die Treppe hinuntergestoßen hätte. Cameron kraulte ihn lachend hinter den Ohren.

»Sorry«, entschuldigte ich mich und drohte meinem Hund mit dem Zeigefinger. »Leider hat er noch nicht gelernt, sich zu benehmen.«

»Halb so schlimm, dafür ist er total süß.« Cameron ging in die Hocke und ließ sich von Flash die Wange ablecken. »Bist du, mein Kleiner, oder? Wie heißt er denn?«

»Flash.«

»Wie die Comicfigur? Gefällt mir.«

Hinter mir hörte ich ein Räuspern.

»Dein Date, schätze ich«, sagte ich zu Cameron. »Viel Spaß heute Abend, ihr zwei. Komm, Flash, lassen wir die beiden alleine.«

Bis ich das Restaurant abgeschlossen hatte und wieder in die Wohnung kam, war Tom von seinem Date zurück, saß im Wohnzimmer vor einer halb leeren Flasche Rotwein und starrte blicklos auf den Fernseher, in dem ein Dokumentarfilm lief.

»Und wie war euer Abend?«, erkundigte ich mich und schaltete die Glotze aus.

Stöhnend trank er einen großen Schluck Wein. »Du wolltest es nicht wahrhaben – ich habe es total verhauen und mich so peinlich gemacht, dass ich keine Worte dafür finde.«

»Erzähl, ich wette, so schrecklich war es gar nicht.«

»Es war der Abschuss. Vor lauter Nervosität habe ich nichts als Müll gequatscht. Und dann sagte er ...«

»Was denn?«

»Ich habe ihn gefragt, welche Filme ihm gefallen, und er begann über *Star Trek* zu reden. Daraufhin habe ich panisch nach einer Antwort gesucht, nach etwas Witzigem ...«

Unwillkürlich fiel mir die Geschichte mit dem Herbergsvater aus Toms Grundschulzeit ein. »Und was kam raus?«

Stöhnend versenkte er den Kopf in seinen Händen. »Alle Phaser sind auf Umwerfen eingestellt.«

O Gott, das toppte in der Tat alles bislang Dagewesene. Dennoch bemühte ich mich um Schadensbegrenzung.

»Vielleicht fand er das ja süß. Jeder ist beim ersten Date schrecklich nervös. Oder ist er aufgestanden und gegangen?«

»Nein, er hat gelacht.« Tom zuckte die Achseln. »War vermutlich pure Höflichkeit.«

»Du bist paranoid, Tommy. Ruf ihn morgen an und verabrede gleich ein neues Date.«

»Du machst Witze! Ich denke eher darüber nach, morgen in ein Kloster einzutreten.«

»Spaß beiseite. Reiß dich zusammen und denk dran, dass du ihm nicht entkommen wirst. Du siehst ihn bei allen Aktionen, die wir womöglich wegen der Tour starten. Und falls der Kalender gemacht wird, dürftest du sogar eine Menge mehr von ihm zu sehen bekommen.«

»Scheiße! Das habe ich ganz vergessen!« Seine Augen weiteten sich. »Und er wird gewaltig was von mir sehen. Wie peinlich.«

Langsam wurde mir die Sache zu bunt. Ein pubertierendes Mädchen war ja nichts gegen meinen reichlich erwachsenen Bruder.

»Was soll dieser Blödsinn. Ich bin überzeugt, dein Ding sieht nicht anders aus als das von anderen Kerlen.«

»Wer weiß das wirklich. Stell dir vor, Cam bricht in Gelächter aus oder wendet sich entsetzt ab.«

Sollte ich das noch ernst nehmen? Nein, mir platzte der Kragen.

»Schluss, kein Wort mehr!«, schimpfte ich los. »Du tust gerade, als hättest du nie zuvor andere Männer nackt gesehen. Du benimmst dich wie die Karikatur einer Tunte, lass dir das gesagt sein.«

Meinen Bruder schien das nicht sonderlich zu

beeindrucken, denn im vollsten Ernst fragte er mich, ob er zu diesem Thema vielleicht eine unabhängige Meinung einholen solle. Da ich dafür kaum infrage kam, war ich zum Glück aus dem Schneider, allerdings schwante mir Schreckliches.

»Du willst wirklich und wahrhaftig vor Deano deinen Schwengel auspacken? Ich weiß nicht, ob es mit seinem Arbeitsvertrag vereinbar ist, die Ausstattung seines Chefs zu begutachten.«

»Glaubst du, er würde das für mich tun?«

»So wie ich ihn kenne, ja. Frag ihn aber auf jeden Fall, bevor du ihn rausholst, in Ordnung? Nicht dass er schreiend davonrennt. Dann hätten wir keinen Koch mehr, und du hättest nach wie vor keine unabhängige Meinung.«

Kapitel 17

An einem außergewöhnlich ruhigen Donnerstag lehnte ich mit aufgestützten Ellbogen an unserem Empfangspult, als Gerry mit ratloser Miene durch die Tür kam.

»Mein Gott, du kommst hoffentlich nicht als Gast?«, begrüßte ich ihn. »Ich bin nicht sicher, ob ich noch weiß, wie man mit Gästen umgeht.«

»Du sagst: Willkommen im *Here be Flagons* und fragst, unter welchem Namen ich reserviert habe.«

»Schon gut, Gerry, es sollte ein Witz sein. In unserer Schaffleischpastete sind wahrscheinlich ein paar von deinen Tieren – falls du Lust hast, deine Zähne in ein paar alte Freunde zu schlagen.«

»Nein«, sagte er mit irgendwie abwesendem Blick. »Ich bin gekommen, um dir zu sagen, dass ich den Gemeindesaal für die Fotoaufnahmen reserviert habe. Samstag in einer Woche steht er uns zur Verfügung.« Er seufzte und legte eine dramatische Pause ein. »Und, ich wage es kaum auszusprechen, Rodge möchte mitmachen und auf das Augustblatt kommen.«

»Nicht dein Ernst!«

»Ich wünschte, es wäre so. Mein ganzes Leben habe

ich in diesem Dorf verbracht, ohne je sehen zu müssen, was ausschließlich für Mrs. Collingwoods Augen bestimmt ist. Ich wünschte, es würde mir auch weiterhin erspart bleiben. Er hingegen scheint wild darauf, seinen alten Knaben zu präsentieren.«

»Verflucht, das ist übel«, murmelte ich. »Was hast du ihm gesagt?«

Er zuckte mit den Achseln. »Was hätte ich ihm sagen sollen, wo er weiß, dass wir alle dabei sind? Da kann man ihn schlecht ausschließen, oder?«

»Heiliger Jesus.« Vor meinem inneren Auge sah ich Roger im Gemeindesaal stehen in seiner militärisch wirkenden Musikkapellenuniform. Dann versuchte ich im Geist die Uniform schichtweise zu entfernen, bis meine Augen sich entsetzt weiteten.

»Jedenfalls schickt mich die Missus, um dich zu fragen, ob du noch jemanden rekrutieren kannst«, fuhr Gerry fort. »Uns fehlen noch drei Modelle, vorausgesetzt McLean kann seinen Ketchupvetter zum Mitmachen überreden. Ach ja, am besten Mädchen, wir haben nämlich doppelt so viele Kerle.«

Ich dachte ein paar Sekunden nach. »Also, Jasmine ist zu jung, Deb würde bestimmt nicht mitmachen, bleibt Deano, und der ist leider kein Mädchen.«

»Na ja, immerhin einer mehr. Sonst noch jemand?«

»Aus dem Stand fällt mir niemand ein. Vielleicht kann Yo-yo ein paar Damen aus ihrem Verein anwerben? Schau auf dem Heimweg bei ihr vorbei und frag sie?«

»Was, ich soll allein zu Yo-yo gehen?«

»Soll ich dir mein Pfefferspray leihen?«

»Ganz ehrlich, ich rufe lieber an. Ich will Sue nicht auf dumme Gedanken bringen. Bis bald, Blümchen.«

Er hauchte mir einen Kuss auf die Wange und ging. Sobald er verschwunden war, begab ich mich in Richtung Küche, um mit Jasmine den Platz zu tauschen.

»Schweinebraten in zehn Minuten aus dem Ofen«, kommandierte Deano und eilte an mir vorbei.

»Jawoll, Chef.«

»Keine Sekunde länger, sonst wird er trocken.«

Als Jasmine nicht antwortete, sah er auf. »Hast du gehört?«

»Jawoll, Chef. Keine Sekunde länger.«

Kopfschüttelnd beobachtete ich ihn. »Kannst du ihr das bitte abgewöhnen? Du bist nicht Gordon Ramsay, das habe ich dir bereits mehrmals gesagt.«

Er rümpfte die Nase. »Es ist absolut notwendig, einen respektvollen Abstand zwischen dem Chefkoch und seinem Team zu wahren.«

»Mir scheint eher, dass es lediglich deinem Ego schmeichelt – und überdies bist du kein Chefkoch, weil du keine anderen Köche unter dir hast.« Ich lächelte Jasmine an. »Verschwinde, du hast deine Zeit in der Höllenküche abgeleistet.«

Errötend sah sie Deano an. »Ich kann länger bleiben, das stört mich nicht.«

»Nein, du tauschst mit Lana. Ich hätte gern mal andere Gesellschaft«, erwiderte Deano nicht gerade freundlich.

Jasmines Gesicht fiel in sich zusammen, und ich

versetzte ihm einen dezenten Stoß, den er erstaunlicherweise zu deuten wusste.

»Du hast heute gute Arbeit geleistet, Kleine«, fügte er gönnerhaft an Jasmine gewandt hinzu.

Das Rot auf den Wangen des Mädchens vertiefte sich. »Danke, Chef.«

»Wenn du nicht im Dienst bist, darfst du Deano zu mir sagen. Oder Bumsweltmeister, was immer dir besser gefällt«, schob unser durchgeknallter Koch nach und machte damit diesem Ruf mal wieder alle Ehre.

Jasmine hingegen war zutiefst verunsichert und eilte davon.

»Du musst ihretwegen was unternehmen«, sagte ich zu Deano, als wir allein waren.

»Wieso, was ist mit ihr?« Er spähte gedankenversunken in den Ofen, um nach dem Schweinebraten zu sehen.

»Ist das nicht offensichtlich? Sie hat sich in dich verguckt.«

Er richtete sich überrascht auf. »Das Mädchen? Sei nicht albern, Jaz ist noch ein Kind.«

»Sie ist siebzehn, Deano. Nicht übermäßig viel jünger als du.«

»Klar, wenn ich Yo-yo Sommervilles Neigungen hätte.«

»Sieben Jahre sind nicht die Welt.«

»Das wären sie vielleicht nicht, wenn wir beide zehn Jahre älter wären. Zwischen vierundzwanzig und siebzehn allerdings liegen Welten.« Er nickte zu Jasmines Rucksack hin, der unter einer der Arbeitsplatten verstaut war. »Sieh dir mal an, was sie darauf geschrieben hat.«

Ich ging in die Hocke und las: »JH Herz HS. Wer ist HS, jemand aus ihrer Schule?«

Er schüttelte den Kopf. »Von wegen. Harry Styles, der Knabe von *One Direction*. Sie hat mir erzählt, dass sie ein Poster von ihm aufgehängt hat und dass sie es jeden Abend vor dem Schlafengehen küsst. Wahrscheinlich will sie mich damit eifersüchtig machen.«

»Okay, kapiert.« Ich richtete mich wieder auf. »Und was wirst du tun?«

»Was soll ich schon tun? Ihr jedenfalls keine Hoffnungen machen.«

»Sehr gut, denn wenn du dich ganz normal benimmst, bist du charmant wie eine Kanalratte.« Mitfühlend schüttelte ich den Kopf. »Vielleicht sollte ich die Schichtpläne umstellen, damit sie so wenig wie möglich in der Küche arbeitet. Was nicht ganz einfach ist, schließlich ist sie zu jung, um hinter der Bar zu stehen – mal sehen, ich lasse mir was einfallen.«

Deano grinste anzüglich. »Das heißt, ich kriege mehr von der bezaubernden, altersgerechten Lana zu sehen?«

»Oder von dem bezaubernden, altersgerechten Tom.«

»Bei Sturm ist jeder Hafen recht«, erklärte er gelassen. Dann holte er den Braten aus dem Ofen und inhalierte wie eine haarige Muppetpuppe den aus dem Sud aufsteigenden Dampf. »Riech mal, Lana. Ich bin ein verdammtes Genie.«

»Riecht echt gut«, bestätigte ich. »Eine Schande, dass so wenige Gäste das genießen werden.«

»Dann bleibt mehr für uns. Du und Flash könnt was zum Abendessen haben.« Er griff nach einem Schöpflöffel, um Sud für die Zubereitung der Soße zu gewinnen. »Und wie läuft eure Tour-de-France-Sache so?«

»Ach richtig, ich muss dich noch um einen Gefallen bitten.«

»Schieß los.«

»Stewart hat arrangiert, dass ein paar Leute vom britischen Tourismusverband, die Vorschläge für die Streckenführung unterbreiten sollen, uns nächsten Monat besuchen, und wir wollen ihnen hier ein Büfett servieren. Nette Häppchen, nach Möglichkeit ein bisschen was Besonderes. Das ist doch genau dein Ding. Kann ich mich dabei auf dich verlassen?«

»Werde ich dafür bezahlt?«

»Nein, tut mir leid, keine Sonderzulage. Das wäre der Gefallen, den du mir tust. Außerdem schließen wir an diesem Tag das Lokal für normale Gäste.«

»Na schön, weil du es bist«, willigte er generös ein. »Lass es trotzdem nicht zur Gewohnheit werden.«

»Danke, Deano, du bist ein wahrer Freund. Ach ja, und da wäre noch was.«

»Was denn?«

»Würdest du dich für einen Kalender ziemlich hüllenlos fotografieren lassen? Für einen guten Zweck? Das Fotoshooting soll am übernächsten Samstag im Gemeindesaal stattfinden.«

Deano sah nicht mal von seiner Soße auf.

»Für diese Kalendergeschichte, von der Tom erzählt hat?«, erkundigte er sich.

»Genau.«

»Klar, warum nicht. Unter einer Bedingung.« Er richtete sich zu voller Größe auf und tat sehr wichtig. »Ich will euer Art Director sein. Seit Langem träume ich davon, mal mit echten Aktmodellen zu arbeiten.«

»Wieso habe ich nichts anderes erwartet«, murmelte ich vor mich hin.

»Glaub mir, Lana, das wird der Wahnsinn. Ich besorge die Requisiten und alles. Du hast selbst gesagt, ich bin die Perfektion in Person.«

»Oder der Kontrollwahn in Person.«

»Die einen sagen so, die anderen so …«

Die Tür schwang auf, und Jasmine erschien auf der Bildfläche.

»Ist der Braten langsam fertig? Tisch acht wartet inzwischen seit zwanzig Minuten.«

»Kommt sofort«, vertröstete Deano sie und wandte sich erneut mir zu. »Hey, Lana. Habt ihr eigentlich einen Fotografen für das Shooting?«

»Noch nicht, wieso?«

»Jaz hat in der Schule Fotografie als Leistungsfach belegt. Ein Aktkalender für einen guten Zweck würde sich toll in ihrem Portfolio machen.«

»Wir können Jasmine nicht fragen.«

»Warum nicht?«, kam die Stimme des Mädchens, das unbemerkt wieder die Küche betreten hatte, aus dem Hintergrund. »Ich mache gute Fotos.«

»Na ja, du bist einfach zu jung. Eine Siebzehnjährige, die Aktfotos schießt …, ich weiß nicht. Ist dir das nicht unangenehm?«

Sie lachte, als wäre die Vorstellung absurd. »Natürlich nicht, wir arbeiten im Unterricht ständig mit lebenden Modellen.«

»Wirklich? Mein Gott, die Schule hat sich seit meinen Zeiten offenbar ganz schön verändert.«

Grinsend nahm Jasmine die Teller mit dem soßengetränkten Schweinebraten entgegen. »Denk drüber nach, Lana. Ich fotografiere echt toll.«

»Versprochen, ich denke darüber nach. Und jetzt ab mit dir und dem Schweinebraten, bevor Tisch acht verhungert.«

»Wieso konntest du nicht die Klappe halten und musstest ihr von dem Kalender erzählen. Zumal sie in dich verschossen ist«, giftete ich Deano an. »Hältst du es unter diesen Voraussetzungen für gelungen, wenn sie dich im Adamskostüm ablichten darf?«

»Das würdest du nicht sagen, wenn du mich schon mal nackt gesehen hättest«, witzelte er.

»Ist es so gruselig?«

»Eher Ehrfurcht gebietend«, antwortete er grinsend.

»Mal ehrlich, Deano. Du kannst nicht ernsthaft glauben, dass das eine gute Idee ist.«

Er tätschelte mir aufmunternd den Hintern. »Mach dir keine Sorgen, Lana-Banana. Sie ist noch ein Kind, in dem Alter träumt ein Mädchen von Küssen im Mondschein und wahrer Liebe. Sobald jemand die Klamotten ablegt, verfliegt der Zauber. Ich wette, selbst Harry

Styles sieht aus wie ein Dödel, wenn man ihn mit baumelndem Würstchen samt Beilage sieht.«

Ich verzog das Gesicht. »Wenn du es sagst. Übrigens brauchst du mir keinen Schweinebraten aufzuheben. Mir ist irgendwie der Appetit vergangen.«

»So, den Rest überlasse ich dir, Zuckerpfläumchen«, sagte Deano am späten Abend und zog seine gestreifte Schürze aus. »Kannst du hier klar Schiff machen, während ich mich umziehe?«

»Sicher, mach nur. Wir sehen uns morgen.«

Ich brauchte fünfzehn Minuten, um alle Zutaten wegzuräumen und alle Geräte auszuschalten. Bis ich aus der Küche kam, war das Restaurant stockfinster bis auf die Notausgangsbeleuchtung, deren grünes Licht sich bedrohlich in Sir Galahad spiegelte, der in gefakter Rüstung neben der Bar stand.

»Tom?«, rief ich.

Keine Antwort. Offenbar war er oben und schlief längst. Ich schaute kurz auf die Damentoilette, um mich zu überzeugen, dass das Licht aus war, klopfte kurz bei den Herren an, um sicherzugehen, dass Deano fort war, drückte, als keine Antwort kam, die Tür auf … und wäre um ein Haar gegen Tom geprallt.

Mein Bruder stand mit dem Rücken zu mir und zog mit beiden Daumen den Bund seiner Jogginghose auseinander, während Deano interessiert hineinspähte.

»Sieht für mich total normal aus, Kumpel«, befand unser verrückter Koch soeben.

»Sieht es bei dir genauso aus?«

»Ja, mehr oder weniger. Es gibt nicht so viele verschiedene Modelle, wenn du verstehst?«

»Und du bist hundertprozentig sicher, dass er nicht lachen wird?«

Als ich mich räusperte, schraken beide zusammen, und Toms Hosenbund schoss in die Ausgangsposition zurück.

»Und was, wenn er erfährt, dass du dein bestes Stück in der Herrentoilette rausholst und vom Koch begutachten lässt?«, spottete ich. »Er wird entweder lachen oder schreien, das kann ich dir versichern.«

»Hallo. Kannst du nicht lesen? Das hier ist nicht das Mädchenklo«, tat Tom ganz cool.

»Nein, aber es ist auch nicht für Irre, Spanner, Perverse und andere Knallköpfe.« Ich bedachte Deano mit einem finsteren Blick. »Und warum lässt du dich auf so was ein?«

»Na ja, weil er mich darum gebeten hat, seinen Schwanz zu inspizieren. Immerhin ist er mein Boss. Genau wie du.« Sein Blick heftete sich auf meinen Busen. »Ich würde dir übrigens den gleichen Gefallen tun.«

»Kann ich mir vorstellen.« Ich nickte zur Tür. »Verschwinde, troll dich nach Hause.«

Sobald Deano weg war, kriegte Tom sein Fett ab. »Als du mir von dieser schrägen Idee erzählt hast, bin ich keine Sekunde auf die Idee gekommen, dass du diesen Ministrip hier unten abziehen würdest. Stell dir vor, ein Gast wäre hinzugekommen?«

»Wir haben gewartet, bis der letzte weg war.«

»Und bist du jetzt glücklich?«

»Keine Ahnung. Zumindest bin ich beruhigt. Dennoch ist mir nicht wohl dabei, für die Fotos meine Klamotten abzuwerfen.«

»Jetzt hab dich nicht so, du bist nicht der Einzige. Und alle Kerle sehen nackt leicht seltsam aus.«

»Vielen Dank«, fauchte Tom entrüstet. »Als würdet ihr immer so toll aussehen.«

Ich hakte mich bei ihm unter, und gemeinsam verließen wir die Toilette. »Tja, was Cameron davon hält, wirst du am Samstag in einer Woche erfahre. Dann findet nämlich das Fotoshooting statt. Freu dich drauf!«

Kapitel 18

Mit einem Bademantel unter dem Arm und dem Dröhnen meines Herzschlags in den Ohren spazierte ich an besagtem Samstag in den Gemeindesaal, wo die Kalenderfotos gemacht werden sollten.

»O mein Gott o mein Gott o mein Gott«, hauchte Tom. »Wessen Schnapsidee war das?«

»Deine. Tausend Dank dafür, du Obertrottel.«

»Entspannt euch, das wird super.« Deano hielt einen Karton mit allerlei Requisiten fest unter den Arm geklemmt und tat so, als befänden sich darin Dinge, die einen Zauber zu wirken vermochten. »Das könnte uns allen ganz neue Möglichkeiten eröffnen.«

Während er das verkündete, wackelte er irgendwie obszön mit den Hüften.

»Was ist mit dir?«, erkundigte ich mich misstrauisch, denn bei Deano wusste man nie, was er ausheckte.

»Die Jeans klemmt, ich bin nackt drunter. Wäre ja Zeitverschwendung gewesen, eine Unterhose anzuziehen, wenn ich mich ihrer sowieso gleich wieder entledigen muss«, erklärte er gespreizt.

»Deano, du hast echt Klasse«, erwiderte ich spöttisch.

»Und du bist eine Sexistin, Lana Donati.« Er setzte seine überheblichste Miene auf. »Statt andere zu diskriminieren, solltest du dich angetörnt fühlen. Jungs jedenfalls werden sofort scharf, wenn ein Mädchen kein Höschen trägt.«

Bevor er das Thema vertiefen konnte, waren wir beim Gemeindesaal angelangt. Heute kam mir die bescheidene Eingangstür vor wie das Tor zur Hölle. Dort hockten, wenn man den alten Gemälden Glauben schenken wollte, die armen Seelen ebenfalls nackt herum.

»Also los. Jetzt gibt es kein Zurück mehr.«

Drinnen standen die anderen Verdammten bereits herum und unterhielten sich: fünf Komiteemitglieder, dazu Roger Collingwood und eine Handvoll abenteuerlustiger Damen aus Yo-yos sogenanntem Feinschmeckerclub. Unsere selbst ernannte Sexgöttin präsentierte sich in einem aufreizenden, ultrakurzen rosa Kimono mit Herzchenmuster.

Ich ging hinüber zu Stewart.

»Wo ist dein Cousin«, fragte ich. »Kommt er nicht?«

»Keine Bange, der taucht noch auf. Zu spät zu kommen ist gewissermaßen sein Markenzeichen.«

Stewart sah aus, als hätte er ein paar Nächte nicht geschlafen, seine verquollenen Augen waren trübe, seine Gesichtszüge sahen abgespannt aus.

»Alles okay?«, fragte ich.

»Alles gut. Danke«, erwiderte er automatisch, sodass es nicht wirklich glaubhaft klang. »Bis nachher, Lana.«

Ehe ich etwas sagen konnte, wandte er sich ab und stellte sich allein ans Fenster.

Mir fiel immer mehr auf, wie sehr er sich verändert hatte, seit er hier wieder aufgetaucht war. Nur ab und zu blitzte der alte Stewart auf – mit seinem gewinnenden Frohsinn, seinem trockenen Humor, seinem warmen Lächeln, das ungeahnte Gefühle in mir auszulösen vermochte und mein Innerstes zum Flattern brachte. Jetzt hingegen löste er nichts aus. Nicht mit diesem müden und mürrischen Gesicht. So war er in letzter Zeit öfter, beendete abrupt das Gespräch oder brütete schweigend vor sich hin, den Blick in die Ferne gerichtet. Manchmal, wenn ich ihm in die Augen sah, hätte ich schwören können, dass er geweint hatte.

»Und was jetzt, Leute?«, fragte Tom in den Raum hinein und riss mich damit aus meinen Gedanken.

»Wir warten noch auf Mr. Brady, dann können wir anfangen«, erklärte Roger, der wie üblich das Kommando übernommen hatte. »Jasmine, unsere talentierte junge Fotografin, baut im großen Saal gerade alles auf. Umziehen können wir uns in der Garderobe neben den Waschräumen.«

»Also, Deano, was hast du mitgebracht?«, wollte ich wissen.

»Du wirst staunen. Mal sehen, was wir für unsere Miss Juli haben. Du sollst doch diesen Monat repräsentieren, richtig?« Er wühlte in seiner Schachtel und zog zwei Fahrradhupen heraus, große, altmodische Tröten aus Messing und einem schwarzem Gummibalg am anderen Ende. »Die sind für dich.«

Verdattert starrte ich die Geräte an. »Und was soll ich damit machen?«

»Na, sie vor deine Dinger halten, damit ich das Foto mit *Hübsche Hupen* betiteln kann.«

Entschlossen schüttelte ich den Kopf. »O nein. Keine Chance, Kumpel.«

»Tolle Tröten?«

»Auf gar keinen Fall. Ich dachte, es sollte ein dezenter, künstlerisch angehauchter Kalender werden, keine Klimbimklamotte.«

»Und ich dachte, er soll lustig sein.«

Ich sah Tom an. »Es war deine Idee. Was nun?«

»Schätzungsweise kommt lustig besser an.« Er verzog bedauernd das Gesicht. »Wir wollen ja nicht Aktionskünstlern wie Spencer Tunick Konkurrenz machen.«

»Verräter.« Erbost verschränkte ich die Arme. »Trotzdem wird niemand über meine *hübschen Hupen* oder *tollen Tröten* lachen. Alles bedeckt, das war meine Bedingung, oder ich mache nicht mit.«

»Das geht nicht«, widersprach Deano. »Immerhin ist es ein Kalender mit Nacktfotos.«

»Du weißt, wie ich es meine. Es geht mir um die entscheidenden Körperteile.«

Er wedelte meinen Einwand ungeduldig beiseite. »Na gut, machen wir erst mal mit Yolanda weiter. Yo-yo, oder soll ich lieber Miss Mai sagen: Für dich habe ich etwas Kleineres«, sagte er und reichte Yolanda zwei gewöhnliche Fahrradklingeln.

»Und was für eine Unterschrift kommt unter mein Bild?«, fragte Yolanda.

»Wie wär's mit *Leihrad*«, rief Sue von ihrem Tisch

herüber, an dem sie mit Gerry und Cameron Tee trank, und wurde von Yolanda mit einem vernichtenden Blick bedacht.

»Für eine Lady wie dich kommt lediglich *Ding-Dong* infrage«, trat Deano Sues Gemeinheit mit einer Charmeoffensive entgegen und wurde dafür mit einem von Yolandas perfekt einstudierten Augenaufschlägen belohnt.

»Wie nett! Danke, Schatz.«

»Und was ist mit unten?«, warf ich ein.

»Was soll damit sein?«, tat Deano arglos. »Yo-yo ist eine moderne, aufgeklärte Frau. Es stört sie bestimmt nicht, wenn ihre untere Hälfte unverhüllt bleibt.«

»Und wozu soll der Busen bedeckt werden, wenn alles andere auf dem Präsentierteller serviert wird?«, hakte ich ketzerisch nach.

Deano hob einen Finger. »Damit, meine liebe Lana, kommen wir zu meinem Geniestreich.«

»Und das wäre?«.

Er verschwand und kehrte nach einer Sekunde mit einer in Fahrradform gebundenen großen Grünpflanze zurück.

»Das hat Jean aus dem Blumenladen für uns gebastelt«, verkündete er stolz und setzte das Gebilde ab. »Damit die Ladys den Anstand wahren können. Für uns Jungs habe ich Fahrradpumpen und Helme besorgt.« Er zwinkerte Yolanda zu. »In verschiedenen Größen.«

Ich sah ihn argwöhnisch an. »Hast du das besorgt, damit du *Scharfer Busch* darunterschreiben kannst?«

Er richtete sich auf. »Stört es dich? Nichts ist ordinär. Ich habe Klasse, vergiss das nicht.«

»Also, hast du?«

»Ja, habe ich.«

»Tut mir leid, Leute, ich verstehe kein Wort«, beschwerte sich Roger. »Was ist das für ein schrecklicher Krach da draußen?«

Er hatte recht, vor dem Gebäude war während unseres Wortwechsels Lärm aufgekommen: Stimmengewirr, unterbrochen von Klickgeräuschen. Stewart schob einen Vorhang zur Seite, um nachzusehen, und zerrte ihn hastig wieder vors Fenster.

»Mist, da draußen wimmelt es von Fotografen. Fast als hätte Bradford City den Cup gewonnen. Was ist da los?«

Alle im Raum blickten einander fragend an. Alle bis auf eine.

»Äh, ich wollte noch etwas gestehen«, ergriff Yolanda das Wort und lächelte verlegen. »Ich war ein wenig unvorsichtig.«

»Also raus mit der Sprache, Yo-yo«, forderte Stewart sie auf. »Was genau hast du angestellt?«

»Ich habe eine winzig kleine Pressemitteilung rausgeschickt, sonst nichts.«

»Und was stand in dieser Mitteilung?«

»Ich habe geschrieben, dass wir mit dieser Aktion Geld für den Viadukt sammeln wollen. Um die Sache emotionaler zu machen, verstehst du?«

Er beugte sich vor. »War das wirklich alles?«

»Nun, ich habe hinzugefügt, dass du mit von der Partie bist …«

»Und?«

»Und Harper Brady.« Sie sah auf und blickte in unsere vorwurfsvollen Mienen. »Also, was bringt es uns, wenn wir einen berühmten Fernsehstar für uns gewonnen haben und niemand es erfährt?«, verteidigte sie sich.

»Die Publicity kommt *hinterher,* Yo-yo«, schlug ich einen vorwurfsvollen, unversöhnlichen Ton an. »Kein Wunder, dass sie uns die Tür einrennen. Harper Brady, der Held der Daily Soaps, zieht sich für eine Provinzaktion aus – das ist für sie ein gefundenes Fressen.«

Stewart stöhnte. »Wenn er diese Meute sieht, wird er sofort kehrtmachen.«

Ich wandte mich an Roger. »Könnten wir ihn von hinten ins Haus schleusen, durch den Keller oder so?«

»Die entdecken ihn, sobald er sich dem Dorf nähert«, gab Roger zu bedenken.

Es war mein verrückt-genialer Koch, der die rettende, wenngleich irre Idee hatte.

»Stewart, schreib deinem Cousin eine kurze Nachricht, dass du vor dem Ortseingang auf ihn wartest?«

»Wieso?«

Er griff in seinen Karton und zog eine grüne Clownsperücke mit roter Nase heraus. »Die habe ich für Fotoaufnahmen zum Thema Zirkus gekauft, die ich mir für den Monat August vorstelle.« Er nickte Yolanda zu. »Und wir brauchen deinen Kimono, Yo-yo.«

Sie sah ihn unschlüssig an. »Ganz ohne, dann friere ich ja«, zierte sie sich ein wenig.

»Plötzlich wird sie schüchtern«, stichelte Sue. »Los,

Yo-yo, zieh ihn aus. Schließlich ist das alles deine Schuld.«

»Na schön.« Sie schälte sich aus ihrem Kimono und reichte ihn Deano, dann sank sie auf ihren Stuhl zurück und begann ihre Nägel zu betrachten, als würde sie sich kein bisschen ihrer Nacktheit schämen. Ich warf ihr einen neidischen Blick zu. Es musste schön sein, sich in der eigenen Haut so wohlzufühlen.

»Und wie geht dein Plan weiter?«, schaltete sich Tom ein.

»Stewart verkleidet Brady hiermit«, erklärte Deano und häufte die Utensilien in Stewarts Arme. »Dann eilen sie im Laufschritt hierher und kommen durch den Keller herein. Falls irgendwer fragt, behauptet Stewart, dass es ein Trainingslauf für irgendein abgedrehtes Event ist, bei dem die Läufer kostümiert sein müssen.«

Wenngleich keiner völlig überzeugt war, stimmten wir zu. Einen besseren Vorschlag hatte niemand.

Zwanzig Minuten später kehrte ein atemloser Stewart zurück, dicht gefolgt von einem stinkwütenden Clown in einem aufreizenden Kimono.

»Noch nie im Leben wurde ich so gedemütigt«, keuchte Brady, der offenbar zuvor bereits Dampf abgelassen hatte. »Dafür bist du mir verflucht noch mal was schuldig, Stew.«

»Steht dir, Harper«, sagte ich grinsend. Formalitäten wie das »Sie« fand ich inzwischen fehl am Platz, schließlich würden wir uns gleich nackt gegenüberstehen.

Er blinzelte mich über die große rote Nase hinweg an. »Kennen wir uns?«

»Lediglich aus deinen schlimmsten Albträumen, du Clown.«

»Warum sehe ich dich im Geist im Lederkorsett vor mir?« Harpers Augen wurden groß. »Nein, die Domina von Kyles Afterparty bist du nicht, oder? Hör zu, ich war total blau, normalerweise stehe ich nicht auf so was, und ich wollte die Peitsche zurückgeben, ehrlich …«

»Nein, die bin ich verflucht noch mal nicht.« Ich wechselte hastig das Thema. »Wer ist an der Reihe, Deano? Wir sollten uns beeilen, bevor die Pressefritzen draußen mitbekommen, dass wir sie reingelegt haben.«

»Wie wär's mit dir?« Er fischte die unförmigen Fahrradhupen aus seinem Requisitenkarton und trötete ein paarmal damit.

»Muss ich wirklich?«

»Natürlich musst du. Wir können schlecht den Juli aus dem Kalender streichen, weil du dich zierst, Honigtäubchen.« Er tätschelte meinen Arm. »Keine Angst, lediglich ich und Jaz sind dabei.«

»Genau. Zwei Drittel meiner Angestellten bekommen mich im Evaskostüm zu sehen. Na, was soll's, eine muss den Anfang machen.«

Nachdem ich mich in der Garderobe ausgezogen hatte, begab ich mich auf Zehenspitzen und im Bademantel in den Saal. Jasmine war noch dabei, ihr Stativ vor dem Fahrrad aus lauter Grünzeug zu postieren, hinter dem eine große weiße Leinwand aufgespannt war. Mehrere Leihräder aus Stewarts Laden warfen ihre Schatten in den Raum. Obwohl Jasmine das Licht gedämpft hatte, war für meinen Geschmack entschieden zu viel zu erkennen.

»Na, Boss?«, sagte sie und lächelte aufmunternd. »Alles in Ordnung?«

»Ich bin nicht in der Stimmung für Smalltalk, Jaz. Lass es uns einfach hinter uns bringen, okay?«

»Kein Grund, so nervös zu sein. Vertrau mir, ich mache so was ständig. Leg einfach den Bademantel über den Stuhl da drüben.«

Gerade als ich ihn abgelegt hatte und meine intimen Stellen sowie meine diversen Polster hinter dem Gebüsch zu verstecken suchte, flog die Tür auf, und Deano trat ein.

Reflexartig presste ich beide Hände auf meine Brüste, aber entweder waren meine Hände zu klein oder meine Titten zu groß.

Deano grinste. »Genau wie ich sie mir immer vorgestellt habe. Also, dann legen wir los.«

Er trat hinter mich und legte eine Hand auf meine nackte Hüfte. Unwillkürlich machte ich einen Satz nach vorn. »Finger weg, Deano!«

»Hab dich nicht so. Ich stelle dich nur in Position«, verteidigte er sich. »Die anderen haben sich auch nicht beschwert.«

»Ist mir so was von egal!«, fauchte ich ihn an. »Sag mir einfach, wie ich mich hinstellen soll, ohne mich zu betatschen. Und komm wieder nach vorn, ich mag es nicht, wenn du mich von hinten siehst.«

Gerade als ich die Hände von meinem nackten Busen genommen hatte, um ihn wegzuschieben, marschierte ein seiner Clownsmaske entledigter Harper Brady in den Saal.

»Hört mal, das dauert ja ewig, könnt ihr mich als Nächsten drannehmen?«, verlangte er. »Ich muss noch nach …«

Abrupt blieb er stehen und glotzte auf meine entblößten Titten. Ihm fiel der sprichwörtliche Kinnladen runter. Rasch schlang ich die Arme um meinen Oberkörper.

»Sind die echt?«, flüsterte er ebenso verwundert wie beeindruckt.

Zum Dank zeterte ich los. »Das geht dich überhaupt nichts an! Was tust du überhaupt hier drin? Raus mit dir!«

»Okay, du musst nicht antworten. Sie sind es, das sehe ich auf den ersten Blick.«

»Gut erkannt, du Witzbold«, fuhr ich ihn an. »Es wird dich vielleicht überraschen – von den Gehältern in der Gastronomie kann man sich kaum eine Schönheitsoperation leisten.«

»Gastronomie – hey, das ist es!« Er zielte mit dem Finger auf mich wie mit einer Waffe. »Du bist die freche Kellnerin aus dieser schrägen Kneipe mit den vielen Wildschweinköpfen, richtig? Du hast so getan, als wüsstest du nicht, wer ich bin, und ich habe so getan, als wäre ich ein totaler Arsch.« Die Erinnerung ließ ihn grinsen.

Ich wandte mich an mein Kochgenie. »Verfluchter Mist, schaff ihn endlich hier raus.«

Deano nahm Harper am Arm. »Komm, Kumpel. Kein Zutritt für Unbefugte, während sich die Damen ablichten lassen, in Ordnung?«

»Schon gut, schon gut.« Harper entzog ihm seinen Arm und starrte nach wie vor wie hypnotisiert auf das Busenwunder, das ich ihm bot. »Ich unterhalte mich bloß.«

»Unterhalten kannst du dich, wenn alle wieder angezogen sind«, insistierte Deano und schob den einzigen Promi der Gegend resolut zur Tür.

»Dann tschüss«, rief Harper und winkte mir über die Schulter zu.

»Das war der Wahnsinn«, hauchte Jasmine und sah Deano bewundernd an.

»Und was genau?«, erkundigte er sich irritiert.

»Du hast ihre Ehre verteidigt wie ein Ritter aus alten Zeiten, tapfer und voller Edelmut.«

Das war selbst Deano, der immerhin zu einer Bratpfanne eine Beziehung unterhielt, zu viel.

»O Mann«, seufzte er. »Quatsch nicht so geschwollen daher und komm vor allem runter von deinem Mittelaltertrip. Das ist ungesund für ein junges Mädchen. Legen wir los, okay?« Er reichte mir die Hupen. »Da sind deine Tröten, Lana. Versuch verführerisch zu lächeln und das Kreuz durchzustrecken.«

Als ich fertig war, kehrte ich in den Aufenthaltsraum zu den anderen zurück und nickte Harper zu, der gerade mit Stewart plauderte.

»Okay, Spanner, du bist dran.«

»Sehr gut. Äh, wie heißt du noch mal?«

»Geht dich nichts an.«

Harper musterte mich nachdenklich, dann erhellte sich sein Gesicht. »Ich weiß! Lana … Una Italiana, richtig?«, lächelte er und entschwand.

»Wieso hast du ihn Spanner genannt?«, wollte Stewart wissen.

»Weil er in den Saal gestürmt kam, während ich splitternackt dastand, und volle zehn Minuten auf meine Brüste gestarrt hat.«

»O Gott, das hat er nicht wirklich getan.«

»Und wie er gestarrt hat.«

»Sag bitte, dass er nicht gefragt hat, ob sie echt sind.«

Ich stutzte. »Doch, das hat er. Wieso?«

»Nun, es ist eine Obsession bei ihm … Man könnte ihn als Fetischisten bezeichnen.«

»Für große Brüste? Ist das nicht weitverbreitet unter heterosexuellen Männern?«

»Na schön, vielleicht macht er sich auch nur eine Art Sport daraus zu unterscheiden, was echt ist und was nicht. Nicht ausgeschlossen, dass er sogar erkennen kann, welches Implantat wo hergestellt wurde. Immerhin bekommt er genug davon zu sehen.«

Ich amüsierte mich über diese Ausführungen und desgleichen über Stewarts wachsende Verlegenheit.

»Und was ist deine bevorzugte Größe?«, fragte ich mutig geworden mit einem aufreizenden Lächeln.

Offenbar beseitigte es so einige Hemmungen, wenn man sich öffentlich auszog.

»Hängt ganz davon ab, an wem sie befestigt sind«, gab Stewart salopp zurück.

Fünfzehn Minuten später kam Harper mit dem Auftrag, seinen Cousin zum Shooting zu schicken.

»Du bist dran, Stew. Mr. Dezember, wie es aussieht.« Er streckte Stewart eine Nikolausmütze hin. »Der Junge hat gesagt, du würdest die hier brauchen.«

»Na dann«, seufzte Stewart und setzte sie auf.

»Ich glaube nicht, dass du sie über den Kopf ziehen sollst.«

»Aha, kapiert.« Stewart zog die Mütze herunter und entfernte sich.

Dafür tauchte plötzlich Tom hinter mir auf. »Habe ich das richtig gehört, dass du gerade mit Stewart McLean über Brustgrößen geredet hast?«

»Unsinn. Im Grunde ging es darum, dass Harper Brady offenbar besessen ist von großen Busen.«

»Dann ist er bei Yolanda allerdings an der falschen Adresse.« Tom nickte zu Yolanda hin, die Harper geradezu aufdringlich umschwärmte und andere Feinschmeckerinnen immer wieder zur Seite schubste, damit sie ihr ja nicht in die Quere kamen. Ein leicht makabres Schauspiel bei einer Frau ihres Alters, wie ich fand.

Ich deutete zu Cameron hinüber, der sich gerade mit Gerry und Sue unterhielt. »Und hast du noch mal mit ihm gesprochen?«, fragte ich Tom.

»Kurz. Er wollte wissen, wann wir das nächste Mal was unternehmen.«

»Na, siehst du, war alles halb so wild«, versicherte ich und klopfte ihm aufmunternd auf die Schulter.

Nachdem alle fotografiert worden waren und Jaz zum Abschluss ein letztes Bild mit Stewart und Harper für das Cover aufgenommen hatte, war es Zeit zum Aufbruch.

»Sorry, Yo-yo, wir brauchen noch mal deinen Kimono«, bat Stewart sie. »Da draußen lungern nach wie vor ein paar Fotografen herum. Ich muss Harper so rausschmuggeln, wie er reingekommen ist.«

»Kein Problem, Schätzchen«, antwortete Yolanda, mittlerweile voll bekleidet, und nahm den Kimono von ihrer Stuhllehne. »Sie können ihn gern erst später zurückgeben, Mr. Brady.«

Harper zog leicht die Lippe nach oben. »Nicht nötig. Stewart erledigt das für mich.«

»Ich wette, sie wird ihn nie wieder waschen«, flüsterte Tom mir ins Ohr.

»Hey, Lana«, wandte Harper sich an mich. »Kann ich dich kurz sprechen?«

»Wenn es sein muss. Was gibt es denn?«

Er nahm mich am Ellbogen und führte mich in eine Ecke, wo uns die Übrigen nicht hören konnten.

»Du bist anders als die anderen, weißt du das?«, fragte er, als wir halbwegs ungestört waren.

»Fängst du wieder mit meinen Brüsten an?«

Er senkte den Kopf und sah mir tief in die Augen. »Du magst mich nicht besonders, oder?«

»Schwer zu glauben, wie?«

»Hör zu, ich möchte mich für den Abend in eurem Lokal entschuldigen. Ich habe mich wie ein Arsch benommen, das tut mir leid.«

»Oh, okay. Entschuldigung angenommen.«

»So, nachdem das aus der Welt geschafft ist, dachte ich, wir beide könnten vielleicht irgendwann mal was trinken gehen. Was hältst du davon?«

Ich sah ihn verständnislos an. »Verzeihung, du glaubst, dass ich dich nicht leiden kann, und willst dennoch mit mir was trinken gehen?«

»Genau. Irgendwann hat man es satt, dass einem rund um die Uhr Zucker in den Arsch geblasen wird. Du bist anders, das ist irgendwie erfrischend.«

Er grinste. »Und ich wette, ich könnte dich dazu bringen, mich zu mögen. Ich liebe Herausforderungen.«

»Leider teile ich deinen Optimismus nicht.«

»Warum nicht? Ich habe mich schließlich entschuldigt, oder?«

»Und ich habe deine Entschuldigung angenommen. Das verpflichtet mich aber noch lange nicht, mit dir auszugehen.«

Wieder sah er auf meinen Busen, schien den Blick kaum davon abwenden zu können, seit er ihn in seiner ganzen wogenden Pracht gesehen hatte.

»Stell dich nicht so an, Mädchen, ich bin's, Harper Brady«, drängte er. »Reich, berühmt, an der Grenze zum Nationalhelden.«

»Gerade noch wolltest du mit mir ausgehen, weil mir das egal ist. Jetzt soll ich mit dir ausgehen, weil mir das nicht egal sein darf?« Ich schüttelte den Kopf. »Ich werde nicht schlau aus dir.«

»Denk drüber nach, okay?« Er drückte mir eine Visitenkarte in die Hand. »Ruf mich an, wenn du zur Vernunft gekommen bist.«

»Ich bin bei Vernunft, und deshalb wird nichts draus.«

»Na schön, du verpasst was«, beschied er mich leicht pikiert und wandte sich an Stewart. »Wo ist diese bescheuerte Clownsperücke?«

Kapitel 19

Das nächste Treffen unseres Komitees fand im *Flagons* statt. Debbie war krank, darum wollten Tom und ich vor Ort sein, falls wir gebraucht wurden. Es war ein merkwürdiges Gefühl, mit der Lady vom Naturschutz in unserem mittelalterlichen Ambiente mit ernsten Mienen über Fledermäuse sprechen zu müssen, aber so war das Leben eben.

Stewart traf als Letzter ein.

»Einen schönen Abend allen FKK-Freunden«, begrüßte er uns grinsend. »Gibt es schon was Neues von Egglethwaites erstem Vorstoß in den Softpornomarkt?«

»Nicht so laut!«, zischte ich. »Die Gäste können uns hören. Ich habe keine Lust, dass man mir nachsagt, ich würde Pornos drehen, dieses Mieder reicht mir vollkommen.«

»Sind die Kalender bereits da?«, erkundigte er sich daraufhin mit leiser Stimme.

»Noch nicht«, klärte Tom ihn auf. »Jasmine holt sie diese Woche ab.«

»Ich bin ja sooo gespannt, wie ich aussehe«, hauchte Yolanda, und in ihren Augen funkelte mädchenhafte Begeisterung.

»Mit dir redet niemand mehr, Yo-yo«, kanzelte Sue sie ab. »Diese Aktion mit der Presse war richtiger Mist, das ist dir hoffentlich klar?«

Trotz unserer Bemühungen, Harper ungesehen in den Saal und wieder nach draußen zu schmuggeln, hatte ein Fotograf es geschafft, ihn mit dem Teleobjektiv in seinem Aufzug aus Kimono und Clownsperücke zu erwischen. Das Foto war am nächsten Tag in einer der größeren Regionalzeitungen erschienen mitsamt einer ausführlichen Story unter der Überschrift: *Riesenzirkus um Harper Brady*. Und einen weiteren Tag später war es praktisch landesweit zu bewundern gewesen.

»Unfug, Susan«, wischte Yolanda den Einwand beiseite. »So was wie schlechte Publicity gibt es nicht, das weiß schließlich jeder.«

»Ich kann dir aus zuverlässiger Quelle versichern, dass Harper das anders sieht«, korrigierte Stewart sie. »Ich bin praktisch auf einem Ohr taub, seit er angerufen hat.«

»Irgendwie hat sie trotzdem recht«, unterstützte Gerry sie unerwartet. »Es gab immerhin eine Menge Vorbestellungen, seit dieses Foto rauskam. Größtenteils von Ladys, die ein Bild von eurem Ketchupkönig wollten.«

»Wie viel haben wir bisher eingenommen?«, erkundigte sich Cameron.

Gerry blätterte in seinen Aufzeichnungen. »Etwa sechshundert Pfund nach Abzug unserer Kosten.«

»Donnerwetter«, entfuhr es Tom. »Das ist nicht übel, oder?«

»Tja. Ich glaube, jemand schuldet jemandem eine Entschuldigung, oder?«, meinte Yolanda und warf Sue einen arroganten Blick zu.

»Sechshundert sind für den Anfang bestimmt nicht schlecht, doch es ist erst ein winziger Schritt auf dem Weg zu unserer Zielvorgabe«, dämpfte ich die allgemeine Begeisterung. »Wenn wir das Geld bis Januar zusammenhaben wollen, sollten wir die nächste Aktion möglichst bald planen. Und wir müssen sämtlich Einwohner einbeziehen, Spendenessen organisieren und so weiter. Alleine werden wir es nie schaffen.«

»Eins nach dem anderen.« Stewart nickte zu einer Frau hin, die die Tische nach uns absuchte. »Ich glaube, unser Gast ist eingetroffen.«

Im Hinterkopf hatte ich mir die Fledermausschützerin immer als Ökokriegerin vorgestellt, bizarr und ein bisschen ungepflegt. Aber die Frau, die auf uns zuhielt, sah aus wie eine ganz gewöhnliche Mittdreißigerin. Bis auf eine Besonderheit: Sie war eindeutig absolut stinksauer.

»Gott, sie wirkt Furcht einflößend«, flüsterte Tom. »Wie heißen diese Fledermäuse noch mal? Pitbullfledermäuse?«

»Mopsfledermäuse, du Vollpfosten.«

»Und hast du einen Plan?«

»Sei nicht albern. Wann hätte ich je einen Plan gehabt? Äh, hallo«, begrüßte ich die Frau mit einem dämlichen Grinsen, als sie an unseren Tisch trat. »Sienna, nicht wahr? Ich bin Lana Donati. Andy hat Sie sicherlich eingehend informiert.«

Sie packte meine ausgestreckte Hand und schüttelte sie energisch – man könnte ebenfalls sagen: aggressiv.

»Und ich bin Miss Edge. Die Vornamen sparen wir uns für den Zeitpunkt auf, wenn wir warm miteinander geworden sind, in Ordnung?«

Damit sank sie auf einen Stuhl und verschränkte die Arme, musterte dabei verstohlen mein Mittelaltergewand. Sie konnte ja nicht wissen, dass es sich um meine Arbeitskleidung handelte.

»Ach. Ja. Entschuldigen Sie die Aufmachung«, sagte ich und erklärte ihr den Sachverhalt.

»Wenn Ihnen die Angelegenheit wirklich am Herzen liegen würde, hätten Sie sich den Abend freigenommen, sollte man meinen«, schoss sie zurück.

»Tja, leider ist eine Angestellte krank geworden«, murmelte Tom verlegen.

»Also, Miss Edge«, ergriff Stewart das Wort, »Sie setzen sich für den Schutz von Fledermäusen ein, wie man hört. Und bestimmt sind das tolle Tiere …«

»Wir sind ebenfalls große Tierfreunde«, unterbrach ich ihn und schenkte unserem Gast ein einschmeichelndes Lächeln. »Wir sind bereit, ihnen alles zu geben, was sie brauchen, damit wir bekommen, was wir brauchen. Bestimmt lässt sich eine Lösung finden, mit der alle glücklich werden, Fledermäuse und Menschen gleichermaßen.«

»Pah, Menschen«, spie die Fledermausbeauftragte aus. »Was sind schon Menschen? Eine Spezies unter vielen. Das ignorieren sie jedoch und halten an ihrer

Überzeugung fest, dass ihnen die Erde gehört und sie über die ganze Schöpfung herrschen können.«

»Nein, nein, das glaube ich keineswegs«, wandte ich ein.

Sie beugte sich vor und funkelte mich an. »Haben Sie je ein mutterloses Fledermausbaby in der Hand gehalten, Miss Donati?«

»Bislang nicht, weil ich noch keins gefunden habe …«

»Ich habe welche aufgezogen. Es sind wunderschöne, einfühlsame Wesen, die einem ins Herz blicken.«

»Ich weiß nicht, das halte ich mit Verlaub eher für unwahrscheinlich …«, wagte ich einzuwenden, woraufhin Miss Edges Blick noch vernichtender wurde, sofern das überhaupt möglich war.

»Ihnen sind die Mopsfledermäuse ja völlig egal, geben Sie es zu«, wetterte sie.

»Nein, gar nicht«, mischte sich mit einem Mal Cameron ein. »Mir ist sehr wohl klar, dass sie wichtig sind. Ich war Umweltbeauftragter an meiner Uni, müssen Sie wissen, und habe einen Abschluss in Zoologie. Ich weiß also, wovon ich rede.« Er suchte den Blick der Fledermausfrau. »Die Menschen sind allerdings nicht weniger wichtig, Miss Edge. Und für die Leute hier ist dieser Ort wichtig. Kleine Gemeinden kämpfen nicht weniger ums Überleben als bedrohte Tierarten. Deshalb muss man zu einem Interessenausgleich kommen – und aus diesem Grund liegt uns an einer Umsiedlung der Fledermäuse.«

»Die Tiere haben sich diesen Fleck als Heim ausgesucht. Wer sind wir, ihnen zu erklären, dass sie sich am falschen Ort angesiedelt haben?« Miss Edge beugte sich vor und blitzte Cameron voll unterdrückter Wut an »Typisch menschliche Arroganz«, feuerte sie ihm eine Breitseite entgegen. »Wir müssen aufhören zu glauben, dass wir über alle Wesen auf dieser Erde bestimmen dürfen.«

»Da haben Sie recht, natürlich haben Sie recht«, beeilte Cameron sich zu versichern, während wir anderen uns, sprachlos vor Bewunderung, zurücklehnten und über Camerons Eloquenz, über sein leidenschaftliches Plädoyer und über sein profundes Wissen staunten. »Doch sehen Sie es mal anders. Was hat diesen Viadukt möglich gemacht? War das auch menschliche Arroganz? Ich denke nicht. Wir müssen lernen, dass es nie ums Herrschen gehen sollte, sondern um ein Miteinander und darum, das zu teilen, was wir haben. Um die bestmögliche Lösung für möglichst viele Menschen zu finden. Und dass das möglich ist, daran glaube ich.«

»Jesus«, raunte ich Tom zu. »Dein Freund ist sensationell, diplomatisch und klug dazu.«

»Er ist richtig scharf, oder?«

»Das, was er da gerade abgeliefert hat, würde ich nicht unbedingt als scharf bezeichnen«, wandte ich ein und richtete meine Aufmerksamkeit erneut auf das Streitgespräch, das keineswegs zu Ende war.

»Fledermäuse sind genauso Menschen«, konterte Miss Edge.

»Nein, das sind sie nicht! Es sind Fledermäuse.«

Cameron seufzte. »Das bedeutet natürlich nicht, dass sie keine Rechte haben sollten. Dafür habe ich mich weiß Gott oft genug eingesetzt. Trotzdem müssen wir die Dinge in die richtige Perspektive rücken.«

»Und was heißt das? Dass wir ihren Lebensraum besetzen und sie im Endeffekt auslöschen.«

»Warum dürfen wir sie nicht umsiedeln? Man hat uns erklärt, dass eine Umsiedelung unter minimalen Opfern vollzogen werden könnte.«

»Einfach weil selbst minimale Opfer Opfer sind. Die Spezies ist gefährdet: Jedes einzelne Leben ist kostbar.«

Inzwischen drehten sich die ersten Gäste nach uns um und verfolgten das hitzige Wortgefecht.

»Wir sollten uns beruhigen«, entgegnete Cameron und lehnte sich zurück. »Ich würde mir wünschen, dass wir auf derselben Seite stehen.«

Die Fledermausfrau grinste tückisch. »Auf der Seite der bestmöglichen Lösung, richtig? Der bestmöglichen Lösung für den Menschen selbstredend.«

»Nein, der bestmöglichen Lösung für alle«, wiederholte Cameron geduldig. »Wieso sind Sie heute Abend hergekommen, Miss Edge? Um uns zu beschimpfen oder um mit uns einen gemeinsamen Weg zu finden?«

»Um Sie von Ihrem Vorhaben abzubringen, versteht sich.«

»Nun, das ist keine Option, versteht sich desgleichen.« Er beschrieb eine ausholende Bewegung mit dem Arm. »Wir alle hier am Tisch wollen die Fledermäuse schützen. Aber zugleich liegt uns eine Nutzung des Viadukts am Herzen. Dafür lassen sich ebenso viele Gründe anführen wie für den Verbleib der Fledermäuse an diesem Ort. Was also tun? Die Alternative heißt Kompromiss oder Kampf. Und ich glaube, ich spreche für alle hier, wenn ich sage, dass uns Ersteres lieber wäre.«

»Mir nicht.« Empört sprang die Tierschützerin auf. »Ich bin hergekommen, weil ich hoffte, dass Sie Vernunft annehmen würden. Und da das nicht der Fall ist, werden wir andere Mittel ergreifen müssen. Sie werden von mir hören.«

Mit diesen Worten rauschte sie ohne Gruß aus dem Gastraum.

»Wow«, seufzte Stewart. »Das ist ja mal gewaltig eskaliert.«

»Kann man wohl sagen«, stimmte Cameron zu. »Tut mir leid, Leute. Hoffentlich habe ich euch nicht völlig in die Scheiße geritten.«

»Nein, du warst super«, beruhigte ich ihn. »Du hattest viel bessere Argumente, als wir je gehabt hätten.«

»Tja, ich habe eben mehr drauf, als Fish and Chips zu verkaufen.« Cameron grinste und wandte sich an Tom. »Hey, wenn gerade nichts Wichtiges mehr anliegt, wie wäre es, wenn wir noch einen trinken gehen?«

Mein Bruder sah mich unschlüssig an. »Sind wir fertig?«

»Los, zischt ab, ihr beiden«, sagte ich und klopfte Tom auf den Rücken. »Ich erzähle euch morgen, falls noch etwas Wichtiges besprochen wurde. Ach ja, in der Küche oben steht eine Flasche Chianti. Den könnt ihr kippen, wenn ihr wollt.«

Sobald sie die Treppe hinauf waren, grinste Stewart mich an.

»Verrückte Jungs.«

»Müssen sie wohl sein, wenn Fledermausgespräche sie derart heiß machen.«

Gerry, der uns zugehört hatte, schüttelte verständnislos den Kopf, woraufhin Sue mal wieder seine Rippen malträtierte. »Hör auf, so strafend zu schauen, du alter Stinkstiefel«, schimpfte sie.

»Tue ich gar nicht, ist einfach mein Gesicht«, redete er sich heraus, um dann zögernd zuzugeben, dass er sich bei aller Liebe zu Tom nach wie vor schwertat mit dieser besonderen Art von Liebe. »Sind halt andere Zeiten«, seufzte er.

Währenddessen nahm seine Frau wie gewohnt Yolanda aufs Korn. »Wieder einer weniger auf der Liste, wie?«, lästerte sie.

Ihre liebste Feindin zuckte mit den Achseln. »Es gibt noch viele Fische im Ozean«, meinte sie träge und lächelte Stewart einladend zu. »Wenigstens hätte Cameron meinen Holunderblütengin probieren können.«

Bevor das Gespräch sich in Klatsch und Tratsch verlor, versuchte ich es auf eine sachliche Ebene zurückzubringen. »Lassen wir das. Was ist mit Spendenaktionen?«

»Schwierig, solange wir nicht wissen, was Batwoman vorhat«, gab Stewart sich skeptisch.

»Woher weißt du, dass ich sie insgeheim Batwoman nenne?«, fragte ich konsterniert.

»Wusste ich gar nicht. So nenne ich sie.«

»Na gut, zwei Personen, ein Gedanke. Also, meines Erachtens sollten wir dennoch weiterplanen. Im Moment ist sie für mich eine große Klappe auf zwei Beinen. Was dahintersteckt, muss sich zeigen, oder?«

Gerry nickte. »Lana hat recht. Schließlich müssen wir in den nächsten Monaten einen Haufen Geld auftreiben.«

»Wenn ihr mich fragt, sollten wir uns auf ein paar Hauptevents konzentrieren und dabei Vereine und Privatleute so weit wie möglich einspannen«, schlug Yolanda vor. »Meine Ladys werden selbstverständlich etwas beitragen.«

»Und die Musikkapelle bestimmt auch«, ergänzte ich. »Was ist mit deinen Schellentänzern, Gerry? Gemeinsames Trinken im Pub für einen guten Zweck?«

Dads alter Freund musterte mich entrüstet. »Es geht bei uns nicht allein ums Trinken, sondern um Traditionspflege. Aber ja, natürlich machen wir mit.«

»Ich habe überlegt, ob wir etwas zu Halloween auf die Beine stellen könnten«, schlug ich vor. »Unter dem Motto *Das große Kettenrasseln* etwa. In Anspielung auf ein altes Fahrrad, versteht ihr?«

Stewart nickte zustimmend. »Gefällt mir. Hey, du hast nicht bloß ein hübsches Gesicht, was?«

»Danke«, stammelte ich verlegen. »Du findest die Idee also gut?«

»Und wie! So gut, dass mein Laden die Veranstaltung sponsern wird: Ich übernehme die Ausgaben für alle Werbematerialien und spende tausend Pfund für den Viadukt.«

»Ehrlich, Stew?«

»Ehrlich.« Er ließ ein warmherziges Lächeln aufstrahlen, das mir immer weiche Knie bescherte.

»Und du wärst unser Aushängeschild, nicht wahr, Schatz?«, gab Yolanda ihren Senf dazu und legte besitzergreifend die Hand auf seinen Arm.

Er zögerte. »Ich weiß nicht so recht, Yo-yo. Immerhin bin ich nicht mehr aktiv.«

»Egal, du bist bei allen Radsportfans bekannt.«

»In gewissem Maße«, räumte er ein. »Doch so schnell, wie man bekannt wird, gerät man auch in Vergessenheit. Vielleicht kann ich jemand anderen an Land ziehen …«

»Wenn du jetzt Harper Brady sagst«, stöhnte ich auf, »falle ich tot um.«

»Nein, nicht Harper. Es müsste jemand sein, der dem Radsport verbunden ist.«

»Was für ein Event soll das überhaupt werden?«, hakte Sue nach.

»Darüber müssen wir uns alle, wie wir da sind, Gedanken machen«, erklärte ich. »Bestimmt fällt uns irgendwas ein.«

Kapitel 20

»Wo ist Cam?«, fragte ich Tom, als er am nächsten Morgen gähnend neben mir aufs Sofa sank.

»Schläft noch. Ist vollkommen hinüber, der arme Junge.«

Ich lächelte. »Das überrascht mich nicht. Er hat also nicht gelacht?«

»Nein. Wenn überhaupt, war er beeindruckt.«

»Angeber, musst du gleich übertreiben?«, zog ich ihn auf. »Aber ich hatte wie immer recht. Du hast dich wegen nichts und wieder nichts aufgeregt.«

»Pass auf, was du hier als nichts bezeichnest«, konterte er gut gelaunt. »So redet man nicht über die Ausstattung eines Adonis.«

»Jetzt reicht's. Über diese Art von Ausstattung will keine kleine Schwester nachdenken.« Ich nickte zu vier quadratischen Umschlägen auf dem Couchtisch hin. »Wo du gerade hier bist und nichts und niemand dich momentan ablenkt, sieh mal, was heute ankam, während du noch im Bett geschnarcht hast. Vorabexemplare für all jene, die sich als Model verdingt haben.«

»Die Kalender! Hast du schon reingeschaut?«

»Nein. Ich habe auf dich gewartet, damit wir gemeinsam vor Entsetzen losschreien können.«

»Wieso vier?«

»Je einer für mich, dich, Cameron und Stewart. Jasmine hat gefragt, ob wir seinen rüberbringen könnten.«

»Na dann mal los, mach auf.«

Gequält verzog ich das Gesicht. »Ich glaube, das überlasse ich dir – am liebsten möchte ich mich gar nicht sehen.«

»Dann hole ich erst mal Cam. Für das erste Modelfoto lohnt es sich schließlich aufzustehen.«

Zehn Minuten später waren beide zurück, Händchen haltend, Cameron in einem alten Bademantel von Tom und mit verwuscheltem Haar, was ihn wie einen kleinen Jungen aussehen ließ. Wie süß, dachte ich unwillkürlich.

»Morgen, Lana«, sagte Cameron und fügte verlegen hinzu: »Ich hoffe, es stört dich nicht, dass ich hier übernachtet habe.«

»Sei nicht albern. Du weißt, dass du bei uns immer willkommen bist.«

Ich rutschte auf dem Sofa zur Seite, um ihnen Platz zu machen. Kaum hatte er sich gesetzt, sprang Flash auf seinen Schoß und wollte ihm das Gesicht ablecken.

»Du hast einen neuen Freund gefunden«, erklärte ich lachend. »Bestimmt merkt er, dass du tierlieb bist. Flash riecht genau, von wem er sich verwöhnen lassen kann.«

»Dann ist er bei mir an der richtigen Stelle.« Cameron knuddelte und kraulte den Welpen, der daraufhin heftig mit dem Schwanz wedelte. »Ich werde ihn total verhätscheln.«

»Hast du ein Haustier?«

»Nein, meine Mutter findet Tiere in der Wohnung unhygienisch. Meine Schwester und ich haben unsere halbe Kindheit vergeblich gebettelt, es uns zu erlauben. Das Einzige, was wir bekamen, war eine verfluchte Stabheuschrecke. Larry.«

Tom kam hinzu und legte besitzergreifend den Arm um Cameron. »Muss ich Angst haben, dass du mich lediglich wegen meines Hundes magst?«, scherzte er.

»Wer weiß, er ist wirklich ein niedlicher kleiner Kerl«, erwiderte Cameron grinsend und gab Tom einen Kuss. »Doch zu deiner Beruhigung: Du bist auch nicht schlecht.«

So ein verliebtes Gesülze konnte einem ganz schön auf den Senkel gehen, vor allem wenn man selbst in dieser Hinsicht gerade zu kurz kam. Also unterbrach ich die beiden Turteltauben.

»Ihr könnt später weitermachen, aber erst mal wird der Kalender angeschaut«, befahl ich und drückte Tom einen Umschlag in die Hand. »Du machst ihn auf.«

Mein Bruder seufzte und riss den Umschlag auf, zerrte den Kalender heraus und gab ihn mir. »Ist es sehr schlimm?«, erkundigte er sich, während er sich theatralisch die Hand vor die Augen hielt.

»Kommt darauf an, wie du Harper Brady im Adamskostüm findest«, sagte ich.

Auf dem Deckblatt schoben Harper und Stewart

jeweils ein Rad über eine Kopfsteinpflasterstraße, die Jasmine in das Foto montiert hatte, fast als wollten sie für ein Nudistencamp Reklame machen. Beide waren splitternackt bis auf Stewarts Helm und Harpers Armeemütze – eine Anspielung auf seine Rolle eines Soldaten mit PTB – und verbargen ihre besten Stücke hinter einer am Rad montierten Trinkflasche. Trotzdem blieb kaum etwas der Fantasie überlassen.

»Mir scheint, von *geschmackvoll mit einem Anflug nackter Haut* ist nicht gerade viel geblieben«, kommentierte Cameron mit unverhohlenem Sarkasmus die Aufnahme.

»Das kommt davon, wenn man Deano das Kommando überlässt.« Ich riss Tom den Kalender aus der Hand. »Ernsthaft, Jungs, seht euch das an. Das ist ja wohl unnatürlich bis zum Gehtnichtmehr, oder?«

»Was?«, fragte Cameron.

»Na, diese übertriebenen Sixpacks. Ich finde das gruselig.«

»Und trotzdem kannst du den Blick nicht abwenden«, stellte Tom fest.

»Okay, ich gebe es zu. Seid ihr jetzt zufrieden?«

Er nahm mir den Kalender wieder weg und reichte ihn Cameron. »Du kannst Stewart später im stillen Kämmerlein weiter anstarren, aber erst mal wollen wir über den großen Rest lachen.«

Cameron schlug aufs Geratewohl ein Blatt auf, wagte einen Blick und schaute uns entsetzt an. »O Gott, Yolanda.«

»Schlimmer als wir dachten?«, freute ich mich.

»Nein. Sagen wir mal so, wer Jasmine in Photoshop unterrichtet, hat einiges zu erklären. Seht selbst.«

Als er den Kalender hochhielt, fiel Tom und mir der Unterkiefer herunter.

»Kaum zu glauben, was man heute mit dem Computer machen kann«, murmelte ich. Das Foto erinnerte mich an diesen Kleinkunstabend, an dem Yo-yo am Ende ihrer Vorstellung im Glitzertütü von der Decke des Gemeindesaals hing und *Niemand liebt eine Fee, wenn sie vierzig ist* sang.

Allerdings fehlte das Kostüm, die nicht mehr ganz taufrische Fee präsentierte sich so, dass nicht allzu viel der Fantasie überlassen blieb. Jasmine hatte sie in eine knallrosa Fantasyumgebung kopiert, umgeben von Flamingos, Regenbögen, blühenden Kirschbäumen und – warum immer – einem Einhorn.

Yolanda selbst sah, so ungern ich das zugeben mochte, ungeachtet ihres Alters toll aus mit ihren Feenflügeln und der Tiara im Haar. Auf einem glitzernden rosa Rad sitzend, zeigte sie kess eine Pobacke sowie ein großzügiges Stück Busen und zwinkerte dem Betrachter vieldeutig über die Schulter zu.

»Sexy, das muss der Neid ihr lassen«, stellte ich widerwillig fest. »Nicht vielen ist es in ihrem Alter vergönnt, noch so auszusehen. Bewundernswert.«

»O Gott, es reicht, bitte«, stöhnte Cameron. »Wer kommt als Nächstes?«

»Sparen wir uns unsere Porträts bis zuletzt auf«, meinte Tom. »Wenn wir die anderen gesehen haben, finden wir uns selbst vielleicht ganz toll.«

»Einverstanden«, stimmte ich lachend zu. »Sucht nach Roger, der sollte fürs Ablästern ein geeigneter Kandidat sein.«

Wir wurden nicht enttäuscht.

Toms Augen wurden bei seinem Anblick groß wie Wagenräder. »Seit wann haben Einräder so eine lange Stange?«

Roger hatte die grüne Perücke auf dem Kopf, die Harper Brady als Tarnung gedient hatte. Unter seiner Schminke wirkte er so ernst und autoritär wie bei den Vereinssitzungen. Jasmine hatte ihn in ein Zirkuszelt kopiert, in dem ihm ein Löwe neugierig auf das Hinterteil blickte. Darunter stand: »*Zeig uns deine rote Nase, Rodge!*«

»Also, ich glaube, die Musikproben werden nie wieder so sein wie früher«, warf ich ein.

»Genauso wenig wie ein Besuch im Zirkus«, witzelte Cameron.

»Du kannst bloß hoffen, dass er nie seinen Dirigentenstab vergisst.« Toms Kommentar fiel recht drastisch aus. »Weiß der Himmel, was er sonst zum Dirigieren hervorzaubert.«

Nach wie vor vermochte ich nicht zu glauben, was ich da sah. »Roger Collingwood, standhaftes Mitglied unserer Gemeinde. Wer hätte das gedacht?«

Cameron schüttelte sich. »Standhaftes Mitglied, weiß Gott. Mir brennen bereits die Augen, und mir wird ganz übel.«

»Okay, weiter im Text«, mischte sich Tom ein. »Wie wär's mit einem Blick auf den Dezember?«

»Wer war noch mal für Dezember dran?«

»Als würdest du das nicht genau wissen«, beschied mich mein Bruder und stupste seinen Lover an. »Lana steht nämlich auf Stewart McLean.«

»Ja, ist mir nicht entgangen«, grinste Cameron. »Ich wüsste niemanden, der das inzwischen nicht geschnallt hätte.«

»Gar nicht wahr«, protestierte ich um des Protestes willen. »Ich bin mir ja nicht einmal sicher, ob ich ihn überhaupt mag.«

»Jedenfalls stehst du auf ihn.«

»Tue ich nicht. Klappe, sonst nehme ich dir meinen Hund weg.«

Tom spähte in den Kalender. »Also willst du das Dezemberblatt nicht anschauen.«

»So oder so, ist mir egal«, tat ich gelangweilt, obwohl ich vor Neugier fast platzte.

»Sein Hintern ist darauf zu sehen.«

Seufzend knickte ich ein und streckte die Hand aus. »Gib her.«

Man konnte eine Menge von seinem Hinterteil sehen. Im Grunde konnte man überhaupt eine Menge von ihm sehen. Deano hatte ihn in die Hocke gehen lassen, als müsste er im Schnee einen Reifen aufpumpen, mit angewinkeltem Knie, das das Wesentliche verdeckte, alles andere jedoch frei ließ. Gebannt starrte ich auf seine festen Pobacken, malte mir aus, wie die Muskeln beim Radfahren verführerisch unter der straffen Haut spielten …

Das Bild hatte durchaus Klasse, Deanos Untertitelung hingegen nicht, die war eher voll daneben. »*Glücklich, wer so pumpen kann*«, las ich und verdrehte die Augen.

Grundgütiger!

»Dürfen wir aus deinem Sabbern schließen, dass dieses Blabla, du würdest nicht auf Stewart stehen, reiner Bullshit ist?«, kam Tom recht derb zur Sache.

»Ich sabbere nicht.«

»Tu nicht so. Wenn wir nicht hier wären, würdest du die Seite ablecken.«

»Na schön, wenn ihr das so seht, dann bin ich offenbar genetisch darauf programmiert, pralle Jäger-Sammler-Hintern anzugaffen. So ist das eben mit der Evolution.«

Cameron nickte betrübt. »Wirklich traurig. Die arme, frustrierte Lana.«

»So. Kein Kuschelwelpe mehr für dich.« Ich griff nach Flash und zerrte ihn auf meine Knie. »O Gott, war das eine Wohltat, morgens mit nur einem Armleuchter konfrontiert zu werden, denn verarschen kann ich mich allein.«

»Und was willst du wegen deiner genetischen Schwäche für Stewart unternehmen?«, frotzelte Tom.

»Weiß ich nicht. Sie ignorieren, bis sie sich gelegt hat, nehme ich an.«

»Klappt bisher ja super.« Er riss mir den Kalender aus der Hand. »Gib mal her. Ich weiß, wie wir dich kurieren können.« Er blätterte weiter, bis er Gerry und Sue gefunden hatte, die sich gemeinsam hatten fotografieren lassen, und hielt mir das Blatt vor Augen. »Hier.«

»Würg.«

»Wahrhaftig würg«, bestätigte er und beugte sich vor, um das Bild eingehender zu betrachten.

Es war eine Gartenszene hinter Deanos aus Pflanzen gebasteltem Rad. Gerry zeigte seine haarige Brust und beäugte mit unverhohlenem Abscheu seine Heckenschere, während Sue, die Arme vor dem ausladenden Busen verschränkt, ihn missbilligend fixierte. Ich vermochte nicht zu sagen, ob das Foto gestellt war oder ob Deano einfach abgewartet hatte, bis sie zu streiten begonnen hatten. Ihr Rekord für einen friedlichen Wortwechsel stand derzeit auf knapp zwei Minuten.

»Wenigstens hat er nicht *höchste Zeit, den Busch zu stutzen* dazugeschrieben«, meinte Tom.

Cameron betrachtete das Bild mit zusammengekniffenen Augen. »Ich bin mir allerdings nicht sicher, ob *Veronika, der Spargel wächst* wirklich viel subtiler ist.«

»Sue kann von Glück reden, dass Harper nicht bei ihrer Aufnahme reinmarschiert kam«, sagte ich. »Wenn er diese Dinger zu Gesicht bekommen hätte, hätte Gerry ihn mit der Heckenschere wegjagen müssen.«

Cameron zog die Brauen hoch. »Wieso, ist er etwa in deine Aufnahme geplatzt?«

»Kein weiteres Wort, ich will nicht mehr daran denken. Er steht auf große Titten und folglich auf meine, so viel zu diesem Thema.«

»In drei Teufels Namen, wie viele Männer hat deine Schwester eigentlich am Start?«

»Keine Ahnung. Aber durchaus denkbar, dass sie

irgendwann Yo-yo Konkurrenz macht.« Tom grinste boshaft. »Komm schon, Cam, zeig ihr den Juli.«

Verbittert drückte ich Flash an mich. »Warum hackt eigentlich jeder auf mir rum?«

»Um dein Ego in seine Schranken zu weisen.« Tom spähte über Camerons Schulter, um mein Bild zu betrachten. »Moment mal. Hast du nicht eigentlich hinter diesem grünen Fahrrad gestanden?«

»Ja. Wieso?«

»Na ja, es ist weg.«

»Weg? Wie kann es weg sein? Her mit dem Kalender«, herrschte ich ihn an und blickte kurz darauf auf das Kalenderblatt für Juli.

Das üppige Pflanzenrad war verschwunden und durch ein Miniaturhochrad ersetzt worden. Photoshop hatte es möglich gemacht.

»Passt gut zu deinen hübschen Hupen, Lana«, urteilte Cameron, wobei nicht klar zu hören war, ob er es ernst meinte oder mich auf den Arm nehmen wollte.

Ich betrachtete das Bild genauer. Mit leicht erstaunter Miene stand ich auf einer Straße, umgeben von Spaziergängern in viktorianischer Kleidung, die wenig schockiert über die Nackte in ihrer Mitte zu sein schienen, was meinem Gefühl nach nicht zum Zeitkolorit passte. Was hatte sich Deano bloß dabei gedacht?

Noch etwas anderes fiel mir auf. »Das hinter den Speichen können unmöglich meine Beine sein, die waren nämlich von dem wuchernden Grün des Fahrrads verdeckt. Jasmine hat mir ungefragt neue Beine anmontiert«, empörte ich mich.

»Sehr hübsche Beine sogar.«

Hatte Cameron geglaubt, mich dadurch besänftigen zu können, so wurde er bitter enttäuscht, weil ich jetzt erst recht aus der Haut fuhr.

»Was soll daran hübsch sein? Seht euch die dürren Stecken an. Die würden unter dem Gewicht meiner Möpse glatt einknicken.«

»Hab dich nicht so«, mischte Tom sich ein. »Du tust ja gerade, als würden deine Beine das persönlich übel nehmen, du komische Heilige. Wahrscheinlich hatte Jaz einfach das Gefühl, dass sie Deanos kunstvoll gebundenes Rad nicht zweimal verwenden konnte.«

»Wie auch immer, ich werde ihr den Kopf waschen«, schnappte ich. »Meine Beine auszuwechseln, nachdem ich sie extra rasiert hatte.«

Die Jungs grinsten und ließen mich eine Weile stumm schmollen, bevor sie mit der Fotoschau weitermachten. Tom suchte Deano heraus. Im Gegensatz zu allen anderen war er ohne ein Fahrradmotiv abgelichtet. Stattdessen war er umgeben von unbehauenen Eichentischen mit schweren Kerzenständern und Kelchen und lehnte an Sir Galahad, als wären die beiden alte Saufkumpane – mit dem Unterschied, dass der eine in seiner Rüstung unsichtbar blieb, während der andere beinahe alles zeigte, was er hatte. Sein einziges Kleidungsstück war seine Kochmütze, und als Feigenblatt diente ihm eine Bratpfanne.

»Ob das seine Lieblingspfanne ist?«, spekulierte Tom und verzog bei dem Gedanken, dass sein nächstes Steak darin gebraten würde, angewidert das Gesicht.

»Katie? Nein. Solche Niederungen würde er ihr eher nicht zumuten.«

Tom betrachtete das Foto genauer. »Ich vermute, das wurde nicht mit Photoshop bearbeitet, er und Jaz haben das hier vor Ort aufgenommen.«

»Dieser Deano, er ist echt raffinierter, als man gemeinhin denkt. Klammheimlich hat er Schleichwerbung für unser Restaurant in den Kalender eingebaut. Trotzdem muss ich ein ernstes Wort mit dem Personal reden und ihnen verklickern, dass während der Arbeit die Hosen nicht runtergelassen werden«, fügte ich scherzhaft hinzu.

Tom nahm es mal wieder wörtlich und ging gleich in Verteidigungsstellung. »Hey, es war lediglich das eine Mal, okay?«

»Gibt es da etwas, das mich zumindest peripher betrifft?«, erkundigte Cameron sich vorsichtig.

»Na ja, ich war besorgt, dass du mich nicht mögen könntest, nachdem du mich nackt gesehen hast, und deshalb habe ich Deano vorab einen kritischen Blick auf meinen Schwanz werfen lassen.«

Wider Erwarten ließ Cameron weder Abscheu noch Belustigung erkennen, nein, er schmolz beinahe dahin.

»Ich schätze, das ist irgendwie gleichermaßen süß wie schräg«, meinte er gerührt und bekam zum Dank von Tom einen fetten Kuss.

»Nimm das.«

»Sehr nett. Noch netter wär's jedoch, wenn das von einem Frühstück begleitet würde.«

»O Gott, so anspruchsvoll?« Tom seufzte. »Na schön.

Ich mache Eier mit Würstchen, sobald wir den Kalender durchgesehen haben.«

»Ich weiß nicht recht, ob mir noch nach Frühstück ist«, gestand ich, den Blick unverändert auf den entblößten Deano gerichtet. »Ich habe heute Morgen zu viele liebe Bekannte und Freunde splitternackt gesehen, als dass ich noch Appetit hätte. Und Würstchen mit Eiern kommen schon gar nicht infrage.«

Tom grinste. »Möchtest du vielleicht einen letzten Blick auf den pumpenden Mr. Dezember werfen, um den schalen Nachgeschmack zu vertreiben?«

»Nein. Ich will einen Blick auf deinen Cameron werfen«, erklärte ich und blätterte schnell weiter, bevor er mir den Kalender wegnehmen konnte. »Und dann bist du an der Reihe, mein lieber Freund und Kupferstecher.«

Die Jungs waren beide gut weggekommen. Helm und Pumpe verbargen, was niemanden einen Dreck anging. Der einzige Makel war Toms Gesichtsfarbe. Er glühte derart, dass er wie ein nackter, rothäutiger Superschurke aussah, doch abgesehen davon …

Ich musterte sie strafend. »Wie viel musstet ihr Deano für diese Sonderbehandlung zahlen?«

»Nimm's einfach hin, ich war immer sein besonderer Liebling.«

»Okay, belassen wir es dabei – sofern du dich in die Küche trollst und dich ums Frühstück kümmerst. Ich bringe derweilen Stewart seinen Kalender.«

»Pass auf, dass du ihn nicht versehentlich bespringst«, rief Tom mir nach, woraufhin ich ihm kurz und ergreifend den berühmten Mittelfinger zeigte.

Als ich bei *McLean's Machines* läutete, machte niemand auf.

Es war bereits nach zehn, sodass Stewart eigentlich nicht mehr im Bett liegen konnte. Ich probierte es noch mal. Als erneut niemand öffnete, zog ich mein Handy heraus.

»Bist du da?«, fragte ich, als er sich meldete. »Ich habe deinen Kalender dabei.«

»Ja, entschuldige, ich stand gerade unter der Dusche. Komm rauf, ich drücke den Türöffner.«

Warum um Himmels willen war ich so nervös, fragte ich mich, als ich die Treppe zu Stewarts Wohnung hochstieg. Seit Toms ironischem Kommentar hatte ich bei dem Gedanken, allein mit Stewart zu sein, Schmetterlinge im Bauch, die sich schwer in Schach halten ließen. Stewart stand im Bademantel im Wohnzimmer und rubbelte mit einem Handtuch seine Haare trocken.

»Guten Morgen, Supergirl.«

Es war ein moderner, offener Wohnbereich. Geschmackvoll. Mit vielen stimmungsvollen Landschaftsgemälden. Ich konzentrierte mich auf Details der Einrichtung, aber klammheimlich schweiften meine Blicke immer mal wieder zu Stewarts athletischen Beinen.

»Hübsche Wohnung«, erklärte ich leicht gehemmt.

»Danke«, erwiderte er. »Vermisst du nicht ein paar Wildschweinköpfe und dergleichen?«, scherzte er. »Willst du was trinken?«

»Gerne, einen Kaffee, wenn du einen hast.«

Ich setzte mich an den Küchentisch, während Stewart Tassen auf die Arbeitsplatte stellte und Instantkaffee hineinlöffelte.

»Wie lief Toms Date mit Cameron«, erkundigte er sich.

»Gut, denke ich, sie haben sich gesucht und gefunden und tun jetzt schrecklich verliebt. Ist teilweise ganz schön nervig.«

»Das freut mich, sie passen zueinander. Zucker?«

»Nur Milch, danke.«

»Kann es sein, dass dein Bruder eher schüchtern ist, wenn es um Beziehungen geht.«

»Ja, könnte man so sagen. Leider scheine ich die große Klappe für uns beide geerbt zu haben.«

»Ist mir schon aufgefallen.« Er reichte mir einen dampfenden Becher und setzte sich neben mich. »Alles in Ordnung mit dir, Lana?«

»Natürlich. Was sollte denn sein?«

»Du zappelst ständig mit dem einen Fuß.« Er deutete auf meine übereinandergeschlagenen Beine. »Meine Mutter tut das ebenfalls, wenn sie nervös ist.«

»Wieso sollte ich nervös sein?«, tat ich total cool.

Die Wahrheit jedoch sah anders aus. Irgendwas hatte dieser Stewart McLean an sich, das mich zum Wahnsinn trieb – na schön, das war vielleicht übertrieben, aber er brachte mich zumindest gewaltig aus dem Konzept.

Als Stewart mich eindringlich musterte, räumte ich schließlich ein: »Du hast recht, ich bin ein bisschen nervös wegen des Kalenders. Nicht alle zeigen sich so selbstverständlich nackt wie du.«

Na super, Lana. Lenk das Gespräch auf seinen nackten Körper, das hilft bestimmt …

»Du glaubst also, mir würde das absolut nichts ausmachen?«

»Jedenfalls ist es dir bestimmt nicht so unangenehm wie mir.« Mein Blick flog über ihn hinweg. »Du könntest nackt Trampolin springen, ohne dass es peinlich wäre, weil sich bei dir nichts bewegt. Ich hingegen sähe aus wie ein Wackelpudding.«

Volltreffer. O Gott, was hatte ich da gesagt, schoss es mir durch den Kopf, kaum dass die Worte draußen waren.

Stewart grinste anzüglich. »Manches bewegt sich sehr wohl.« Sein Blick wanderte an meinem Körper abwärts. »Weißt du, es ist ja nicht so, dass ich es genieße, angestarrt zu werden«, sagte er. »Man gewöhnt sich einfach daran, vielleicht weil die engen Trikots mehr zeigen als verhüllen. Wenn eine Fernsehkamera auf deinen Allerwertesten gerichtet ist, könntest du genauso gut nackt sein.«

Toll, jetzt hatte ich ein weiteres Bild neben der nackten Trampolinhüpferei und der Pumpaktion im Kopf. Gott, ich musste hier weg.

»Okay, ich sollte mich langsam wieder auf den Weg machen«, erklärte ich hastig, stellte meinen noch vollen Becher auf den Tisch und stand auf.

»Du hast deinen Kaffee ja kaum angerührt.«

»Entschuldige, ist mir ein bisschen zu stark. Außerdem muss ich so einiges erledigen, bevor wir öffnen.«

»Hey, bleib noch eine Minute.« Er legte eine Hand

auf meinen Unterarm. »Ich wollte dir längst mal sagen, dass du wirklich einen großartigen Job machst. Obwohl dich der Tod deines Vaters nach wie vor belastet.«

Verlegen schlug ich die Augen nieder. »Ehrlich gesagt hilft es sogar. Du hast weniger Zeit zum Grübeln, wenn du dich auf etwas konzentrieren musst.«

Er stand auf und legte die Hände auf meine Schultern. »Weißt du, dein Vater wäre irre stolz auf dich, auf deinen Mut und deine Power.«

»Ich weiß nicht so recht, zumindest wegen der Fotoaktion würde er eher toben. Dennoch danke für das Kompliment, Stewart.«

»Sag Stew zu mir«, bat er, und ehe ich wusste, wie mir geschah, hatte er einen Kuss auf meine Wange gedrückt. Ganz sanft, eine leise Berührung seiner Lippen. »Der ist für dich, Lana Donati. Und selbst wenn es dir nicht viel bedeutet, ich finde dein Kalenderfoto wunderschön. Sogar mit den falschen Beinen.«

Verwundert sah ich ihn an. »Woher weißt du?«

»Yolanda schneite vor zwanzig Minuten bei mir herein, um mir stolz ihr Bild als geflügelte Maifee mit Flamingos zu zeigen.«

Ich nickte bloß, war dankbar, dass er sich nicht weiter über mein Foto ausließ. Mein Gesicht brannte inzwischen, die Röte schien sich von dem Fleck auszubreiten, an dem seine Lippen meine Wangen berührt hatten. Mit einem gemurmelten Abschiedsgruß schwebte ich wie in Trance zurück nach Hause.

Kapitel 21

Im Laufe des nächsten Monats kamen die Vorbereitungen für unsere große Spendenaktion so richtig in Schwung, obwohl wir gleichzeitig alles für den Besuch der Tourismuskommision vorbereiten mussten.

So nahmen unsere Pläne für das große Kettenrasseln – eine herbstliche Halloweenfeier in gruseligem Radfahrambiente – langsam Gestalt an.

Roger organisierte ein Konzert mit Hits aus alten Bühnenshows im Gemeindesaal, die Damen aus dem Feinschmeckerclub veranstalteten Brunchs und Cocktails, als hinge ihr Leben davon ab, und sogar der Quizabend der Morrismen war gut besucht, wenngleich die Herren darauf bestanden hatten, außerplanmäßig einen Tanz mit Langschwertern aufzuführen.

Unser Enthusiasmus schien ansteckend zu wirken. Die Schule, der Kindergarten, die Pfadfinder, der Wanderverein, der Pub, die Kirchen – praktisch jede Institution, jede Gruppe und jedes Geschäft im Ort stellten etwas auf die Beine, um Geld aufzutreiben. Bis Ende August hatten wir unsere fünfundzwanzigtausend fast zur Hälfte beisammen. Ich konnte nicht ohne Grinsen an der überdimensionalen Geldsammelsäule vor dem Gemeindesaal vorbeigehen.

Zu meiner großen Freude einerseits und meinem ebenso großen Leidwesen andererseits verkauften sich die Kalender hervorragend. Inzwischen hatten wir zweimal nachgedruckt, und vermutlich würde es nicht die letzte Auflage sein, denn jeder Laden im Ort hatte sie auf der Theke liegen, und Cameron bastelte gerade an einer Webseite, damit wir sie auch online verkaufen konnten.

Wie es aussah, gab es vor allem zwei Gruppen von Käufern: weibliche Harper-Brady-Fans, die sich ihr Idol in seiner ganzen Pracht in die Küche hängen wollten, und dann das Lager der Spanner und Voyeure, die aus perverser Neugier etwa Roger Collingwood als nackten Clown auf dem Einrad sehen wollten.

»Wir können alle kaum den nächsten Juli erwarten, Lana«, sagte Billy ganz ernsthaft, als ich und Tom eines Abends im *Fox* vorbeischauten.

»Wieso Juli?«

Er nahm seinen Kalender von der Wand hinter der Bar. »Damit wir dich alle bewundern können.«

Ich stöhnte. »O Gott, muss das sein?«

»Machst du Witze, Mädel? Mit dem Radrennen im Ort und deinen Glocken als Blickfang könnte das mein umsatzträchtigster Monat überhaupt werden.«

»Scheiße!«, zischte ich Tom zu, als wir unsere Getränke bezahlt hatten und auf dem Weg zu einem freien Tisch waren. »Die Tour ist im Juli!«

»Und?«

»Das Dorf wird rammelvoll sein, falls wir den Zuschlag für einen Streckenabschnitt kriegen.«

»Ist doch super.«

»Ach ja, schalte mal dein Hirn ein. Soll ich es etwa toll finden, wenn in jedem Laden, im Bed & Breakfast, im Pub und was weiß ich wo sonst mein Nacktfoto mit der Unterschrift *Hübsche Hupen* hängt?«

»Könnte passieren! Zum Totlachen.«

»Ist es überhaupt nicht! Die Presse wird da sein. Stell dir vor, ein Zeitungsfritze kommt auf die Idee, vielleicht einen satirischen Artikel über uns zu schreiben, nicht auszudenken.« Ich schüttelte den Kopf. »Wer hat mich überhaupt für den Juli vorgeschlagen? War das nicht Yo-yo? Jedenfalls traue ich ihr diese Gemeinheit zu.«

»Quatsch«, widersprach Tom. »Wenn sie nur den Hauch einer Chance gewittert hätte, mit ihren Titten ins Fernsehen zu kommen, würde sie den Juli für sich selbst reklamiert haben.«

Ich nickte. Wo er recht hatte, hatte er recht.

Wir setzten uns an einen frei gewordenen Tisch und schoben die leeren Gläser der vorigen Gäste sowie eine *Yorkshire Post* beiseite.

»Eigentlich ist es passend, dass du das Pin-up für den Tourmonat wirst«, fügte Tom hinzu. »Schließlich war das alles deine Idee.«

»Ja. Die dämlichste, die ich je hatte.«

»Vergiss es, du liebst es. Streite es erst gar nicht ab«, ermahnte er mich.

»Na ja, Spaß macht es schon, sich für etwas einzusetzen«, gab ich zu. »Zumal wenn es sich um eine gute

Sache handelt. Ich verstehe jetzt, wieso Dad sich in alles Mögliche reingehängt hat.«

»Übrigens scheint die zuständige Behörde mit der Sicherheitsüberprüfung Ernst zu machen. Als Cam und ich heute Nachmittag Flash ausgeführt haben, war auf dem Viadukt ein ganzer Trupp in reflektierenden Westen unterwegs.«

»Hoffentlich schrecken sie die Fledermäuse nicht auf«, spottete ich. »Die lieben Tierchen können ihnen schließlich ins Herz blicken, wie du weißt.«

»Wir haben übrigens länger nichts mehr von dieser Sienna gehört, die wir Miss Edge nennen müssen.«

»Verdächtig lange.« Ich nickte zu der *Yorkshire Post* hin. »Gib mal her. Lass sehen, was sich in der Welt außerhalb von Egglethwaite abspielt.«

In gespielter Verwunderung riss Tom die Augen auf. »Es gibt ernstlich eine Welt außerhalb von Egglethwaite? Warum hat mir das nie jemand gesagt?«

»Ach, weil sie nicht weiter interessant ist. Das Bier ist dort draußen zu teuer.« Ich begann in der Zeitung zu blättern. »Hier stehen ein paar Neuigkeiten über die Tour. Einer der ersten britischen Träger des Gelben Trikots hat einem Jugendradclub in Mirfield einen Haufen Geld für die Nachwuchsförderung gespendet.«

Ich deutete auf das Foto eines alten Mannes mit gütigem Gesicht, der von Kindern auf Fahrrädern umringt war.

Tom nahm einen Schluck Bier. »Ich wünschte, er wäre von hier, dann würde er vielleicht was für den Viadukt spenden.«

»Weiß Gott. Dass unser hiesiger Millionär dafür seinen schwer ererbten Treuhandfonds anzapft, steht leider nicht zu erwarten, oder?«

»Hast du ihn deswegen mal angerufen? Vielleicht lässt sich eine Spende aus ihm rausvögeln.«

Ich simulierte ein würgendes Geräusch. »So verzweifelt kann ich gar nicht sein, da heirate ich eher Deano«, sagte ich und blätterte weiter in der Zeitung.

Plötzlich schoss Toms Hand vor. »Geh noch mal zurück. Ich habe da eben was aus dem Augenwinkel gesehen, das uns betreffen könnte.«

Da war es. Unser Viadukt: ein riesiges Foto über die gesamte Doppelseite. Und in luftiger Höhe wuselte in Neongelb ameisengleich der Prüftrupp herum, während Sienna Edge mit ein paar Gesinnungsgenossen unten am Brückenbogen stand. Alle trugen T-Shirts mit der Aufschrift *Rettet die Mopsfledermaus* und zeigten mit dem Daumen nach unten. Über dem Foto stand in fetten Lettern: *Tierschützer halten Viaduktöffnung für Geisterfahrerprojekt.* Daneben war eine traurige und widerwärtig niedliche Babyfledermaus abgebildet.

»*Cazzo!* Habe ich nicht geahnt, dass diese blöde Tusse was im Schild führt«, schimpfte ich und überflog den Artikel. »Hör dir an, was sie sagt, Tommy. *Die Befürworter einer Wiedereröffnung des Viadukts für den Grand Départ agieren mit typisch menschlicher Kaltblütigkeit gegenüber der Mopsfledermauskolonie, die im Viadukt eine Heimat gefunden hat. Sie stellen ihre Gier und ihr Eigeninteresse über die Bedürfnisse dieser schutzbedürftigen Kreaturen.* Und dann wird diese militante Tierschützerin zu allem Überfluss noch persönlich. *Ich habe diese Leute aufgesucht, allesamt Besitzer von florierenden Unternehmen …* Florierende Unternehmen, mein Gott. Schön wär's. Und danach geht sie auf Stew los. *Einer von ihnen, Stewart McLean, Besitzer eines Fahrradgeschäfts, der meiner Kenntnis nach begrenzten Erfolg als Radrennprofi hatte, darf insbesondere beträchtliche Gewinnsteigerungen erwarten, falls der Plan, den Viadukt als Radweg zu eröffnen, Erfolg hat. Und während die Initiatoren des Projekts mit widerwärtigen und unwürdigen Methoden wie einem Nacktkalender um Spenden werben, werden die Mopsfledermäuse, sollten sie aus ihrem Heim entfernt werden, höchstwahrscheinlich an einem Schock zugrunde gehen.*«

»Die hat vielleicht Nerven, die Wahrheit so zu verdrehen«, brummte Tom unwirsch vor sich hin. »Immerhin sollen die Fledermäuse ja nicht vertrieben, sondern umgesiedelt werden.«

»*Gier und Eigeninteresse*«, grollte ich. »Für wen zum Teufel hält sie sich?«

»Und was unternehmen wir jetzt?«

»Wir müssen wohl oder übel reagieren, denke ich. Vor allem, da der Zuschuss bislang nicht genehmigt wurde. Der Rat des Gemeindeverbunds reagiert empfindlich auf negative Publicity, weil das schlecht für die nächste Wahl ist, und das könnte unseren Antrag gefährden.«

»Falls wir an die Zeitung schreiben, entwickelt sich das zu einer Schlammschlacht«, gab Tom zu bedenken. »Erst antwortet sie und zwingt uns zu einer Erwiderung, dann sind wieder wir am Zug, das kann eine Endlosschleife werden. Bestimmt werden sie sich als

Gutmenschen zu profilieren versuchen, wodurch wir in ein schlechtes Licht geraten und damit in die Defensive gedrängt werden. Das bringt uns fledermausmäßig nicht weiter, oder?«

»Sie wollte einen Kampf. Also kämpfen wir«, beschloss ich nach kurzem Überlegen. »Ich schreibe eine Erwiderung, in der wir unsere Sicht darlegen. Lediglich dieses eine Mal, auf weitere Debatten lassen wir uns nicht ein. Und dann müssen wir diese Mopsgeschichte auf humane Weise klären.«

»Und wie?«

»Indem wir uns an eine höhere Macht wenden.«

»Seit wann bist du eine Traumtänzerin? Gebete werden uns kaum helfen. Sofern es da oben überhaupt jemanden gibt, dann muss er sich um wichtigere Dinge kümmern als um einen Fledermausstreit.«

Ich grinste. »Der Herr hilft denen, die sich selbst helfen, sagt Sue immer. Außerdem meinte ich eine höhere Instanz, da habe ich mich falsch ausgedrückt. Wir schreiben an Harold Fitch.«

»An wen?«

Tadelnd schüttelte ich den Kopf. »Interessierst du dich kein bisschen für Politik? Er ist seit drei Jahren unser Abgeordneter im Unterhaus.«

»Ach so. Doch, das wusste ich.«

»Auf der Ebene der Gemeindeverwaltung wird nichts passieren, die Ratsversammlung fürchtet sich vor der öffentlichen Meinung, aber wenn wir Fitch auf unsere Seite ziehen können, wird Sienna Edge keinen Fuß mehr auf den Boden bekommen.«

Kapitel 22

Eines Abends kam ich von Gerrys und Sues Farm nach Hause und sah Stewart vor seinem Geschäft stehen, wo er den schwarzen Anstrich der Ladenfront ausbesserte. Seine Miene war mindestens so schwarz wie die Farbe auf der Rolle.

»Musst du etwa jetzt bereits renovieren?«, rief ich ihm erstaunt zu.

»Das habe ich allein dieser miesen, verlogenen Tierschützerin zu verdanken.« Er nickte zu roten Klecksen und einer Schriftzeile hin, die er wütend mit der Farbrolle bearbeitete. »Wie nett von ihr, mich in der Zeitung namentlich zu erwähnen. Irgendein Arsch hat gestern Farbe an die Ladenfront gespritzt und darüber gepinselt: *Rettet die Mopsfledermaus.* Sieh dir das an.«

»Hast du Anzeige erstattet?«

»Ja, darum konnte ich erst mit dem Streichen anfangen, nachdem die Polizei und die Versicherungsleute alles fotografiert hatten.« Er blickte finster auf seine verunzierte Ladenfront. »Wahrscheinlich sollte die rote Farbe das Blut symbolisieren, das wegen des Mordes an unschuldigen Fledermäusen an den Händen von uns gewissenlosen Großkapitalisten klebt.«

»Vollidioten sind das!«

»Genau meine Meinung. Sei froh, dass sie nicht euer Lokal ins Visier genommen haben.«

»O Gott, das hätte uns noch gefehlt. Wäre nicht gerade umsatzfördernd gewesen.«

»Wenn man hingegen dieser Miss Edge glaubt, können wir uns das locker leisten.«

Er drehte sich zu mir um. »Jedenfalls müssen wir diese Fledermaussache in den Griff kriegen, Lana. So was darf nicht noch mal passieren.«

»Ich weiß, uns läuft die Zeit davon. Letzte Woche habe ich an Harold Fitch geschrieben und unseren Fall geschildert. Und heute schreibe ich an die Zeitung und fordere sie auf, Batwomans Behauptungen richtigzustellen.«

»Kann ich dir irgendwie helfen?«

»Gerne. Ich muss noch eine Petition zur Unterstützung unseres Viaduktprojekts aufsetzen, da wäre ich für Hilfe dankbar. Es ist wichtig, den Holzköpfen in Bradford zu demonstrieren, dass die Öffentlichkeit auf unserer Seite steht.«

»Und inwiefern bringt uns das weiter?«

»Öffentliche Unterstützung ist gleich Wählerstimmen. Die leben doch in der ständigen Angst, bei den nächsten Kommunalwahlen ihren Posten zu verlieren. *Capisci?*«

»Du versetzt mich immer wieder ins Staunen, wie weit du über den eigenen Tellerrand schaust, junge Frau.«

Ich lachte. »In diesem Sinne, wir sehen uns später.«

Sobald ich die Wohnung betrat, kam Flash sofort angeschossen und warf sich zur Begrüßung gegen meine Beine. Offenbar wollte er nicht begreifen, dass er kein Hundebaby mehr war, denn er benahm sich unverändert wie die kleine, flauschige Rakete, die er gewesen war, als Gerry ihn vor sieben Monaten zu uns brachte. Ich bückte mich und nahm ihn mit aufs Sofa, um dort eine Erwiderung auf Sienna Edges Artikel zu verfassen.

Es ging mir flott von der Hand, und nach etwa zehn Minuten war meine Richtigstellung fertig:

> In Ihrer Donnerstagsausgabe wurde ein Gespräch mit Miss Sienna Edge abgedruckt, in dem es um die Pläne für die Öffnung des Viadukts von Egglethwaite für die Allgemeinheit ging. Dabei äußerte Miss Edge große Bedenken wegen einer dort lebenden Kolonie der seltenen Mopsfledermäuse. Als Sprecherin der Bürgerinitiative für die Wiedereröffnung möchte ich festhalten, dass der Rat des zuständigen Gemeindeverbunds uns zugesichert hat, die Fledermäuse schonend umsiedeln zu können, womit eine Zukunft für die Kolonie sowie für den Viadukt gewährleistet wäre.

Ja, das klang gut. Was noch? Ich dachte an Dad und merkte, wie ich zornig wurde.

> Überdies wirft Miss Edge unserer Gruppe Eigeninteresse vor. Es stimmt, unter uns sind mehrere

Geschäftsleute, allerdings ausnahmslos Inhaber kleiner Geschäfte, die teilweise um ihre Existenz kämpfen, und keineswegs, wie besagte Dame unterstellt, Besitzer florierender Unternehmen, doch wir verfolgen unser Anliegen hauptsächlich als Bürger unserer Gemeinde. Mein verstorbener Vater Filippo Donati hatte eine Vision. Er glaubte, dass der Viadukt zum Wohl der Allgemeinheit geöffnet werden sollte, als Teil eines Wanderwegs. Und wir wollen vollenden, was er selbst nicht mehr vorantreiben konnte.

Wir haben den größten Respekt vor Miss Edge und ihren Mitstreitern und wollen auf keinen Fall, dass Tiere durch unsere Pläne Grausamkeiten ausgesetzt sind. Wir stehen einem Dialog mit der Initiative zum Schutz der Fledermäuse aufgeschlossen gegenüber und hoffen, dass dabei eine für alle akzeptable Lösung gefunden werden kann. Aber natürlich werden wir für unser Vorhaben kämpfen, das wir für sehr wichtig für unsere strukturschwache kleine Gemeinde halten.

Hochachtungsvoll

Lana Donati

Kaum war ich fertig, klingelte mein Handy.

»Hi Lana. Andy Chen hier.«

»Lassen Sie mich raten. Gute und schlechte Neuigkeiten, habe ich recht?«

Dies war sein dritter Anruf, und bisher hatte er das Gespräch immer mit den gleichen Worten eröffnet.

»Sie kennen mich inzwischen sehr gut«, erwiderte er lachend. »Keine Angst, es sind keine schlechten Neuigkeiten. Ich rufe wegen Ihres Antrags an.«

Trotz dieser Entwarnung begann mein Herz panisch zu klopfen. »Der Rat hat ihn hoffentlich nicht abgewiesen?«

»Nein, er wird lediglich zurückgestellt, bis geprüft wurde, ob Sie wirklich alle Kriterien für einen Zuschuss erfüllen. Machen Sie sich deswegen keine Sorgen. Bei einer solchen Summe sind die Lokalpolitiker einfach vorsichtig, bevor ihnen das um die Ohren gehauen wird.«

»Und was sind die guten Neuigkeiten?«, fragte ich.

»Die Arbeiter haben die Sicherheitsüberprüfung abgeschlossen.«

»Ach ja. Richtig.« Ich runzelte die Stirn. »Und inwiefern ist das eine gute Neuigkeit?«

»Hören Sie, ich sollte Ihnen das eigentlich nicht verraten, solange das offizielle Gutachten nicht vorliegt: Anscheinend hat sich seit der Kontrolle des Viadukts 2001 nichts geändert. Die Statik ist einwandfrei. Sicherheitstechnisch geht es lediglich darum, die Gleise herauszureißen und stattdessen irgendeinen Belag aufzutragen. Das sind alles keine Probleme.«

»Wirklich?« Ich hätte fast ein Triumphgeheul angestimmt. »Ich könnte Sie umarmen, Andy.«

Er lachte. »Dann werden Sie mich gleich küssen wollen.«

»Wieso, kommt noch mehr?«

»O ja.« Er senkte die Stimme. »Versprechen Sie mir

bei allem, was Ihnen heilig ist, dass Sie vorerst darüber Stillschweigen bewahren?«

»Nicht mal meinem Bruder darf ich es erzählen?«

»Na ja, ihm schon, vielleicht auch einem anderen Mitglied Ihres Komitees, wenn es sich um eine absolut zuverlässige, verschwiegene Personen handelt. Allein unter dieser Bedingung.«

»Versprochen. Also, ich höre.«

»Sie haben an Harold Fitch geschrieben?«

»Ja«, räumte ich ein wenig schuldbewusst ein. »Ich wollte Sie nicht übergehen oder so, wusste mir aber keinen Rat mehr, wie ich die Sache vorantreiben könnte.«

»Kein Problem, ehrlich. Jedenfalls hat er sich bei uns gemeldet und wollte Genaueres erfahren. Weil dieser Plan die Wählerschaft wegen der anfallenden Kosten polarisieren könnte …«

»Und weiter, Andy?«, drängte ich.

»Ich habe ihn überzeugt, einen kompetenten Biologen oder Zoologen als Gutachter zu bestellen. Es ist zu früh, um Endgültiges zu sagen, doch es kann durchaus sein, dass es dort gar keine Mopsfledermäuse mehr gibt. Der Experte hält es für möglich, dass sie seit der letzten Begutachtung ausgestorben oder abgewandert sind.«

»Sie machen Witze!«

»Nein. Er muss noch alle Fotos auswerten und einen offiziellen Bericht erstellen, aber wie es aussieht, dürfte sich das Problem von selbst erledigt haben. Behalten Sie das bitte vorerst für sich, okay? Tun Sie so, als hätte dieses Gespräch nie stattgefunden.«

»Danke, Andy. So langsam rücken Sie an die Spitze meiner persönlichen Beliebtheitsskala.«

»Da muss ich mich wohl geschmeichelt fühlen«, meinte er lachend. »Ach ja, nettes Kalenderfoto übrigens«, fügte er hinzu, bevor er auflegte.

Shit! Unser Kalender zog ganz schön weite Kreise. Bald würde ich mich in der näheren und weiteren Umgebung nicht mehr sehen lassen können, ohne rot zu werden.

Egal, nicht einmal dieser Gedanke vermochte mir im Moment die Laune zu vermiesen. Unser größtes Problem, vor wenigen Minuten noch scheinbar unlösbar, hatte sich offenbar in Luft aufgelöst! Keine Sienna Edge mehr, keine ekelhaften Zeitungsartikel mehr, keine Schmierereien mehr. Ich hatte das Gefühl, gleich platzen zu müssen, wenn ich diese wunderbare Nachricht nicht mit jemandem teilen konnte.

Beschwingt tanzte ich nach unten, wo Jasmine am Empfang stand.

»Wo ist Tom?«

»Cameron kam nach der Arbeit vorbei, und dein Bruder ist kurz mit ihm weg.«

Eigentlich blieb jetzt nur einer, dem ich diese Neuigkeit anvertrauen mochte. Stewart. Ihn hielt ich für zuverlässig, und er war am meisten involviert in unsere Querelen mit den Tierschützern und unsere Bittgänge bei den Behörden.

Als ich beim Fahrradladen ankam, stand die Haustür offen.

Da das Geschäft noch immer geschlossen war,

joggte ich mit langen Schritten die Treppe hinauf und hämmerte gegen seine Wohnungstür.

»Stew! Rate mal, wer Neuigkeiten hat!«

Eine Minute später machte er mir auf, nach wie vor im Bademantel und mit einem Tumbler in der Hand, in dem etwas süßlich und alkoholisch Riechendes schwappte.

»Etwa Lana Donati?«

»Genau«, strahlte ich ihn an. »Ich habe eben mit Andy gesprochen. Du darfst es keinem erzählen …« Ich brach ab, weil ich plötzlich einen definitiv femininen Duft wahrnahm, der unmöglich sein Aftershave sein konnte. »Entschuldige, du hast anscheinend Besuch?«

»Wer ist es denn, Stewpot?«, ertönte eine Stimme aus dem Wohnzimmer.

»Es ist Lana«, antwortete Stewart laut. »Offenbar gibt es Neuigkeiten.«

Meine Augen wurden groß wie Untertassen, als hinter ihm Yolanda mit einem zweiten Tumbler in der Hand erschien. Sie war in den kleinen Kimono gehüllt, den sie bei den Kalenderaufnahmen getragen hatte, und ihr rosa Haar wurde von einem Handtuchturban bedeckt.

»Hallo, Schätzchen«, begrüßte sie mich mit einem leicht herablassenden Lächeln. »Wir trinken gerade ein kleines Glas nach dem Duschen. Möchtest du auch was?«

»Äh, nein«, murmelte ich und wich einen Schritt zurück. »Tut mir leid, wenn ich störe. Ich wusste ja nicht, dass ihr … Nun, ich hatte Stewart etwas mitzuteilen.«

»Dann komm rein und erzähl es uns beiden«, flötete sie und schwenkte ihren Tumbler in Richtung von Stewarts Wohnzimmer. »Bestimmt findet sich irgendwo ein drittes Glas, oder?«

»Sicher.« Leicht verlegen sah er mir in die Augen. »Wenn du möchtest, Lana.«

»Nein, ihr seid offensichtlich beschäftigt. Außerdem beginnt in einer Stunde meine Schicht. Ich sollte lieber wieder gehen.«

»Und was ist mit den Neuigkeiten?«

»Ach ja. Die Neuigkeiten.« Ich warf einen skeptischen Blick zu Yolanda hinüber. »Ehrlich gesagt, habe ich das wohl überstürzt. Im Moment ist es nämlich noch streng geheim, weißt du.«

»Du kannst uns jetzt nicht einfach so stehen lassen, Schätzchen«, kicherte Yolanda. »Die Spannung wird uns umbringen.«

»Ich bin überzeugt, ihr findet etwas, womit ihr euch ablenken könnt«, murmelte ich und stürmte die Treppe hinunter.

Im Wohnzimmer saß Tom zusammengekuschelt mit Flash vor dem Fernseher.

»Alles okay mit Stew?«, fragte er und schaltete den Fernseher aus. »Ich habe deinen Brief gelesen, du hattest die Seite noch nicht abgespeichert. Super formuliert. Das wird Sienna Edge und ihre Gang hoffentlich auf den Boden der Tatsachen herabholen, wie?«

»Genau. Die Sienna-Gang und ihre Edge.«

Total konsterniert musterte er mich. »Was ist mit dir,

du steht ja völlig neben der Kappe.« Er wedelte mit der Hand vor meinen Augen herum. »Willst du vielleicht was trinken, Zombieface?«

Ich schüttelte den Kopf, um die hartnäckigen Nebelschwaden zu vertreiben. »Ein Kaffee wäre gut.«

Nach wenigen Sekunden war er zurück, in der Hand einen dampfenden Becher. Weil ich nach wie vor apathisch dasaß, drückte er ihn mir in die Hände und schloss meine Finger darum.

»Tom?«, machte ich endlich den Mund auf.

»Was?«

»Ich glaube, ich habe gerade Stewart McLean und Yolanda Sommerville bei einem postkoitalen Cocktail überrascht.«

»Wie bitte? Sei nicht albern!«

»Doch, sie ist bei ihm. Und sie trinken etwas, das verdächtig nach Holunderblütengin riecht.«

»Das heißt nicht zwangsläufig, dass sie zusammen in der Kiste waren, oder?«

»Sie war im Kimono, er im Bademantel. Und wenn ich mich nicht völlig täusche, sah es aus, als hatte er kaum etwas darunter.«

Tom zögerte. »Okay, das erscheint in der Tat ziemlich suspekt«, meinte er nach einer Minute. »Ausgerechnet Yo-yo! Sie ist doppelt so alt wie er. Und ich kann mir nicht vorstellen, dass es Stew an Angeboten mangelt.«

»Alles gut und schön, aber sie ist verfügbar, zu jeder Tages- und Nachtzeit sozusagen«, wandte ich ein. »Und so ungern ich es zugebe, Yo-yo ist eine verdammt attraktive Frau. Und eine erfahrene dazu. Denk an Dustin Hoffman und Anne Bancroft in *Die Reifeprüfung*. So was kommt nicht bloß im Film vor.«

»Mag sein, doch abgesehen von dem Altersunterschied ist sie eine gnadenlose Jägerin und wird ihn bei lebendigem Leib auffressen.«

In diesem Moment stieg unbändiger Zorn in mir auf. »Dieser verfluchte Stewart McLean! Gerade als ich anfing zu glauben, dass er vielleicht gar nicht so übel ist, gerade als ich tatsächlich dachte, ich könnte ihm verzeihen, steigt er mit Yolanda ins Bett.«

»Weiß er, dass du ihn magst?«, fragte Tom.

»Ich mag ihn überhaupt nicht. Ich hasse ihn. Ich *hasse* diesen Typen, kapiert?« Abrupt stellte ich meinen Kaffee ab. »Na schön. Wo ist mein Handy?«

»Äh, Schwesterchen? Was hast du jetzt vor?« Tom klang beunruhigt. »Ruf ihn bitte nicht an oder warte wenigstens, bis du dich beruhigt hast.«

»Nein. Ich rufe Andy Chen an. Höchste Zeit für eine kleine Rache.«

»Mach das nicht, Lana. Erstens ist das primitiv, nicht dein Niveau, und zweitens tust du dir damit keinen Gefallen.«

»Wer sagt das? Andy ist ein netter Typ. Und er hat mit mir geflirtet, das steht fest.«

Allen weiteren Ermahnungen meines Bruders gegenüber taub, zerrte ich mein Handy aus der Tasche und wählte Andys Nummer.

»Hallo?«, meldete sich eine Frauenstimme.

»Hi. Eigentlich wollte ich Andy sprechen.«

»Er ist gerade im Bad. Hier ist Melanie, seine Verlobte. Kann ich ihm etwas ausrichten?«

Damit erübrigte sich eigentlich jedes weitere Gespräch. Um nicht ganz blöd dazustehen, versuchte ich mich wenigstens einigermaßen aus der Affäre zu ziehen.

»Mein Name ist Lana Donati. Ich gehöre einer Bürgerinitiative an. Wir haben vorhin telefoniert, und ich hätte noch eine Rückfrage. Kein Problem, ich rufe ihn später im Büro an.«

»Seine Freundin?«, fragte Tom, nachdem ich aufgelegt hatte.

»Seine Verlobte.«

»Gut. Das wird dich davon abhalten, einen gigantischen Fehler zu begehen.«

»Hmm.« Ich verstummte und grübelte über eine Idee nach, die mir gerade gekommen war. »Tommy, ich werde jetzt etwas tun, was du nicht verstehen wirst und willst. Trotzdem kannst du mich nicht davon abhalten.«

»Was hast du vor, um Himmels willen?«

»Gib mir Harper Bradys Visitenkarte.«

Kapitel 23

Ich verabredete mich mit Harper für den Mittwochabend bei uns im Restaurant, was rein zufällig der Abend war, an dem Stewart inzwischen regelmäßig zu einem frühen Dinner hereinkam. Ebenfalls rein zufällig hatte ich uns den Fenstertisch mit Blick auf *McLean's Machines* reserviert.

Eigentlich hatte Harper ein angesagtes Bistro in York vorgeschlagen, aber ein Rachedate bringt wenig, wenn dich der Mensch, an dem du dich rächen willst, nicht sieht. Also erklärte ich Harper, dass ich lieber zu Hause bleiben wollte, womit er zu meiner Verblüffung sofort einverstanden war. Ich hatte zumindest einen kleineren Wutanfall erwartet.

Ich trug meine schönste Bootcut-Jeans und eine grüne Seidenbluse, die ich bis auf den obersten Knopf geschlossen hatte. Nicht dass Harper beim Anblick meines Dekolletés gleich zu sabbern begann.

Als er auftauchte, hatte ich bereits eine Flasche Pinot auf den Tisch gestellt und mich auf meinen Platz gesetzt. Ich gluckste bei seinem Anblick.

»Kommst du frisch von einer Bananenplantage?«

Er zog den Panamahut tiefer ins Gesicht. »Ich bin

inkognito hier. Du erinnerst dich vielleicht, dass mich irgendein Idiot als Clown verkleidet fotografiert hat, als ich das letzte Mal in diesem Kaff war, und dieses Foto an alle Zeitungen verkauft wurde. Ich habe keinen Bock, dass jetzt ein Foto folgt, das mich bei einem Date mit einer Bedienung zeigt. Dazu in einer recht obskuren Kneipe.«

»Durch und durch charmant, diese Äußerung«, sagte ich spitz.

»Ach, sei nicht eingeschnappt.« Er setzte sich mir gegenüber. »Ich will damit nur sagen, dass das Schlagzeilen machen würde. Es ist nicht so, als wäre es mir peinlich, mit dir gesehen zu werden oder so.«

»Wow, vielen Dank.«

»Jedenfalls großartig von dir, dass du angerufen hast.« Er grinste. »War mir klar, dass du irgendwann zur Vernunft kommen würdest.«

»Na ja. Du hattest irgendwie recht, sonst säßen wir jetzt nicht hier. Zu einem Date. Einem richtigen Date.«

Ich sah zum Empfangspult. Von Stewart war nichts zu sehen.

»Wie wär's, wenn du deinen Stuhl näher heranschiebst, damit wir es uns ein bisschen gemütlicher machen können, Babe?«

»Wie wär's, wenn du diesen albernen Hut endlich absetzen würdest?«

Er lächelte. »Sehr schön, zeig's mir. Ich liebe das. Niemand außer dir beleidigt mich.«

Seine Augen klebten fest auf meinem Busen, sodass er nicht sah, wie ich angewidert den Mund verzog.

In diesem Augenblick hörte ich Toms Stimme. »Nein, sie arbeitet heute Abend nicht«, sagte er. »Der übliche Tisch?«

»Ach nein?« Stewart klang überrascht. »Wie kommt's?«

»Sie hat ein Date«, erwiderte Tom. »Da drüben mit deinem Cousin.«

Erst erstarrte ich, dann setzte ich eigens für Harper einen besonders verführerischen und besonders schmachtenden Blick auf.

»Erzähl mir mal, was ein Megastar wie du den ganzen Tag so treibt«, schnurrte ich und versuchte ihn abzulenken, denn verschwommen registrierte ich, dass Stewart auf uns zukam.

»Ach, immer das Gleiche.« Harper wedelte wegwerfend mit der Hand. »Ich drehe gerade diesen Spielfilm, in dem wir Elefanten retten oder so einen Mist. Der Regisseur lag mir den ganzen Tag in den Ohren, dass ... Stew, welch eine Überraschung, was treibst du denn hier?«

Stewart verdrehte die Augen. »Ich wohne gleich gegenüber, Kumpel.«

»Hey, richtig, hatte ich ganz vergessen.« Er nickte zu mir hin. »Erinnerst du dich an Lana?«

»Was soll das jetzt? Wir waren alle zusammen bei dem Fotoshooting, schon vergessen?«

»Das waren wir«, sagte er und glotzte auf meine Brust, als würden dadurch Erinnerungen wach. »Genau. Das war dein Ding, richtig?«

»Herrgott«, stöhnte Stewart. »Du bist echt der Abschuss. Wie wärst, wenn du mal versuchen würdest, die

Welt außerhalb deines Egos nicht total aus dem Blick zu verlieren und nicht alles auf dich zu beziehen.«

Harper grinste mich an. »Siehst du? Er beleidigt mich genau wie du. Bei dir lasse ich es zu, weil es mich scharfmacht, und bei ihm, weil er zur Familie gehört.«

Endlich wandte sich Stewart mir zu, war eindeutig verlegen. »Hi, Lana, du hast gerade ein Date, wie ich sehe. Mit einem Typen, der wie Harper aussieht und aus irgendeinem Grund einen Tropenhut trägt.«

»Er ist inkognito hier«, erklärte ich reserviert und schoss meinen kältesten Eisesblick auf Stewart ab. »Wie geht es Yolanda?«

»Keine Ahnung, ganz gut, schätze ich.«

»Verzeihung, wer zum Teufel ist Yolanda?«, mischte sich Harper ein.

»Die Frau, deren Kimono du geborgt hattest.«

»O Gott, die«, stieß Harper entsetzt hervor. »Sie ist hoffentlich nicht hier, oder?«

Stewart grinste. »Nein, keine Sorge, ist sie nicht.« Er sah erneut mich an. »Na gut, dann mache ich mich wieder vom Acker. Eigentlich bin ich sowieso nur vorbeigekommen, um dir zu sagen, dass ich heute Abend nicht bei euch essen werde. Yo-yo kocht was für mich.«

»Wie schön für dich«, grummelte ich.

»Verzeihung?«

»Nichts.«

»Und du«, sagte Stewart zu Harper und piekte ihn energisch zwischen die Schulterblätter, »versuch dich wie ein Gentleman zu benehmen. Lana ist anders als die Mädchen, mit denen du sonst ausgehst.«

»Das weiß ich, sie ist viel gemeiner.« Harper schickte ein Lächeln in meine Richtung, das er wohl für einnehmend hielt. »Und genau deswegen wollte ich mit ihr ausgehen.«

»Falls du später einen Platz zum Schlafen brauchst, wenn du nicht mehr nüchtern bist, kann ich dir das Gästezimmer herrichten.«

»Nein danke. Ich übernachte bei Lana.«

»*Was?*«, brach es aus mir heraus.

Harper zuckte mit den Achseln.

»Deshalb wolltest du schließlich hier essen, oder? Ich weiß, wann meine Dienste gefragt sind, Schätzchen.«

»Du wirst verflucht noch mal nicht …« Ich verstummte und sah zu Stewart auf und änderte meine Taktik. Wenn er sich von Yolanda bekochen ließ … »Ich meine, wir werden ja sehen, wie es läuft. Okay …, Mäuseschwanz?«, rang ich mir ab und produzierte ein unechtes Lächeln, das wie angetackert wirkte.

»Aha.« Harper zwinkerte mir zu. »Ich soll nicht glauben, dass du leicht zu haben bist. Keine Sorge. Dann sehen wir eben, ›wie es läuft‹.«

Er malte tatsächlich Anführungszeichen in die Luft. War er so blöd, oder tat er bloß so. Jedenfalls war er eine Spezies für sich.

»Sorry, mir war nicht klar, dass ihr bereits Arrangements getroffen habt«, sagte Stewart. »Also in dem Sinne noch einen schönen Abend, Leute. Ach, Lana: Deine Bluse steht offen.«

Ich sah nach unten und schloss hastig den Knopf,

der aufgesprungen war und den größten Teil meines Ausschnitts freigelegt hatte.

»Du hättest verdammt noch mal was sagen können«, fauchte ich Harper an, sobald Stewart abgezogen war.

Er grinste: »Soll ich mir etwa den Anblick verderben?«

Es wurde ein ätzender Abend, denn Harper schwafelte ständig von sich. Gerade ließ er sich über die Ungerechtigkeit bei der Verleihung diverser Awards aus.

»Bernice, meine Agentin, glaubt, dass bei diesen großen Filmpreisen immer gekungelt wird, nicht umsonst hat man mich bisher übergangen – es ist überall das Gleiche, überall zählt vor allem das richtige Netzwerk, angefangen mit der richtigen Eliteschule.«

Vergeblich wartete Harper auf Zustimmung.

»Mhm«, machte ich, das Kinn auf die Faust gestützt. Wenn ich etwas gelernt hatte im Verlauf dieser Stunde, in der Harper mich zugetextet hatte, dann das eine: dass sein Ego keinesfalls mehr als ein »Mhm« als Reaktion brauchte.

»Aber ich habe das Gefühl, dass das nächste Jahr mein Jahr werden könnte«, hörte ich ihn weiterquasseln. »Bernice wird ein paar Drinks ausgeben, in ein paar Ärsche kriechen, ausloten, was sie noch tun kann …« Er brach ab, als Tom an unseren Tisch trat. »Noch eine Flasche, Alter«, sagte er ungefragt.

»Ehrlich gesagt, müsste ich mal kurz mit meiner Schwester sprechen«, erwiderte Tom.

Harper stutzte, während Tom aufgeregt auf mich einzureden begann.

»Es geht um Jaz. Ich kann sie nirgendwo finden. Sie wollte kurz aufs Klo und ist seither verschwunden. Deb hat auf der Damentoilette nachgesehen, da ist sie nicht. Tut mir leid, ich weiß, dass du heute Abend frei hast, doch ohne sie wird es echt eng. Kannst du einspringen?«

»Na klar«, stieß ich hervor, und hoffte, dass Harper mir meine Erleichterung nicht zu deutlich anmerkte. »Ein Notfall, tut mir echt leid, dass wir unsere Unterhaltung vertagen müssen.«

»Kommst du wieder, wenn das Mädchen aufgetaucht ist?«, erkundigte er sich und warf Tom einen verärgerten Blick zu.

»Ich fürchte, das wird nichts mehr. Bis ich hier fertig werde, bin ich bestimmt zu müde für einen Schlummertrunk, Harper. Und für alles andere erst recht. Vielleicht ein andermal.«

»Na schön.« Harper erhob sich. »Ich ruf dich an, Babe, okay?«

Ich verzog das Gesicht. »Bitte nenn mich nicht Babe. Bei dieser Anrede fühle ich mich wie ein sprechendes Schwein.«

»Du bist echt witzig!« Er lachte gekünstelt. »Also, danke für den Abend, Lana.«

Und ehe ich wusste, wie mir geschah, hatte er sich über den Tisch gebeugt und einen nassen Kuss auf meine Lippen gepflanzt.

Empört stieß ich ihn weg. »Bevor du das nächste Mal

einen derartigen Überfall startest, warn mich wenigstens vor!«

Er schnalzte überheblich mit der Zunge. »Du solltest dich glücklich schätzen. Weißt du, wie viele Frauen jede Nacht von so etwas träumen?«

»Verblüffenderweise nein.«

»Viele, lass dir das gesagt sein. Bernice zählt die Briefe, in denen sexuelle Fantasien mit mir beschrieben werden.«

»Nicht ernstlich, oder?«, stöhnte ich. »Bitte sag mir, dass das ein Witz war.«

»Vielleicht, vielleicht auch nicht«, antwortete er zwinkernd. »Mach's gut, Babe – äh, Süße. Wir sehen uns.«

Er warf mir einen letzten Luftkuss zu und schlenderte, den albernen Panamahut nach wie vor im Genick, zum Ausgang. Als er weg war, drehte ich mich um und sah Tom mit großen Augen an.

»Harper Brady wollte mir gerade einen Zungenkuss reindrücken.«

»Ja, habe ich gesehen. Meinen herzlichen Glückwunsch.« Er schnappte sich meine Hand und schüttelte sie. »Damit bist du offiziell eine der am meisten beneideten Frauen im Land. Wie fühlt sich das an?«

»Ich kann dir sagen, wie es schmeckt. Nach gebratenem Fisch mit Knoblauch. Er hatte die Forelle mit Kräuterkruste.« Ich kippte den letzten Wein hinunter, um den Harper-Geschmack aus meinem Mund zu spülen. »Na gut, dann ziehe ich mal mein Kostüm an.«

»Nicht nötig. Jaz war heute Abend für die Küche eingeteilt. Es reicht, wenn du dir eine Schürze umhängst.«

Ich sah ihn stirnrunzelnd an. »Also war sie mit Deano zusammen, richtig?«

»Ja, wieso?«

»Es sieht ihr gar nicht ähnlich, einfach zu verschwinden, ohne einem von uns Bescheid zu sagen.«

»Ich habe versucht, sie anzurufen. Sie geht nicht ans Handy.«

»Hmm. Na schön, lass es mich versuchen. Du gehst zurück an den Empfang, da warten neue Gäste.«

Noch auf dem Weg zur Küche wählte ich Jasmines Kontakt auf meinem Handy. Es läutete dreimal, viermal, keine Antwort. Dann, als ich an den Toiletten vorbeikam, hörte ich ein leises Geräusch. War das nicht *One Direction*, Jasmines Klingelton? Aber angeblich hatte Debbie auf der Toilette nachgesehen.

Mein Blick fiel auf die kleine Putzkammer. Hier also. Leise zog ich die Tür auf und schob mich durch den Spalt, tastete nach dem Lichtschalter. Unter einem Regalbrett voller Bleiche und antibakteriellem Spray saß schluchzend Jasmine, die Knie fest umklammert.

»Wie hast du mich gefunden, Chefin?«

»Die erste Regel beim Verstecken, Jaz: Immer das Handy stumm stellen. Schwer für ein junges Mädchen, ich weiß.« Ich setzte mich neben sie und legte den Arm um ihre Schultern. »Willst du darüber reden, Kleines?«

»Nein.«

»Schwindlerin.«

Sie vergrub den Kopf an meiner Schulter und presste noch ein paar Tränen heraus.

»Hat Deano was gesagt?«, fragte ich vorsichtig.

»Ja. Pass auf, dass der Hammel nicht verkocht, Mädchen, hat er gesagt. Pass auf, dass deine Hände kalt sind, bevor du den Mürbteig knetest, Mädchen. Das ist alles, was er zu mir sagt. Und ich sage ja Chef, nein Chef, drei Tüten, Chef, wie ein blödes blökendes Schaf.« Sie erstickte ein Schluchzen. »Kein Wunder, dass er nur Augen für dich hat.«

»Unsinn, das stimmt nicht. Er hat dich sehr gern.«

»Klar, wie einen niedlichen Hamster oder so. Stehen tut er jedenfalls auf dich.«

Ich schüttelte den Kopf. »Das siehst du falsch.«

»Und ich weiß genau, warum«, sagte sie, als hätte ich nichts gesagt. »Weil du total entspannt und locker bist, wenn du mit ihm redest, so wie ich es gern wäre. Wenn ich mit einem Jungen zusammen bin, den ich gernhabe, dann sage ich immer so unglaublich dämliche Sachen, dass ich im Boden versinken könnte.«

»Bei mir ist das nicht anders«, gestand ich. »Und bei Tom ist es noch schlimmer, und der ist achtundzwanzig. Das geht uns allen so: Das gehört dazu, wenn man jemanden näher kennenlernt.«

»Bei dir und Deano ist das anders«, beharrte sie und schnäuzte sich leise in das Taschentuch, das ich ihr in die Hand gedrückt hatte.

»Richtig. Und weißt du, warum? Weil ich nicht auf Deano stehe. Und er nicht auf mich. Wir sind einfach gute Kumpel.«

»Und warum flirtet ihr dann die ganze Zeit?«

»Das ist nichts als Blödelei, nichts anderes, als wenn du mit einem Kumpel am Tresen stehst.«

»Mit mir blödelt er nie so rum.«

»Weil du jünger bist«, erwiderte ich diplomatisch. »Wahrscheinlich denkt er, das sei unpassend.«

»Ja, ich weiß, was er denkt. Was ihr alle denkt. Ihr denkt, ich bin noch ein Kind, stimmt's?«

»Du bist auch noch ein Kind. Rein rechtlich gesehen zumindest …«

»Ich bin alt genug, um zu wissen, was ich fühle«, brauste sie auf. »Und um mich zu verlieben.«

»Ach, Jaz …«, seufzte ich, »armes Mädchen.«

»Sag jetzt nicht, dass das lediglich eine verliebte Spinnerei ist«, giftete sie mich plötzlich an. »Ältere Menschen glauben immer, sie wüssten alles besser.«

»Das behauptet niemand, Süße.« Ich ließ mich von einem mütterlichen Urinstinkt leiten und strich ihr übers Haar. »Deano findet einfach, dass du zu jung für ihn bist, und, ganz ehrlich, damit hat er recht.«

»Nein, hat er nicht. Mein Stiefvater ist sechs Jahre älter als meine Mum, und sie sind seit Jahren verheiratet.«

»Und wie alt war deine Mum, als sie sich kennengelernt haben?«

»Siebenundzwanzig.«

»Siehst du, da hast du es. Siebenundzwanzig und dreiunddreißig sind was ganz anderes als siebzehn und vierundzwanzig. In den nächsten Jahren wird sich dir eine neue Welt eröffnen. Später spielen sieben Jahre keine so große Rolle mehr.«

Sie richtete sich halb auf. »Ich bin total reif für mein Alter, das sagen alle, und hatte haufenweise Beziehungen. Eine lief, ich weiß nicht, volle sechs Monate.«

Ich verkniff mir ein Lächeln. »Und was wurde aus ihm?«

Sie schniefte. »Er wollte, dass wir Freundschaftsringe tragen, aber ich habe gesagt, das ist zu früh. Man ist schließlich nur einmal jung.«

»Ganz genau.« Ich drückte sie aufmunternd. »Und was genau hat das hier ausgelöst?«

»Das da.« Sie wühlte in ihrer Tasche nach einem Blatt Papier. »Die haben mir einen Studienplatz für Design und Fotografie an der Universität East London angeboten.«

»Mein Gott, Jaz! Das ist ja der Wahnsinn! Und das ohne Einschränkungen. Du musst sie mit deinem Portfolio echt beeindruckt haben.«

»Ich habe noch nicht zugesagt.«

»Spinnst du? Natürlich nimmst du an.«

»Das wäre in London, so weit weg von ihm.« Sie kaute auf ihrer Unterlippe herum. »Und als ich es ihm erzählt habe, hat er mir bloß kurz gratuliert, so als würde ich ihm überhaupt nicht fehlen.«

Erneut brachen sich ihre Tränen Bahn.

»Willst du womöglich dein ganzes Leben in diesem Bumsschuppen arbeiten in der Hoffnung, dass Deano dich irgendwann wahrnimmt?«, versuchte ich sie aus der Reserve zu locken.

»Eines Tages wird er jemanden kennenlernen – es sei denn, er bleibt seiner Bratpfanne treu –, und dann tut es erst richtig weh. Hau ab, solange du noch frei und ungebunden bist.«

»Wieso bist du mit einem Mal so wütend?«

»Das ist keine Wut, eher Enttäuschung über eine verpasste Gelegenheit.« Ich seufzte vernehmlich, bevor ich fortfuhr. »Hör zu, ich habe das nie jemandem erzählt. Nicht mal meinem Bruder, du musst es also für dich behalten, okay?«

»Versprochen.«

»Kurz bevor Dad krank wurde, hatte ich mich bei mehreren Unis beworben und hätte einen Studienplatz für Kosmologie bekommen. Als dann bei ihm Krebs diagnostiziert wurde, habe ich abgelehnt.«

»Und das bereust du jetzt?«

»Es ist ein zweischneidiges Schwert«, meinte ich schließlich nach längerem Nachdenken. »Ich bereue keine Minute, die ich mit Dad verbracht habe, jede davon war kostbar. Doch ab und zu frage ich mich, wo ich heute stünde, wenn es damals anders gelaufen wäre, verstehst du? Mein Lebenstraum war nicht diese Mittelalterkneipe.«

»Warum gehst du nicht jetzt noch an die Uni?«

»Für mich ist es zu spät«, erklärte ich ihr mit einem traurigen Lächeln. »Ich würde mir albern vorkommen unter lauter Schulabgängern. Außerdem braucht Tom mich. Das hier ist inzwischen mein Leben. Tom, dieses Lokal und das ganze Drum und Dran.«

»Und dieser Promi, den du magst, oder?«

Ich lachte. »Harper Brady? Für diesen Typen würde ich nicht mal einen Bus verpassen.«

»Nicht der«, berichtigte Jasmine mich mit wissendem Lächeln. »Ich meine den berühmten Rennfahrer aus dem Fahrradgeschäft.«

»Ach, der«, wiegelte ich ab, während mir eine Gänsehaut über den Rücken jagte.

»Komm, tu nicht so. Du magst ihn, das sieht jeder.«

»Manchmal, wenn er mich nicht gerade zum Wahnsinn treibt«, gab ich zu, hielt inne und sah Jasmine nachdenklich an. »In deinem Alter, mit siebzehn, da mochte ich jemand ganz anderen, einen Jungen aus meinem Jahrgang. Scott Spen. Kennst du ihn?«

Sie warf mir einen zweifelnden Blick zu. »Ist das etwa dieser Typ, der aussieht wie ein Schaf?«

»Genau. Und wenn ich damals seinetwegen nicht zur Uni gegangen wäre, dann würde ich das bis an mein Lebensende bereuen, das kann ich dir versichern.« Ich tätschelte ihre Schulter. »Mach nicht diesen Fehler, okay?«

»Bei mir ist das was anderes. Ich liebe ihn.«

»Geschenkt, ich habe Scott ebenfalls geliebt. Glaubte ich wenigstens. Aus einem alten Foto und einem alten Stift, den er im Klassenzimmer vergessen hatte, habe ich einen kleinen schafsgesichtigen Schrein für ihn gebastelt, stell dir das vor. So was macht man eben, wenn man mit siebzehn liebt. Das ist absolut natürlich, heißt aber nicht, dass es ewig hält.«

»Bei mir schon«, seufzte Jasmine voller Inbrunst. »Ich werde ihn nie vergessen, Lana. Niemals.«

»Na schön. Dann wirst du ihn beeindrucken müssen. Nimm diesen Studienplatz an und werde die beste Designerin der Welt, dann kann er dich nicht mehr übersehen.«

»Glaubst du wirklich?«

»Er hat dich immerhin für den Kalender empfohlen! Und du hast verdammt gute Arbeit geleistet, das sagen alle.«

Ein flüchtiges Lächeln überzog ihr Gesicht. »Wirklich?«

»Und wenn du fertig mit der Uni bist, mit einundzwanzig, dann ist achtundzwanzig nicht mehr so weit weg, oder?«

Sie wirkte nachdenklich. »Nein, da hast du recht.«

»Und falls Deano dann immer noch keine Augen für dich hat, bleibt dir immer noch Harry Styles. Jetzt komm.« Ich nahm ihre Hand und zog sie auf die Füße. »Du gehst nach Hause und sagst deinen Leuten, dass du den Studienplatz annimmst. Und ich sage Deano, dass dir plötzlich schlecht geworden ist.«

»Danke, Lana.« Sie wischte sich die Augen und drückte die Tür der Putzkammer auf. »Du bist echt die beste Chefin der Welt. Ich hoffe, dass das mit dir und dem Radtypen klargeht.«

»Ehrlich, Jaz, da ist nichts mit mir und …« Ich seufzte. »Vergiss es. Vergiss es einfach.«

Kapitel 24

Das nächste Treffen unseres Komitees war das letzte, bevor die Kommission aus London anrücken würde. Als wir uns im Pub versammelten, waren alle höllisch angespannt.

»Ich wünschte, wir wüssten, worauf sie besonderen Wert legen«, sagte Cameron zum vierten oder fünften Mal.

»Wir können lediglich Vermutungen anstellen«, ergänzte Stewart. »Sachen, die sich gut im Fernsehen machen. Landschaft, Geschichte …«

Gerry leerte sein Bierglas. »Ich für meinen Teil wünschte, wir wüssten, wie weit wir ihnen den Viadukt verkaufen können. Garantieren können wir nicht, dass er bereits für die Tour genutzt werden kann.«

»Wenn ihr mich fragt, sollten wir aufs Ganze gehen«, meinte Stewart. »Ich frage mich, ob wir die Fledermäuse überhaupt erwähnen sollen.«

»Du kannst es tun oder lassen, darüber wissen die ohnehin mit Sicherheit Bescheid, Darling«, erklärte Yolanda in ihrem affektierten Singsang und rückte noch näher an Stewart heran, sodass sie praktisch auf seinem Schoß saß. »Schließlich stand das alles in der

Zeitung, und diese Leute machen ganz bestimmt ihre Hausaufgaben.«

Stewart zuckte mit den Achseln. »Trotzdem würde es vielleicht positiv wirken, wenn wir das Problem ansprechen. Es wirkt irgendwie seriöser. Etwas totzuschweigen macht sich nie gut.«

Tom und ich blieben stumm. Wir warteten nach wie vor ungeduldig auf den Bericht aus Bradford über die Fledermauspopulation im Viadukt und waren übereingekommen, dass wir erst darüber sprechen würden, wenn wir es schwarz auf weiß hatten. Nicht dass sich alle Hoffnungen machten und dann in letzter Sekunde enttäuscht wurden. Und Stewart hatte ich entgegen meinem ursprünglichen Vorsatz nicht informiert, nachdem ich ihn in einer dubiosen Situation mit Yolanda erwischt hatte.

»Na schön«, meinte Gerry. »Ich gehe eine neue Runde holen.«

»Nein, ich bin dran«, widersprach ich. »Noch einmal das Gleiche?«

Alle murmelten zustimmend, und ich zog los zur Bar. Kaum hatte ich unsere Bestellung aufgegeben, als mir jemand auf den Arm tippte. Stewart.

»Ich helfe dir tragen.«

»Nicht nötig. Billy kann mir ein Tablett geben.«

»Na ja, vielleicht hättest du ja gern Gesellschaft.« Er verstummte kurz und schaute zu, wie Billy den Gin Tonic für Yolanda mixte. »Nettes Date gehabt neulich?«

»Schon«, erwiderte ich lahm. »War ziemlich kurz,

weil es Jasmine plötzlich schlecht ging und ich für sie einspringen musste.«

»Jetzt verstehe ich«, lachte Stewart. »Deswegen stand Harper um neun vor meiner Tür und verlangte nach Alkohol und einem offenen Ohr für eine tiefgründige Analyse seiner Aussichten auf einen Award.«

»Du warst da bereits wieder zu Hause?«, versuchte ich möglichst unbeteiligt zu klingen. »Ich dachte, du seist zum Essen bei Yo-yo eingeladen gewesen.«

»Ich bin nicht lang geblieben. Sie wollte ausgehen, darum habe ich meine Shepherd's Pie mit nach Hause genommen.«

»Ach. Ich dachte, ihr wolltet gemeinsam dinieren.«

»Nein, sie kocht einfach gelegentlich für mich. Ich glaube, sie braucht jemanden, um den sie sich kümmern kann.« Er beugte sich vor, damit er mir ins Gesicht sehen konnte. »Habe ich irgendwas getan, das dich ärgert, Lana? Du zeigst mir in letzter Zeit eindeutig die kalte Schulter.«

»Alles okay. Zwischen uns hat sich nichts geändert.«

Er sah mich merkwürdig an, als würde er überlegen, wie er etwas in Worte fassen sollte.

»Hör mal, ist das wegen neulich?«, fragte er nach einer Sekunde.

»Wieso neulich?«

»Bei mir zu Hause. An dem Tag, als die Fassade beschmiert wurde. Ich habe mich gefragt, ob du vielleicht … einen falschen Eindruck bekommen hast. Von mir und Yo-yo.«

Ich zuckte mit den Achseln. »Wieso sollte es mich interessieren, wer bei dir zu Besuch war?«

»Ich möchte auf keinen Fall, dass du womöglich denkst … Dem war nicht so, sie kam vorbei und behauptete, mir beim Streichen helfen zu wollen.«

»Klar. Ihr habt die Dusche gestrichen, richtig?«

»Sei nicht albern, natürlich haben wir die Schmierereien übermalt und uns anschließend die Farbspritzer abgewaschen. Getrennt, möchte ich hinzufügen.«

»Und das soll ich dir glauben?«

Seine Lippen verzogen sich zu einem halben Lächeln.

»Na schön, es wäre eine Lüge, wenn ich behaupten würde, sie hätte es nicht probiert. Mir schwante gleich so was, als sie eine Flasche Gin und einen Bademantel aus der Handtasche zog. Aber mal ehrlich? Du glaubst wohl nicht ernsthaft, dass ich mich auf so was einlassen würde?«

»Warum nicht?« So widersinnig es sein mochte, ich fand seine abfällige Bemerkung gemein, obwohl ich zugleich sauer war, dass sie Stewart so penetrant anbaggerte. »Yo-yo ist immerhin eine sehr gut aussehende Frau.«

»Das ist nichts Persönliches. Sie ist ja wirklich nett, auf ihre Art zumindest, doch sie ist alt genug, um meine Mutter zu sein – und das kapiert sie irgendwie nicht.« Er schauderte demonstrativ. »Sie sieht sogar ein bisschen aus wie sie.«

»Hmm.«

»Hätte es dich gestört, wenn mehr daran gewesen

wäre?«, fragte er in dem gespielt beiläufigen Tonfall, den ich so gut von mir selbst kannte.

»Nein. Wieso denn?«

»Natürlich nicht, du hast ja jetzt Harper.«

»Äh, genau.«

Stewart brauchte nicht zu wissen, dass ich die letzten Tage damit zugebracht hatte, Harpers Anrufe wegzudrücken.

»Er ist stinkreich, geradezu obszön reich«, bemerkte er sarkastisch.

»Wie er immer wieder betont.«

»Und gut aussehend.«

»Das scheinen eine Menge Frauen zu glauben.«

»Hat er dir seinen Preis für den Hintern des Jahres gezeigt?«

Am liebsten hätte ich schallend gelacht, verkniff es mir aber. »Noch nicht. Vielleicht will er sich das für das nächste Mal aufsparen.«

»Jedenfalls Gratulation. Er ist zweifellos ein echter Fang«, erklärte Stewart scheinheilig. »Dabei hatte ich bei dem Fotoshooting eher den Eindruck, dass du kein großer Fan von ihm bist.«

»Man gewöhnt sich an alles.«

»Komm schon.« Er lächelte. »Hören wir auf mit dem Quatsch, Lana. Ich glaube, du weißt, dass ich …«

»Danke dir, Billy«, sagte ich zum Wirt, der eben den letzten Drink auf die Theke stellte. »Perfektes Timing. Schreib's auf unseren Zettel, in Ordnung?«

Ich nahm das Tablett und eilte zurück an unseren Tisch, denn ich brauchte dringend Abstand, um darüber nachzudenken, was Stewart vermutlich hatte sagen wollen.

»Wurde langsam Zeit«, brummte Gerry, als ich die Gläser verteilte, während Stew zurück auf seinen Platz rutschte und mir einen vielsagenden Blick zuwarf, den ich hoheitsvoll ignorierte.

»Worüber habt ihr beiden geredet?«, flüsterte Sue mir zu. »Dein Kopf sieht aus wie ein Radieschen.«

»Darüber sprechen wir später, okay?«, gab ich leise zurück. »Stewart hat mich mal wieder total durcheinandergebracht. Darauf versteht er sich.«

»Schön«, sagte Sue, nachdem wir alle Vorbereitungen für den Besuch der Abordnung vom britischen Tourismusverband abgesprochen hatten. »Entschuldigt Lana und mich für eine Weile, wir haben kurz etwas zu besprechen. Bis wir zurück sind, dürft ihr über uns lästern …«

Auf dem Weg zur Tür funkelte ich sie finster an. »Musstest du mich so mir nichts, dir nichts rausschleppen? Stewart wird sich sein Teil denken, und das ist mir absolut nicht recht.«

»Na und? Soll er ruhig glauben, war er will. Erste Regel: Sorg dafür, dass ein Mann nervös bleibt. Wenn er dir erst in die Karten geschaut hat, ist es vorbei. Dann gibt er sich keine Mühe mehr.«

Sie drückte die Tür mit der Schulter auf, und wir traten hinaus in die Nacht. Es war ein milder Frühherbstabend für unsere Gegend, jedoch wehte eine frische Brise. Die Dales erinnerten einen stets daran, dass es niemals klug war, ohne Jacke ins Freie zu gehen.

»Sue, nimm's mir nicht übel, aber du hörst dich an wie die wiedererwachten Fünfzigerjahre. Sagst du Gerry nie, was du wirklich denkst? Ihr beide seid immerhin seit einer Ewigkeit verheiratet.«

»Wenn ich das getan hätte, säße ich seit einer Ewigkeit ohne ihn da.« Sie schob ihren Arm in meinen, und wir gingen über das Kopfsteinpflaster hügelan. »Also, was ist mit Stewart McLean.«

»Was soll sein?«

»Komm, tu nicht so. Du bist seinetwegen völlig durch den Wind.«

»Okay«, seufzte ich resigniert. »Er verwirrt mich einfach. Irgendwie ist er ein verwirrender Mann, ein nervtötender, verwirrender Mann.«

Sie tätschelte meinen Arm. »Er hat dir schon einmal wehgetan, mein Mädchen. Und solange ich dich unter meinen Fittichen habe, wird er das kein zweites Mal tun.«

»Genau das ist ja so verwirrend«, wandte ich ein. »Jedes Mal, wenn ich bereit bin, die alten Sachen ruhen zu lassen, fällt mir wieder ein, wie tief es mich getroffen hat, als er damals aus meinem Leben verschwunden ist. Und dann denke ich: Soll ich ihn wirklich noch einmal so nah an mich heranlassen?« Ratlos sah ich meine mütterliche Freundin an. »Ich bin so empfindlich im Moment. Weil er mir tatsächlich, was bitte absolut unter uns bleibt, damals ein kleines bisschen das Herz gebrochen hat, wenngleich ich das immer lautstark bestreite.«

»Weiß Stewart davon?«

»Du meinst, ob ich ihm erzählt habe, dass ich nach unserem einzigen Date geflennt habe wie ein Schulmädchen? Natürlich nicht.«

Sue musterte wohlwollend meinen Körper. »Immerhin verlierst du durch den Kummer an Gewicht.«

Für eine so dicke Frau zeigte sie erstaunliches Interesse an meiner Figur, wunderte ich mich einmal mehr.

Offenbar hatte sie meine Gedanken gelesen. »Wenn du in mein Alter kommst, kannst du dir einige Pfund mehr leisten«, fügte sie lächelnd hinzu. »Also, was hat Stewart von sich gegeben, bevor du zum Radieschen wurdest?«

»Eigentlich nichts, ich bin getürmt, bevor er etwas sagen konnte. Schätzungsweise wollte er mir gestehen, dass er mich mag. Glaube ich zumindest.«

»Du hast ihn in letzter Zeit ziemlich oft getroffen, oder?«

Sue hätte eine tolle Therapeutin abgegeben. Sie fand immer die richtigen Stichworte und brachte einen dazu, sich alles von der Seele zu reden, was einen belastete.

Ja, ich hatte ihn oft gesehen. Öfter als mir bewusst war, wenn ich darüber nachdachte. Abgesehen von der letzten Woche, in der ich ihn wegen einer möglichen Affäre mit Yolanda gemieden hatte, waren wir uns fast jeden Tag begegnet: vor seinem Laden, im Pub oder bei uns im Lokal, wenn er zum Essen kam. Manchmal hatte ich ihn sogar angerufen und gefragt, ob er mich beim Gassi gehen mit Flash begleiten wolle. Langsam und unaufhaltsam hatte ich mich daran gewöhnt, dass

Stewart McLean zur Stelle war, wenn ich jemanden brauchte.

»Schon«, räumte ich folglich ein. »Ist ja unvermeidlich, wenn man so nah beieinander wohnt.«

»Und magst du ihn sehr, mein Mädchen?«

»Ich denke oft an ihn, eigentlich ständig.«

»Also bist du dabei, dich in ihn zu verlieben.«

Obwohl sie das ganz sachlich sagte, trafen ihre Worte mich wie ein elektrischer Schlag.

»Nein.« Ich zog die Brauen zusammen. »Das kann und will ich nicht zulassen. Noch nicht.«

»Und warum verbringst du dann so viel Zeit mit ihm?«

»Er bringt mich zum Lachen. Außerdem ist er nett zu mir, wenn ich jemand Nettes brauche, und lustig, wenn ich jemand Lustiges brauche. Ich schätze, letzten Endes ist es so wie …«

»Wie bei deinem Dad?«

»Ja.« Inzwischen sprach ich hauptsächlich mit mir selbst. »Ich fühle mich oft einsam. Und jetzt, wo Tom mit Cameron zusammen ist, sehne ich mich danach, ebenfalls jemanden zu haben.«

»Du bist hoffentlich nicht eifersüchtig auf die Jungs, oder?«

»Auf keinen Fall, nein. Ich freue mich ehrlich für Tom. Trotzdem merke ich dadurch, dass mir etwas fehlt. Es muss wunderbar sein, denke ich oft, so etwas zu erleben. Sich so richtig zu verlieben.«

»Das warst du noch nie, oder? Nicht so bis über beide Ohren verliebt.«

»Wieso denkst du das?«

Sie zuckte mit den Achseln. »Habe es mir zusammengereimt. Du warst noch ein junges Mädel, als dein Dad krank wurde und viel zu früh all diese Verpflichtungen auf dich und Tom zukamen. Da dürftest du kaum an Jungs gedacht haben.«

Ohne dass ich es bemerkt hatte, waren wir vor unserem Haus angekommen. Offensichtlich hatte ich mich wie in Trance von Sue führen lassen. Mit einer Rückkehr in den Pub würde es wohl nichts mehr.

Sue küsste mich auf die Wange. »Verlieb dich nicht nur, weil du einsam bist«, riet sie mir noch. »Verlieb dich, weil er es wert ist.«

»Ich werde es versuchen.«

»Lass dich drücken.« Sie nahm mich in die Arme und presste mich gegen ihren warmen, weichen Körper. »Wirklich eine Schande, im Grunde scheint er ja ein netter Bursche zu sein. Warum musste er mein Mädchen so enttäuschen.« Sie tätschelte meinen Rücken. »Ruf mich oder Gerry an, wenn du dich einsam fühlst, in Ordnung? Je eher du über Stewart McLean wegkommst, desto besser.«

Kapitel 25

Am folgenden Donnerstag erwachte ich mit einem mulmigen Gefühl in der Magengrube.

Ich stieg aus dem Bett und zog die Vorhänge zurück. Draußen war ein ganz gewöhnlicher Spätsommertag angebrochen, wenngleich sonniger als meist zu dieser Jahreszeit. Stewarts Laden auf der anderen Straßenseite sah aus wie immer, abgesehen von der gelbblauen Wimpelleine über dem Schaufenster.

Dennoch war es kein gewöhnlicher Tag, sondern einer, der vielleicht über die Zukunft von Egglethwaite entscheiden konnte, denn heute sollten die Tourismusleute kommen.

Alles war bis auf die Minute durchgeplant, und allen Beteiligten waren detaillierte Zeitpläne ausgehändigt worden.

14 Uhr: Empfang der Kommission am unteren Ortseingang durch Lana, Tom, Gerry, Sue

14:15 Uhr: Führung durch den Ort

15:15 Uhr: Kaffee und Kuchen im Café

16 Uhr: Rest der Führung

17 Uhr: Pagans' Rock

18 Uhr: Büfett im Here be Flagons. Alle betrinken sich.

Dieser Punkt war doppelt unterstrichen. Auf diesen Tagesordnungspunkt freuten wir uns ganz besonders.

»Und du weißt definitiv, was du zu tun hast?«, fragte ich Tom beim Lunch.

Er verdrehte die Augen. »Ja, Lana, wir sind das mindestens fünfzigmal durchgegangen. Ich führe die Abordnung durchs Dorf, erzähle ihnen etwas über die Geschichte und sorge dafür, dass sie sich gut unterhalten. Sag mir bloß noch eines: Muss ich mit irgendeinem von ihnen schlafen?«

»Höchstens wenn es das letzte Mittel ist. Hast du deinen Text für die Führung drauf?«

»Ich kann praktisch den gesamten Inhalt von Roger Collingwoods Buch: *Egglethwaite – eintausend Jahre Langeweile* aus dem Gedächtnis zitieren.«

»Stopp, so heißt es nicht.«

»Nein, so sollte es aber heißen. Dieser Ort mag ja Gemeinschaftsgeist ausstrahlen, ist jedoch sterbenslangweilig.«

»Was wirst du ihnen dann erzählen?«

»Keine Sorge, ich werde es so amüsant verpacken, dass du unser Kaff nicht mehr wiedererkennst«, versprach er grinsend. »Überlass das mal deinem Bruder.«

Unbehaglich sah ich ihn an, dunkle Ahnungen stiegen in mir auf.

»Hauptsache, du kommst denen nicht mit irgendwelchen Zoten. Übertreib's also nicht. Heute kann ich keine bösen Überraschungen gebrauchen.« Ich stand auf. »Okay, dann schaue ich mal nach, wie Deano mit dem Essen vorankommt.«

In der Küche stieg mir ein köstlicher Duft nach gebratenen Schalotten und Kräutern in die Nase.

»Deano, wie geht es …« Ich verstummte, als er sich strahlend zu mir umdrehte. »O Gott, was hast du da an?«

»Geil, oder? Ich hab's online besorgt.«

Er trug ein weißes T-Shirt mit dem legendären Satz: *Aus Yorkshires Hügeln komm ich her – mein Arm hat Saft, mein Glied noch mehr.*

»Warte mal«, sagte ich. »Heißt das nicht eigentlich: *mein Arm hat Kraft, mein Kopf ist leer?*«

»Diese Version hat mir besser gefallen.«

»Warum sitzt das Shirt so eng?«

»Ich habe es in XS gekauft.« Er tätschelte seinen eingezwängten Bauch. »Kann ja nicht schaden, ihnen ebenfalls was fürs Auge zu servieren, oder?«

Ich schüttelte den Kopf. »Nein, Deano. So wirst du nicht vor die Abordnung treten. Du ziehst dich um.«

»Ach ja? Du bist nicht meine Mum.«

»Nein, dafür deine Chefin, was eher schlimmer für dich ist. Tom kann dir ein Hemd leihen.«

»Der dürre Hering?« Er betrachtete seine kleine Wampe. »Ich werde jeden einzelnen Knopf zum Platzen bringen.«

»Unsinn, solch extreme Rettungsringe hast du ja zum Glück nicht. Zieh einfach den Bauch ein bisschen ein«, ermunterte ich ihn und wandte mich den Schüsseln und Platten zu, die überall herumstanden. »Also, was hast du für uns?«

»Alles Mögliche. Wenn wir nach diesem Essen nicht die Tour kriegen, hänge ich meine Schürze an den Nagel.«

Ich griff nach einem Schälchen mit etwas Schwarzem und hielt es mir unter die Nase. »Was ist das, Anchovispaste?«

»Finger weg!« Deano riss mir die Schale aus der Hand und stellte sie ehrerbietig wieder ab. »Das ist Kaviar, du hoffnungslose Ignorantin.«

»Kaviar?« Meine Augen wurden groß. »Deano! Wir haben kein Geld für Kaviar!«

»Keine Angst, ich habe es von einem Kumpel aus dem College, der mir einen Gefallen schuldete.«

Besorgt ließ ich den Blick über die anderen Hors-d'œuvres wandern. Alle sahen sehr untypisch für diese Gegend aus.

»Hast du nichts Richtiges?«

»Was ist los mit dir? Das ist was Richtiges.« Er deutete auf eine Platte: »Schau. Knoblauchbuletten.«

»Ich meine, etwas Regionales.«

»Das ist alles regional. Die Zutaten stammen sämtlich aus dem Bauernladen wie immer.«

»Regional wie nach regionalen Rezepten. Du weißt schon, kleine Yorkshire-Puddings, Rhabarbertörtchen, so was in der Art.«

Seine Miene verdüsterte sich mit jeder Sekunde.

»Natürlich sieht dieses französische Zeug wirklich toll aus«, beschwichtigte ich ihn schnell. »Dennoch wäre es gut, zusätzlich ein paar schlichtere Sachen zu zaubern. Etwas Handfesteres.«

»Auf gar keinen Fall«, weigerte Deano sich. »Das hier hat mich Stunden gekostet.«

»Du darfst auch dein T-Shirt anbehalten, solange du nicht servierst.«

Er verschränkte die Arme. »Nein. Das reicht nicht.«

»Sei lieb, Deano«, bettelte ich in meinem schönsten Schmeichelton. »Das wird eine Herausforderung und könnte die Krönung deines Schaffens sein.«

»Hmm.«

»Du darfst mich einmal abknutschen.«

»Also gut.« Er griff nach seiner Schürze und streifte sie über. »Dann an die Arbeit.«

Die Stirn konzentriert gerunzelt, beträufelte er Pfannen-Katie mit Olivenöl. »Ich brauche mehr Eier«, kommandierte er über die Schulter gewandt. »Ach ja, und Crème double, rote Zwiebeln und eine Flasche Henderson's Relish.«

»Bereits im Anflug.«

»Und bring Rotwein mit!«, rief er mir nach, als ich die Tür aufstieß.

»Gut.« Ich stutzte. »Wozu, für eine Bratensoße?«

»Nein, für mich. Ich habe jetzt schon Durst.«

Als ich nach dem Einkauf aus dem Bauernladen trat, stand Gerry davor, an seinen Land Rover gelehnt und eine Selbstgedrehte in der Hand.

»Hey«, sagte ich. »Holst du was oder bringst du was?«

»Ich bringe was. Sie haben Eier bestellt.« Er nickte zu den Tüten in meiner Hand hin. »Was hast du da?«

»Nachschub für Deano.«

»Also ist alles bereit?«

»Hoffen wir's mal. Schwer einzuschätzen, was die Leute wirklich erwarten, wenn sie hier ankommen.«

»Das sind Londoner, Blümchen. Wahrscheinlich erwarten sie, dass wir Satan lobpreisen und mit unseren Schwestern ins Bett gehen.«

»Du fährst unsere Besucher aber trotz ihrer Sittenlosigkeit zum Pagans' Rock hoch, oder?«

»O ja.« Der Anflug eines Lächelns zuckte über sein Gesicht. »Auf der Farm erwartet sie sogar eine Überraschung.«

»Und was?«

»Eine Überraschung eben. Du wirst es erleben.«

»Ich bin zu nervös, um mit Überraschungen überrascht werden zu wollen, Gerry.« Ich drohte ihm mit dem Finger. »Weiß Sue Bescheid?«

»Es war ihre Idee. Eine ihrer besseren.«

»Hmm.«

»Mach dir keine Sorgen«, sagte er und schlug mir kräftig auf die Schulter. »Es wird ihnen gefallen, Ehrenwort. Wir sehen uns in einer Stunde vor der Methodistenkirche, in Ordnung?«

»Sie verspäten sich«, wisperte ich Tom zu, während wir mit Gerry und Sue vor dem Kirchengebäude warteten. »Die ruinieren meinen ganzen schönen Tagesplan.«

»Ich weiß. Rücksichtslose Vollpfosten.«

»Beruhige dich, Blümchen«, mahnte Gerry. »Sie sind

noch nicht zu spät dran – sie treffen bloß nicht früher als geplant ein.«

»Herr des Himmels, und wenn sie überhaupt nicht kommen? Wenn sie diesen Artikel von Sienna Edge in der Zeitung gelesen und uns auf die schwarze Liste gesetzt haben? Nicht auszudenken, wenn alles auf den letzten Metern noch schiefgeht«, steigerte ich mich in eine mittlere Panikattacke.

Tom deutete auf ein paar große Taxis, die in diesem Moment auf uns zugekrochen kamen. »Und wer ist das?«

»*Merda,* sie sind hier! Das sind sie doch, oder?«

»He!« Sue zog mich am Ohr. »Ihr seid vielleicht als Teenager mit euren italienischen Flüchen durchgekommen. Aber glaubt ja nicht, dass ich immer noch nichts verstehe.«

Tom drückte aufmunternd meinen Ellbogen. »Kein Grund zur Panik, ich stehe bereit.«

»Was ist denn mit dir passiert? Du bist viel selbstbewusster als sonst.«

»Ja, Cam hat mich gecoacht. Ich habe mich selbst gespielt, und er war einer aus der Kommission.«

»Etwa im Bett?« Ich schüttelte den Kopf. »Das ist nun wirklich das mieseste Sexrollenspiel aller Zeiten, mein lieber Junge.«

»Egal, es hat geholfen. Ich könnte die Führung durch den Ort mit geschlossenen Augen machen.«

»Hmm. Beim Weihnachtsspiel damals hat das viele Proben nicht gerade geholfen.«

»Inzwischen bin ich erwachsen. Null Problem. Jedenfalls solange sie nicht fragen, ob in der Dorfherberge, sprich im Bed & Breakfast, ein Zimmer frei ist«, nahm er sich selbst auf die Schippe.

Dann war es so weit. Die Taxis hielten an, und wir setzten unser schönstes Zahnpastareklamelächeln auf, als unsere hohen Gäste ausstiegen. Es waren zehn an der Zahl und damit mehr, als wir erwartet hatten.

Zwei Ladys waren darunter, eine wirkte eher blass, während allein die Körperhaltung der anderen bereits Führungsstärke ausstrahlte und allen zu verstehen gab, dass sie das Zepter fest in ihrer dürren Hand hielt. Sie war in den Sechzigern und sah aus wie eine Schuldirektorin. Automatisch begrüßte ich sie als Erste.

»Hallo.« Ich schüttelte der Dame eifrig die Hand. »Sie sind also die Abordnung, die für die Routenplanung des Grand Départ zuständig ist. Willkommen in Egglethwaite.«

Einer der nichtssagenden Anzugmänner grinste spöttisch, wahrscheinlich amüsierte er sich über meine unbeholfene Begrüßung.

»Guten Tag«, erwiderte die Frau. »Miss Donati, nicht wahr? Vanessa Christmas. Mrs. Christmas.«

»Vanessa Christmas.« Ich versuchte, mir die Überraschung nicht anmerken zu lassen. »Ein ungewöhnlicher Nachname.«

»Oh, in der Familie meines verstorbenen Ehemanns war er durchaus geläufig. Sie führt ihn mittlerweile seit vielen Generationen.«

Meinte sie das scherzhaft? Ich wusste nicht, ob ich

lachen sollte oder nicht. Vanessa Christmas war entweder die Königin des sarkastischen Witzes, oder sie hatte keinen Funken Humor.

»Man sollte meinen, dass eine Frau mit dem Namen Christmas fröhlicher sein müsste«, hörte ich Sue flüstern und warf ihr einen strafenden Blick zu.

»Wird Mr. McLean uns Gesellschaft leisten?« Vanessa spähte über meine Schulter, um festzustellen, ob er sich hinter mir versteckt hatte.

»Nicht sofort, wir treffen ihn später.« Ich deutete der Reihe nach auf die anderen. »Das ist mein Bruder Tom, und das sind Sue und Gerry Lightowler. Sie besitzen eine Farm knapp außerhalb des Ortes.«

Vanessa wirkte leicht enttäuscht, dass Stewart nicht zur Begrüßung gekommen war, gab aber allen höflich die Hand. Nachdem wir auch dem Rest der Kommission vorgestellt worden waren, machten wir uns auf den Weg durchs Dorf.

Ich ging neben Vanessa.

»Besuchen Sie noch andere Orte hier in der Gegend?«, erkundigte ich mich.

»O ja, mindestens fünfzig.«

Meine Augen wurden groß. »*Fünfzig?* Sch … O je, das ist eine ganze Menge.«

»Nun, wenn die Augen der Welt auf uns gerichtet sind, müssen wir eine sorgfältige Auswahl treffen, nicht wahr? Dies ist eine einzigartige Chance, nicht nur für Yorkshire, sondern für das ganze Land, und hat unschätzbaren Wert für den Tourismus.« Sie ließ ein freudloses Lächeln aufblitzen. »Wir müssen uns ordentlich abstrampeln, um alles richtig hinzubekommen, wenn Sie mir den Scherz erlauben.«

Mir war ganz und gar nicht nach Scherzen zumute, ich war deprimiert. Dass so viele Orte mit uns konkurrierten, damit hatte ich nicht gerechnet, und mein unverwüstlicher Optimismus erhielt einen gewaltigen Dämpfer. Ich fragte mich, ob Stewart das wusste.

»Und wann wird die Route festgelegt?«

»Die Organisatoren werden sich im Oktober mit unseren Vorschlägen befassen, doch bis die genaue Strecke feststeht, kann es Januar werden.«

»Wir werden also erst nächstes Jahr erfahren, ob wir ausgewählt wurden oder nicht?«

»Leider ja.«

»Wieso haben Sie uns überhaupt in Betracht gezogen?«, mischte sich Sue ein.

»Weil Mr. McLean uns vorgeschwärmt hat, wie gut sich das Gelände hier für eine anspruchsvolle Strecke eignen würde, und als ehemaliger Profi dürfte er das beurteilen können. Außerdem erwähnte er die fotogene Landschaft, was natürlich zusätzliche Zuschauer anzieht.«

Sagte sie, ließ allerdings gleich darauf mit ziemlich langer Miene den Blick über die von Reihenhäusern gesäumte Dorfstraße wandern – ihr Gesichtsausdruck signalisierte eindeutig keine Begeisterung.

»Verfluchter Dreck!«, murmelte ich Tom zu. »Hoffentlich hat Stew nicht völlig danebengelegen, als er uns als Toplocation verkauft hat. Nicht dass die jetzt ein lebensgroßes Taj Mahal aus Lego erwarten.«

»Immerhin hat er sie herbekommen, oder etwa nicht?«, rückte Tom meine defätistische Anwandlung zurecht. »Und überdies haben wir einen gewaltigen Viadukt anzubieten, und zwar nicht aus Lego. Also mal den Teufel nicht an die Wand.«

»Trotzdem: Sie haben fünfzig weitere Orte auf dem Schirm. Da müssen wir in die Offensive gehen. Also los, lass deinen Charme sprudeln.«

»Schön.« Tom trat entschlossen wie ein Kamikaze vor. »Erlauben Sie mir, Ihnen ein wenig über unseren Ort zu erzählen, Mrs. Christmas.«

Er verzog leicht das Gesicht, als er den Namen aussprach, mit einem Hauch von Ironie, wie mir schien, und ich betete stumm, dass er nicht einen seiner dämlichen Kalauer folgen ließ …

»Natürlich, sehr gerne«, antwortete die Weihnachtsfrau und nickte huldvoll.

»Also, Egglethwaite war immer eine florierende Gemeinde«, begann Tom routiniert wie ein Nachrichtensprecher. »Im neunzehnten Jahrhundert waren die meisten Dorfbewohner in der hiesigen Garnmühle oder auf den Farmen beschäftigt, aber inzwischen haben sich hier alle möglichen Gewerbe angesiedelt. Für einen so kleinen Ort können wir nach wie vor viele Geschäfte aufweisen, im Gegensatz zu den meisten anderen Dörfern der Region, deren Einwohner längst zum Einkaufen in die nächstgrößere Stadt fahren müssen. Es gibt einen Blumenladen, einen Zeitschriftenkiosk, eine Apotheke, einen Metzger …« Sein Arm schwenkte hin und her. »Und seit Neuestem hat sich Mr. McLean hier mit einem Fahrradgeschäft angesiedelt.«

»Mhm.«

Vanessa nickte höflich-distanziert. Falls wir nicht das erste Dorf auf ihrer Besuchsliste waren, hatte sie wahrscheinlich inzwischen Dutzende solcher Geschichten gehört.

»Du verlierst sie«, flüsterte ich Tom auf Italienisch zu. »Lass dir was einfallen.«

Ich sah, wie Tom zögerte und sein Hirn nach etwas halbwegs Interessantem aus dem sterbenslangweiligen Buch von Roger Collingwood durchforstete.

»Ach ja!« Er deutete auf das Café, in dem Yolanda arbeitete. »Und das ist das *Peach Tree*, eines der ältesten Gebäude im Ort. Vor ein paar Jahrhunderten war es ein Ausschank ohne Lizenz, und die Wirtin war ziemlich verrufen. Nicht zuletzt weil man sie verdächtigte, von der Polizei gesuchten Wilderern Unterschlupf zu bieten. Deshalb vermutet man, dass *Peach Tree* ursprünglich keineswegs Pfirsichbaum bedeutete, sondern dass *peach* eine Verballhornung von *poach*, Wilderei, ist und mit dem Baum der Galgen gemeint war – eine Erinnerung daran, wo die Gesetzesbrecher enden würden, wenn man sie schnappte.«

Vanessa und die Kommissionsmitglieder betrachteten das Café mit offenkundigem Interesse. Aus Geschichten wie diesen ließ sich touristisch Kapital ziehen.

»Können wir einen Blick in das Café werfen?«, fragte jemand.

»Wir schauen später ohnehin rein, dort erwarten Sie Tee oder Kaffee und ein Kuchenbüfett«, warf Sue ein. »Eine gute Freundin arbeitet dort, sie hat alles für Ihren Besuch vorbereitet.«

»Schon besser«, flüsterte ich Tom zu. »Hast du noch mehr solcher Storys auf Lager?«

»Leider nein. Das war die einzig interessante Anekdote im ganzen Buch. Aber keine Sorge, ich habe einen Plan.«

»Bitte keine Pläne, Tommy.«

»Vertrau mir einfach, okay?«

Er räusperte sich und blieb vor dem Gemeindesaal stehen. »Hier haben wir den Schandblock des Ortes«, sagte er und deutete auf die eher unansehnliche Holzkonstruktion, an der der Zahn der Zeit ganz schön genagt hatte. »Einer der ältesten im ganzen Land, wie man glaubt. Früher mussten Verurteilte Kopf und Hände in die Löcher stecken, sodass die braven Bürger sie nach Herzenslust beschimpfen oder mit allerlei Unrat bewerfen konnten.«

Ungläubig starrte ich meinen Bruder an. Tom wusste genauso gut wie jeder andere in Egglethwaite, dass der Schandblock ein Nachbau war. Selbst wenn er original gewesen wäre, könnte er keinesfalls der älteste im Umkreis von zehn Meilen, geschweige denn im ganzen Land gewesen sein.

Tom ignorierte meinen missbilligenden Blick und dozierte weiter. Er nickte zum Gemeindesaal hin, dessen Sandsteinfassade durch den Rauch aus den Schloten der Garnmühle fast schwarz geworden war.

»Dies ist die alte *Temperance Hall*, die dem Ort inzwischen als Gemeindesaal dient«, sagte er. »Ursprünglich hatten die Temperenzler sie erbaut und sie zu einem Zentrum im Kampf gegen den Alkohol gemacht, der ihnen als Fluch der Arbeiterklasse galt. Heute werden dort Hochzeiten, Taufen und Bar Mitzwahs abgehalten. Angeblich geht seine Gründung auf Branwell Brontë zurück, den Bruder der berühmten Brontë-Schwestern. Er besuchte oft unseren Ort.«

Einer der Männer starrte ihn an. »Wollen Sie uns weismachen, Branwell Brontë habe Ihrem Ort einen Temperenzlersaal gestiftet?«

Tom zuckte mit den Achseln. »Sicher, warum nicht?«

»War der Mann nicht bekanntermaßen selbst ein notorischer Trinker?«

Tom ließ sich keine Sekunde aus dem Konzept bringen. »Absolut korrekt«, sagte er. »Doch er hatte ebenfalls seine nüchternen Phasen, in denen er immer wieder seiner Sucht abschwor. So gesehen war die Halle eine Art Sühne, Sie verstehen?« Er schüttelte betrübt den Kopf. »Jammerschade, dass er nicht durchhielt.«

Die Kommissionsmitglieder begannen leise zu raunen, während ich fassungslos meinen Bruder beobachtete und Schlimmes zu fürchten begann.

»In der Tat war er oft, wenn er seine Abstinenzgelübde mal wieder vergaß, zum Trinken dort drüben«, fantasierte er weiter und deutete auf den *Fox*. »In Begleitung seiner Schwestern kam er von Haworth übers Moor nach Egglethwaite. Charlotte, Emily und der dritten … Wie hieß sie gleich?«

»Anne«, raunte ich ihm durch mein festgefrorenes Lächeln zu.

»Ach ja, Anne«, ergänzte er sofort.

»Zur damaligen Zeit waren Frauen ihres Standes sicher nicht in einer Bierschänke zu finden?«, wandte Judy, die zweite Frau in der Kommission, ein.

»Nein. Nein, natürlich nicht, ich vergaß zu erwähnen: Die Mädchen warteten draußen im Wirtsgarten, um Branwell heimzubringen, wenn er stockblau aus dem Pub taumelte. Ansonsten saßen sie da und studierten die Menschen. Alles Recherchen für *Sturmhöhe* und, äh, die anderen Bücher.«

Vanessa Christmas schüttelte den Kopf. »Unglaublich.«

»Leider mussten sie Branwell Hausverbot erteilen«, schwafelte Tom zu meinem Entsetzen weiter. »Zu viele unbezahlte Deckel.«

»Und er untergrub die Arbeit der Temperenzler«, ergänzte Gerry fröhlich.

»Außerdem heißt es, dass Turner im *Sooty Fox* abgestiegen ist, als der Pub noch eine Poststation war«, fuhr Tom fort und ignorierte leider mein Kopfschütteln. »Sie wissen schon, der Bildhauer.«

»Sie meinen nicht zufällig William Turner, den Landschaftsmaler?«, fragte einer der Männer.

»Genau den.«

Argwöhnisch kniff der andere die Augen zusammen. »Aber Sie haben Bildhauer gesagt.«

»Manchmal, wenn er in Stimmung war, hat er sich auch an Skulpturen gewagt. Ich glaube, in der Kirche stehen noch ein paar. *Frau mit anzüglich platzierten Orangen* ist im Ort besonders beliebt.«

Die gestrenge Vanessa lachte – zum ersten Mal an diesem Tag. Wenigstens schien sie Toms Darbietung unterhaltsam zu finden.

»Übrigens gibt es eine interessante Geschichte zum Namen des Pubs«, mischte ich mich ein, bevor Tom zu Themen wie dem Pilz kam, auf dem angeblich die Feen von Cottingley gesessen hatten, oder welche lokale Halbberühmtheit ihm noch einfallen mochte.

»Ach ja?«, meinte Judy eher gelangweilt.

»Ja, das ist eine hiesige Legende. Sie besagt, dass ein Mann aus London, der sein Vermögen verloren hatte, hier ein neues Leben beginnen wollte. Bis er es allerdings in den Norden geschafft hatte, war er halb verhungert. Er verirrte sich im Moor, weit und breit war kein Haus zu sehen, doch genau in dem Moment, als er sein Bündel abgeworfen hatte und sich zum Sterben in den Schnee legen wollte, fiel ihm eine schmutzige Pfotenspur auf. Er folgte ihr zum nächsten Dorf, wo ihn ein Farmer aufnahm. Als er sich erholt hatte, wurde er Gastwirt und taufte seine Schänke zu Ehren des Fuchses, der ihm mit seiner Spur das Leben gerettet hatte, *Sooty Fox*.«

Vanessa wirkte beeindruckt. »Eine hübsche Geschichte. Ist sie wahr?«

»Ja.« Ich warf Tom einen vielsagenden Blick zu. »Die ist wirklich wahr.«

»Vielen Dank, Mr. Donati«, wandte sich Vanessa an Tom. »Wir waren auf vielen Führungen, die vielleicht faktentreuer gewesen sein mögen, aber keine war so unterhaltsam wie ihre, das können Sie mir glauben.«

Tom grinste. »Erwischt.«

Sie ließ ein seltenes Lächeln aufblitzen. »Ich habe meine Magisterarbeit über die Brontës geschrieben. Sie haben leider das falsche Thema für Ihre vorgetäuschte Expertise gewählt. Dennoch war es sehr amüsant.«

»Okay, was sollte der Auftritt?«, raunte ich Tom zu, als wir weitergingen. »Hast du ernstlich geglaubt, dass sie dir diesen Schwindel abkaufen würden?«

»Natürlich nicht. Hauptsache, sie haben sich gut unterhalten, oder etwa nicht?«

»Und mir hast du beinahe einen Herzinfarkt beschert«, beschwerte ich mich.

»Hör zu, Lana, wir müssen aufs Ganze gehen. Über fünfzig Orte bewerben sich mit uns, da heißt es alles oder nichts. Sonst wird das nichts.«

Vanessa ging ein Stück voraus und unterhielt sich leise mit den anderen Kommissionsmitgliedern. Schließlich blieb sie zurück, wandte sich an mich und unterbrach damit unser kleines Flüstergespräch.

»Hat der Ort ebenfalls eine echte interessante Historie?«, erkundigte sie sich.

»Keine besonders nennenswerte«, musste ich gestehen. »Was ihn auszeichnet, ist ein unglaublicher Gemeinschaftsgeist. Ausnahmslos alle bringen sich beispielsweise für die Tour ein, wie Sie selbst sehen können.«

Ich deutete auf Cams Imbiss. Er hatte das Schaufenster mit Aquarienspielzeugen und blauem Zellophan in ein Diorama mit Fahrradthemen verwandelt: Kleine Taucher mit altmodischen Taucherhelmen radelten über den Sand, beobachtet von einem verdatterten Oktopus.

»Ein bisschen pubertär vielleicht«, meinte Vanessa. »Allemal ist es bewundernswert, in welcher Weise alle an einem Strick ziehen. Im letzten Dorf wurden wir von einem ziemlich unhöflichen Farmer beschimpft, der fest davon überzeugt war, dass die Tour seine Tiere nervös machen werde. Stellen Sie sich das mal vor.«

Gerry bekam plötzlich einen derart heftigen Hustenanfall, dass Sue ihm den Rücken klopfen musste.

»Also, bei uns ist das absolut nicht so«, log sie ganz unverfroren und lächelte treuherzig. »Wissen Sie, wir sind selbst Farmer und haben von Anfang an hinter der Idee gestanden. Nicht wahr, Schatz?«

Kapitel 26

In der Hoffnung, die Kommission mehr und mehr für uns einzunehmen, predigte ich den ganzen restlichen Weg durch den Ort über unseren Gemeinschaftsgeist. Ich schaffte es, dieses Motiv immer weiter zu variieren, bis wir im *Peach Tree* einkehrten, wo sich sogar Yolanda zur Abwechslung mal von ihrer besten Seite zeigte.

Danach war das Thema jedoch totgeritten.

»Wirklich unglaublich, wie sich die Initiativen und Geschäfte im Ort für die Tour engagieren«, wiederholte ich etwa zum dritten Mal, als Stewarts Laden in Sichtweite kam. »Es ist wirklich inspirierend, wie … O mein *Gott,* was ist das denn?«

Die Kommission blieb wie angewurzelt stehen und riss Augen und Münder auf wie ein Trupp neugeborener Rehe im Scheinwerferlicht oder Queen Victoria in ihrer Hochzeitsnacht. Gelähmt vor Schreck, starrten alle auf die Fiberglasgebilde, die vor *McLean's Machines* aufgestellt waren.

Es waren sechs oder zwölf, wenn man jede Pobacke einzeln zählte. Sechs große, rosa glänzende Hinterteile, jeweils mit einem Stringtanga in den Farben der Tourtrikots geschmückt. Darüber verkündete ein Banner: *Gratisständer für Ihr Rad!*

»Jesus, was hat er sich denn dabei gedacht?«, flüsterte ich Tom zu, der zur Abwechslung ebenfalls geschockt wirkte.

Entschuldigend lächelte ich Vanessa an. »Tut mir echt leid, Mrs. Christmas. Stewart hält das wohl für witzig«, stammelte ich, stürmte in den Laden und knallte die flache Hand auf die Glocke auf der Theke.

»Komm sofort runter, du Vollidiot, und erklär mir, wie du auf die bescheuerte Idee gekommen bist, der Kommission nackte Hintern ins Gesicht zu strecken.«

Stewart kam im Laufschritt die Treppe herunter und begann breit zu grinsen, als er mich an der Theke stehen sah.

»Hat das nicht Klasse?«, fragte er unbekümmert. »Unsere ganz eigenen Radständer. Ich habe sie extra anfertigen lassen. Ich wette, so was haben sie sonst nirgendwo.«

»Nein, ganz sicher nicht«, giftete ich. »Was soll der Mist, Stew?«

»Wie jetzt?« Er blinzelte überrascht. »Gefallen sie dir etwa nicht? Ich dachte, etwas Skurriles würde helfen, damit wir denen im Gedächtnis bleiben.«

»Als das Dorf mit den nackten Ärschen? Wahnsinnsidee! Das wird sich die Kommission hundertpro merken. Sie werden eine riesige Stecknadel in ihre Landkarte rammen und dazuschreiben: Vorsicht, lauter durchgeknallte Perverse. Was hast du dir um Himmels willen dabei gedacht?«

Seine Miene fiel in sich zusammen. »Ich verstehe dich nicht. Schließlich ist das die gleiche Schiene wie bei den Kalendern. Frech und lustig.«

Die Tür ging auf, und Vanessa trat ein.

»Mr. McLean?« Sie fixierte ihn mit strengem Blick.

»Äh, ja?«

»Vanessa Christmas. Wir haben telefoniert.« Ihr Gesicht entspannte sich zu einem Lächeln. »Ich wollte Ihnen lediglich sagen, dass ich Ihre Radständer großartig finde. Höchst originell und erfrischend. Ich habe seit Jahren nicht mehr so gelacht. Ganz ehrlich, der zweite von links erinnert mich an meinen Mann beim Jäten, Gott hab ihn selig.« Sie kam auf ihn zu und schüttelte energisch seine Hand. »Wir sind übrigens allesamt große Fans von Ihnen. Jammerschade, dass Sie Ihre Karriere vorzeitig beenden mussten. Was für eine Vergeudung von Potenzial.«

»Sehr freundlich, danke.«

Stewart war gleichermaßen geschmeichelt und verwirrt, während ich widerwillig einräumen musste, dass ich mit meiner Empörung und meiner selbstgerechten Ansprache völlig danebengelegen hatte.

Vanessa trat näher an die Ladentheke heran und begann in dem Kalenderstapel zu blättern, der dort lag.

»Sie haben also gewissermaßen umgesattelt?«, konstatierte sie süffisant.

Die Frau hatte eindeutig einen trockenen Humor, das musste ihr der Neid lassen.

Stewart lächelte gezwungen. »Nicht wirklich, das ist

eher ein Nebenjob. Mit den Kalendern sammeln wir für ein lokales Projekt.«

Zum Glück hatte er meinen warnenden Blick aufgefangen und in letzter Sekunde die Kurve gekriegt, denn der Viadukt sollte als Überraschung für das große Finale unserer Besichtigungsrunde aufgespart werden.

»Nun, jedenfalls gewährt der Kalender tiefe Einblicke, wenn ich das mal so sagen darf«, äußerte sich Vanessa vorsichtig und starrte das Cover an. »Ist das neben Ihnen etwa Harper Brady?«

»Genau. Er ist mein Cousin.«

»Wirklich?« Sie betrachtete das Bild genauer. »Tja, tatsächlich lässt sich eine gewisse Ähnlichkeit nicht verleugnen.«

»Finden Sie?« Stewart sah sie zweifelnd an. »Die meisten Menschen meinen, dass ich meinem Vater ähnlicher sehe, und die Verwandtschaft mit Harper kommt über die mütterliche Seite.«

»Ich meinte nicht das Gesicht«, erklärte Vanessa mit einem anzüglichen Lächeln, und ich dachte, ich müsste im Boden versinken.

Nie im Leben hätte ich dieser Frau so eine Äußerung zugetraut.

»Falls Ihnen das Cover gefällt, Mrs. Christmas, dann schauen Sie sich mal das Foto für Dezember an«, trieb ich die Sache voran, sobald ich die Sprache wiedergefunden hatte.

Ich sah, wie ihre Augen riesengroß wurden.

»Meine Güte! Verglichen damit erscheinen mir Ihre Fahrradständer draußen reichlich zahm, Mr. McLean.«

Sie wühlte in ihrer Handtasche und überreichte ihm einen Zehner. »Behalten Sie den Rest. Ich hoffe, wir bekommen später noch mehr von Ihnen zu sehen?«

»Auf jeden Fall.« Stewart grinste. »Nicht so viel zwar, wie Sie eben zu sehen bekommen haben, aber ich schaue gleich nach Ladenschluss im Restaurant vorbei.«

Brühwarm erzählte ich Tom die unglaubliche Geschichte, während wir unseren Rundgang fortsetzten.

»Stell dir das vor«, schloss ich, »so eine Äußerung von dieser Frau. Hättest du je gedacht, dass Vanessa Christmas eine verkappte Perverse sein könnte?«

»Nein, das ist eigentlich eine total absurde Vorstellung. Da sieht man mal wieder, wie sehr der äußere Eindruck täuschen kann. Und was hat Stew gesagt?«

»Er hat ihr ein bisschen geschmeichelt und ihr schöngetan. Eindeutig steht sie auf ihn.«

»Noch eine, wie?« Er stupste mich an. »Bald können wir hier einen Stewart-McLean-Fanclub gründen.«

»Klappe.«

Der nächste Stopp war die Farm, von wo es mit Gerrys Land Rover zum Pagans' Rock gehen sollte. Als wir uns dem Grundstück näherten, ließ ich mich ein Stück zurückfallen und sprach mit Sue und Gerry.

»Und was ist eure große Überraschung, Leute?«

»Ach, das.« Gerry winkte ab. »Als ich das Ganze geplant habe, hatte ich keine Ahnung, dass wir direkt von McLeans nackten Ärschen kommen würden.«

»Hoffentlich ist es nichts Anstößiges«, seufzte ich.

»Toms fantasievolle Geschichtsvorträge und Stewarts obszöne Radständer haben mir mindestens drei Herzattacken im Kleinformat beschert.«

»Nichts in der Richtung.« Gerry deutete nach vorne. »Da siehst du es.«

»Dein Vorschlag mit der Guerilla-Strickerei hat uns auf die Idee gebracht«, mischte sich Sue ein. »Allerdings fanden wir es besser, wenn wir die Wolle auf den Schafen lassen – mit gestrickten Überzügen würden sie sich nicht wohlgefühlt haben.«

Ich musste lachen. Gerrys Swaledale-Schafe grasten wie üblich auf ihrer Weide und scherten sich keinen Deut darum, was für ein lächerliches Bild sie abgaben. Alle waren in den Farben der Tourtrikots besprüht – es gab sechs oder sieben gelbe Schafe, eine Handvoll rot getupfte und ein paar grüne. Der Star der Truppe war Gerrys alter Bock Rambo, der blau-weiß-rot in den Farben der berühmten französischen Trikolore leuchtete.

»Ihr albernen, alten, genialen Quatschköpfe«, stieß ich gerührt hervor.

»Gefällt es dir?«, vergewisserte sich Sue.

»Und wie. Ich bin vollauf begeistert. Ihr müsst ewig dafür gebraucht haben.« Ich küsste sie auf die Wange. »Lediglich die Schafe tun mir ein bisschen leid.«

»Halb so wild«, versicherte Gerry. »Nächste Woche werden sie sowieso geschoren.«

Ich gab auch ihm einen Kuss auf die Wange. »Danke, liebster, bester Onkel. Ich weiß, dass du kein Fan dieser Idee warst. Umso mehr bedeutet es mir, dass du das für uns gemacht hast.«

»Na ja, wenn es dir und Tom wichtig ist, dann reicht mir altem Miesepeter das. Ihr habt schließlich so einiges hinter euch.«

»Ach! Ist das nicht herrlich komisch?«, rief Vanessa entzückt aus, als sie die Schafe bemerkte. »Ist das Ihre Farm, Mr. Lightowler?«

»Nein«, korrigierte Sue sie. »Es ist meine Farm, doch es sind seine Schafe.«

Vanessa lachte. »Typisch für hier, wie?«

Gerry grinste. »Klar. Auf dieser Seite der Pennines leben halt sonderbare Käuze.«

»Speziell offenbar in Egglethwaite«, fügte Vanessa trocken hinzu.

Klang positiv, fand ich. Überhaupt war die gestrenge Lady aus London wie ausgewechselt, seit Stew sie mit seiner nackten Popart fast besoffen gemacht hatte. Der Rest der Kommission hingegen schien gefährlich abzuschlaffen. Höchste Zeit für das nächste Event.

»Wir kommen jetzt zur letzten Besichtigung und zugleich zum Höhepunkt unseres Ortstermins«, versuchte ich die Spannung wieder zu heben.

»Äh, Blümchen?«, wandte sich Gerry leise an mich. »Wie willst du die Gesellschaft da hochschaffen? Ich hatte keine Ahnung, dass es so viele sein würden.«

Damit hatte er recht. Sie waren zu zehnt, dazu kamen ich, Tom, Sue und Gerry, das wären drei Touren im Land Rover, die ewig dauern würden.

»Es gibt noch eine andere Option.« Sue nickte zu dem großen blauen Traktor hin. »Mach den Hänger dran und lass sie einsteigen.«

»Sei nicht albern, altes Mädchen«, schnaubte Gerry. »Das sind keine Kühe, die auf die Weide sollen.«

»Besser, als dass die einen blöd hier unten herumsitzen und die anderen sich oben zu langweilen beginnen, oder etwa nicht?«

»Sue hat recht, so geht es am schnellsten«, warf ich ein. »Wenn wir Glück haben, wird Vanessa Christmas denken, dass es ein besonderer Gag ist, die Gruppe in einem Anhänger herumzufahren.«

Das tat sie wirklich. Ein paar der anderen musterten mich zwar skeptisch, als ich den Transport per Traktor erwähnte, Vanessa hingegen fand das höchst originell.

Wir wuchteten ein paar Heuballen als Sitzpolster auf die Ladefläche, Gerry stieg mit Sue vorne auf den Bock, und wir anderen kletterten samt und sonders auf den Hänger und setzten uns ins Heu, die einen kichernd, die anderen leicht indigniert.

»Ich fühle mich wie ein Karnickel«, meinte Judy und rutschte unbehaglich mit dem Allerwertesten über das kratzige Heu. »Zudem kommt mir vor, dass es ein bisschen merkwürdig riecht. Findet ihr nicht?«

»Unsinn«, widersprach Vanessa. »Das ist die Landluft, meine Liebe. Meine Großmutter hat mich immer ermahnt, sie tief einzuatmen, dann würde ich mich nicht erkälten. Und sie hatte recht.«

»Wohin fahren wir überhaupt, Miss Donati?«, fragte einer der Männer.

»Zu einem berühmten Aussichtspunkt«, erwiderte

ich. »Das ist der letzte Stopp, anschließend gehen wir zum gemütlichen Teil des Tages über.«

Die Miene des Mannes verriet mir, dass er sich gerne den letzten Punkt sparen würde, um schneller zu seinem Bier zu kommen, aber er schickte sich in das Unvermeidliche. Sein Gesicht hellte sich erst auf, als wir oben auf dem Pagans' Rock ankamen.

Ein bewunderndes »Ooh« ging durch die Gruppe, als sie den spektakulären Ausblick sahen und ihn schweigend auf sich wirken ließen.

»Unglaublich«, hauchte Vanessa, während ihr Blick über die imposanten Bögen des Viadukts glitt, über die lila leuchtende Heide und den in der Sonne glitzernden Speichersee. »Wer hätte so etwas erwartet?«

»Wie heißt dieser Ort?«, wollte ein anderes Mitglied der Kommission wissen.

»Pagans' Rock«, ergriff Tom das Wort. »Wollen Sie wissen, warum? Eigentlich geht der Name auf einen ziemlich verschrobenen Einfall zurück. Vor ein paar Jahrhunderten ließ ein Gutsherr aus der Gegend einen riesigen Felsbrocken auf den Hügel ziehen und gab ihm einen mystischen Namen, um seine Gäste zu beeindrucken. Pagan's Rock, der Fels des Heiden. Er soll gerne damit geprahlt haben, dass Druiden dort ihre Opfer dargebracht hätten.«

Vanessa kniff skeptisch ein Auge zusammen und musterte Tom amüsiert. »Ist das eine verbürgte Geschichte oder entspringt sie Ihrer beeindruckenden Fantasie, Mr. Donati?«

»Vertrauen Sie mir, wenn sie nicht wahr wäre, hätte

ich Ihnen was Besseres erzählt. Irgendwas mit nackten Jungfrauen und Hexensabbaten.«

Ich schüttelte den Kopf. »Wenn Sie mich fragen, ich glaube eher, dass der Gutsherr sich die Geschichte ausgedacht hat und er den Felsen in Wirklichkeit hier hochschaffen ließ, um seine Pächter unten in Moorcroft im Auge zu behalten, dem Nachbarweiler von Egglethwaite.«

Vanessa spähte in die Ferne. »Ich kann keinen Ort entdecken.«

»Nein.« Ich nickte zum friedlichen Wasser des Speichersees hin. »Er liegt da drunter. In den Vierzigern wurde der See aufgestaut.«

»Wie aufregend«, fand Judy. »Ein eigenes Atlantis. Gibt es Gespenstergeschichten darüber?«

Tom zuckte mit den Achseln. »Ehrlich gesagt nicht. Alle Einwohner wurden umgesiedelt.«

Judy wirkte enttäuscht. Warum zum Teufel fiel Tom jetzt nichts ein, dachte ich.

»Immerhin liegen auf dem Friedhof von Moorcroft vierhundert Seelen begraben«, schob ich rasch nach. »Und wenn es lange nicht regnet, kann man den halb zerfallenen Kirchturm aus dem Wasser ragen sehen.«

Offenbar war Judy versöhnt, denn ihre Augen leuchteten. »Das würde ich zu gern sehen.«

»Wird der Viadukt noch genutzt?«, erkundigte Vanessa sich in dem Moment, als ich auf unser Highlight zu sprechen kommen wollte.

»Derzeit nicht.« Ich nickte zu dem Kalender unter ihrem Arm hin. »Schauen Sie auf die Rückseite.«

»Das klingt sehr ehrgeizig«, meinte sie, als sie alles gelesen hatte.

»Ehrgeizig, jedoch machbar«, kam Tom weiteren Einwänden zuvor. »Der Rat des Gemeindeverbunds hat uns bereits die Hälfte der nötigen Mittel zugesagt, und bei der anderen Hälfte, die wir selbst aufbringen müssen und können, ist ebenfalls schon ein gutes Stück erreicht. Insofern sind wir sehr zuversichtlich und gehen davon aus, dass die Arbeiten Anfang nächsten Jahres beginnen können.«

»Mrs. Christmas, falls der Viadukt rechtzeitig zum Grand Départ fertig wäre, würde das eventuell Ihre Empfehlung beeinflussen?«

Vanessa überlegte kurz, während ich sie mit klopfendem Herzen beobachtete. »Das wäre definitiv ein Faktor, nicht zuletzt wegen der Liveübertragung.«

»Ich mahne zur Vorsicht, das klingt nach einem extrem straffen Zeitplan«, mischte sich einer der gesichtslosen Anzugträger ein. »Können Sie denn mit hundertprozentiger Sicherheit garantieren, dass der Viadukt zur Verfügung stehen wird?«

»Absolut«, sagte ich. »Hundertprozentig.«

Kapitel 27

Unser letzter Stopp war das *Flagons*, wo der Tag gemütlich ausklingen sollte. Für normale Gäste war heute geschlossen. Als wir ankamen, waren Yolanda, Cameron und Stewart bereits damit beschäftigt, gemeinsam mit Deano und Jasmine das Büfett aufzubauen, unterstützt von Roger Collingwood, der sich selbst eingeladen hatte, weil er es nicht ertrug, irgendwo nicht dabei zu sein. Unter Deanos strengem Auge hatten sie die Tische und Stühle an den Rand geschoben, um Platz für das Büfett zu schaffen.

Was das Essen anging, hatte Deano sich selbst übertroffen. Neben seinen kunstvollen französischen Leckereien hatte er Canapés mit Yorkshire-Pudding und Roastbeef gezaubert, Cocktailsticks mit Plumpuddingwürfeln und Wensleydale Cheese, außerdem Fat Rascals, ein Sconesgebäck mit Mandeln und Cocktailkirschen, Honigkuchenscheiben und als Hauptattraktion einen Biskuitkuchen mit einer Zuckergussdekoration aus weißen Rosen sowie einer kleinen Yorkshire-Flagge, die sich auf der Spitze mit der Trikolore kreuzte. Die Kommission fiel, hungrig nach der Wanderung in der frischen Hochmoorluft, sofort über die von Deano gezauberten Köstlichkeiten her.

»Was für ein ungewöhnliches Ambiente, meine Liebe«, meinte Vanessa, während ihre Blicke über die gefakte mittelalterliche Ausstattung glitten. »Irgendwie ziemlich gewöhnungsbedürftig. Wie in aller Welt konnte ein kluges junges Ding wie Sie hier landen?«

»Das Lokal gehörte meinem Vater.«

»Lässt sich denn damit in dieser entlegenen Gegend Geld verdienen? Solche Themenrestaurants passen in die Stadt, mitten im Nichts sucht man das eher nicht ...«

»Wir kommen über die Runden«, erwiderte ich leicht pikiert. »Nicht zuletzt, weil wir einen exzellenten Koch haben, wie man ihn ebenfalls nicht in der Provinz vermutet.«

Aus dem Augenwinkel sah ich, wie sich unser Kochgenie gerade einen doppelten Whisky genehmigte und dabei *Smack My Bitch Up* vor sich hin sang. Ich schickte ein stilles Stoßgebet zum Himmel, dass Vanessa nicht bitten würde, ihm vorgestellt zu werden.

»Das Essen ist fantastisch«, lobte sie immerhin und nahm ein Cocktailstäbchen von ihrem Teller. »Früchtekuchen mit Käse. Welch bizarre Kombination.«

»Hier oben mag man das.«

»Ja, verblüffenderweise passt es wirklich.« Nachdem sie diverse Spezialitäten durchprobiert hatte, wechselte sie das Thema. »Nun, Miss Donati, es war ein bemerkenswerter Tag. Wir werden ihn nicht so schnell vergessen, das kann ich Ihnen versichern.«

»Wann hören wir von Ihnen?«

»Leider vermag ich Ihnen erst Verbindliches mitzuteilen, wenn eine Entscheidung über die Route gefallen ist und der Streckenplan veröffentlicht wird. Was vermutlich nicht vor Januar der Fall sein dürfte.« Sie senkte die Stimme. »Aber ganz unter uns, machen Sie sich keine Sorgen. Das hier ist ein bezaubernder kleiner Ort. Und Ihr Viadukt, einfach spektakulär! Ich werde unbedingt eine Empfehlung für Egglethwaite abgeben.«

Sie tätschelte aufmunternd meinen Arm und machte sich auf die Suche nach Stewart.

Kaum war sie weg, gesellte sich Cameron zu mir. »Alles okay, Lana?« Er wedelte mit der Hand vor meinem Gesicht herum. »Du siehst irgendwie stoned aus.«

»Ja, das bin ich wohl, wenngleich in positivem Sinn. Wir haben sie nämlich ziemlich sicher.«

»Wen?«

»Eine Etappe für den Grand Départ. Eben war eine angesäuselte Vanessa Christmas bei mir und versicherte mir unter der Hand, dass wir uns keine Sorgen zu machen brauchten. Das Dorf sei entzückend, der Viadukt beeindruckend und so weiter.«

»Wahnsinn!«

»Es sieht echt so aus, als ob es klappen würde!« Ich schlang die Arme um Cam und drückte ihn an mich. »Dieser ganze Quatsch, den Tom abgesondert hat, Stewarts Ärsche und Gerrys Schafe, das alles war so schräg, dass es originell und fantasievoll wirkte.«

»Super! Sollen wir es den anderen erzählen?«

»Lass uns lieber warten, bis die Kommission weg ist. Schließlich ist bislang nichts offiziell, und ich möchte nicht, dass Vanessa am Ende Ärger kriegt, weil sie sich ziemlich weit aus dem Fenster gelehnt hat. Hinzu kommt Folgendes: Ich schätze mal, dass diese vorläufige Zusage mit der Bedingung verbunden ist, dass wir das mit dem Viadukt zeitlich hinkriegen.«

»Und wenn nicht?«, wandte Cam ein. »Immerhin könnte Sienna Edge uns immer noch einen Knüppel zwischen die Speichen werfen, oder?«

»Eher nicht.« Jetzt flüsterte ich nur noch. »Auch in dieser Hinsicht gibt es gute Neuigkeiten, die jedoch vorerst allerstrengster Geheimhaltung unterliegen. Also versprich, dass du die Klappe hältst. Es ist eine Sensation: Unser Kontaktmann in Bradford hat mir unter dem Siegel der Verschwiegenheit gesteckt, dass es mit an Sicherheit grenzender Wahrscheinlichkeit gar keine Mopsfledermäuse mehr im Viadukt gibt. Hat ein Biologe festgestellt. Er meint, sie seien zwischenzeitlich ausgestorben oder abgewandert. Was sagst du nun?«

»Wirklich? Mann, das wäre ja genial!« Cameron hielt mich auf Armeslänge von sich weg. »Was für ein Tag!«

»Das kannst du laut sagen. Es ist so unglaublich, dass ich es noch gar nicht richtig zu fassen vermag«, strahlte ich und umarmte Cameron erneut.

»Lass mich lieber los«, meinte er. »Am Ende kommen die Leute auf falsche Gedanken – nicht dass sie uns etwas andichten, denn bislang weiß kaum jemand von Tom und mir.«

»Und wieso das«, erkundigte ich mich verwundert.

»Dein Bruder ist in dieser Hinsicht ziemlich komisch. Er sagt, er möchte unsere Beziehung vorerst noch unter der Decke halten. Keine Ahnung, warum. Irgendwie ist er ein Geheimniskrämer.«

Ich setzte mich auf einen Barhocker und klopfte auffordernd auf den Platz neben mir. »Und du siehst das anders, wie es scheint.«

»Ich hasse Geheimnisse und verstehe nicht, was das bringen soll. Die Zeiten, wo Schwule gesellschaftlich geächtet wurden, sind ja zum Glück längst passé.«

»Weißt du, Tom war sehr lange solo und hat sich mit Beziehungen schwergetan, vielleicht will er deshalb jetzt nichts überstürzen.«

»Trotzdem. Wenn er nicht einmal meine Hand halten will aus Angst, dass uns jemand beobachten könnte, dann werde ich das Gefühl nicht los, dass er sich für sein Schwulsein schämt und dass es ihm peinlich ist, sich zu outen. Oder dass er sich nicht sicher ist, ob ich der Richtige bin.«

Entschieden schüttelte ich den Kopf.

»Nein, das ist es bestimmt nicht. Er ist einfach extrem zurückhaltend, vielleicht auch ängstlich, was Beziehungen angeht. Außerdem fürchtet er sich ständig davor, dass über ihn geredet oder gar gelacht wird, und aus diesem Grund tut er lieber übertrieben konventionell, um den Leuten erst gar keinen Grund zu geben, über ihn zu tuscheln oder sich über ihn zu amüsieren. Und vergiss nicht, in einem Ort, wo so gut wie nichts passiert, wird über alles und jedes geredet.«

Cameron sah mich skeptisch an, schien wenig überzeugt, also legte ich nach.

»Na ja, in gewisser Weise vermute ich, dass Toms Zurückhaltung im Grunde auf unseren Dad zurückgeht beziehungsweise auf dessen Umgang mit seiner sexuellen Orientierung.«

»Hatte er denn ein Problem damit, dass sein Sohn schwul ist?«

»Irgendwie schon, wenngleich anders, als du vielleicht denkst«, antwortete ich vage, da ich es selbst nicht genau zu definieren wusste. »Als Tom sich outete, wurde Dad kurz still und sagte dann, er persönlich könne das nicht verstehen, aber natürlich würde er wollen, dass seine Kinder glücklich werden. Auf ihre Weise. Er nahm Tom in die Arme und versicherte ihm, er müsse sich deswegen keine Gedanken machen.«

»Und wo lag dann das Problem? Von so einem Coming-out träumt jeder Schwule.«

»Das Problem bestand darin, dass unser Dad ihn nicht wirklich verstand, nicht verstehen konnte und dass Tom deswegen schrecklich enttäuscht war. Es traf ihn ins Herz, er fühlte sich verletzt, denn aufgrund unserer engen Vaterbeziehung war ihm sehr wichtig, was Dad dachte. Irgendwie hatte er immer das Gefühl, er würde durch ihn in seiner ganzen Persönlichkeit infrage gestellt.« Ich hielt eine Weile inne. »Weißt du, unser Vater liebte ihn deswegen nicht weniger. Bei ihm war es ähnlich wie bei Gerry. Obwohl er Schwulsein keineswegs missbilligt oder gar verteufelt hätte, fand er es nicht normal. Normal war für ihn, heterosexuell zu sein.« Ich seufzte. »Was Tom natürlich merkte und was ihn insgeheim kränkte. Er hatte den Eindruck, dass Dad einen Unterschied zwischen uns beiden machte.«

»Er behandelte dich anders als Tom?«

»Schon, wenngleich er das heftig abgestritten hätte. Vielleicht ist es ihm sogar selbst nie aufgefallen. Trotzdem war es so. Wenn er meine Freunde nett fand, lud er sie spontan zum Abendessen ein, unterhielt sich mit ihnen und so weiter und so fort. Bei Toms Freunden tat er das nie. Klar, sie durften kommen, und er kochte tolle Sachen für sie, fast als wollte er etwas wiedergutmachen. Aber er selbst lud sie nie von sich aus ein und setzte sich nie mit ihnen zusammen.«

»Und deshalb hattest du ein schlechtes Gewissen.«

»Ja«, gab ich zu. »Irgendwie lebte ich immer mit dem Gefühl, dass ich Tom den Vater wegnahm.«

»Das war nicht deine Schuld, Lana.« Cam strich mir über den Rücken. »Tom sagt, dass du eine tolle Schwester bist. Und seine beste Freundin dazu.«

»Das kann ich unbedingt zurückgeben, dabei haben wir das nie ausgesprochen.«

»Man hat nicht den Eindruck, dass das nötig wäre.«

»Nein, wenigstens unser Verhältnis zueinander ist völlig unverklemmt. Und wie ist es bei dir?«, fragte ich. »Können deine Eltern damit umgehen?«

»Oh, das ist eine lustige Geschichte. Jahrelang habe ich mir den Kopf zerbrochen, wie ich es ihnen beibringen soll, und dann wurde es irgendwann ernst mit einem Freund von der Uni, also habe ich mich mit ihnen zusammengesetzt, um reinen Tisch zu machen.

Sie sahen aus, als wären sie krank vor Sorge, schienen Schreckliches zu befürchten. Erst als ich ihnen eröffnete, dass ich bi bin, atmeten sie erleichtert auf. Das wüssten sie bereits, erklärte meine Mum. Sie hatten befürchtet, ich wollte ihnen beichten, dass ich harte Drogen nähme oder so.«

Ich lachte. »Darf ich dich was Persönliches fragen, Cam?«

»Sicher.«

»Du hast immerhin einen Abschluss in Zoologie. Wie kommt es, dass du in einem Imbiss arbeitest?«

»Was ist falsch daran, in einem Imbiss zu arbeiten?«

»Nichts, bloß passt es nicht zu deiner Ausbildung. Du solltest eher mit lebenden Tieren arbeiten, statt die Endprodukte von toten zu verkaufen.«

Er seufzte. »Ich weiß nicht, Lana. Es war unser Familienbetrieb und lediglich als Zwischenstopp nach der Uni gedacht. Dann wurden aus einem Jahr zwei und drei … Unten im Süden gäbe es Jobs genug für mich, nur lässt mich diese Gegend einfach nicht los.«

»Ich weiß, was du meinst.«

»Im Übrigen könnte ich dich das Gleiche fragen.« Er schaute auf das gemalte Wappen hinter der Bar. »Was hält ein kluges Mädchen wie dich in dieser Mittelalterkneipe?«

»Unsere Werdegänge sind sich wirklich verdammt ähnlich. Als junges Mädchen hatte ich eine Schwäche für Astronomie, doch ich habe auf ein Studium verzichtet, um in den Familienbetrieb einzusteigen. Natürlich war es in erster Linie Dads Krankheit, die meine Pläne vereitelt hat. Dennoch sage ich mir inzwischen, dass man die Milchstraße in einer klaren Nacht nirgendwo besser sehen kann als hier.«

»Ja. Wenn man es abwägt und richtig bedenkt, fühlt es sich wirklich so an, als wäre Wegziehen ein Abstieg.«

Ich tätschelte sein Knie. »Also, für Tom bin ich froh, dass du hiergeblieben bist. Ihr beide passt wirklich perfekt zusammen.«

»Ich wünschte, er würde genauso denken«, erwiderte Cameron und schaute deprimiert auf Tom, der mit Sue und Judy lachend am Büfett stand.

»Das tut er bestimmt, lass ihm einfach etwas Zeit, dann wird er mit seinen Gefühlen sicherlich offener umgehen.« Ich erhob mich. »So langsam sollte ich Deano Bescheid sagen, dass er die Küche aufräumen kann.«

Ich fand meinen Koch Whisky trinkend an den Herd gelehnt.

»Schüttest du dich mit meinem Alkohol zu, du dreister Bursche?«, pflaumte ich ihn an.

»Also bitte«, tat er beleidigt. »Den habe ich mir wohl verdient, nachdem ich heute jede Menge Gratisüberstunden abgerissen habe.«

»Gib mir wenigstens was ab.« Ich nahm ihm das Glas weg und kippte mir einen großen Schluck hinter die Binde.

»Bist du hier, weil du mir gratulieren willst?«, forderte er mich heraus.

»Könnte man so sagen. Deine Kreationen waren genial. Ich sage bloß Früchtekuchen mit Käse. Jedenfalls waren die Gäste hin und weg.«

»Dann habe ich also dazu beigetragen, unsere Chancen zu erhöhen?«

»Durchaus möglich. Darüber hinaus dürften neben dem Viadukt der Kalender und Stews eigenwillige Fahrradständer dazu beigetragen haben, dass Egglethwaite den Leuten dauerhaft in Erinnerung bleibt.«

Deano sah mich aus schmalen Augen an. »Apropos Stew, was läuft da zwischen dir und ihm?«

»Nichts, da läuft gar nichts.«

Prüfend schaute er mich an, als könnte er mir ins Herz blicken – so wie es Miss Edge den entschwundenen Mopsfledermäusen angedichtet hatte.

»Ich kann dir einen Ratschlag geben, sofern du bereit bist, einen von mir anzunehmen.«

»Erleg dir keinen Zwang auf«, antwortete ich und seufzte resigniert. »Ich fange an, sie zu sammeln.«

»Also, du bist in ihn verliebt, und deshalb lautet mein Rat, endlich Nägel mit Köpfen zu machen.«

»Sag das noch mal.«

»Ich rate dir, mit anderen Worten, aufs Ganze zu gehen.«

»Nicht das. Das davor.«

»Dass du in ihn verliebt bist?«

»Ja, das meinte ich. Allerdings bin ich nicht in ihn verliebt«, insistierte ich und stieß ein gekünsteltes Lachen aus. »Mach dich nicht lächerlich, Deano.«

»Na schön.« Er nahm mir den Whisky ab und trank

ihn aus. »Meinetwegen kannst du dich weiter belügen, das ist deine Sache. Hauptsache, du vergisst nicht, dass du mir einmal Knutschen schuldig bist. Diesmal kannst du dich nicht davor drücken, Lana-Banana, du hast dein Ehrenwort gegeben.«

»Das habe ich wirklich? Okay, dann ran an den Speck. Aber keine Zunge, klar?«

Gerade als ich einen fetten Kuss auf seine Lippen setzte, wurde die Tür geöffnet.

»O mein Gott. Ich habe es doch gewusst!«, hörte ich ein entsetztes Flüstern in meinem Rücken.

Es war Jasmine.

Kapitel 28

»Dein Freund ist da«, sagte Tom am folgenden Abend, als ich ihn nach seiner Schicht ablösen wollte.

Ich folgte seinem Blick und sah Stewart am üblichen Tisch sitzen und die Speisekarte studieren.

»Schon wieder? Das ist mittlerweile das dritte Mal in dieser Woche.«

»Ja, ich habe ebenfalls den Eindruck, dass er in letzter Zeit verdammt oft hier bei uns aufkreuzt«, meinte Tom trocken und fügte scheinheilig hinzu: »Was das wohl zu bedeuten haben mag?«

»Vielleicht ist er ja besoffen von Deanos Kochkünsten, durchaus möglich, oder?«, lenkte ich ab.

»Hmm.«

»Was soll das nun wieder heißen?«, wollte ich wissen. »Raus mit der Sprache, du hast dieses komische Gesicht aufgesetzt.«

»Kein Mensch steht derart auf Mittelalterküche«, erwiderte Tom. »Zu uns kommt man hin und wieder, ein paarmal im Jahr allerhöchstens.«

»Worauf willst du hinaus?«, stellte ich mich dumm.

»Ich habe da so eine Theorie, von der ich dir ein

andermal erzählen werde.« Er stupste mich an. »Also, nimm seine Bestellung auf.«

»Kannst du das nicht machen?«

»Nein.« Tom zog den gefiederten Hut vom Kopf. »Ab sofort habe ich Pause. Los, geh endlich.«

Seufzend trollte ich mich.

»Und, ist es wahr?«, überfiel Stewart mich sogleich.

»Was ist wahr?«

»Das, was Deano mir erzählt hat, als ich ihm heute Morgen über den Weg gelaufen bin. Dass es gut aussieht wegen der Etappe.«

»Ja, es scheint fast so, als würde es klappen«, bestätigte ich. »Was wir einem Riesenarsch zu verdanken haben.«

»Sechs Ärschen, genau genommen.«

»Ich bleibe bei meiner Formulierung«, erwiderte ich mit einem spöttischen Lächeln. »Wie auch immer, es war ein Vabanquespiel, und der Schuss hätte genauso gut nach hinten losgehen können. Zum Glück scheint diese sonderbare Vanessa einen Narren an dir gefressen zu haben. Und an deinen bizarren Ideen. Kaum zu glauben, aber wahr.«

»Moment.« Stewart richtete sich kerzengerade auf seinem Stuhl auf. »Hast du etwa soeben indirekt zugegeben, dass ich recht gehabt habe?«

»Beinahe.«

»Und dass demnach du, wie soll ich es ausdrücken, im Unrecht warst?«

»Lass es gut sein und übertreib nicht, sonst nehme ich alles zurück.«

»Nein! Das gilt nicht. Du hast es gesagt und damit basta.« Er klopfte auf den freien Platz an seiner Seite. »Willst du mir nicht ein wenig Gesellschaft leisten?«

Abgesehen von einem älteren Paar war er der einzige Gast. Zeit hatte ich also. Und Lust gleichfalls, denn es war immer amüsant mit ihm.

»Okay, weil du gestern so erfolgreich mit der Weihnachtsfrau geschäkert hast, obwohl sie weit über deiner Altersklasse lag.« Ich setzte mich. »Fünf Minuten, dann muss ich wieder an die Arbeit.«

»Du bist hoffentlich nicht wirklich böse auf mich, oder?«, fragte er mit einem verführerischen Lächeln.

»Na ja, ein bisschen schon. Andererseits fand ich es verflucht komisch.«

»Ich bin als Meister des Requisitengags bekannt.« Er reichte mir sein Weinglas. »Da, ein Versöhnungsschluck.«

Ich nippte lediglich daran, weil ich prinzipiell während der Arbeit nichts trank.

»Gib's zu«, raunte Stewart mir zu. »Im Grunde findest du mich gar nicht so übel, und manchmal magst du mich sogar richtig gern.«

»Okay, zugegeben«, gestand ich lächelnd. »Wirklich höchstens manchmal, nicht öfter …«

»Aha, da ist die alte Lana wieder, die ihre Stacheln ausfährt. Was ist passiert, Mädchen? Als wir uns kennenlernten, hast du dauernd gelacht. Jetzt bist du immer leicht gereizt. Warum«, fragte er und legte seine Hand auf meine.

»Du weißt genau, was letztes Jahr alles los war. Meinen Vater erst leiden und dann sterben zu sehen, war entsetzlich und hat an der Substanz gezehrt. Ständig den Tod vor Augen zu haben, verändert einen Menschen.«

»Ich weiß. Lana, das letztes Jahr auf dem Pagans' Rock, ich wollte …«

»Das ist Geschichte«, unterbrach ich ihn. »Für mich jedenfalls.«

»Komm, wir wissen beide, dass das nicht stimmt.«

Verärgert über seinen selbstsicheren Tonfall entzog ich ihm meine Hand.

»Glaubst du wirklich, ich hätte das letzte Jahr damit zugebracht, dir nachzuweinen?«, beschied ich ihn barsch und hoffte damit sein Ego zu erschüttern. »Es war ein einziges Date und nicht die große Liebe.«

»Nein! Das meinte ich ganz und gar nicht.« Er fuhr sich mit der Hand durch die Haare. »Gott, es ist so schwer, mit dir zu reden, wenn du so unzugänglich bist.«

»Nimm dich einfach nicht so wichtig.« Ich schob den Stuhl zurück und wandte mich zum Gehen.

»Lana, ich versuche dir etwas zu erklären. Kannst du nicht für eine Minute deinen verletzten Stolz vergessen und mir zuhören?«

»Na schön.« Ich setzte mich wieder. »Eine Minute, nicht mehr.«

»Ich wollte dich anrufen, okay? Ehrlich.«

»Das hast du mir bereits erzählt. Aber dann kam was dazwischen, richtig?«

»Genau.«

»Zum Beispiel deine gekränkte Eitelkeit, weil ich nicht sofort mit dir ins Bett gehen wollte.«

»Du kannst nicht ernsthaft glauben, dass es das war. Du kennst mich schließlich.«

»Was war es sonst? Mein kranker Vater? Weil ich seinetwegen womöglich nicht genug Zeit für eine feste Beziehung gehabt hätte?«

»Was? Nein! Alles Unsinn.« Er nahm erneut meine Hand und drückte nervös meine Finger. »Es war mein Unfall.«

»Der war vor über einem Jahr, Stew. Unfälle dauern kein Jahr. Und ich war … Egal, spielt inzwischen keine Rolle mehr.«

Offener würde ich nie zugeben, wie sehr er mich verletzt hatte.

»Ich war nach dem Unfall total am Ende«, fuhr er fort, »wie gelähmt und völlig aus der Bahn geworfen.«

»Was genau ist eigentlich passiert?«, fragte ich plötzlich ganz sanft.

»Es geschah beim Geländetraining. Ich stürzte in einer Bodenwelle bei hoher Geschwindigkeit vom Rad. Kopfüber in eine Pfütze.« Er lachte freudlos. »Ehrlich gesagt, war es fast komisch, wie ich da mit schlammbespritztem Gesicht im Wasser saß und von einem verdatterten Schaf angeglotzt wurde. In dem Moment war mir noch nicht klar, dass ich soeben mein Leben ruiniert hatte.«

»War es sehr schmerzhaft?«

»Das ist das Merkwürdige daran. Ich spürte so ein Schnalzen, und mir war klar, dass ich mir das Knie verdreht hatte. Der Schmerz selbst hielt sich in Grenzen. Ich konnte sogar mit dem Rad zurückfahren. Erst als ich am nächsten Tag zu unserer Physiotherapeutin ging und ihren Blick sah, dämmerte mir, dass es was Schlimmeres sein könnte. Und dann sprach sie die Worte aus, die für jeden Sportler ein Albtraum sind.«

»Was für Worte?«

»*Das sieht nicht gut aus*. Jeder weiß, was das bedeutet.« Er schüttelte den Kopf. »Als ich erfuhr, dass ich das Radfahren aufgeben musste, fiel ich in ein tiefes Loch … Es war wie ein Sturz ins Bodenlose.«

Seine Gesichtsmuskeln zuckten, während er in seinen Wein starrte, und ich erkannte, wie sehr er nach wie vor unter dieser Sache litt.

»Das tut mir leid.« Ich hatte allen Groll vergessen, im Moment empfand ich nichts als Mitleid. »Das waren bestimmt schwere Zeiten für dich, wie?«

»Für dich offenbar genauso.«

Mit einem Mal tauchte wie aus dem Nichts Tom auf. »Äh, Leute, es gibt Neuigkeiten«, sagte er, und seine bebende Stimme verhieß nichts Gutes.

»Schlechte?«, fragte ich bang.

Er reichte mir sein Handy. »Na ja, als gut würde ich sie nicht gerade bezeichnen.«

Auf dem Display erkannte ich die Website unserer Lokalzeitung mit einem am Nachmittag neu eingestellten Artikel. Die Schlagzeile lautete *Tour de Farce* und prangte über einem großen Foto von Stewarts skurrilen Radständern in Arschform.

»Wer immer das eingeschickt haben mag, hat es offensichtlich auf uns abgesehen«, mutmaßte Tom.

Ich überflog den Artikel. *Bringen die Gegend in Verruf. Pubertär …* Ach, leckt mich, dachte ich. Jetzt fehlte nur noch: *Denkt denn niemand an die Kinder?*

In diesem Augenblick fiel es mir wie Schuppen von den Augen. »Sienna Edge. Bestimmt steckt sie mit ihrer Truppe dahinter und versucht, uns außer dem Fledermausthema noch eine weitere Falle zu stellen.«

Stewart nahm mir das Handy ab, um ebenfalls einen Blick darauf zu werfen. »Hm. Wahrscheinlich hast du recht. Auf mich hat sie es anscheinend besonders abgesehen.«

Unversehens schlug meine Stimmung um, und mein Ärger auf Stewart kehrte zurück. »Habe ich es dir nicht prophezeit, dass wir wegen dieser dämlichen Aktion in Teufels Küche kommen?«

»Ach, diese Leute zählen doch nicht mehr«, mischte sich Tom ein. »Vanessa Christmas hat es gefallen, und allein darauf kommt es an.«

»Da wäre ich nicht so sicher«, gab ich ihm Kontra. »Die Behörden in Bradford könnte es durchaus interessieren. Du weißt, dass sie vor jeder schlechten Publicity zurückschrecken, und bislang ist der Zuschuss nicht abgesegnet.« Ich sah Stewart vorwurfsvoll an. »Verdammt, was hast du dir bloß dabei gedacht?«

Gleichmütig zog er die Brauen hoch. »Ich? Vor zehn Minuten hast du mir noch erklärt, was für eine tolle Idee das gewesen sei.«

»Jetzt finde ich sie nicht mehr toll.«

»Das ist wohl kaum meine Schuld, oder?«

»Das ist es sehr wohl! Du hättest diese Aktionen nicht auf eigene Faust und hinter dem Rücken des Komitees starten dürfen.«

»Lana, das ist nun wirklich extrem unfair«, warf Tom mir vor. »Immerhin hätten wir ohne Stewart nie den Hauch einer Chance gehabt, den Zuschlag für eine Etappe zu bekommen. Wir wären nicht mal in die Auswahl gekommen.«

»Okay, zugegeben«, räumte ich widerwillig ein. »Falls es uns allerdings den Zuschuss gekostet hat, sind wir angeschmiert«, grollte ich düster. »Ohne Viadukt keine Etappe, das ist ja offensichtlich der Deal.«

»Lana, es tut mir leid, okay? Du weißt genau, dass ich das nicht beabsichtigt hatte ...«

»Genau das ist dein Problem, Stewart«, fiel ich ihm ins Wort. »Du beabsichtigst nie etwas. Die Dinge passieren dir einfach. Vielleicht wirst du eines Tages erwachsen genug sein, um zu begreifen, dass jedes Handeln Konsequenzen nach sich zieht.« Ich sah zur Tür. »Jasmine ist gekommen, ich gehe in die Pause. Tommy, wir sehen uns oben.«

Am Empfang erwartete mich ein neues Problem, denn unsere junge Kellnerin behandelte mich höchst reserviert. Natürlich war sonnenklar, warum.

»Kannst du hier unten für eine Stunde die Stellung halten?«, bat ich sie einleitend und hoffte, das leidige Thema Deano vermeiden zu können.

»Wenn du meinst«, sagte sie und wich meinem Blick beharrlich aus.

Es half nichts, ich würde um eine Aussprache nicht herumkommen.

»Jaz, das gestern, das hatte null zu bedeuten. Deano und ich haben einfach wie so oft herumgealbert. Ich hatte ihm einen Kuss versprechen müssen, damit er bereit war, Überstunden zu machen. Das war's.«

»Ich will nicht darüber reden«, wimmelte sie mich ab und stapfte zur Damentoilette, um sich umzuziehen.

Sobald sie zurück war, ging ich bedrückt nach oben, wo Tom schon auf dem Sofa saß. Auch er wirkte irgendwie niedergeschlagen. Ich ließ mich neben ihn fallen.

»Hör zu, es bringt nichts, sich wegen der Story den Kopf zu zerbrechen. Ich rufe morgen Andy an und versuche die Wogen zu glätten.«

»Darum geht es nicht«, erwiderte er. »Sondern um andere Dinge.«

»Um welche bitte um Himmels willen.«

»Du warst absolut nicht fair zu Stew, das ist dir hoffentlich klar.«

»Er muss nachdenken, bevor er etwas unternimmt, ganz einfach. Wir sollten ein Team sein, nicht die Stewart-McLean-Show.«

»Es geht nicht wirklich um diese Radständer, oder?«, hakte Tom nach.

»Vielleicht nicht. Keine Ahnung.«

»Wirst du ihm je verzeihen?«

»Würde ich gern.« Bevor ich weitersprechen konnte, musste ich mehrmals schwer schlucken. »Ich weiß einfach nicht, ob ich ihm je wieder trauen kann. Sein Verhalten hat so wehgetan, Tommy.«

»Das weiß ich.« Tröstend legte mein Bruder den Arm um mich. »Wir beide haben offenbar kein Glück mit der Liebe, wie es aussieht.«

»Ich dachte, du bist happy mit Cam.«

»Cam ist sauer auf mich.«

»Was ist passiert, habt ihr euch gestritten?«

»Eigentlich nicht. Er möchte, dass ich seine Eltern kennenlerne, und weil ich das zu früh finde, ist er eingeschnappt.«

Stöhnend sank ich in die Kissen zurück. Das hatte mir heute zu meinem Glück noch gefehlt, mich mit Beziehungsproblemen meines Bruders herumschlagen zu müssen.

»Schätzungsweise versteckst du dich einfach mal wieder in deiner Komfortzone«, versetzte ich ihm ohne Vorwarnung einen Schuss vor den Bug und spielte zur Abwechslung mal die böse Schwester. Manchmal hatte ich schlicht keinen Nerv für die Befindlichkeiten der beiden Sensibelchen.

»Mag sein«, gab er zu. »Aber das ist nun wirklich eine große Sache, auf die man sich vorbereiten muss, findest du nicht? Schließlich sollen sie mich mögen. Leider versteht Cam das nicht.«

Um die Diskussion erst mal zu beenden, unternahm ich einen Vorstoß: »Soll ich mit ihm reden?«

»Nein«, erwiderte er. »Ich bin ein großer Junge, ich

muss so was selbst hinbekommen. Ich lade ihn hierher ein, wenn du am Mittwoch beim Zahnarzt bist.«

O Gott, den Termin fürs Herausoperierens eines Weisheitszahns hatte ich total verpeilt.

»Das hat mir zu allem Überfluss gefehlt, eine richtig fiese Zahnbehandlung«, jammerte ich. »Anschließend darf ich nicht Auto fahren. Die Arzthelferin meinte, ich könnte durch die starken Betäubungsmittel leicht neben mir stehen. Kannst du mich abholen?«

»Keine Angst, ich werde zur Stelle sein und bringe dich heim, ganz gleich, wie high du bist.«

Kapitel 29

»Sie muss mindestens zwölf Stunden im Haus bleiben, Mr. Donati«, sagte der Schneemann am Empfang der Zahnarztpraxis zu Tom.

Es war ein sehr strenger Schneemann. Sein Rosinenmund war ein fester, gerader Strich.

Ich kicherte: »Schneemann.«

Er bedachte mich mit einem eisigen Blick. Gut, genau besehen waren alle seine Blicke eisig, aber dieser ließ mich besonders frösteln.

»Wie lange wirkt die Betäubung nach?«, hörte ich Toms Stimme, die eigenartig blubbernd klang, als befände er sich unter Wasser.

»Etwa noch eine Stunde, doch auch danach wird sie möglicherweise noch für eine Weile leicht desorientiert sein, und es versteht sich, dass sie nicht Auto fahren oder irgendwelche Maschinen bedienen darf.«

»Hey. Er hat das gesagt, ohne dass sich sein Adamsapfel bewegt«, flüsterte ich Tom total superleise zu.

Er zuckte zusammen. »Schon gut, kein Grund, so laut hier herumzuschreien.«

Alle in der Zahnarztpraxis hatten sich zu mir umgedreht, einer von ihnen sah aus wie Flash.

»Hey, Flash!«, rief ich ihm zu. »Braves Hundi!«

»Himmel, das wird eine anstrengende Fahrt«, stöhnte mein Bruder.

Ich stützte mich schwer auf ihn, während er mich zum Auto führte. Irgendwie drehte sich die Welt heute schneller als sonst.

»Wie die tanzenden Teetassen auf dem Rummel«, erklärte ich Tom. »Wo du Dad vollgespuckt hast, du Weichei.«

Zu Hause brachte er mich ins Bett. Die Zimmerdecke drehte sich über mir, schien sich zu öffnen, sodass ich durch sie hindurch in einen unendlichen Sternenhimmel blicken konnte. Sämtliche Sternbilder, der Mond und die Aurora Borealis, alles drehte sich in einem wirbelnden Kaleidoskop ... Hypnotisiert schaute ich nach oben.

»Alles okay, Lana?«, erkundigte sich Tom besorgt. »Tut die Wunde noch weh?«

»Sterne.« Ich deutete hoch zur Decke.

»Alles klar, wie sollte dir etwas wehtun? Du hast mehr Drogen im Blut als Keith Richards.«

»Siehst du die Farben? Sooo schön!«

»Ja. Hübsche Sterne.« Er streichelte über meinen Kopf. »Schlaf dich aus, du verrückte Nudel. Ich habe alles aus dem Zimmer geräumt, womit du dich verletzen könntest. Sobald Jaz hier ist, komme ich hoch und setze mich ein bisschen zu dir.«

»Liest du mir dann was vor so wie Dad früher?«, murmelte ich schläfrig.

»Wenn du das möchtest«, versprach Tom.

»Er ist weg, oder?«

»Ja, Kleines«, antwortete Tom liebevoll. »Er ist weg.«

»Aber du bleibst hier?«

»Natürlich. Ich werde immer da sein, wenn du mich brauchst. Und jetzt ruh dich aus, okay?«

»Danke, Tommy. Hab dich … lieb.«

Die Sterne erloschen. Als ich die Augen erneut aufschlug, war Tom weg, und oben auf dem Teleskop, das Dad mir zu meinem achtzehnten Geburtstag geschenkt hatte, saß ein flauschiger schwarzer Wellensittich.

Ich bedachte ihn mit bösen Blicken. »He! Keine Vögel in meinem Zimmer. Hau ab.«

Da er sich nicht bewegte, musterte ich ihn genauer.

»Aha. Du bist gar kein Wellensittich, sondern eine Mopsmaus.« Ich piekte mit dem Finger in seine Richtung. »Dass du mir bloß vom Viadukt wegbleibst, Mopsgesicht. Der gehört mir. Du musst dir mit deinen Freunden eine neue Wohnung suchen.«

Die kleine schwarze Fledermaus flatterte zur Tür. Sienna hatte recht, irgendwie war sie süß. Trotzdem gefiel mir ihr Gesichtsausdruck nicht. So als wäre sie auf Ärger gebürstet.

»He! Wo willst du hin?«, rief ich ihr nach. »Fliegst du etwa zu meinem Viadukt?«

Mühsam schwang ich die Beine aus dem Bett und folgte ihr unsicher zur Tür.

Barfuß und auf Zehenspitzen schlich ich, eine Hand fest am Geländer, die Treppe hinunter. Ich sah, wie einer der Flamingos von Yolandas Kalenderblatt bei Tom gerade eine Bestellung aufgab.

»Psst!« Ich legte den Finger auf die Lippen. »Mach ja keinen Krach, Fledermausi, sonst schickt er uns ins Bett.«

Ich öffnete die Eingangstür und tappte still und leise auf Zehenspitzen der Fledermaus nach, die direkt zum Fahrradladen flog.

Stewart bediente gerade einen weiteren Riesenflamingo, der aus dem Kalender entkommen war. Er zeigte ihm eine Harley Davidson mit großen Schwingen, die knapp über dem Boden schwebte.

»Gerade hereingekommen«, hörte ich ihn sagen, als ich die Tür aufdrückte.

Meine kleine Fledermaus flatterte voraus und landete auf seinem Kopf, was er gar nicht zu merken schien.

»Extrem leicht, ideal für Touren, desgleichen tauglich in leichtem Gelände. Was wollen Sie denn damit machen?«

»Wa-wa«, sagte der Flamingo. »Wa-wa-wa.«

»Also gut, wenn es nur für die Proben der Band ist, wird es auf dem Kopfsteinpflaster …«

»Verbundpflaster.«

Stewart drehte sich um, als er mich sprechen hörte. »Mein Gott, Lana! Wieso bist du im Schlafanzug? Wo sind deine Schuhe?«

Ich kicherte. »Auf dir sitzt eine Fledermaus.«

Er sah mich fragend an. »Was bitte hast du gesagt?«

»Fledermaus. Auf deinem Kopf. Sieht echt komisch aus.«

»Bist du betrunken?«

Die Fledermaus schüttelte die Schwingen, als würde sie lachen. Und dann wich vor meinen Augen die Farbe aus ihrem Körper, bis sie albinoweiß war, und sie schwang sich in die Höhe, um durch die Decke zu verschwinden.

»Jetzt ist sie ein Geist«, erklärte ich Stewart.

»Um Himmels willen.« Er kam zu mir, legte den Arm um mich, und ich lehnte mich dankbar gegen ihn. »Heute haben sie dir den Weisheitszahn gezogen, richtig?«

»Ja.« Ich riss den Mund auf, damit er es sehen konnte.

»Das tut mir jetzt wirklich leid, Rodge«, wandte er sich an den Flamingo und führte mich zur Tür. »Die müssen ihr was ziemlich Starkes gegeben haben. Kannst du zehn Minuten auf den Laden aufpassen, bis ich sie heil nach Hause gebracht habe?«

»Wa-wa-waa«, antwortete der Flamingo und nickte mit dem Schnabel.

»Hey, du solltest unbedingt die Harley nehmen«, rief ich ihm beim Rausgehen zu. »Die kann fliegen und alles. Das ist echt der Wahnsinn, du Vogel.«

»Was zum Teufel haben sie dir verabreicht? LSD?«, stöhnte Stewart, während er mich über die Straße bugsierte.

»Keine Ahnung. Musst du den Schneemann fragen.«

»Den Schneemann? Alles klar.«

»Hey.« Ich wand mich aus seinem Griff und taumelte rückwärts. »Wieso hältst du mich fest? Hör nicht auf das, was Deano gesagt hat, das ist alles blödes Zeug.«

»Wenn ich dich nicht festhalte, schlägst du der Länge nach hin.« Er streckte die Hand aus und verhinderte in letzter Sekunde, dass ich zu Boden ging. »Was ist blödes Zeug, Lana?«

»Dass ich dich liebe. Ich liebe dich nämlich kein bisschen.«

»Okay«, keuchte er und manövrierte mich durch die Restauranttür. »Tom! Du hast was verloren.«

»O Gott! Wie ist sie entwischt?«

»Keine Ahnung, plötzlich stand sie in meinem Laden und redete wirres Zeug. Ich weiß nicht, was sie ihr beim Zahnarzt verabreicht haben – jedenfalls hätte man mit der Menge, die sie intus hat, auf der Straße ganz schön Kohle machen können.«

»Sie war so nervös vor der Operation, dass die in der Praxis sie völlig zugedröhnt haben. So albern, wie sie redet, ist vielleicht sogar Lachgas in dem Cocktail gewesen.«

Ich kicherte. »Lachgas. Das heißt so, weil es so lustig ist.«

»Kannst du sie nicht im Auge behalten?«, fragte Stewart. »In dem Zustand ist sie unberechenbar.«

»Ich muss warten, bis Jaz kommt. Sie müsste jede Minute auftauchen. Würdest du sie vielleicht nach oben bringen und so lange auf sie aufpassen?«

Stewart sah ihn unschlüssig an. »Das ist ein bisschen schwierig. Roger wartet in meinem Laden. Nicht nur als Kunde, ich habe ihn gebeten, die Stellung zu halten, bis ich zurück bin.«

»Den stört das bestimmt nicht«, meinte Tom leicht

geringschätzig. »Bitte, Stew, tu mir den Gefallen. Wir haben einen Junggesellenabschied hier, und die kann ich nicht gut vor die Tür setzen.«

Er nickte zu einem Tisch voller Met schlabbernder Schäferhunde in Rugbyhemden hin.

»Na schön, aber schreib Rodge eine Nachricht für mich, in Ordnung? Sag ihm, ich komme, so schnell ich kann.«

»Danke, Kumpel. Die Treppe hoch, das erste Zimmer rechts.«

Die Schäferhunde bellten fröhlich, als Stewart mich an ihnen vorbeiführte, und ich winkte ihnen leutselig zu.

»Ich mag Hunde. Magst du auch Hunde?«, fragte ich Stewart, als er mich die Treppe hochwuchtete. »He, kommst du mit in mein Zimmer?«

»Ja, ich mag Hunde. Und ja, ich komme kurz mit in dein Zimmer.«

»In mein Zimmer dürfen keine Jungs, wenn ich es nicht erlaube.« Ich drohte ihm mit dem Finger. »Keine komischen Sachen, verstanden.«

Nachdem er mir ins Bett geholfen hatte, sah ich ärgerlich zur Decke hoch. »Die Sterne sind weg. Wo hast du sie hingetan?«

»Vielleicht sind sie schlafen gegangen.« Müde sank Stewart auf den Stuhl neben meinem Bett. »Also, das reicht an Sport für heute, Mädchen.«

»Bin ich so schwer?«

»Wenn du keinen einzigen Muskel rührst, dann bist du wie Blei. Meine Arme sind ganz taub.«

Neugierig musterte ich seine Arme. Sie sahen aus wie Tüten voller Walnüsse. Oder so.

»Du hast so viele Muskeln«, sagte ich. »Kann ich sie mal streicheln?«

»Tut mir leid, fürs Vorspiel fehlt mir die Energie.« Er musterte angelegentlich meinen Unterkiefer. »Sieht ziemlich geschwollen aus«, stellte er fest. »Tut es weh?«

»Ich fühle gar nix«, erklärte ich und blinzelte schläfrig. »Was machst du überhaupt hier, Stewpot?«

»Ich passe auf dich auf, bis dein Bruder aus dem Restaurant kommt.«

»Wieso?«

»Weißt du das nicht?«

»Neiiin.«

»Okay, vielleicht ist das eine gute Gelegenheit, mal alles loszuwerden, was ich dir längst sagen wollte. Solange du mich als Wellensittich oder Schnabeltier siehst, kannst du wenigstens nicht sauer auf mich sein.«

Ich kicherte albern.

»Ach Mädchen, ich habe alles total vermasselt, oder?«, flüsterte er

»Ja.« Ich schob den Zeigefinger unter der Decke hervor und richtete ihn auf Stewart. »Du hast gesagt, du rufst an. Und ich habe gewartet und gewartet und gewartet und gewartet, und du hast nicht angerufen.« Ich zog die Stirn in Falten. »Warum nicht?«

»Das würdest du nicht fragen, wenn du mich damals gesehen hättest. Das reinste Wrack.« Stewart stieß einen Laut zwischen Stöhnen und Ächzen aus. »Ich weiß, es war ein einziges Date, Lana, aber ich habe bereits damals gespürt, dass du etwas Besonderes bist. Dann bin ich hergezogen, lernte dich besser kennen und merkte, dass ich recht gehabt hatte. Seither setzt mir das Wissen, dass ich alles in den Sand gesetzt habe, umso schlimmer zu.«

Ich blinzelte angestrengt. Stewart verschwamm allmählich, doch ich kämpfte dagegen an. Er sagte Sachen, an die ich mich später erinnern musste. Zumindest zu dieser Erkenntnis war mein umnebeltes Gehirn wieder fähig.

»Dann hättest du anrufen müssen, so wie du es versprochen hast«, lallte ich mühsam.

»Das konnte ich nicht.« Er wurde rot. »Nach dem Unfall, der gleich in der Woche nach unserem Date passierte, erschien mir alles so trostlos, so hoffnungslos – ich konnte einfach nicht. Ich konnte überhaupt nichts mehr.«

»Pah«, schnaubte ich. »Nicht mal einen kurzen Anruf?«

»Du musst das verstehen. Nach dem Unfall war ich nicht mehr der Mensch, den du kennengelernt hattest. Monatelang nicht mehr.«

»Weil dir das Knie wehgetan hat?«

»Weil ich meine Karriere aufgeben musste. Als sie mir erklärten, dass ich nie wieder Rennen fahren könne, rutschte ich in eine Depression. Vier Monate habe ich das Haus nicht verlassen.«

Ich blinzelte den verschwommenen Stewart so klar, wie es im Moment ging.

»Warum bist du dann in mein Komitee gekommen, Stewart McLean?«

»Nun, ich dachte, ich könnte euch helfen und mir würde es ebenfalls helfen. Und vielleicht hoffte ich außerdem, du würdest mir verzeihen und wir könnten uns wieder näherkommen. Eines Tages.« Er beugte sich vor und schaute in meine Schlitzaugen. »Verzeih mir, Lana. Ich habe dich verletzt und hasse mich dafür. Und eigentlich habe ich es nicht verdient, dass mir ein Mädchen wie du eine zweite Chance gibt, trotzdem wünsche ich es mir so sehr.«

»Warum?«

»Weil ich dich zu gern habe, um dich ziehen zu lassen«, gestand er leise und beugte sich vor, um mich aufs Haar zu küssen. »Weil es keine andere wie dich gibt, nicht für mich. Verstehst du, was ich dir zu erklären versuche?«

Nein, so ganz durchdrangen seine Worte nicht den Nebel in meinem Kopf, den Kuss hingegen nahm ich wahr.

»Das hat sich gut angefühlt«, sagte ich und schloss die Augen. »Mach das noch mal, Stew.«

»Okay!«

Er küsste mich erneut aufs Haar und strich sanft mit den Fingerspitzen darüber. In dieser Sekunde wünschte ich, er würde nie damit aufhören.

»Du kannst dich zu mir ins Bett legen«, schlug ich ihm vor. »Ich mag Kuscheln.«

»Dein Bruder würde mir was erzählen, wenn er gleich hochkommt.«

»In meinem Bett lag schon so lange kein Junge mehr.« Ich wedelte schlaff mit der Hand. »Seit Jaaaahren.«

Stewart lächelte. »Ich sollte besser vergessen, dass du mir das erzählt hast. Wahrscheinlich würdest du morgen am liebsten deine Faust verschlucken, wenn du dich daran erinnerst.«

»Ich wollte nie wen anderes, niemals …«, brabbelte ich noch, dann wurde es schwarz um mich.

»Ich weiß, Kleines«, sagte er liebevoll, während seine Finger weiter in meinem Haar spielten.

Ich gähnte ausgiebig. »Stew?«

»Ja?«

»Ich mag dich wirklich, weißt du?«

»Ach ja?«

»O ja«, brachte ich gerade noch heraus. »Echt, aber nicht weitersagen.«

»Ich mag dich ebenfalls, Lana. Mehr als …«, war das Letzte, was ich hörte, bevor mein Bewusstsein sich verabschiedete.

Kapitel 30

Als ich aufwachte, spürte ich als Erstes heftige Schmerzen, die sich von meinem Kiefer aus in mein Hirn bohrten. Mein Schädel dröhnte, als hätte ich zehn Pints gekippt und mich danach auf ein paar Runden mit Mike Tyson in seiner Glanzzeit eingelassen.

Ich sah auf mein Handy und stöhnte auf. Halb eins. Ich hatte den halben Tag verpennt.

Durch meinen Kopf trieben seltsame Bilder. Erinnerungen? Träume? Deutlich sah ich lediglich eine Fledermaus und einen stinksauren Schneemann.

Und Stewart. War er in meinem Zimmer gewesen? Oder hatte ich das geträumt?

Ich stieg aus dem Bett, massierte mit einer Hand meinen geschwollenen Kiefer und taumelte zur Tür. Draußen im Flur sah ich im Vorbeigehen einen Männermantel hängen. Offenbar hatte Cameron hier übernachtet.

»Morgen«, begrüßte ich Tom, der im Wohnzimmer Fußball schaute. »Verfluchte Tat, tut das weh!«

Tom sah mich mitleidig an. »So ist das nun mal, wenn die Medikamente aufgehört haben zu wirken.«

»Mein Kinn fühlt sich an, als hätte ein Nashorn dagegengetreten. Was ist gestern passiert?«

»Erinnerst du dich nicht mehr?«

»Ich erinnere mich an … Warte, an einen sprechenden Schneemann.«

»Du warst den ganzen Nachmittag high wie eine Rakete.«

»Ich habe hoffentlich nichts Peinliches gemacht oder gesagt?«

»Und wie«, sagte er grinsend. »Das war lupenreine Comedy. Falls du je wieder eine Zahn-OP hast, landet das direkt auf YouTube.«

»Dann bist du tot. Wo ist Cam, schläft er noch?«

»Nein, er ist in der Arbeit.«

»Klar, ich hatte ganz vergessen, dass es Nachmittag ist. Weiß er, dass er seinen Mantel hier vergessen hat?«

Tom schüttelte den Kopf. »Ist nicht seiner.«

»Wem gehört er dann?«

»Mir«, sagte Stewart und streckte den Kopf aus dem Durchgang zu unserer kleinen Küche. »Einen wunderschönen Nachmittag, du Drogenmonster. Willst du einen Kaffee? Das Wasser hat gerade gekocht.«

»Was tust du hier?«

»Ich dachte, ich könnte in meiner Mittagspause kurz vorbeischauen und nachfragen, wie es dir geht«, erklärte er und trat ins Wohnzimmer. »Du warst gestern ja praktisch nicht ansprechbar.«

Ich stöhnte. »Dann warst du also bei uns in der Wohnung.«

»O ja. Du hast mir im Pyjama einen Hausbesuch abgestattet, und ich habe dich ins Bett gebracht, alles richtig sexy.« Er sah Tom an. »Kannst du uns kurz allein lassen, Kumpel? Deine Schwester und ich müssen ein paar Takte reden.«

»Wenn Lana es will …«

»Ist okay«, murmelte ich.

Ich hatte das unbestimmte Gefühl, dass ich sauer auf Stew gewesen war, wobei der Grund dafür sich hinter einem dichten Nebel versteckte, der sich nach wie vor nicht lichten wollte.

Ach ja, da war was mit den Radständern, die er eigenmächtig aufgestellt und uns damit einen gehässigen Zeitungsartikel beschert hatte. Allerdings war es aus irgendeinem Grund heute extrem anstrengend, wütend auf Stew zu sein.

»Ich bin dann mal unten«, verabschiedete sich Tom und schien froh, unserer Gegenwart entrinnen zu können.

Stewart setzte sich in den Sessel, und Flash, dieser treulose Höllenhund, sprang aus seinem Körbchen und strich ihm um die Beine.

»Und worüber müssen wir deiner Meinung nach reden?«, hakte ich nach.

»Also, zuerst muss ich mich bei dir entschuldigen, und anschließend habe ich ein paar Neuigkeiten für dich.«

»Neuigkeiten?« Augenblicklich war ich hellwach. »Hast du etwas aus Bradford gehört? Gutes oder Schlechtes?«

»Beruhige dich, es ist nichts Schlechtes. Aber zuerst möchte ich meine Entschuldigung vorbringen?«

»Und wofür entschuldigst du dich?«

Er sah mich scharf an. »Erinnerst du dich gar nicht mehr an gestern?«

»So gut wie gar nicht, nein.«

Einen Moment versank er in nachdenklichem Schweigen. »Das mit den Radständern tut mir leid«, erklärte er schließlich. »Du hast recht, ich hätte das mit dem Komitee absprechen müssen. Ich wollte euch einfach überraschen. Ich dachte, du würdest es witzig finden.«

»Okay, weiter.«

»Ich bin keine Sekunde auf den Gedanken gekommen, dass das Wasser auf Sienna Edges Mühlen sein könnte. Es tut mir leid, Lana.«

»Wahrscheinlich hat damit niemand gerechnet«, lenkte ich ein. »Mir macht vor allem Sorgen, wie der Rat des Gemeindeverbunds darauf reagieren wird.«

Stewart lächelte. »Dann sollte ich dir wohl die Neuigkeiten mitteilen.«

Gespannt schaute ich ihn an. »Also los.«

»Nur wenn du versprichst, dass du nicht sauer auf mich bist, weil ich schon wieder was hinter deinem Rücken unternommen habe. Ich habe dir die Suppe eingebrockt und wollte sie nun auch auslöffeln.«

»Und wie?«

»Also, ich weiß, dass du am liebsten ein Monopol auf Andy hättest, dennoch habe ich ihn heute Morgen angerufen und ihm erzählt, was passiert ist. Ich dachte, es sei besser, wenn er es von uns hört. Jedenfalls schien er die Sache nicht für problematisch zu halten. Wir haben uns beide darüber amüsiert.«

»Wirklich?«

»Ja. Ich glaube, unsere Lokalpolitiker sind nicht so prüde, wie wir dachten. Jedenfalls haben wir uns wegen dieser Geschichte umsonst verrückt gemacht.«

»Du meinst, ich.«

»Na ja, der Viadukt ist dein Baby, darum hast du besonders sensibel reagiert, aber jetzt ist es vergessen und vorbei.«

»Und was weiter? Ich sehe dir an, dass du noch was auf Lager hast. Raus damit.«

Er nickte zum Fenster hin. »Sieh es dir selbst an.«

Ich stand auf, massierte meinen schmerzenden Kiefer und zog die Vorhänge zurück.

Rund um Stewarts Radständer hatte sich eine Gruppe von Teenagern versammelt, die lachend auf den Hinterbacken posierten und Fotos schossen. Ein Junge lag mit verführerischem Schmollmund quer über einem Hinterteil und ließ sich von seiner kichernden Freundin mit dem Handy fotografieren, während ein zweiter hinter einem anderen Pobackenpaar in die Hocke ging, damit es so aussah, als wären die gigantischen Rundungen seine.

»Wir sind sogar vernetzt«, sagte Stew nicht ohne Stolz. »Es gibt eine eigene Facebook-Gruppe für die Fans der Ärsche von Egglethwaite, wie sie inzwischen im Netz heißen. Menschen kommen von überallher, um Bilder zu schießen.«

»Und das nach so kurzer Zeit. Alle Achtung!«

»Das Beste ist, dass ich daneben eine Spendenbox für den Viadukt aufgestellt habe. Wir haben inzwischen fast einen Hunderter verdient.«

Ich war echt beeindruckt und machte zur Abwechslung mal keinen Hehl daraus. »In einer Woche? Ist ja der reine Wahnsinn!«

»Nicht wahr? Außerdem bringt mir das ordentlich Zusatzumsatz. Ich hoffe, es stört dich nicht, dass ich ein paar Visitenkarten von eurem Restaurant auf der Theke ausgelegt habe. Vielleicht nutzt es euch ja ebenfalls und bringt euch neue Gäste.«

»Danke, Stew. Das war nett von dir.« Ich lachte. »Sienna wird sich vor lauter Ärger in ihren Allerwertesten beißen, dass sie indirekt unsere schwächelnden Geschäfte angestoßen hat.«

»Also hast du mir diesmal wirklich vergeben?«

»Ja, habe ich. Und entschuldige, dass ich dermaßen überreagiert habe.«

»Schwamm drüber, wir haben beide Fehler gemacht. Und gehe ich recht in der Annahme, dass du mich weiterhin in deinem Komitee haben willst? Wenn nicht, scheide ich freiwillig aus.«

»Warum solltest du?«

»Du warst neulich in eurem Lokal so sauer auf mich, dass ich das Gefühl hatte, du würdest mich nicht mehr dabeihaben wollen.«

»Könntest du das bitte als Überreaktion meinerseits abhaken? Schließlich bist du der Radrennexperte, ohne dich geht es nicht.«

»Ich habe gehofft, dass du das sagen würdest.« Mit einem erleichterten Lächeln erhob er sich. »So, ich muss zurück in den Laden. Wir sehen uns später, Kleines.«

Damit war er weg, und ich blieb wie jedes Mal völlig verwirrt zurück.

Kurz darauf kam Tom von unten herauf, und ich musste ihm haarklein Bericht erstatten.

»Und du hast dich jetzt rundum mit ihm ausgesöhnt«, wollte er wissen.

»Nicht ganz rundum. Dass er mich damals nicht angerufen hat, nagt immer noch an mir. Offenbar braucht es seine Zeit, bis es nicht mehr wehtut.«

»Hmm.«

»Was soll dieses ständige Hmm? Wenn du was zu sagen hast, dann sag es.«

»Und du bist sicher, dass du es hören willst?«

»Ich bin ein großes Mädchen, ich vertrage das. Also raus mit der Sprache, Schmerzen habe ich so oder so, da kommt es auf ein bisschen mehr kaum an.«

»Also, ich habe diesbezüglich eine Theorie.« Er stockte. »Bist du wirklich sicher, dass du sie hören willst?«

»In Gottes Namen, rück schon damit raus.«

»Also gut. Ich schätze, dass Stew ziemlich heftig in dich verliebt ist.«

Ich sah ihn zweifelnd an. »Nein, da täuschst du dich bestimmt.«

»Das glaube ich nicht«, widersprach er und begann die einzelnen Punkte an seinen Fingern abzuzählen. »Er kommt immer öfter zum Essen. Dauernd starrt er auf deinen Busen. Er flirtet wie ein Geisteskranker mit dir. Hat sich um dich gekümmert, als du durch die

Medikamente einen totalen Schuss in der Birne hattest.«

»Vielleicht ist er ja bloß notgeil und braucht jemanden«, versuchte ich Toms Theorie zu demontieren.

»Ja, könnte man so sehen, doch was dagegenspricht, sind die Blicke, die er dir zuwirft. Blicke, die dir sagen: O Lana, drück mich gegen deinen Wahnsinnsbusen und flüstere mir für alle, alle Zeiten süße Nichtigkeiten ins Ohr.«

»Du hast eindeutig zu viele kitschige Filme gesehen.«

»Ich meine es ernst«, sagte er. »Er sieht dich immer total verliebt an. Und er nennt dich Kleines.«

Auch das machte ich nieder. »Grauenvoll gönnerhaft.«

»Sei nicht so, du willst einfach kein gutes Haar an ihm lassen. Immer nimmt er deine Hand, streichelt dich, umarmt dich …«

Irritiert blinzelte ich ihn an. »Was dir so alles auffällt!«

Er seufzte. »Weißt du, ich kann nicht anders, ich muss ihn mögen. Und ich wünschte, du tätest dich mit ihm leichter, kleine Schwester.«

»Ich ebenfalls.« Mein Blick verdüsterte sich. »Leider schaffe ich das nicht.«

»Hat er dir denn erklärt, warum er sich damals nie gemeldet hat?«

»Angeblich hatte er nach seinem Unfall eine solch schlimme Depressionen, dass er sich in ein Schneckenhaus zurückgezogen hat und niemanden sehen wollte.« Ich hielt inne, um durchzuatmen. »Alles verständlich. Was ich hingegen nicht kapiere, ist, dass er sich ein volles Jahr nicht gemeldet hat. Ein verfluchtes volles Jahr und nicht ein einziges Wort. Und dann taucht er aus heiterem Himmel hier auf, grinst, als wäre nichts geschehen, und fragt, ob wir Freunde sein können. Das ist ätzend.«

»Und warum hat er das getan?«

»Weiß der Himmel.« Eine einsame Träne rollte über meine Wange. »Ich wünschte, ich könnte ihn hassen, Tommy«, flüsterte ich.

Er zog meinen Kopf an seine Schulter. »Nichts als Trouble, diese Beziehungsgeschichten, wie?«

Schniefend drückte ich die nassen Augen gegen sein T-Shirt. »Und wie ist dein Gespräch mit Cam gelaufen?«

»Tja, ich werde seine Eltern wohl oder übel treffen.« Tom verzog das Gesicht. »Er hat so lange geschmollt, bis ich eingeknickt bin.«

»Und wann ist es so weit?«

»In einem Monat, in der Woche nach dem großen Kettenrasseln. Hey, glaubst du, dein Zahnarzt kann mir was von deinen Medikamenten verschreiben? Ich wette, ich wäre wesentlich umgänglicher, wenn Cams Eltern zwei Schneemänner wären.«

Kapitel 31

Nach unserem letzten Krach und Friedensschluss hatte sich etwas zwischen Stewart und mir verändert, wobei ich nicht zu sagen vermochte, was es eigentlich war.

Wir waren immer noch Kumpel, aber ich fühlte mich seltsam befangen in seiner Gegenwart, vor allem wenn wir, was selten genug vorkam, zu zweit waren. Und obwohl er genauso lustig war wie sonst und auch mit mir flirtete, lag eine gewisse Spannung in der Luft. Oft sah er mich versonnen an, wenn er glaubte, ich würde es nicht merken, und wandte hastig den Blick ab, sobald ich ihn ertappte.

Ich ignorierte das, so gut ich konnte, und stürzte mich mit Feuereifer in allerlei Aktivitäten, die mich von meinen verwirrten und verwirrenden Gefühlen für Stew ablenkten. Da waren die Vorbereitungen für die Halloweenparty, wobei vor allem die Rekrutierung von Freiwilligen viel Zeit und manchmal zudem viel Überredung erforderte.

Und nach wie vor mussten Spenden gesammelt werden. Erfreulicherweise zahlte sich der unermüdliche Einsatz aus, denn inzwischen war unser Guthaben auf stolze achtzehntausend Pfund angewachsen.

Der Zuschuss vom Gemeindeverbund war hingegen bislang nicht eingegangen, was laut Andy jedoch kein Grund zur Sorge war. Es könne sich lediglich um eine bürokratisch bedingte Verzögerung handeln, mutmaßte er.

Dafür hatten wir endlich einen Plan mit der vorläufig festgelegten Route sehen dürfen – mit der Einschränkung allerdings, dass bis Januar noch Änderungen erfolgen könnten. Trotzdem wiegten wir uns in Sicherheit, und jedes Mal, wenn ich mit dem Finger die gewundene Linie der zweiten Etappe zwischen York und Sheffield nachfuhr, überlief mich ein Schauer.

Dann kam der Tag der Party, die unter dem Motto *Das große Kettenrasseln* stand, wobei Fahrradketten und nicht wie sonst Kerkerketten gemeint waren, denn alles drehte sich um das Thema Radfahren, natürlich mit Gruselfaktor. Praktisch jeder im Dorf war dazu verdonnert worden, auf die eine oder andere Weise mitzumachen und sich etwas auszudenken.

Die Kids hatten ihre Räder für eine Kostümparade über die Hauptstraße dekoriert, und für das gruseligste Rad mit dem gruseligsten Fahrer war ein Preis ausgesetzt. Es gab über dreißig Stände in und hinter dem Gemeindesaal, und auf dem großen Hof hatte Billy ein Bierzelt für die durstigen Mums und Dads aufgestellt.

Gerrys Morrismen würden einen walisischen Moriskentanz aufführen, der vermutlich noch schauriger war als ihr übliches Gehopse mit Bändern und Tüchern, sodass es eigentlich keiner zusätzlichen Gruseleffekte bedurfte. Und Roger hatte mit der Band eine Auswahl zu Halloween passender Stücke einstudiert. Dazu ließ sich nur eines sagen: Wer nicht einmal im Leben *Werewolves of London* in einer Blaskapellenversion gehört hat, der konnte nicht wirklich gelebt haben.

Kurz vor Beginn trafen Tom, Sue, Gerry und ich in dem mit Lampions dekorierten Hof ein.

»Ich sollte mich erst mal umziehen«, meinte Gerry. »Sofern Jim inzwischen da ist, er bringt unsere Kostüme mit. Ihr werdet staunen.«

Zweifellos, dachte ich. Wenn nämlich die Morrismen auftraten, trugen wir Musikanten ausnahmsweise mal nicht die dämlichste Uniform.

Wobei ...

Ich stupste Tom an und deutete auf Yolanda, die uns bereits erwartete. »Sieh mal, sieht sie nicht aus wie Audrey Hepburns kleine Schwester?«

Yo-yo hatte ihr übliches Outfit gegen eine überdimensionale Designersonnenbrille, einen riesigen Schlapphut und ein verstörend winziges, tief ausgeschnittenes schwarzes Kleid vertauscht, das sie aus dem Kleiderschrank irgendeines magersüchtigen Teenies entwendet haben musste.

»Na, hat sich das Schaf als Lämmchen verkleidet?«, spottete Sue, als wir näher kamen. »Was soll dieser lächerliche Aufzug?«

Yolanda bedachte ihre Freundfeindin mit einem abfälligen Blick, der selbst durch die Sonnenbrille einwandfrei zu erkennen war.

»Du musst es ja wissen, Oma Duck. Schließlich lebst du unter lauter Schafen.«

»Spiel dich nicht auf«, ging Sue in Kampfstellung. »Was glaubst du eigentlich, wer du bist? In der Schule hast du dich schon durch sämtliche Klassen gevögelt …«

»Es reicht.« Ich hob gebieterisch die Hand. »Heute ausnahmsweise mal keine Streitereien, Ladys. Das hier soll eine fröhliche Party für das ganze Dorf werden und keine Episode aus *Denver Clan*.«

»Sie hat angefangen«, maulte Yolanda.

»Und ich beende es hiermit. Benehmt euch beide, das werdet ihr ja wohl hinkriegen.«

»Warum hast du dich nicht verkleidet, Yo-yo?«, fragte Tom. »Wir aus dem Komitee wollten schließlich mit gutem Beispiel vorangehen.«

»Oh, ich bin verkleidet«, verkündete Yolanda. »Ich und meine Ladys vom Feinschmeckerclub haben beschlossen, dass wir an unserem Stand als Hexen von Eastwick auftreten, mit etwas mehr Glamour natürlich. Es gibt Brötchen mit Gruselbelag, und wir legen Tarotkarten.«

Sue konnte es nicht lassen. »Ich hoffe bloß, du hast dich nicht für irgendeinen ahnungslosen Burschen so aufgedonnert, den du dir krallen willst.«

Angewidert betrachtete Audrey Hepburn daraufhin die Warnschutzweste ihrer Kontrahentin.

»Und als was gehst du heute? Als Saturn? Die Farbe beißt sich grauenvoll mit deinen Haaren, das ist dir hoffentlich klar.«

»Ich begleite den Kinderumzug«, verteidigte Sue sich. »Hättest du eigentlich mit deinen hellseherischen

Fähigkeiten wissen müssen. Komm, machen wir einen Test.« Sie legte zwei Finger an ihre Schläfen. »Okay, und was denke ich in diesem Moment?«

Yolanda grinste boshaft. »Solche Worte nehme ich nicht in den Mund, Susan Lightowler.«

Lachend schlug Sue ihr auf den Rücken. »Na schön, meine Liebe, genug Spaß für einen Nachmittag. Komm und hilf mir, die süßen Kleinen aufzustellen.«

Sobald sie gegangen waren, schüttelte ich den Kopf. »Ich werde die beiden nie begreifen. Habt ihr je erlebt, dass eine Freundschaft allein darauf beruht, sich gegenseitig zu beleidigen?«

»Na ja, wenn Gerry und Sue eine ganze Ehe darauf aufbauen können …«, wandte Tom achselzuckend ein. »Geh lieber zu deiner Blaskapelle. Roger gerät in Panik, wenn du zu spät kommst, und wird dann vollends unleidlich.«

»Weißt du, wo Stewart ist?«, fragte ich beiläufig, während wir uns zum Zelt vorarbeiteten.

»Er, Cam und ich sollen uns am Stand des Komitees abwechseln. Deshalb werde ich mich mal auf die Suche nach ihnen machen.«

Nachdem er sich getrollt hatte, begab ich mich in das Zelt unserer lustigen Musikanten.

»Hallo, Leute«, rief ich und zwängte mich durch die zweite Reihe zu meinem Platz. »*Herr, bleib bei mir* für den Fall, dass alles den Bach runtergeht, in Ordnung?«, witzelte ich, aber niemand lachte.

In all meinen Albträumen dieser Woche hatte nämlich niemand mit den Ketten rasseln wollen, und ich fürchtete mich davor, es könnte tatsächlich so kommen und wir würden ohne Publikum spielen. Indem wir eine einzige große Veranstaltung statt vieler kleiner Events organisiert hatten, war auch der finanzielle Erfolg praktisch auf eine Karte gesetzt worden und sollte mindestens fünf Riesen bringen.

Als sich nach etwa zehn Minuten immer mehr Zuhörer im Zelt versammelten, atmete ich erleichtert auf.

Roger wählte zur Einstimmung das Darth-Vader-Thema aus *Star Wars*. Es war einer unserer alten Hits, und da ich meinen Part aus dem FF spielte, konnte ich mit einem Auge die wachsende Zuhörerschaft beobachten.

Fast alle Kinder und erstaunlich viele Erwachsene hatten sich verkleidet. Es gab einen Gevatter Tod im schwarzen Rennradtrikot mit einer Sense über der Schulter, ein Gespenst, das getreu unserem Motto mit Fahrradketten rasselte, eine Hexe, deren Besen auf ein Mountainbike montiert war – offensichtlich hatte das Thema die Fantasie ganz Egglethwaites beflügelt.

Sogar eine Riesenfledermaus mit Radhelm gab es zu bewundern. Sie erinnerte mich fatal an Sienna Edge, die uns immer noch unverdrossen in irgendwelchen Pamphleten als herzlose millionenschwere Kapitalisten beschimpfte, die eine Kolonie unschuldiger Fledermausbabys auslöschen wollten, und fand damit durchaus eine gewisse Anhängerschaft. Und da wir bislang nichts Endgültiges über die Fledermausbesiedlung des Viadukts gehört hatten, konnten wir ihr leider nicht energisch entgegentreten. Wie bei dem Zuschuss schienen in dieser Hinsicht die Mühlen der Bürokratie ebenfalls langsam zu mahlen.

Plötzlich merkte ich, dass Roger mich finster ansah und dabei wild mit dem Taktstock fuchtelte. O Gott, ich war so weggetreten gewesen, dass ich ein paar Takte voraus war. Zum Glück hörte gerade niemand richtig zu, weil gleich der Kinderumzug beginnen würde und die Kids startklar gemacht wurden.

Unwillkürlich musste ich lächeln, als ich sah, wie sich die Kleinen aufgeregt und mit leuchtenden Gesichtern aufstellten. Süße kleine Hexen, Werwölfe und Monster schoben Fahrräder, die mit Mumienbandagen oder hausgemachtem Schleim verziert waren. Jedes Rad hatte einen Korb am Lenker, denn die Zuschauer sollten ihnen während der Parade Süßigkeiten zuwerfen. Ein bekannter Radrennprofi, den Stewart uns besorgt hatte, ein ehemaliger Toursieger namens Harry Croston, würde am Ende das beste Kostüm küren.

Stew entdeckte ich jetzt ebenfalls. Er stand in einer Ecke des Zeltes mit einem großen, gut gebauten Vampir mit totenbleich geschminktem Gesicht zusammen. Dieses Kostüm war im Gegensatz zu dem üblichen billigen Plunder eindeutig maßgeschneidert und entsprechend teuer gewesen. Ich musterte den Vampir eingehender: dieses leicht verächtliche Lippenkräuseln, der wiegende Gang … Kein Zweifel, es war Harper Brady.

Wieso war er überhaupt hergekommen? Seit unserem katastrophalen gefakten Date hatte ich seine Anrufe ins Leere laufen lassen.

Unsere Band hatte eine besondere Nummer für den Auftakt zur Radparade einstudiert: Michael Jacksons *Thriller* mit einem Solo für Kornett. Einem verfluchten Solo für Kornett. Als unser pummeliger, bebrillter Kornettist aufstand und sein Instrument ansetzte, sah ich im Geiste Jacko in seinem Grab rotieren.

Unterdessen setzten sich draußen die Kinder auf Harry Crostons Kommando hin mit ihren Rädern in Bewegung, begleitet von den schiefen Klängen unserer Blaskapelle, die erbarmungslos einen Popklassiker der Achtziger dahinmetzelte.

Nachdem die Kinder zurück auf dem Festplatz waren, kürte Harry ein winziges Mädchen von etwa vier Jahren zur Siegerin des Kostümpreises. Sie und ihr Rad waren ganz in Gelb gehüllt, aus dem überall graue Pappdreiecke ragten, und als Harry sie fragte, was sie Gruseliges darstellten, flüsterte sie leise: »Haie in Vanillepudding.« Ich vermutete, dass sie sich diesen Gag nicht selbst ausgedacht hatte, doch Harry fand die Idee offenbar witzig, und so befestigte sie voller Stolz die blaue Rosette an ihrem Kostüm.

Während einer Musikpause schlenderte ich über den Hof, blieb hier und da stehen und landete schließlich bei Sue.

»Das musst du dir ansehen«, sagte sie und deutete zum großen Bierzelt, wo sich ein Rudel Morrismen in unterschiedlichen Stadien der Trunkenheit versammelt hatte.

»Himmel, was haben die denn an?« Mir fielen fast die Augen aus dem Kopf. »So was tragen also die walisischen Moriskentänzer? Da wundert es mich nicht, dass sie sich alle volllaufen lassen.«

Normalerweise bestanden die Gewänder der Egglethwaiter Gruppe aus weißen, mit Glocken besetzten Gewändern, was schon albern genug war. Die walisischen Kostüme nun waren echt der Abschuss: knielange, mit roten und orangefarbenen Lumpenbändern behängte Gehröcke, windschiefe Zylinder mit Federschmuck, dazu mit schwarzen Mustern bemalte Gesichter – unsere Morrismen sahen aus wie Feuerdämonen. Oder wie Vogelscheuchen. Auf jeden Fall absolut lächerlich.

»Sieh dir an, womit ich verheiratet bin.«

»Ach, vergiss es. Du liebst ihn bedingungslos, egal wie er aussieht.«

»Traurigerweise ja. Obwohl mir manchmal durchaus Zweifel kommen, wenn ich ihn herumhopsen sehe wie einen geisteskranken Waldkobold.«

Jemand piekte mich in den Rücken, und als ich mich umdrehte, sah ich Tom und Deano hinter mir stehen.

»Kommt ihr beiden mit auf eine Runde über den Platz, oder geht ihr ins Zelt, um Gerry tanzen zu sehen?«, fragte Tom.

»Lieber nicht«, erwiderte ich. »Es könnte ihn kränken, wenn ich einen Lachanfall bekomme.«

»Schon wieder.«

»Du hast es gut, dass du dir das ersparen kannst«, seufzte Sue. »Ich bleibe, sonst schmollt er am Ende wieder tagelang. Wir sehen uns später.«

Kapitel 32

Ich hakte mich bei Tom und Deano ein und schlenderte mit ihnen langsam durch das Gedränge. An dem ein oder anderen Stand blieben wir stehen. Es war wie ein richtiger Rummelplatz, nur dass hier keine Profis die Stände betrieben.

»Wo ist Cam?«

Tom zögerte. »Ehrlich gesagt, gehe ich ihm in den letzten Tagen aus dem Weg. Dieses dämliche Treffen mit seinen Eltern liegt mir so was von auf der Seele. Je näher es rückt, desto mehr graut mir davor, aber er lässt mich nicht mehr aus der Nummer raus.«

»Sprich ihn einfach noch mal darauf an, Kumpel«, schlug Deano vor.

»Du hast leicht reden«, erwiderte Tom düster. »Du haust alles raus, was dir so in den Kopf kommt. Ich kann das nicht.«

»Dann schreib ihm«, schlug ich vor. »Schriftlich lässt sich manches besser vorbringen als mündlich.«

»Ist vielleicht gar keine schlechte Idee, ich werde darüber nachdenken«, versprach mein zaudernder Bruder. »Allerdings nicht jetzt. Komm, wir sollten zu Stewart rübergehen. Mal sehen, was da läuft.«

Da uns bei unseren Planungstreffen nichts wirklich Tolles eingefallen war, was speziell das Komitee noch bieten könnte, hatten wir uns vage auf eine Art Infostand verständigt und es Stewart überlassen, sich etwas auszudenken. Schließlich betrachtete er sich ja als Crack für Gags.

Meine Gesichtszüge entgleisten, als ich sah, was er sich diesmal hatte einfallen lassen: nichts.

Nichts war zu sehen außer einem Stapel Kalender und einem Schild in Gestalt eines Lippenpaares, auf dem £ 1 stand. Ein Pfund. Stewart salutierte wie jedes Mal, wenn ich meine alberne Uniform trug.

»Ich hoffe für dich, dass du hier selbst hergestellten Lippenbalsam verscherbelst, McLean.«

Er grinste. »Falsch geraten.«

Mir wurde ganz anders. »Sag bitte nicht, dass du Küsse verkaufst. Das wäre ja so was von billig.«

»Dafür ist es lustig.« Er zuckte die Achseln. »Für mich ist es jedenfalls ein großartiger Nachmittag.«

»Das kann ich mir lebhaft vorstellen«, gab ich spitz zurück. »Ich hoffe, du kriegst Herpes.«

»Ich meine wegen der Einnahmen.« Sprach's und schüttelte das Glas mit den Münzen, wobei er mich mit einem spöttischen Grinsen musterte. »Lana, könnte es sein, dass du eifersüchtig bist?«

So langsam wurde ich giftig. »Verrate mir lieber, was diese ekelhafte Idee mit Halloween zu tun hat? Oder mit dem Radfahren?«

»Oh, mehr als du denkst. Beim Küssen durchläuft dich beispielsweise ein Kribbeln wie bei einer Fahrt über Kopfsteinpflaster.« Belustigt wackelte er mit den Augenbrauen. »Wie wär's mit einer Kostprobe? Normalerweise geize ich mit Gratisküssen, doch bei dir …«

»Das war nicht rein zufällig Yo-yos Idee?«, erkundigte Tom sich argwöhnisch.

»Wie hast du das erraten?« Stew nickte zu dem Geldglas hin. »Etwa ein Fünfer stammt von ihr. Sie ist meine beste Kundin.«

»Wer hätte das gedacht«, ätzte ich.

»Also gut, ich nehme einen.« Deano warf eine Pfundmünze in Stewarts Glas, beugte sich über den Tisch und drückte einen fetten Kuss auf Stewarts Lippen, woraufhin dieser sich sogleich leicht angewidert den Mund wischte.

»Wo ist Harper?«, wandte ich mich an ihn. »Ich habe ihn in seinem Vampirkostüm herumstreunen sehen.«

»Er muss hier irgendwo sein. Wahrscheinlich erzählt er gerade irgendwem, dass er bei *Twilight* ursprünglich die erste Wahl für die Besetzung der Rolle des Edward Cullen gewesen sei.«

»Wahnsinn, war er das wirklich?«, hakte Tom sichtlich beeindruckt nach.

»Sei nicht albern. Das erzählt er den Mädchen, um sich wichtig zu machen.«

»Warum hast du ihn überhaupt eingeladen? Du und der andere Radprofi, ihr hättet als Promis gereicht.«

»Ich habe ihn gar nicht eingeladen, er ist einfach aufgekreuzt. Offenbar hat er meinen Facebook-Post gelesen. In letzter Zeit folgt er mir wie ein Hündchen, keine Ahnung, was mit ihm los ist.«

Hinter uns bildete sich eine Schlange: eine Gruppe von jungen Frauen in meinem Alter, die kichernd miteinander tuschelten. Stewart galt im Ort inzwischen als Frauenschwarm, insofern war der Andrang kein Wunder. Viele holde Weiblichkeiten suchten außerdem unter irgendeinem Vorwand seinen Laden auf, obwohl keine ein Rad kaufen oder reparieren lassen wollte. Das Einzige, was sie erstanden, waren die Kalender wegen der geilen Fotos ihrer Idole Stewart und Harper.

»Was glaubst du, wie viel er für einen Kuss ohne Hemd nimmt?«, hörte ich ein Mädchen flüstern.

»Also, Lana«, provozierte Stewart mich. »Letzte Chance, es wartet Kundschaft.«

»Wenn du dann Ruhe gibst.«

Etwas an den Mädchen hatte mein Eifersuchtsgen aktiviert. Aus irgendeinem Grund wollte ich nicht weggehen, ohne dass sie gesehen hatten, wie Stewart mich küsste.

»Auf die Wange«, betonte ich, als ich mich über den Tisch beugte, aber es war zu spät. Er hatte mein Kinn bereits in die Hand genommen, und im nächsten Moment landeten seine Lippen auf meinen.

Wenn ich gedacht hatte, ich sei über unseren Kuss am Pagans' Rock hinweg, dann hatte ich mich getäuscht. Sobald sich unsere Lippen berührten, war alles wie vor mehr als einem Jahr: das Gefühl von Richtigkeit, die Sicherheit seiner Arme. Ich spürte, wie mein Körper für ihn erwachte, genau wie damals – und genau wie manchmal in den Träumen, die ich niemandem erzählen würde.

Dabei war sein Kuss im Grunde vollkommen unschuldig. Keine forschende Zunge, kein Drängen, keinen an mich geschmiegten Körper. Er küsste sanft und ausdauernd, und sein Daumen liebkoste die Rundung meines Ohrs, während seine Lippen auf meinen lagen. Es war diese Reinheit, die Schlichtheit seiner Berührung, die mich überwältigte. Mein Gott, war das sexy.

»Lana«, flüsterte er, als er sich von mir löste, und sah mir dabei tief in die Augen.

Ich räusperte mich. »Also, dann vielen Dank«, stammelte ich und setzte ein hoffentlich distanziertes Lächeln auf, bevor ich eine Münze in sein Glas warf. »Für den guten Zweck.«

»Wahnsinn, so ein Kuss für nicht mehr als ein Pfund?«, hörte ich ein Mädchen tuscheln, als ich davonspazierte. »Ich frage mich, was ich für einen Zehner bekommen würde.«

»Und ihr zwei könnt aufhören, mich so anzuglotzen«, fauchte ich die beiden Jungs an, als wir außer Hörweite waren.

»Sie hasst den Typen, weißt du?«, sagte Tom grinsend zu Deano.

»Ganz klar. Ich knutsche auch am liebsten mit den Menschen, die ich hasse.«

»Du musst gerade reden«, gab ich beleidigt zurück. »So wie du ihn geküsst hast, ich weiß nicht, wie ich das finden soll …«

»Das kannst du nicht vergleichen – dein Kuss erinnerte mich verteufelt an *Casablanca* oder so.«

»Komm, du alter Sturkopf«, sagte Tom leise. »Wie lange willst du dir noch was vormachen?«

»Ich mache mir nichts vor … Oder besser gesagt, ich versuche mir was vorzumachen, doch es klappt einfach nicht.«

»Dann bezieh mal klipp und klar Stellung. Gesteh dir endlich die Wahrheit ein.«

»Okay.« Ich holte tief Luft. »Fakt ist, dass ich ihn mag, mehr als ich irgendwen jemals zuvor gemocht habe.«

»Und warum unternimmst du dann nichts?«, fragte Deano verwundert.

»Zum Beispiel was?«

»Also, ich würde sagen: Schnapp ihn dir und tu, was du sowieso tun möchtest.«

Zweifelnd sah ich Tom an. »Was meinst du dazu?«

»Schwer zu sagen. Ich möchte, dass du glücklich wirst, und wenngleich du es nicht zugeben magst, scheint mir, dass er dich sehr glücklich machen könnte, sofern du die alten Sachen vergisst.«

Deano deutete hinüber zu dem Stand, an dem Yolanda Cupcakes und Zukunftsvisionen feilbot.

»Probier's einfach mal mit professioneller Hilfe. Vielleicht steht deine Zukunft ja in den Karten.«

»Nicht dein Ernst, oder?«

»Es ist ein Joke. Mach schon. Vielleicht hebt es wenigstens deine Laune.«

Er begleitete mich zu Yolandas Stand. Auf dem Tisch war eine rot-weiß karierte Tischdecke ausgebreitet, auf der in der Mitte eine Kristallkugel neben einem Stapel

Tarotkarten lag. Das Ganze wurde ziemlich bizarr von winzigen Silbertellerchen voller Cupcakes in Grabsteinform eingerahmt.

»Guten Abend, meine Schöne«, begrüßte Deano zwinkernd die Sirene von Egglethwaite, die fast so viel draufhatte wie ihre antiken Vorbilder. »Ich bringe dir eine Kundin.«

»Wie viel kosten die Cupcakes?«, lenkte ich ab.

»Schluss.« Deano drohte mir mit dem Zeigefinger. »Lass sie nicht vom Haken, Yo-yo. Lana braucht einen Rat aus der Geisterwelt, was ihr Liebesleben angeht.«

Unser mit allen Wassern gewaschenes Multitalent schnalzte tadelnd mit der Zunge.

»Tarot hat nichts mit Geistern zu tun, mein Lieber. Es geht darum, deine verborgenen Energien zu channeln, wie man das nennt. Die Karten dienen lediglich als Wegweiser, sie helfen dir, Blockaden wegzuräumen, die du dir selbst in den Weg gelegt hast.«

»Kapiert«, nickte Deano. »Ballaststoffe für die Seele.«

»Na schön, wenn du es so ausdrücken willst.«

»Woher hast du überhaupt das ganze New-Age-Gesülze, Yo-yo?«, warf Tom ein.

»Es gab einen Artikel in *Perfect Homes* darüber.« Sie nahm den Stapel Tarotkarten und streckte ihn mir hin. »Okay, Lana, du teilst jetzt diesen Stapel in drei Haufen, die jeweils für Vergangenheit, Gegenwart und Zukunft stehen. Und dabei musst du dich absolut auf die Frage konzentrieren, die du beantwortet haben möchtest.«

»Du glaubst nicht wirklich an das alles, oder?«

»Was denkst du denn, Süße!« Ihre Augen waren riesig geworden angesichts dieser Unterstellung. »Es gibt mehr Dinge zwischen Himmel und Erde, als man denkt. Du solltest deinen Geist ein wenig öffnen.«

Resigniert nahm ich ihr die Karten ab.

Während ich sie mischte, versuchte ich mich auf die Frage zu konzentrieren, die ich beantwortet haben wollte. Was wollte ich eigentlich wissen? Jedenfalls hatte es mit Stewart zu tun. Warum er mich so ärgerte? Nein, darum ging es nicht. Warum er immer wieder in meinem Leben auftauchen und alles durcheinanderbringen musste? Nein, auch nicht.

»Achte darauf, dass deine Energie positiv bleibt, sonst könnte es ein schlechtes Resultat geben«, mahnte mich meine Führerin in das Innerste meiner Seele.

Genervt zwang ich mich zu einer neutralen Miene. Zum Glück wusste ich inzwischen, auf welche Frage ich mich konzentrieren wollte: Was ich verflucht noch mal jetzt tun sollte?

Yolanda legte die drei obersten Karten mit dem Bild nach unten auf die Tischdecke.

»Okay, dann wollen wir mal sehen, was wir hier haben. Die erste Karte steht für etwas aus deiner Vergangenheit, das auf dein gegenwärtiges Leben abfärbt. Etwas, mit dem du noch nicht abgeschlossen hast.«

Sie drehte sie um und sah mitfühlend zu mir auf. »Ach Schatz, das tut mir leid.«

Auf der Karte war ein von drei Schwertern durchbohrtes Herz zu sehen.

»Was bedeutet das?« Ich versuchte, mich cool zu geben, obwohl mein durchbohrtes Herz wie wild klopfte.

»Es steht für das, wonach es aussieht. Ein gebrochenes Herz. Schmerz oder Verlust in Liebesdingen.«

Deano stupste mich aufgeregt an. »Siehst du? Es funktioniert.«

»Unsinn. Das ist reiner Zufall oder etwa nicht?«

Yolanda richtete sich empört auf. »Das ist ganz gewiss kein Zufall, junge Dame. Und wenn du das nicht ernst nimmst, sollten wir lieber die Sitzung abbrechen. Also wirklich, das ist typisch Widder.«

»Entschuldige, Yo-yo.« Ich lächelte reumütig. »Mach bitte weiter. Was siehst du in meiner Gegenwart?«

Sie drehte die nächste Karte um, auf der ein grinsender Clown in geschecktem Gewand abgebildet war. Ich brauchte keine Tarotexpertin zu sein, um zu erkennen, dass dies der Narr war.

»Ach, wie nett«, sagte ich, ohne eine blasse Ahnung zu haben, was diese Karte bedeutete.

»Der Narr steht nicht etwa für Narretei«, belehrte Yolanda mich. »Er kann einen Neuanfang oder eine Befreiung des Geistes symbolisieren. Nur …«

»Nur was?«, fragte ich.

»Na ja, er steht auf dem Kopf. Ein umgedrehter Narr bedeutet etwas anderes. Naivität, absichtliche Blindheit …« Sie sah mich an. »Gibt es etwas in deinem Leben, vor dem du die Augen verschließt, Lana?«

»Nein«, murmelte ich.

»Ist ja klar, dass du das sagst, oder?« Deano schüttelte den Kopf. »Das ist gespenstisch. Dreh die letzte Karte um, Yo-yo.«

Sie deckte sie auf, und wenngleich ich nicht ans Kartenlesen glaubte, zuckte ich unwillkürlich zurück.

Es war die eine Karte im Tarot, die jeder kannte und fürchtete. Der Tod.

»Nein, keine Angst«, kam Yolanda mir eilig zuvor, bevor ich in Panik geraten konnte. »Der Tod bedeutet nicht das, was die meisten Menschen glauben. Es ist eine positive Karte, vor allem für die Zukunft.«

»Inwiefern denn das?«

Tom wirkte völlig verwirrt und zudem ein klein wenig verstört. Einerseits hatte er mit solchem Zeug absolut nichts am Hut, weil es ihm unheimlich war, andererseits war er genau wie ich vielleicht durch Dads Tod abergläubischer geworden, als uns bewusst war.

»Veränderung oder Wiedergeburt, ein Umsturz des Status quo womöglich. Nicht immer zum Besseren, aber das kommt auf den Einzelfall an. Die Energie für Veränderungen ist jedenfalls da, sie muss bloß gechannelt werden.«

»Lana«, mischte sich Deano ein, »bist du bereit, deine Chakren in Stellung zu bringen und deine Energien zu channeln?«

»Zumindest bin ich bereit für einen Cupcake«, bügelte ich seinen spirituellen Eifer hinunter.

Nachdem wir Yolanda für das Kartenlegen und je einen Cupcake bezahlt hatten, schlenderten wir weiter und schauten den Schluss von Gerrys Aufführung an. Die Morrismen hopsten noch immer wild herum und schlugen ihre Stecken gegeneinander, Sue hatte sich trotz ihres Versprechens zu bleiben klugerweise verzogen.

»War das nicht total schräg?«, fragte Deano. »So als hätten die Karten alles über dich gewusst, Lana. Liebesleid, Verstecken, Veränderungen … Vielleicht müssen wir Yo-yo auf den Scheiterhaufen stellen.«

»Red keinen Quatsch«, widersprach ich undeutlich mit vollem Mund. »Sie hätte irgendwelche Karten aussuchen können, und immer wäre es um Stew gegangen. Du siehst das, was du sehen willst, so läuft der Hase.«

Dennoch war mir nach der Geschichte irgendwie mulmig zumute, und sei es einzig und allein deshalb, weil ich dadurch gezwungen wurde, mir Gedanken über Stewart zu machen. Unsere Geschichte, meine Gefühle ihm gegenüber, unsere Zukunft. Hatten wir überhaupt eine Zukunft?

Im Nachhinein bereute ich, dass ich mich von Deano zum Kartenlegen hatte überreden lassen. Zudem bei einer Person, die nicht gerade ein Ausbund an Seriosität war.

Mein Kochgenie hingegen war dermaßen beeindruckt, dass er zu Yo-yos Stand zurückwollte, um sich ebenfalls die Karten legen zu lassen.

Ich zog es vor, ihn nicht zu begleiten. Allein bei den Bildern auf den Karten kam mir das Gruseln.

Kapitel 33

Ein paar Minuten später tippte mir jemand auf die Schulter. Ich drehte mich um und stand einem grinsenden, tadellos frisierten Vampir gegenüber.

»Sexy Aufzug«, sagte Harper. »Hast du auch ein paar Pompoms dazu?«

»Zur Hölle mit dir. Dass du mit Stew verwandt bist, merke ich immer mehr. An eurem verdrehten Humor nämlich.«

»Ich kann nicht glauben, dass du in einer Blaskapelle spielst«, fuhr er fort, mich auf die Schippe zu nehmen. »Ist ein Witz oder?«

»Nein. Ob du es glaubst oder nicht, mir macht es wirklich und wahrhaftig Spaß.«

»Du bist echt ein putziges Mädchen«, lachte er. »Hast du übrigens eine neue Telefonnummer? Ich rufe dauernd an, ohne dass jemand rangeht.«

Offenbar kam es Harper Brady gar nicht in den Sinn, dass ich nicht mit ihm sprechen wollte.

»Hör zu, Harper, ich hatte einfach keinen Bock auf dich. Tut mir leid.«

»Warum nicht?«

»Weißt du wirklich nicht, was es bedeutet, wenn

eine Frau deine Anrufe wegdrückt, nachdem du mit ihr aus warst?«, gab ich ziemlich fassungslos zurück.

»Ich kann mich nicht erinnern, dass mir das zuvor je passiert wäre.«

»Hör zu, ich will dir nicht zu nahetreten, doch eigentlich hätte ich gar nicht mit dir ausgehen dürfen. Ich wusste nämlich von Anfang an, dass du nicht mein Typ bist. Das war nicht fair, entschuldige bitte. Belassen wir es dabei, in Ordnung?«

»Soll das heißen, dass du mich nach wie vor nicht magst?«, fragte er allen Ernstes.

Welche Keule sollte ich jetzt noch auspacken, überlegte ich daraufhin mit wachsender Verzweiflung.

»Ich finde dich netter als am Anfang, aber nicht nett genug, um dich öfter sehen zu wollen. Ehrlich gesagt kann ich nicht mit deiner Art. Und im Moment ist mir sowieso nicht nach irgendwelchen Beziehungen. Wahrscheinlich habe ich den Tod meines Vaters noch nicht verarbeitet, er ist vor ein paar Monaten gestorben.«

»Wirklich? Das wusste ich nicht.«

»Woher solltest du auch? Weißt du überhaupt etwas von mir? Nenn mir eine Sache, die du über mich weißt, Harper. Eine einzige.«

»Wieso?«

»Tu mir einfach den Gefallen.«

»Okay, gut …« Er zögerte und betrachtete mich eingehend. »Du spielst in einer Band.«

»Welches Instrument?«

»Trompete.«

»Falsch. Noch was?«

»Du trägst mindestens E-Körbchen.«

»Typisch. Okay, jetzt bin ich dran. Deine Mutter hieß Sonia. Sie hat sich die kopfstehende Ketchupflasche patentieren lassen, hat dich alleine großgezogen und starb, als du achtzehn warst. Du hast eine Agentin, Bernice, und hoffst, dass du nächstes Jahr für den Award der britischen Filmakademie nominiert wirst. Du wurdest 2013 zum Hintern des Jahres gewählt und bist über alle Maßen stolz darauf. Deine Lieblingsfarbe ist Enteneiblau, dein Lieblingstier ist das Gürteltier, und du trägst Schuhgröße sechsundvierzig. Soll ich weitermachen?«

»Jesus.« Harper blinzelte verwirrt. »Das alles weißt du über mich?«

»Wahrscheinlich könnte ich dir sogar deine Innenbeinlänge verraten«, fügte ich süffisant hinzu. »Und weißt du warum? Weil du mehr als eine Stunde während unseres Dates ausschließlich über dich gesprochen hast, ohne mir zwischendurch eine einzige Frage zu stellen.«

»Komm schon, das ist nicht fair.«

»Glaub es ruhig, Harper. Nicht eine einzige, schlichte Frage«, wiederholte ich. »Hör zu, wir sehen uns später, okay?«

Ich drehte mich um und wollte zum Musikzelt zurück, obwohl ich eigentlich noch ein paar Minuten Pause hatte.

»Lana, warte.« Harper legte eine Hand auf meine Schulter. »Sag mir noch eins.«

»Okay, was?«

»Also, dass Frauen mir ein Nein an den Kopf knallen, ist mir bisher nie passiert.«

»Na ja, ich habe es gerade getan … Und jetzt verrate mir mal, worauf du hinauswillst, Harper«, forderte ich ihn auf. »Du kommst mir hoffentlich nicht mit dem Vorbild von *Ein unmoralisches Angebot*, oder? Falls doch, nimm bitte gleich zur Kenntnis, dass ich nicht so dringend Geld brauche, um auf so was einzugehen.«

»Nein, um Himmels willen, schließlich entschuldige ich mich gerade.«

»Wirklich?« Ich schüttelte den Kopf. »Offenbar bist du in puncto Entschuldigungen ernsthaft aus der Übung.«

Er lächelte betreten. »Ein bisschen, mag durchaus sein. Wie wäre es denn richtig?«

»Normalerweise bringt man zunächst sein Bedauern zum Ausdruck. Tut mir leid oder so. Damit zu prahlen, dass einem die Frauen nicht widerstehen können, ist nicht nur ungewöhnlich, sondern ebenfalls ausgesprochen kontraproduktiv.«

»Okay, es tut mir leid«, wiederholte er gehorsam. »Es tut mir leid, dass ich so bin, wie ich bin, und es tut mir leid, dass du dich mit mir gelangweilt hast. Ich weiß, ich bin unmöglich, das erklärt Stew mir ständig, leider kann ich nicht anders.«

»Natürlich kannst du anders. Alles andere ist nichts als eine Ausrede.«

»Du musst das verstehen, Lana. Fast mein ganzes Leben habe ich immer das zu hören bekommen, was ich hören wollte. Wenn ich etwas haben wollte, konnte ich es mir einfach nehmen. Bis du daherkamst.« Er suchte meinen Blick. »Die Wahrheit ist, dass du mir nicht aus dem Kopf gehst. Du spukst in meinen Gedanken, und ich weiß nicht, was ich dagegen unternehmen soll.«

»Schätzungsweise bin ich eine Herausforderung für dich. Weil ich etwas bin, das du nicht haben kannst – und das willst du nicht akzeptieren.«

»Nein. Weil du mich anders behandelst als die anderen, nicht so unterwürfig. Und weil du selbst anders bist als alle in meiner Umgebung. Deshalb möchte ich dich in meinem Leben haben.«

»Nein, Harper, daraus wird nichts. Wie gesagt, ich mag dich irgendwie, wenn du mich nicht gerade zur Weißglut treibst. Aber ich mag dich nicht so, wie du das gerne hättest, tut mir leid.«

»Ich könnte mich ändern, wenn jemand wie du mir dabei helfen würde und mir sagt, wie es richtig wäre.«

»Das reicht mir nicht, verstehst du? Ich bin nicht dein Schauspiellehrer, Harper. Ich habe ein eigenes Leben, ich bin nicht auf der Welt, um dir zu zeigen, wie du dein Leben gestalten sollst.«

»Würdest du dann wenigstens gelegentlich mit mir ausgehen?« Seine blauen Augen sahen mich flehend an. »Diesmal will ich alles über dich erfahren: jede winzige Kleinigkeit.«

»Nein, Harper, lassen wir das.«

»Bloß ein einziges Mal zur Wiedergutmachung. Komm mit mir nach *Bella Venezia*.«

»Ich hoffe für dich, dass das der Name einer Eisdiele ist«, hielt ich ihm mit wachsender Empörung vor.

Erneut kapierte er nichts.

»Im Ernst. Ich kenne da ein zauberhaftes Fleckchen am Wasser, das wäre so romantisch.«

»Siehst du, genau das habe ich gemeint«, erklärte ich kopfschüttelnd. »Große, angeberische Gesten wie ein Ausflug nach Venedig sind kein Ersatz für wahres Interesse an deinen Mitmenschen, Harper.«

»Ich bin interessiert, Ehrenwort. Und es muss nicht Venedig sein. Du kannst dir den Ort aussuchen, ganz wie du willst.«

»Nein, ich will das nicht und damit Schluss. Und jetzt muss ich los, sonst kriege ich Ärger mit meinem Dirigenten.«

»Na schön, dann adieu«, murmelte er und sah unter seiner weißen Schminke ganz verloren aus. »Falls du es dir anders überlegst, hast du ja meine Telefonnummer.« Er war bereits ein paar Schritte weg, als er mich zurückrief. »Ach, Lana, das mit deinem Dad tut mir leid. Ich weiß, wie es ist, wenn man so früh die Eltern verliert.« Er lächelte: Es war ein warmes, hämefreies Lächeln, das so ganz anders war als sein übliches spöttisches Verziehen der Lippen und ihn ein bisschen wie Stewart aussehen ließ. »Aber es wird irgendwann leichter, das verspreche ich dir – ich habe es selbst erlebt«, fügte er hinzu.

»Das ist lieb von dir, danke Harper. Wir sehen uns, nehme ich an.«

Bis wir unseren Auftritt beendet hatten, war es dunkel, und die meisten Besucher waren gegangen.

Laut Plan sollten wir mit ein paar Freiwilligen alles zusammenräumen und dann in den *Fox* umziehen, um uns ein Belohnungsbier zu genehmigen. Als ich endlich dort auftauchte, war unsere ganze Gruppe bis auf Cameron versammelt, und auf dem Tisch stand eine Flasche Prosecco im Kühler.

»Gibt es was zu feiern?«, fragte ich, setzte mich auf einen Stuhl neben Tom und nahm mir ein Glas.

»Ja.« Stewart bedachte mich mit einem warmen Lächeln, das mich sogleich an seinen Kuss erinnerte. »Frag Gerry.«

»Hast du etwa schon Kassensturz gemacht?«

»Nicht endgültig, doch ich kann eine einigermaßen zuverlässige Schätzung abgeben«, verkündete er triumphierend.

»O mein Gott, haben wir etwa unser Ziel erreicht?«

»Mehr als das. Es sieht so aus, als hätten wir acht Riesen eingenommen.«

»Ist nicht wahr! Bei einem kleinen Dorffest? Das ist unglaublich!«

»Allerdings haben wir diese Summe nicht allein mit unseren Ständen verdient«, stellte Tom richtig. »Es kam eine Spende von dreitausend Pfund hinzu. Mr. Quetchup. Er hat Stew den Scheck übergeben, bevor er ging.«

»Wirklich?«

»Ja«, bestätigte Stewart. »Vielleicht hat er den verkleideten Sensenmann frei nach Dickens für den Geist der kommenden Weihnacht gehalten oder was weiß ich. Jedenfalls floss er plötzlich über vor Wohltätigkeit gegenüber seinen Mitmenschen.«

»Hmm.« Versonnen nippte ich an meinem Glas. »Ich bin nicht sicher, ob wir das Geld annehmen können.«

»Warum nicht, Liebes?«, hakte Sue nach.

»Also …« Ich zögerte und fragte mich, wie viel ich ihnen erzählen wollte. »Okay, das klingt vielleicht schräg, aber ich glaube, er will speziell mich damit beeindrucken.«

Yolanda lachte. »Dich? Sei nicht albern.«

»Und was bitte ist daran so unglaublich, Yo-yo?«, giftete ich sie gekränkt an.

»Himmel, ich wollte dich nicht beleidigen«, beschwichtigte sie mich. »Wie auch immer: Er ist schließlich Harper Brady, oder? Seine letzte Freundin war Ava Dubois, dieses Supermodel. Ohne dir zu nahetreten zu wollen, Lana, du passt einfach nicht in sein Beuteschema.«

»Die Sache mit Ava war lediglich eine PR-Aktion«, meldete sich Stewart zu Wort. »Seine Agentin hatte sie eingefädelt, um Werbung für seinen neuen Film und für Avas neue Parfümlinie zu machen.«

»Im Ernst?«

Yolanda erstarrte, als wäre ihre Welt in den Grundfesten erschüttert worden. Wenn man nicht einmal mehr der Klatschpresse trauen konnte, welche Hoffnung gab es dann noch für die Menschheit?

»Nicht dass es Harper an Gespielinnen in seinem Umfeld mangeln würde«, fuhr Stewart fort und warf mir einen bedeutungsschweren Blick zu. »Doch er scheint tatsächlich ein Auge auf unsere Lana geworfen zu haben.«

»Und warum?« Yolanda vermochte es nach wie vor nicht zu fassen.

»Um es brutal auszudrücken: Er steht auf meine Titten, das ist alles.«

»Oh, wenn das so ist«, gab sich Yolanda widerwillig geschlagen, die nicht gerade mit einer üppigen Oberweite aufwarten konnte.

»Lana ist ein ausgesprochen hübsches Mädchen«, mischte sich Stewart ein und nahm nebenbei einen Schluck Prosecco. »Harper mag vieles sein, dumm ist er nicht. Und blind erst recht nicht.«

»Also, findest du, wir sollten das Geld nehmen, Stew?«, wollte Tom wissen.

»Wir sollten es unbedingt nehmen«, bekräftigte Stewart. »Dreitausend sind für Harper Geld aus der Portokasse. Wahrscheinlich hat er schon vergessen, dass er sie gespendet hat. Wird Zeit, dass er anfängt, sein Geld gelegentlich mal für gute Zwecke und nicht allein für schwere Autos und leichte Mädchen auszugeben.«

»Ist es für dich okay?«, wandte Tom sich an mich.

»Ich weiß nicht«, erwiderte ich unsicher. »Irgendwie fühlt es sich falsch an.«

»Wie kam es zu dieser Spende?«, warf Sue ein.

»Harper fragte mich, wofür wir Geld sammeln würden, und daraufhin habe ich ihm alles über den Viadukt erzählt. Und über euren Dad«, ergänzte er und nickte zu mir und Tom hinüber. »Ja, und da erklärte er, dass er etwas spenden wolle. Außerdem erwähnte er, dass du ihn ganz schön runtergeputzt hast wegen seines grenzenlosen Egoismus und weil er nie an andere denkt. Irgendwie scheint ihn das sehr getroffen zu haben.«

»Also behalten wir es?«

Gerry geriet allein bei dem Gedanken, das Geld zurückzugeben, in Panik.

»Ja«, stimmte ich zu. »Wenn er das gesagt hat ...« Ich lachte. »Hey, das wird die erste Tour de France, die mit Ketchup geschmiert wird. Darauf sollten wir noch einen trinken.«

Erst in diesem Augenblick fiel mir auf, dass Cameron fehlte, und flüsternd fragte ich Tom nach seinem Verbleib. Da wir das Thema nicht vor den anderen breittreten wollten, gab mir mein Bruder lediglich ein paar knappe Informationen, denen ich entnahm, dass sie erneut gestritten hatten wegen des Besuchs bei den Eltern. Danach wechselte er eilig das Thema.

»Hast du eigentlich gesehen, wer heute Abend hier bedient, Lana?«

Ich sah mich im Gastraum um und entdeckte Jasmine, die gerade eine Bestellung an den Nachbartisch brachte.

»Jaz?«

»Genau, Billy hat ihr einen Job angeboten. Stundenweise. Sie will Geld für die Uni sparen.«

»Also hat sie den Studienplatz angenommen.«

»Genau. Sieht so aus, als bräuchten wir nächsten Sommer eine neue Kellnerin.«

Kapitel 34

Nach etwa einer Stunde war unser »schnelles Bier« zu einem kleinen Gelage ausgeartet, jedenfalls für mich. Nach dem ganzen Stress tagsüber lief der Prosecco viel zu rasch durch meine Kehle. Sue war mit dem beschwipsten Gerry inzwischen nach Hause abgezogen, Yolanda war irgendwohin verschwunden, sodass allein Tom, Stewart und ich übrig waren.

Mit einem Mal gab Tom sich einen Ruck und stand auf.

»Ich kann nicht den ganzen Abend hier rumhocken und mit euch Losern meine Sorgen ertränken. Ich gehe heim, rufe Cam an und schaue, ob eine Versöhnung drin ist.«

»Willst du mich etwa allein hier sitzen lassen?«

»Du bist nicht allein und zudem ein großes Mädchen. Und falls du Angst hast, wird Stew dich sicher nach Hause bringen. Oder tragen«, erwiderte er und zwinkerte Stewart verschwörerisch zu. »Es sei denn, du willst jetzt gleich mitkommen?«

»Nein, ich trinke noch aus, denke ich«, antwortete ich nach kurzem Überlegen. »Falls Stew ebenfalls bleibt.«

»Ich bleibe, solange du bleibst«, versicherte er und schaute mich mit diesem sanften Blick an, der mir regelmäßig weiche Knie bescherte.

Als Tom weg war, rückte er näher an mich ran. »Warum trinkst du heute so schnell, Lana?«

»Geht dich nichts an.«

»Mach mal langsam und stell nicht gleich die Stacheln auf.«

»Wie ein Igel«, kicherte ich. »Igel sind toll.«

Er nickte. »Igel sind toll. Hey, das ist dein sechster Prosecco.«

»Keine Ahnung. Hab nicht gezählt.«

»Was ist los mit dir? Hat Harper dich so durcheinandergebracht?«

»Nein. Yo-yo.«

»Ach, vergiss sie«, meinte Stewart und wedelte mit der Hand. »Du kennst sie doch. Glaub mir, du bist zehnmal so sexy wie Ava Dubois.«

»Das meine ich nicht, sondern die Karten.« Ich versuchte, sein Gesicht scharfzustellen. »Du hast mich geküsst.«

»Das beste Pfund, das ich heute verdient habe.«

Schwankend nickte ich. »Mach das noch mal.«

»Du willst, dass ich dich küsse?«

»Genau. Magst du nicht?«

»Natürlich will ich. Allerdings würde ich dich lieber küssen, wenn du nüchtern wärst und die Augen offen halten könntest.« Er sah mich grinsend an. »Die fallen dir nämlich dauernd zu.«

»Egal, mach schon, es ist ein Experiment.«

»Nein, Lana, das werde ich nicht tun. Weil du nicht weißt, was du da redest. Und was willst du überhaupt mit diesem Experiment herausfinden?«

»Ob du der Tod bist.«

»Wie bitte.« Stewart war ernstlich entsetzt und irgendwie auch verärgert. »Willst du mich beleidigen, Miss Donati?«

»Aaah«, sagte ich und wackelte mit dem Finger. »Du denkst falsch, alle denken falsch. Der Tod ist nicht der Tod. Er bedeutet … Glück oder so.«

»Du bist heute wirklich schwer durch den Wind.« Er legte den Arm um mich und zog mich an seine Seite. »Ich mag dich trotzdem.«

»Dann küss mich.«

»Aber nicht richtig, nicht hier und jetzt und nicht in diesem Zustand.«

Er beugte sich vor und hauchte einen ungeheuer leichten, zarten Kuss auf meine Lippen. »Und wie ist das Experiment gelaufen?«, fragte er leise.

»Hat nach Wein geschmeckt.« Ich spitzte die Lippen. »Noch einer. Zur Kontrolle oder so.«

»Nein, mein Liebling, nicht heute Abend.« Er lächelte. »Sag mal, sollte es mir zu denken geben, dass du nur dann auf mich stehst, wenn du bewusstseinsverändernde Substanzen intus hast?«

»Unsinn. Ich stehe immer auf dich. Du sollst das bloß nicht wissen.« Ich blinzelte. »Habe ich das jetzt laut gesagt?«

»Hast du.«

»Shit.«

Er seufzte. »Wirst du mir je wirklich verzeihen, Lana? Und mir glauben, dass es mir ehrlich leidtut.«

»Tja, das reicht leider nicht, Johnny Superdepp.« Ich leerte mein Proseccoglas. »Weißt du, was dein Problem ist? Du bist ein Vogel Strauß.«

»Ein was?«

»Na, dieser witzige Vogel, der immer den Kopf in den Sand steckt. Genauso machst du es mit deinem schönen blonden Lockenkopf, sobald Ärger naht.«

»Weißt du nicht, dass Strauße das nicht wirklich tun? Und genauso verhält es sich bei mir.«

»Mir egal, ob die Vögel das tun«, lallte ich und schenkte mir den letzten Prosecco ein. »Du tust es jedenfalls, du Straußentier.«

»Okay. Ich glaube, jemand hat für heute genug getrunken.«

Er wollte mir den Prosecco wegnehmen, doch ich umklammerte fest mein Glas.

»Nein! Meins! Hol dir deinen eigenen Drink, du Straußenvogel.«

»Kannst du endlich aufhören, mich so zu nennen?«

»Hör auf, ein Straußenvogel zu sein, dann hör ich auf, dich so zu nennen.« Ich nahm noch einen Schluck, und mein Gesicht fiel in sich zusammen. »Willst du wissen, wieso du ein Straußenvogel bist?«

»Ja, bitte erzähl es mir, damit wir endlich das Thema wechseln können.«

»Vor einem Jahr und ein paar Monaten hatten wir ein Date.« Ich zielte anklagend mit dem Finger auf ihn wie mit einer Waffe. »Sag, dass das nicht wahr ist.«

»Kann ich schlecht, oder?«

»Dieses Date war damals wirklich das Einzige, was meine Trostlosigkeit durchbrochen hat, der einzige helle Punkt in einem Leben, das sich ausschließlich um die Schmerzen eines anderen Menschen drehte. Und dann bist du verschwunden und hast den Kopf in den Sand gesteckt, und alles war noch grauer als davor.« Ich sah ihn zornig an. »Ich hatte bis dahin keine Ahnung, wie elend man sich fühlen kann.«

»Lana.« Er griff nach meiner Hand, aber ich riss sie zurück. »War es wirklich so schrecklich für dich?«

»Ich kann dir gar nicht sagen, wie schrecklich es war. Und dann kommst du hier angeschwebt mit deinem breiten Grinsen und erzählst mir, dass wir Freunde sein können, so als wäre rein gar nichts gewesen. Doch für mich war da was.« Ich wehrte mich nicht länger gegen die aufsteigenden Tränen, ließ sie einfach laufen. »Für dich war es vielleicht einfach irgendeine Nacht in deinem tollen Leben, für mich hingegen war es eine Hoffnung. Du hast sie mir für einen Abend geschenkt und dann sofort wieder weggenommen. Du hättest wenigstens eine SMS schreiben können, dass du nicht interessiert bist …«

»Ich war interessiert, sehr sogar«, widersprach er leise. »Und ich wollte dich nie verletzen, Lana. Das musst du mir glauben.«

Leicht schwankend auf meinem Hocker sitzend, versuchte ich mir eine Antwort zu überlegen, ohne dass mir in meinem Dusel was einfiel.

»Komm.« Stewart stand auf und zog mich von meinem Platz. »In letzter Zeit muss ich dich ganz schön oft nach Hause bringen, weil du total weggetreten bist. Aber du bist jede Sekunde davon wert.«

»Gehen wir?«, lallte ich.

»Ja. Kleines. Du gehörst ins Bett.« Er führte mich zur Tür und entschuldigte sich unterwegs mit einem Lächeln bei Jasmine, die gerade einen Tisch abräumte.

Draußen wäre ich um ein Haar über ein knutschendes Pärchen gestolpert, das sich an die Wand quetschte.

»'tschuldigung.«

Blinzelnd bemühte ich mich, die Personen zu erkennen. Vergeblich. Die Konturen des Pärchens verschwammen immer mehr, und ich erkannte lediglich ein Kaleidoskop aus Farben. Grellen, nicht zueinander passenden Farben. Nach längerem Bemühen unterschied ich rote und rosa Haare. Waren die etwa auf einem Kopf?

Plötzlich schlug Stewart den Mann auf den Rücken. »Gut gemacht, Alter.«

»Danke, Stew.«

Deano, doch das war nicht das Schlimmste.

»Hallo, Schatz«, sagte Yolanda und brachte ihr zerzaustes Haar in Form. »Haben wir uns ein bisschen zu viel Prosecco gegönnt?«

Mir hingegen fiel das Sprechen schwer. »Deano, was tust du hier draußen?«, stotterte ich mühsam.

»Äh, siehst du es nicht? Ich mache mit Yo-yo rum.« Missbilligend musterte er mich. »Und was ist mit dir? Du siehst ziemlich hinüber aus.«

Trotz meines desolaten Zustands fiel ich über meinen Koch her und beschimpfte ihn mit verwaschener Sprache nach allen Regeln der Kunst.

»Hast du nicht … alle Tassen im Schrank, du, du … Volltrottel. Erst verdrehst du … einem jungen Mädchen den Kopf …, jetzt lässt du dich von einer … Frau verführen, die deine Mutter … sein könnte.«

»Und? Wir haben ein bisschen Spaß miteinander. Genau wie mir die Karten prophezeit haben.«

»Wir sind beide erwachsen, oder etwa nicht, Schätzchen?«, mischte sich Yolanda ein. »Ich weiß wirklich nicht, warum du auf einmal so prüde tust.«

Sie grinste wie die berühmte Katze vor dem Mauseloch.

»Egal, entschuldigt uns«, beendete Stewart mein Gefasel. »Ich habe hier eine beschickerte Lady, die ich bei ihrem Bruder abliefern muss. Euch noch eine schöne Nacht! Und vorsichtig mit dem Holunderblütengin, Deano, das Zeug hat echt Bums.« Er zwinkerte Yolanda zu. »Also mach dich auf was gefasst, Sportsfreund.«

»O Gott. Jaz wird am Boden zerstört sein«, murmelte ich, als Stewart mich wegführte.

Kapitel 35

Einen Riesenkater und sechs Arbeitstage später war der erste Sonntag im November.

Eine dünne Lage aus knisterndem Laub auf den Pflastersteinen und eine winterliche Schärfe in der Luft machten eindeutig klar, dass der Herbst dem Ende zuging.

Normalerweise blieb das Lokal sonntags geschlossen, doch an diesem Nachmittag fand bei uns eine Hochzeitsfeier statt, und wir mussten alle antreten. Jaz und ich würden servieren, Deb versah den Dienst an der Bar, und Tom ging Deano zur Hand. Nach wie vor teilte ich Jasmine so selten wie möglich für die Küche ein, weil ich hoffte, dass ihr dadurch die bevorstehende Trennung von der angeblichen Liebe ihres Lebens erleichtert würde.

»Hey, du bist heute ja verdammt gut gelaunt«, sagte ich erfreut zu ihr, nachdem wir am letzten Tisch aufgetragen hatten und uns eine kurze Auszeit am Empfang gönnten. »Den ganzen Nachmittag summst du vor dich hin.«

»Ja. Letzte Woche wurde mein Studiendarlehen bewilligt.« Aufgeregt griff sie nach meiner Hand. »Es passiert wirklich, Lana! Meine Mum und ich schauen uns am Donnerstag die Wohnheime an.«

»Also, da bin ich echt neidisch. Nein, Unsinn, ich freue mich für dich, dass du deine Chance wahrnehmen kannst und es auch tust.«

Sie sah mich betreten an. »So hättest du es ebenfalls gerne gemacht, nicht wahr?«

»Schnee von gestern, meine einzige Sorge ist vielmehr, wo ich eine Kellnerin herbekomme, die so gut arbeitet wie du. Möchtest du vielleicht zumindest in den Semesterferien einspringen?«

»Gerne, wäre toll, wenn das ginge.«

»Dachte ich mir, dass du Geld brauchen wirst. Arbeitest du noch stundenweise für Billy?«

»Ja, bis nach Weihnachten. Keine Angst, ich passe auf, dass sich das nicht mit meinen Schichten hier überschneidet.«

»Ich bin wirklich froh, dass du dich so auf die Uni freust. Dann fällt es dir leichter, das, was hier war, hinter dir zu lassen«, spielte ich ziemlich verquast und verklausuliert auf Deano an, denn ich fühlte mich verpflichtet, ihr schonend beizubringen, dass unser Kochgenie nach wie vor mit Yolanda herumturtelte.

»Wen sollte ich schon groß vermissen?«, hakte sie unbekümmert nach.

»Na, Deano. Hör zu, Jaz, das wird dich jetzt treffen, aber …«

»Geschenkt, weiß ich längst. Er hat was mit der rosahaarigen Alten von der Frauengruppe.«

»Und woher weißt du das?«

»Ich habe sie vor dem Pub knutschen sehen. An dem Abend, an dem dir der Typ aus dem Radladen nach Hause helfen musste. Außerdem tratschen sowieso alle darüber.«

»Und das stört dich nicht?«

»Nicht so sehr, wie ich gedacht hätte. Komisch, doch mal ganz ehrlich, seit ich die beiden gesehen habe … Bis dahin dachte ich immer, mit mir stimmt was nicht, weil er sich null für mich interessiert. Jetzt kommt mir vor, als hätte eher er ein Problem. Das ist schließlich nicht normal. Verstehst du, was ich meine?«

»Was ist überhaupt normal bei Deano. Denk bloß an Katie, die Bratpfanne … Jedenfalls schön, dass du darüber hinweg bist.« Sie verzog das Gesicht. »Nein wirklich, die Alte könnte meine Oma sein. Da fällt es mir schwer, ihn weiterhin sexy zu finden. Ist ja krass so was.«

»Und du fühlst dich okay damit?«

»Glaube schon. Ist zwar traurig, dass ich nicht mehr so für ihn fühle wie früher, aber er ist echt nicht der Mensch, für den ich ihn gehalten habe.«

»Wirklich? Das sehe ich ganz anders. In meinen Augen ist er genau der Mensch, für den ich ihn gehalten habe.« Ich tätschelte ihren Arm. »Tut mir leid, dass du dich zwischendurch so mies gefühlt hast, weil du dachtest, mit mir und Deano würde was laufen. Mir graust bei dem Gedanken – dennoch sind wir gute Freunde.«

»Ja, inzwischen habe ich das kapiert.«

»Du könntest also in Zukunft wieder in der Küche arbeiten?«, erkundigte ich mich vorsichtig.

»Kein Problem«, sagte sie. »Vielleicht ist es sogar ganz nett, mal wieder mit Deano zusammen zu sein, jetzt wo ich das für mich geklärt habe. Ich hoffe, wir bleiben Freunde.«

»Gott sei Dank«, seufzte ich erleichtert. »Schichtpläne sind ein Albtraum, wenn jemand verliebt ist.«

Sie lachte und gab mir einen Kuss auf die Wange. »Danke, dass du dich so um mich sorgst. Du bist eine gute Chefin. Und eine gute Freundin.«

Dem war nichts hinzuzufügen.

Ich schrak zusammen, als jemand mir auf die Schulter tippte. Cameron. Mit betrübtem Gesicht stand er hinter mir.

»Dein Bruder ist nicht hier?«

»Doch, ist er. Du findest ihn in der Küche. Oder du gehst mit mir auf einen Kaffee oder einen Tee nach oben – ich wollte gerade Pause machen.«

»Gerne, klingt gut.«

Oben schaltete ich den Wasserkocher ein, während Cameron es sich mit seinem Freund Flash auf dem Sofa gemütlich machte.

»Ich schätze, Tommy hat dir erzählt, dass wir unser Ziel erreicht haben«, rief ich ins Wohnzimmer hinüber. »Super, oder? Sieht so aus, als könnten wir viaduktmäßig sofort loslegen, sobald der Zuschuss genehmigt wird. Immer noch Tee für dich?«

Keine Antwort. Ich streckte den Kopf durch die Tür. Cam streichelte Flash, sein Blick war leer.

»Alles okay?«

»Entschuldige, hast du was gefragt?«

»Ob du Tee willst.«

»Ach so. Ja bitte.«

Da er unendlich müde und deprimiert aussah, setzte ich mich erst mal neben ihn.

»Was ist los? Ihr habt euch wieder gestritten, richtig? Tom hat so was angedeutet.«

Cameron seufzte. »Es geht nach wie vor um den Besuch bei meinen Eltern.«

»Ich weiß, die Angst davor frisst ihn fast auf. Wieso ist es dir so wichtig, dass er sie jetzt bereits kennenlernt?«

»Es geht dabei eher um sie als um mich.« Er kraulte Flash gedankenverloren unter dem Kinn. »Ich habe ihnen erzählt, dass ich jemanden getroffen habe und dass es etwas Ernstes sein könnte, und seither liegen sie mir in den Ohren, dass ich ihn mitbringen soll. Und nun, wo Weihnachten vor der Tür steht, wird es zunehmend schlimmer. Mum fragt ständig, ob er zu unserem großen Familienessen am zweiten Weihnachtsfeiertag kommt. Meine Großeltern fliegen extra aus den Staaten her, meine Schwester reist von London an – dieser Tag wird bei uns immer groß gefeiert.«

Typisch, dass Tom in Panik geraten ist.

»Vielleicht hast du es ihnen zu früh erzählt«, wagte ich einen Vorstoß.

»Vielleicht. Aber ich war so aufgeregt, verstehst du? Dass ich endlich jemanden kennengelernt habe, der vielleicht … Und da wir inzwischen zwei Monate zusammen sind, hielt ich es nicht für verfrüht, ihnen von Tom zu erzählen.« Cameron stieß einen abgrundtiefen Seufzer aus. »Leider begreift er nicht, wie wichtig das für mich ist. Immer wenn ich davon anfange, wechselt er das Thema. Und das kränkt mich. Schließlich ist es ein symbolischer Akt, die Familie kennenzulernen. Damit würde er zeigen, dass er uns als richtiges Paar sieht.«

»Das tut er, nur kann er es nicht so deutlich zeigen. Noch nicht.«

»Hat er dir das gesagt?«

»Ja.«

Er wurde kurz still. »Und warum sagt er das nie zu mir?«

»Schätzungsweise fürchtet er, dass er dich mit seinen Grübeleien verschrecken könnte. Er ist einfach der Typ, der dafür geschaffen scheint, sich Sorgen zu machen.«

»Hatte er vor mir viele Partner?«

»Ehrlich gesagt wäre es mir lieber, das würdest du ihn selbst fragen.«

»Im Grunde möchte ich bloß wissen, ob er immer so …, na so zurückhaltend war, das ist alles.«

»Nein, viele waren es nicht«, rückte ich schließlich mit der Sprache raus. »Und vor allem nichts Längeres, wahrscheinlich bist du schon jetzt seine längste Beziehung.«

»Wirklich? Wie kommt das?«

»Keine Ahnung.« Ich zuckte mit den Achseln. »In den letzten Jahren hatten wir beide wenig Gelegenheit für Privates wegen der Krankheit unseres Vaters.

Bei Tom kommt hinzu, dass er in puncto Beziehungen eine Schüchternheit an den Tag legt, die an Verklemmtheit grenzt. Was für Schwule sicher ein noch größeres Problem darstellt als für Heteros. Allein wegen der begrenzteren Möglichkeiten.«

»Er hätte es online probieren können.«

Ich lachte. »Du solltest ihn mittlerweile gut genug kennen, um zu wissen, dass das für ihn keine Option ist. Er versteckt sich seit jeher lieber in seiner Komfortzone, als dass er sich beängstigenden gesellschaftlichen Situationen aussetzt. Tom hat naiv einfach darauf gesetzt, dass er irgendwann seinen Prinzen findet, wenn er lang genug wartet. Happy End à la Walt Disney.« Ich klopfte Cameron auf die Schulter. »Und er hat ihn tatsächlich gefunden. Lass ihm einfach noch ein bisschen Zeit, was euren gemeinsamen Auftritt in der Öffentlichkeit angeht.«

Cameron seufzte, und ich merkte, dass er mit meinen Auskünften nicht wirklich zufrieden war. Plötzlich fiel mir etwas ein. Ich ging zum Esstisch, wühlte in der Schublade und förderte einen Umschlag zutage.

»Bestimmt stört es ihn nicht, wenn ich dir den gebe.«

Stirnrunzelnd nahm Cameron ihn entgegen. »Was ist das?«

»Ein Brief. Tom hatte dir etwas zu sagen, was er lieber niederschreiben wollte.«

»Soll ich ihn gleich aufmachen?«

»Nein. Ich denke, es ist besser, wenn du ihn allein liest. Er ist vermutlich sehr persönlich.«

»Okay«, sagte er und griff nach der Fernbedienung.

»Vielleicht finden wir ja zum Tee oder Kaffee etwas Aufmunterndes. Zumindest ich könnte es gebrauchen.«

Kaum war ich in der Küche, hörte ich Cameron alarmiert nach mir rufen.

»Lana, schnell!«

Im Wohnzimmer angekommen, starrte ich entsetzt auf den Fernseher.

»Um Gottes willen, was ist denn da los?«

»Es geht um den Viadukt«, flüsterte Cameron. »Sie bringen was in den Lokalnachrichten.«

Und dann sah ich sie. Sienna Edge und eine riesige Horde von Gesinnungsgenossen mit Plakaten und Megafonen, und über die Bögen des Viadukts war ein riesiges Banner mit der Aufschrift: *Rettet die Mopsfledermaus* gespannt worden.

Kapitel 36

Wie hypnotisiert starrte ich auf den Bildschirm. »O mein Gott! Was zur Hölle tut sie da?«

»Ich dachte, es hieß, da würde es keine Fledermäuse mehr geben«, sagte Cameron.

»Ja, aber das weiß sie nicht, solange der offizielle Bericht nicht vorliegt.« Mein Blick erfasste die versammelte Menge. »Wir müssen hin, Cam!«

»Wir? Was können wir denn dort alleine ausrichten?«

»Keine Ahnung. Ich weiß bloß, dass wir hinmüssen.« Ich riss meinen Mantel vom Haken und stürmte nach unten, dicht gefolgt von Cameron.

»Jaz, Deb, es gibt eine Demonstration beim Viadukt«, erklärte ich den beiden. »Kommt ihr eine Stunde ohne mich zurecht?«

Debbie runzelte die Stirn. »Ist ein bisschen schwierig. Wir müssen schließlich alle Tische abräumen und wieder neu aufdecken fürs Dessert und den Kaffee.«

»Ach, spiel nicht die Dramaqueen, Deb, und tu nicht so, als würde es sich um ein Riesenbankett handeln«, widersprach Jasmine resolut. »Wenn es so wichtig ist, dann geh ruhig, Lana.«

»Danke, Jaz. Sag Tom bitte Bescheid, in Ordnung?«

»In letzter Zeit macht sie so was dauernd«, hörte ich Deb maulen, während wir zur Tür eilten. »Ewig dieser blöde Viadukt. Darüber vergisst sie alles andere. Kein Wunder, dass der Laden schlecht läuft.«

Es waren lediglich zehn Minuten zu Fuß bis zum Viadukt. Als wir dort ankamen, stellten wir fest, dass die Zahl der Demonstranten zugenommen hatte. Ich schätzte, dass es an die hundert Leute waren.

Okay, nicht die Welt, für unsere dörflichen Verhältnisse jedoch eine ganze Menge. Schlimm war vor allem, dass diese Sienna die Lokalpresse und das regionale Fernsehen mobilisiert hatte.

Jedenfalls verstand sie es, mit ihrem Fledermausfanatismus, der geradezu an Besessenheit grenzte, die Presse zu manipulieren. Wozu nicht zuletzt mitleidheischende Plakate beitrugen: *Stoppt den Tiermord,* postulierte eines. *Hände weg von unserem Zuhause,* forderte ein anderes, das sich wohl einer extrem belesenen Fledermaus verdankte. Dagegen war das mit der Aufschrift *Mörder* richtig langweilig.

»O Gott, das ist eine Katastrophe«, raunte Cameron mir zu. »Was machen wir jetzt, Lana?«

»Wir müssen uns zu Batwoman durchschlagen. Weiß der Geier, was sie so vor laufender Kamera von sich gibt.«

Wir kämpften uns durch die Menge bis zu Sienna Edge vor, die unterhalb des Viadukts mit einem Fernsehreporter sprach.

»Die Ignoranz dieser Leute hier macht mich jedes

Mal von Neuem fassungslos«, hörte ich sie sagen. »Trotz zahlreicher Briefe an die Lokalpresse, in der wir unsere Bedenken ausgedrückt haben, und trotz wiederholter Einladungen zum Dialog haben sie uns total ignoriert und blind ihren Plan weiterverfolgt.«

»Was irgendwie ironisch ist, oder?«, kommentierte der junge Reporter.

Sienna sah ihn verständnislos an. »Verzeihung?«

»Na, Sie wissen schon. Dass sie ihr Ziel blind verfolgen, genau wie die Fledermäuse«, erklärte er grinsend, als würde er sich insgeheim über das ganze Theater amüsieren.

Prompt erntete er von der Fledermausschützerin einen eisigen Blick. »Das mit der Blindheit ist ein Mythos. Manche Fledermäuse verfügen über eine Sehkraft, die unserer dreifach überlegen ist. Aber es ist ganz typisch für die menschliche Arroganz, dass sie wider alles bessere Wissen eine Spezies als unterlegen hinstellt.«

Zum Glück für den Reporter, der sich offenbar in puncto Fledermausbefindlichkeiten leicht überfordert fühlte, nahm Sienna jetzt mich und Cameron ins Visier.

»Da wir gerade von der Bürgerinitiative, die eine Öffnung des Viadukts betreibt, sprechen – soeben ist eine der Initiatorinnen erschienen.« Sie deutete auf mich. »Vielleicht möchten Sie sie um einen Kommentar bitten, Ivan. Um der Ausgewogenheit willen.«

»Natürlich.«

Der Reporter drehte sich zu mir um und musterte

mich ziemlich irritiert. Kein Wunder, denn ich trug noch mein albernes Schankmädchenkostüm, wie mir mit Schrecken aufging. Meine Intimfeindin von der Fledermausfront freute sich bestimmt ein Loch in den Bauch, mich in diesem lächerlichen Aufzug vorführen zu können. Von wegen Ausgewogenheit.

»Warum sind Sie verkleidet?«, erkundigte sich Ivan prompt.

Ich raffte meinen Mantel zusammen und riss die Haube vom Kopf. »Das ist meine Arbeitskleidung, meine Familie besitzt eine Mittelalterschänke.«

»Wie skurril. Und würden Sie uns einen Kommentar zu dieser Demonstration geben, Miss …«

»Donati. Lana Donati. Ja, Ivan, liebend gern.« Ich lächelte ihn freundlich an und nahm dann Sienna mit eisigem Blick aufs Korn. »Die Lady hat einen an der Waffel, lautet mein Kommentar.«

Ich sah, wie Cameron warnend den Kopf schüttelte, doch in diesem Moment war ich eindeutig auf Konfrontation gebürstet.

Ivan deckte die Hand über das Mikro. »Wir sind live auf Sendung, Miss Donutty«, raunte er. »Ich wäre Ihnen dankbar, wenn Sie Ihre Ausdrucksweise mäßigen könnten. Das ist kein guter Stil, Diskussionen sollten nicht in Beleidigungen ausarten.«

»Donati ist mein Name, italienisch, verstehen Sie«, murmelte ich verdrossen, bevor ich mich zu einer Entschuldigung wegen meines verbalen Ausrutschers durchrang. »Okay. Verzeihen Sie.«

Trotzdem lief die Sache aus dem Ruder.

»Ich habe also einen an der Waffel, wie?«, giftete Sienna, die sich erneut in den Vordergrund drängte.

»Mehr als das«, zischte ich sie an. »In Ihrer Verbohrtheit kennen Sie keine Grenzen. Sie waren es schließlich, die es kategorisch abgelehnt hat, gemeinsam nach einem Kompromiss zu suchen, oder etwa nicht?«

»Kompromiss? Welchen Kompromiss könnte es da geben?«, schnappte sie.

»Wir haben angeboten, die Fledermäuse umzusiedeln«, erwiderte ich. »Und das so schonend wie möglich, zudem unter der Aufsicht von ausgewiesenen Fachleuten.«

»Das genügt nicht. Die Mopsfledermaus ist eine extrem gefährdete Spezies, jedes einzelne Tier ist kostbar.« Sienna kramte in einer Mappe herum und hielt eine laminierte Fotografie in die Fernsehkamera. »Sehen Sie. Solch ein Tier soll für schnöden, schmutzigen Profit geopfert werden.«

Das Bild zeigte eine Babyfledermaus, deren winziges Mopsgesicht flehend in die Linse starrte, während sie sich schützend in ihre Schwingen kuschelte wie in eine Decke. Es sah unglaublich süß aus, das kleine Mistvieh.

»Wie niedlich«, hauchte Ivan verzückt lächelnd.

»Das bestreitet ja keiner«, warf ich ein. »Allerdings sollte mit derartigen Fotos keine Manipulation betrieben werden«, rief ich ihn zur Ordnung.

»Sie haben recht.« Er räusperte sich und nahm einen neuen Anlauf. »Vielleicht sollten wir von den wenig zielführenden Zuspitzungen wegkommen und uns den Fakten widmen. Können Sie uns erklären, was Ihre Initiative mit dem Viadukt vorhat, Miss … Donati?«

»Wir wollen ihn für die Öffentlichkeit zugänglich machen, und zwar als Teil eines Wander- und Radwegs«, sagte ich in die Kamera. »Mein verstorbener Vater hatte diese Idee bereits vor ein paar Jahren, ohne sie weiterverfolgen zu können, und wir haben sie jetzt neu aufgegriffen.«

»Sie haben von Profitgier gesprochen, Miss Edge«, wandte Ivan sich an Sienna. »Wollen Sie das genauer erläutern?«

»Ganz recht. Darum handelt es sich nämlich in Wahrheit, allem Gerede zum Trotz.« Abrupt drehte sie sich zu mir herum. »Glauben Sie nicht, ich hätte meine Hausaufgaben nicht gemacht, Lana. Ich weiß *alles* über Sie. Ich weiß, dass Ihr lächerliches Mittelalterlokal ums Überleben kämpft. Ich weiß, dass Sie den Viadukt benutzen wollen, um den Grand Départ durch Ihr gottverlassenes Kaff zu leiten, und ich weiß, dass es Ihnen letzten Endes allein um Geld, Geld, Geld geht. Mir dreht sich der Magen um, wenn ich Sie heucheln höre, Sie würden das als Vermächtnis Ihres toten Vater betrachten.«

»Was?« Ich spürte Tränen aufsteigen. »Wie können Sie es wagen, mir so etwas zu unterstellen? Was unterstehen Sie sich, verflucht noch mal?«

»Ausdrucksweise«, hörte ich Ivans Stimme.

»Ach, scheiß auf Ihre Ausdrucksweise, Ivan«, fauchte ich ihn an und dachte gleichzeitig mit einer gewissen Genugtuung, dass wir dem Fernsehen eine Sternstunde bescherten.

»Sie leugnen also, dass es Ihnen darum geht, mehr Gäste anzulocken?«, griff Sienna das Thema Profitgier erneut auf.

Ich zögerte, jetzt durfte ich keinen Fehler machen. »Natürlich würden wir uns über ein Zusatzgeschäft freuen, da spreche ich für viele Geschäftsleute am Ort, aber es geht um mehr als das.«

»Aha, Sie geben es also zu.«

Finster musterte ich meine Kontrahentin. »Was genau wollen Sie eigentlich sagen? Raus mit der Sprache.«

»Ich will sagen, dass Sie eine Betrügerin sind.« Ihre Augen verengten sich zu Schlitzen. »Sie sind sogar so skrupellos, Ihren Vater und Ihre Trauer zu instrumentalisieren, um zu verbrämen, dass es letztlich allein um Geschäftsinteressen geht. Und den anderen in Ihrem Dorf haben Sie das erfolgreich eingeflüstert.«

»Gott, Sie sind ja krank ...« Ich wischte meine Zornestränen weg. »Halten Sie mich für ein Monster?«

»Ich weiß es nicht«, geiferte sie. »Vielleicht sollten Sie die Fledermäuse fragen, die Sie ermorden wollen.«

Das gab den Ausschlag, meine Vernunft schaltete sich ab. »Fuck! Da oben gibt es gar keine beschissenen Fledermäuse, Sienna«, schrie ich sie an.

»O mein Gott«, hauchte Ivan, dem aufging, dass ich eben live das F-Wort ausgesprochen hatte, trotzdem schaltete er das Mikro nach wie vor nicht ab.

»Was haben Sie gesagt?«, stammelte Sienna und mutierte von einer Megäre zur Salzsäule wie Lots Weib.

»Ja, Sie haben richtig gehört«, erklärte ich um Fassung bemüht. »Die Fledermauskolonie ist weg. Tot. Oder abgewandert.«

»Das ist ja lächerlich, so etwas hätte man mir mitgeteilt.«

Mit einem Mal fühlte ich mich unsäglich müde und war froh, als ein starker Arm mich schützend umfing.

»Komm«, sagte eine sanfte Stimme. »Ich bringe dich von hier weg, Kleines.«

Völlig ausgelaugt ließ ich mich gegen Stewart sinken. »Ich bin noch nicht fertig mit Sienna.«

»Doch, das bist du.« Cameron tauchte mit einem Mal aus dem Nichts auf. »Geh mit Stew. Ich übernehme den Schlagabtausch mit der Fledermausfrau.«

Folgsam ließ ich mich daraufhin von Stewart durch die Menge zum Speichersee führen. Dort zog Stew seinen Mantel aus und breitete ihn auf dem Boden aus. »Setz dich und versuch dich zu beruhigen.«

»Hast du gehört, was sie …«

»Ich habe es gehört«, bestätigte er leise und nahm neben mir Platz. »Sie wollte dich zutiefst treffen, dich aus der Fassung bringen – und das hat sie geschafft. Komm her, Kleines.«

Dankbar kuschelte ich mich an ihn.

»Blöd war nur, dass deine verbalen Entgleisungen live gesendet wurden«, fügte er seufzend hinzu. »Das wird nicht gut ankommen, Lana.«

»Es tut mir leid. Ich habe es vermasselt.«

»Keine Panik, wir müssen in Ruhe abwarten, ob überhaupt Reaktionen kommen – dann können wir immer noch reagieren.« Er küsste mich auf den Scheitel. »Das alles schmälert nicht deine Verdienste – allein durch dich haben wir es überhaupt so weit gebracht.«

Ich brachte ein tränenreiches Lächeln zustande. »Danke.«

»Und was hat es mit den Fledermäusen auf sich. Sind sie wirklich weg?«

»Ja. Andy hat einen Experten zum Viadukt geschickt, und der meinte, dort würden keine mehr leben.« Ich wischte mit dem Ärmel über meine nassen Augen. »Er hat es mir unter dem Siegel der Verschwiegenheit erzählt, und ich habe ihm versprochen dichtzuhalten, bis der offizielle Bericht vorliegt. Ich habe es wirklich verbockt, Stew. Stell dir vor, wie ich dastehe, falls sich herausstellt, dass es nicht stimmt.«

Fast wie auf Kommando summte mein Handy.

»Das ist er schon«, flüsterte ich, als ich es aus meinem Mieder hervorgeangelt hatte. »Andy Chen. Glaubst du, er hat die Fernsehübertragung gesehen?«

»Wenn nicht, dann hat ihn jemand informiert. Soll ich lieber mit ihm reden?«

»Nein. Ich habe uns das eingebrockt, also muss ich es auslöffeln. Dennoch danke für das Angebot.«

»Gute und schlechte Neuigkeiten, richtig?«, sagte ich zu Andy und versuchte das Beben in meiner Stimme zu unterdrücken.

»Nein. Diesmal ausschließlich schlechte«, erwiderte er mit kaum unterdrückter Wut. »Was zum Teufel sollte das, Lana?«

»Es tut mir leid. Sie haben ja gehört, was sie über mich gesagt hat. Da bin ich ausgerastet.«

»Herrgott! Warum mussten Sie überhaupt mit ihr reden?«

»Na ja, sie produzierte sich vor der Kamera, ohne dass jemand ihr widersprach, und da dachte ich …«

»Ich habe Ihnen ausdrücklich angeschafft, die Fledermäuse nicht zu erwähnen, bis wir den Bericht haben«, unterbrach er mich brüsk. »Mein Gott, nächste Woche wird er vorliegen, dann hätten Sie Sienna von der Backe gehabt. Egal, jetzt ist es sowieso zu spät.«

»Wieso zu spät?«, hakte ich alarmiert nach.

»Ich habe eben mit dem Ratsvorsitzenden des Gemeindeverbunds telefoniert: Er war wenig begeistert von Ihrem unbeherrschten Wutausbruch und erklärte klipp und klar, diese Art von Publicity könne man nicht brauchen, Fledermäuse hin oder her.« Er stockte kurz. »Es ist mir nicht gelungen, ihn umzustimmen, obwohl ich es versucht habe, das müssen Sie mir glauben. Wie auch immer, er ließ sich nicht erweichen. Es tut mir leid, Lana, ihnen das mitteilen zu müssen: Er hat sein Veto gegen den Zuschuss für den Viadukt eingelegt.«

Kapitel 37

Schweigend nahm ich das Telefon vom Ohr und beendete das Gespräch.

»Kannst du dich erinnern, dass ich vor einer Minute gesagt habe, ich hätte alles verbockt?«, fragte ich Stewart mit tränenerstickter Stimme.

»Ich weiß, es ist nicht toll, dass wir jetzt Ärger mit den Herren Lokalpolitikern haben, aber bleiben wir positiv. Zumindest das Fledermausproblem muss uns nicht mehr beschäftigen. Und der Rest wird sich irgendwie einrenken, wird schon nicht so schlimm werden.«

»Doch, es ist sogar schlimmer, als du denkst«, murmelte ich.

Jetzt war es an Stew, in Panikstimmung zu geraten. »O nein. Steht etwa der Zuschuss zur Debatte.«

»Nichts steht mehr zur Debatte.« Ich rang nach Luft und versuchte durchzuatmen. »Sie haben ihn gestrichen, Stew. Meinetwegen.«

»Das ist echt ein großer Mist. Wenn wir nicht im Januar mit den Arbeiten beginnen, besteht keine Chance mehr, dass der Viadukt rechtzeitig zum Grand Départ fertig ist.«

»Ich weiß. Und Vanessa Christmas hat zudem ganz

deutlich gemacht, dass wir ohne den Viadukt praktisch keine Chance auf eine Etappe haben.« Ich ließ den Kopf in die Hände sinken und stöhnte. »O Gott. Sechs Wochen. Wo sollen wir in sechs Wochen fünfundzwanzig Riesen herzaubern?«

»Wir müssen versuchen, andere Geldquellen aufzutun. Gemeinnützige Organisationen etwa.«

»Auch die haben sicherlich Genehmigungsverfahren. Keine wird uns innerhalb von sechs Wochen Geld bewilligen. Und Spenden? Dafür brauchen wir Jahre.«

»Dann sind wir am Ende«, resümierte Stewart deprimiert.

»Ich könnte mich aus dem Projekt rausziehen«, schlug ich zögernd vor. »Vielleicht überdenkt der Rat dann seine Entscheidung.«

»Kommt gar nicht infrage. Du warst und bist die Seele des Ganzen, dich lassen wir nicht gehen, Kleines. Es muss eine andere Möglichkeit geben, nachdem wir so weit gekommen sind ...«

Ich schüttelte den Kopf. »Nein. Das war's. Ich habe alles kaputtgemacht. O Gott, wie soll ich das den anderen beibringen?«

Seufzend zog er mich hoch. »Ich weiß es nicht. Leider habe ich keine bessere Antwort. Lass uns die Sache überschlafen, morgen überlegen wir weiter.«

Wie in Trance kehrte ich ins Restaurant zurück, und wie in Trance überstand ich meine Schicht. Irgendwie. Den ganzen Abend trieb ich wie im Nebel dahin, die Augen verquollen vom Weinen. Auf Autopilot räumte ich Tische ab und schenkte Getränke ein, bis die letzten Hochzeitsgäste gegangen waren.

Nachdem ich abgeschlossen hatte, schleppte ich mich nach oben. Tom saß auf dem Sofa, umgeben von leeren Schokoladeverpackungen und leeren Weinflaschen.

»Und wie war dein Tag?«, fragte er, ohne aufzusehen.

Ich sackte neben ihm zusammen. »Toll. Ich hatte nämlich live im Fernsehen einen Nervenzusammenbruch. Wurde als Betrügerin und Mörderin bezeichnet und habe vor einer Million Menschen *fuck* gesagt. Meinst du, du kannst das toppen?«

»Ja, kann ich.« Er stellte sein Glas ab und unterdrückte ein Schluchzen. »Cam hat Schluss gemacht.«

»Wie das?« Ich nahm ihn in die Arme. »Was genau ist passiert? Habt ihr euch schon wieder gestritten?«

»Nein. Er hat den Brief gelesen, den du ihm gegeben hast, mich danach angerufen und mir ganz ruhig erklärt, dass er eine Beziehungspause will. Dann hat er aufgelegt.«

»Tom! Was um Himmels willen hast du denn geschrieben?«, erkundigte ich mich bang und fühlte mich sofort schrecklich, weil ich Cameron den Brief überlassen hatte.

»Weiß ich nicht mehr so genau.« Er zerwühlte sein Haar. »Jedenfalls fand ich es nicht so übel. Da stand, dass ich ihm dankbar für die Zeit bin, die wir miteinander verbracht haben, dass ich ihn sehr mag, jedoch noch nicht bereit bin, seine Familie kennenzulernen, und dass ich es nicht richtig finde, wenn er mich unter Druck setzt. Ach ja, und dass er hoffentlich nicht sauer auf mich ist.«

»Grundgütiger, Tom, das klingt, als hättest du ihm auf eine Bewerbung eine Absage geschrieben! Hast du das nicht gemerkt, du Holzbirne? Kein Wunder, dass er sauer ist. Ich wette, du hast zu allem Überfluss mit *Hochachtungsvoll* unterschrieben, wie?«

»Nein, wo denkst du hin«, gab er pikiert zurück. »Mit *Beste Grüße*.«

»Jesus.« Ich schüttelte den Kopf. »Der arme Cam. Du hast damit seine schlimmsten Ängste bestätigt.«

»Und was waren seine schlimmsten Ängste?«

»Nicht einmal das hast du wahrgenommen? Du bist wirklich ein hoffnungsloser Fall«, konstatierte ich resigniert. »Er glaubt, du willst dich nicht zu ihm bekennen und siehst keine Zukunft für euch beide.«

»Aber die sehe ich doch.«

»Das hast du allerdings gut versteckt, niemand käme auf die Idee, wenn er solch einen Brief liest. In dieser Hinsicht musst du ernstlich an dir arbeiten«, überhäufte ich ihn mit Vorwürfen. »Na ja, vielleicht lässt sich die Sache noch geradebiegen. Beziehungspause bedeutet nicht unbedingt Schluss machen, womöglich braucht er einfach Zeit zum Nachdenken. Überleg dir was, bevor ihr euch morgen beim Treffen des Komitees seht.«

»Wir sehen uns nicht. Er will nicht mehr mitmachen, soll ich dir ausrichten.«

»O nein. Nicht das noch.«

»Leider. Dabei ist mir gerade etwas aufgegangen.«

»Und was?«

»Dass ich ihn liebe, und zwar richtig.«

»Armes kleines Eselchen.« Ich tätschelte seinen Kopf. »Lass ihm Zeit«, sagte ich. »Möglich, dass er alleine zur Besinnung kommt. Bestimmt hat er trotz deiner beknackten Formulierungen gespürt, was du für ihn empfindest.«

»Das hoffe ich bei Gott.« Er sah zu mir auf. »Und was war bei dir los? Du hast gesagt, es gebe schlechte Neuigkeiten?«

Kurz zögerte ich, bevor ich den Kopf schüttelte. »Nichts, worüber du dir Sorgen machen müsstest.«

»Abend, Blümchen«, begrüßte mich Gerry, als ich am folgenden Abend den Pub betrat. »Wo ist dein Bruder?«

»Er lässt sich entschuldigen. Plötzlicher Gästeansturm, einer von uns musste dableiben«, schwindelte ich souverän, obwohl ich meine Nervosität wegen des geplatzten Zuschusses kaum zu verbergen vermochte.

»Dann fehlt nur noch Cameron.«

Bedauernd schüttelte ich den Kopf. »Er hat ausrichten lassen, dass er nicht mehr kommen kann. Irgendwelche persönlichen Gründe. Nichts Genaues weiß ich nicht.«

»Wie das? Ausgerechnet jetzt, wo die heiße Phase beginnt?« Yolanda kniff argwöhnisch die Lippen zusammen. »Also, ich muss schon sagen, das finde ich höchst komisch. So etwas tut man einfach nicht.«

Trotz meines Elends konnte ich mir ein Grinsen nicht verkneifen. Unsere völlig moralfreie Yo-yo fühlte sich plötzlich berufen zu sagen, was man tat und was nicht. Entsprechend stieg niemand auf das Thema ein.

»Also, gibt es irgendwelche Neuigkeiten?«, fragte Sue. »Abgesehen davon, dass Lana im Fernsehen geflucht hat wie ein Droschkenkutscher.«

Ich warf Stew einen nervösen Blick zu, und er griff unter dem Tisch tröstend nach meiner Hand. Bevor ich aber eine Silbe rausbrachte, ließ Gerry eine Bombe platzen.

»Euer Schatzmeister hat etwas Wichtiges mitzuteilen«, verkündete er voller Stolz. »Der Zuschuss des Rates ist heute eingegangen. Das heißt, wir können mit den Arbeiten am Viadukt starten, sobald das Fledermausthema geklärt ist.«

Ungläubig starrte ich ihn an und kam mir vor wie im falschen Film.

»Nein, das kann nicht sein.« Doch auf einen mahnenden Blick von Stew hin, fügte ich schnell hinzu: »Davon hätte man uns normalerweise unterrichten müssen. Nicht einmal eine Nachricht über die Freigabe haben wir gekriegt.«

»Kann uns egal sein, Hauptsache das Geld ist da. Und das ist es, heute Morgen eingegangen auf unserem Bankkonto. Fünfundzwanzigtausend Pfund, bezahlt von einer gewissen BPL.«

Stewarts Hand umfasste nach wie vor meine, und so entging mir nicht der Druck, als Gerry die Initialen vorlas.

»Das ist ja unglaublich«, strahlte Yolanda. »Dann haben wir es geschafft.«

Ich presste die Hand an meine Stirn. »Tut mir leid, Leute, mir geht es heute Abend nicht besonders, vermutlich ein blöder Virus – ich habe das Gefühl, ins Bett zu gehören. Können wir das hier vielleicht vertagen? Ohne Tom und Cam sind wir ohnehin ein bisschen dünn besetzt.«

Sue musterte mich besorgt. »Natürlich, Kleines, du siehst wirklich elend aus.«

Ich stand auf und wandte mich an Stew. »Bringst du mich nach Hause?«

Yolanda konnte es nicht lassen. »Diese Art von Virus, wie?«, stichelte sie.

»Du kapierst gar nichts, Schweinchen Schlau«, beschied ich sie ungewöhnlich grob. »Ich bin schließlich nicht du.«

Sie schickte mir noch ein paar unflätige Bemerkungen hinterher, während ich mit Stewart den Pub verließ, aber das ging mir wirklich am Arsch vorbei

»Du weißt etwas über diese sonderbare Überweisung. Habe ich recht?«, überfiel ich meinen Begleiter, sobald wir draußen waren.

»Ja. Glaube ich wenigstens.«

»Und von wem kommt das Geld?«

»Denk mal nach, wer so viel Geld auf die Schnelle flottmachen kann.«

Meine Augen wurden groß. »Harper?«

»Genau. BPL heißt die Produktionsfirma, die er gegründet hat. Offenbar hat er die Spende über sie gezahlt.«

»Warum denn das, in drei Teufels Namen? Woher weiß er überhaupt von unserem Dilemma?«

Stewart sah mich verlegen an. »Ich habe gestern mit ihm telefoniert, er ruft mich in letzter Zeit öfter an.«

»Du hast ihn angebohrt?«

»Wie immer du das nennen willst. Ich habe ihm einfach erzählt, dass wir am Arsch sind, weil ich mir das von der Seele reden musste. Erstaunlicherweise hat er zur Abwechslung mal zugehört.«

Meine Miene verfinsterte sich. »Hat er das meinetwegen gemacht? Damit ich in seiner Schuld stehe?«

»Nicht ganz von der Hand zu weisen«, räumte Stewart ein. »Vor ein paar Wochen hätte ich das zumindest für mehr als wahrscheinlich gehalten. Seit Halloween allerdings … Inzwischen traue ich ihm sogar eine selbstlose Spende zu, so sehr verändert kommt er mir vor.«

»Fahr mich zu ihm.«

»Wie bitte?«

»Ja, bring mich zu Harper. Ich muss das mit ihm klären, und zwar sofort.«

Kapitel 38

Zugegeben, ich war beeindruckt, als Stewarts Wagen in eine schmale Zufahrt irgendwo außerhalb von Halifax einbog.

»Hier lebt er also?«

»Exakt. Meine Tante Sonia hat das Anwesen gekauft, nachdem sie mit ihren Quetschupflaschen jede Menge Kohle gemacht hatte. Ziemlich geräumig für einen einzelnen Mann, wie?«

Ich nickte, denn der imposante, dreistöckige weiße Landsitz hatte mindestens zehn Zimmer.

»Was macht er mit all den Räumen?«

»Inzwischen füllt er sie mit teurem Gerümpel. Als wir Kinder waren, haben wir in den Fluren Fußball gespielt.«

Er stieg aus und drückte den Knopf der Gegensprechanlage an dem von Lanzetten gekrönten Eisentor.

»Ich bin's, Harper. Lässt du uns rein?«

»Uns? Wen hast du mitgebracht?«

»Lana. Sie will mit dir reden.«

Es surrte, und das Tor schwang auf. Stewart fuhr weiter zur Haustür und parkte neben mehreren Ferraris.

Mehrere Ferraris, wie viele Statussymbole brauchte dieser Protz.

Harper erwartete uns auf den Stufen vor dem Haus.

Als er mich sah, begann er zu strahlen.

»Hi, Lana. Ich dachte mir, dass ich bald von dir hören würde.«

Ich ersparte mir eine Antwort, hatte nur Augen für die säulengeschmückte Front seiner Villa. »Nette Hütte. Wie heißt sie? Rotes Gold?«

Stewart lachte, Harper sah mich verdattert an, und es dauerte, bevor er die Anspielung auf seine Ketchupflaschen kapierte.

»Nein. Arncliffe House.« Er nickte zur Tür hin. »Kommt ihr rein? Ich nehme an, ihr habt mein Geschenk erhalten.«

»Ja, wir haben es bekommen. Was für ein Spiel treibst du da, Harper? Du weißt, dass wir das nicht annehmen können.«

»Natürlich könnt ihr. Hier entlang.«

Er führte uns in einen großen Raum mit weißen Wänden, wo auf einem Couchtisch neben einem nach Drehbuch aussehenden Papierstapel ein Glas mit perlendem Inhalt stand.

»Ich bin gerade dabei, einen Text zu lernen«, erklärte er. »Champagner?«

»Nein danke.« Ich schüttelte den Kopf. »Wenn's geht, lieber einen Tee.«

»Auch gut.« Er wandte sich an seinen Cousin. »Kannst du dich darum kümmern?«

»Ich bin nicht dein Hausmädchen, Harper. Du bist der Gastgeber und machst den Tee.«

»Tu es mir zuliebe. Ich muss etwas Persönliches mit Lana besprechen.«

Stewart sah ihn misstrauisch an. »Okay, sofern du die Finger bei dir behältst.«

»Lass dir Zeit!«, rief Harper ihm nach, als Stew aus dem Zimmer ging.

Dann setzte er sich aufs Sofa und klopfte auf den Platz neben sich, doch ich übersah die Geste geflissentlich und fläzte mich in den Sessel gegenüber.

»Wie viel von dem Zeug trinkst du so am Tag?«, fragte ich und nickte zu dem Champagner hinüber.

»Nicht viel. Vier, fünf Flaschen sind es pro Woche.«

»Klingt nach einem teuren Hobby.«

Er zuckte mit den Achseln. »Ich kann es mir leisten.«

»Ist mir bereits aufgefallen«, bemerkte ich trocken. »Also, raus mit der Sprache, Harper, was soll das mit dem Geld? Wenn du glaubst, dass du mich damit kaufen kannst, wirst du feststellen, dass nicht alles im Leben käuflich ist.«

»Das ist es nicht.« Seine Augen waren wie üblich fest auf meinen Busen geheftet. »Ich meine, ich mag dich wirklich, aber deshalb habe ich das Geld nicht überwiesen. Mir war klar, dass dich das nicht beeindrucken würde.«

»Warum dann?«

»Keine Ahnung, es war eigenartig«, begann er nachdenklich. »Ich habe im Fernsehen gesehen, wie sich diese Frau so gemein über dich und die Trauer über deinen Vater ausgelassen hat – da hast du mir einfach leidgetan, schätze ich.«

»Was, du hast die Empathie für dich entdeckt?«, erkundigte ich mich in einer Mischung aus Ironie und ehrlicher Verblüffung.

»Ich fand es schlimm, dich so zu sehen. Und als Stew mir erzählte, dass euch der Zuschuss gestrichen wurde, hatte ich das Gefühl, etwas unternehmen zu sollen. Wie du siehst, habe ich es getan.«

»Weil du mal meine Titten anfassen wolltest?«, spottete ich.

»Gott ja, das würde ich wirklich gerne, doch das bleibt wohl für immer ein Wunschtraum. Und mit dem Geld hat das nichts zu tun. Außerdem ist es nicht fair, dass ihr wegen einer so dummen Sache euren Zuschuss verliert.«

»Wow.« Ich blinzelte überrascht. »Vielen Dank.«

»Und kommst du jetzt zu mir aufs Sofa, Babe?«

»Bitte nenn mich nicht so.«

»Entschuldige, Lana.«

»Na gut, rein platonisch.« Ich stand auf und setzte mich neben ihn. »Und versuch bitte mal, nicht ununterbrochen meine Oberweite anzuglotzen, okay? Das macht mich nämlich nervös.«

Er grinste. »Das kann ich nicht versprechen. Und nehmt ihr das Geld jetzt?«

»Ich weiß das wirklich zu schätzen, aber so eine riesige Summe … Das ist mir unangenehm.«

»Ach was«, meinte er wegwerfend. »So viel sind fünfundzwanzig Riesen nun wirklich nicht.«

»Machst du Witze? Das ist mehr, als ich in einem Jahr verdiene.«

Jetzt war es an ihm, ungläubig zu schauen »Im Ernst? Das ist ja schrecklich. Wie überlebst du damit?«

»Ganz einfach, indem ich mich mit Champagner und so ein wenig einschränke und mich mit drei Flaschen begnüge«, erklärte ich mit ernsthafter Miene.

Einen Moment wirkte er verunsichert, dann lachte er: »Guter Witz?«

Ich lächelte ihn an. »Wie ich sehe, gewöhnst du dich langsam an meinen Sarkasmus.«

»Bitte behaltet das Geld, Lana. Es ist nicht allein für dich, sondern ebenfalls für Stew.«

»Hat das einen besonderen Grund?«

»Ich finde, es steht ihm zu. Meine Mum hätte ihm sicher was hinterlassen, wenn sie ein Testament gemacht hätte. Sie war erst achtunddreißig, als sie starb. In dem Alter denkt man nicht an so was.«

»Hast du noch mehr Verwandte?«

»Keine nahen, nur Stewart und Tante Heather, seine Mutter. Sie ist Mums Schwester. Als ich ihr mal Geld angeboten habe, hat sie es abgelehnt. Warum, weiß ich nicht. Allerdings liegt Stew mir ständig in den Ohren, mehr für gute Zwecke zu spenden«, schloss Harper. »Und das tue ich hiermit, weil ihm dieses Projekt wirklich am Herzen liegt. Und Lana, glaub mir, ich kann es mir locker leisten. Ohne auf Champagner verzichten zu müssen«, fügte er scherzhaft hinzu.

Nach wie vor vermochte ich nicht zu begreifen, was hier gerade passierte, und fühlte mich wie im Traum.

»Als ich dich kennengelernt habe, hielt ich dich für einen eingebildeten Flegel – jetzt merke ich, dass das gar nicht stimmt, dass du ganz anders bist und dass dir wirklich was an deinem Cousin liegt.«

»Natürlich. Er ist mein bester Freund. Und irgendwie ist er in letzter Zeit besonders wichtig für mich geworden.« Er nahm meine Hand und sah mich ernst an. »Mir begegnen in meiner Arbeit viele verlogene Menschen, Lana. Stew ist so ziemlich der Einzige, dem ich vertraue. Und dir.«

»Vorsicht, wir sind uns erst ein paarmal begegnet«, warf ich ein.

»Genau. Und jedes Mal hast du mich beleidigt«, bestätigte er lächelnd. »Genau darum vertraue ich dir. Ich bin diese Schmeicheleien so leid.«

»Das ist irgendwie sehr lieb von dir. Danke, Harper.«

»Also sind wir Freunde?«

»Ja. Ich glaube, wir sind Freunde. Unter der Voraussetzung, dass du mehr auf mein Gesicht schaust als auf meinen Busen.«

»Und ihr behaltet das Geld, okay? Ich wäre extrem beleidigt, wenn ihr versuchen würdet, es mir zurückzugeben. Immerhin ist das vermutlich das erste Mal in meinem Leben, dass ich etwas für jemand anderen tue. Mach mir das nicht kaputt, bitte.«

»Abgemacht«, sagte ich schließlich. »Und da wir jetzt Freunde sind, lass dich umarmen.«

Während wir uns umarmten, rief er: »Stew! Du kannst wieder reinkommen, ich mache gerade mit deinem Mädchen rum.«

»Manche Dinge ändern sich nie«, stellte Stewart fest, als er mit zwei Bechern hereinkam, in denen, dem

Geruch nach zu urteilen, garantiert ein sehr erlesener Tee dampfte. »Du schnappst mir die Frauen weg, seit du sechzehn warst.«

»Tja, jetzt kannst du mir das heimzahlen und mir die hier nicht gönnen«, erwiderte Harper und ließ mich los. »So wie ich sie einschätze, würde sie mich ohnehin nicht wollen.«

Gott, selbst Harper Brady, der sonst nie auf andere achtete, hatte gespannt, dass zwischen Stew und mir was lief. Allmählich wurde die Sache peinlich.

»Ist alles geklärt, Lana?«, erkundigte Stew sich.

»Ja.« Ich lächelte Harper an. »Ich glaube, wir sind auf einer Wellenlänge.«

»Lana wird das Geld annehmen, wenn du es annimmst«, fügte Harper hinzu.

Stew schüttelte den Kopf. »Bist du irgendwie in einen anderen Körper geschlüpft oder so? In letzter Zeit kommst du mir befremdlich nett vor. Oder probst du für eine Rolle als wohlhabender Philanthrop?«

»Alles falsch.« Harper lächelte. »Vielleicht werde ich einfach erwachsen. Und jetzt halt deine blöde Klappe und mach dich mit der bezaubernden Lana vom Acker, bevor ich meine Meinung ändere. Überbringt euren Viaduktfreunden die frohe Botschaft und lasst mich weiter meinen Text lernen.«

Ich beugte mich zur Seite und drückte einen Kuss auf seine Wange. »Danke, Harper. Vielen Dank für alles.«

»Wir werden dir das nicht vergessen«, beteuerte Stewart und schüttelte heftig die Hand seines Cousins.

Dann gingen wir und ließen den teuren Tee stehen.

Kapitel 39

Von allen Bandauftritten war mir der auf der alljährlichen Weihnachtsfeier für unsere Senioren, die Anfang Dezember im Gemeindesaal stattfand, am liebsten. Der Wein floss in Strömen, als wollten wir den abstinenten Gründungsvätern der *Temperance Hall* symbolisch den Stinkefinger zeigen, es gab eine gut bestückte Bar, und mir schwoll jedes Mal vor Stolz die Brust, wenn ich unsere alten Leutchen heimwärts wanken sah. Außerdem durfte ich an diesem Tag bei *Frosty the Snowman* mit meiner Posaune ein kleines Solo intonieren, was man mir sonst eher nicht zutraute.

Tom holte mich nach dem Konzert ab wie früher Dad, obwohl die Kriminalitätsrate in Egglethwaite bis auf den Höschendiebstahl praktisch bei null lag, und gemeinsam spazierten wir nach Hause zurück.

»Und hat sich die Rentnerfraktion gut amüsiert?«, fragte er.

»Könnte man so sagen. Sie haben gebechert, bis sie fast unter dem Tisch lagen. Ich schwöre dir, unsere Oldies lassen es jedes Jahr mehr krachen.«

»Warte noch zwanzig Jahre, dann erlebst du dein blaues Wunder mit Yo-yo.«

Ich verdrehte die Augen. »Der Himmel möge das verhüten. Eine Seniorenorgie sehe ich mir jedenfalls nicht an, dann kann Rodge sich eine andere Posaunistin suchen. Und was hast du heute Nachmittag getrieben?«

»Ich war mit Flash am Viadukt. Sieht aus, als hätten die Arbeiten angefangen. Es war zumindest eine Menge los.«

»Wunderbar, dann läuft ja alles nach Plan.«

Wenngleich wir von staatlicher Seite keine Unterstützung erhielten – das Thema war nach meinem Fernsehauftritt definitiv erledigt gewesen –, stand Andy uns nach wie vor beratend zur Seite. Immerhin hatte keiner von uns die geringste Ahnung, welche Firmen wir beauftragen sollten und wie wir uns einigermaßen schlaumachen konnten, damit wir nicht übers Ohr gehauen wurden.

»Gibt es Neues von Cam?«

»Nein«, antwortete Tom düster. »Er nimmt meine Anrufe nicht an, aber immerhin hat er auf eine Nachricht von mir reagiert und mich wissen lassen, dass er noch nicht bereit sei, mit mir zu reden.«

»Klingt doch gar nicht so schlecht.« Ich gab mir redlich Mühe, aufmunternd zu klingen. »Noch nicht heißt schließlich, dass er irgendwann bereit sein wird, oder?«

»Hoffentlich.« Er nickte zum Fahrradladen hin, der hell erleuchtet war. »Stew macht Überstunden. Da hätte ich ihm gut das Buch reinreichen können, das er mir geliehen hat.«

»Ihr zwei seid in letzter Zeit ziemlich eng, scheint mir. So eine richtige Bromance-Beziehungskiste, sage ich nur. Bald singt ihr gemeinsam Lieder aus Disneys *Eiskönigin* und veranstaltet Übernachtungspartys.« Ich lächelte ihn an. »Nein, Spaß beiseite, ich freue mich, dass ihr Freunde seid. Stewart ist ein netter Kerl. Und sicher bekommt es dir nicht schlecht, zur Abwechslung mal einen heterosexuellen Mann zum Freund zu haben. Zumindest hast du da nicht die Probleme wie mit deinen Schwulis.«

»Und was ist mit dir und Stewart?«

»Ich arbeite daran, die alten Geschichten ad acta zu legen«, erklärte ich seufzend. »Irgendwie laufen meine Gefühle Amok, wenn ich an ihn denke. So wie jetzt.« Besorgt spähte ich zu dem beleuchteten Laden hinüber. »Und wenn ich mich bloß frage, was los ist mit ihm. Steht er um zehn Uhr abends wirklich noch im Laden? Kommt mir irgendwie komisch vor.« Ich hielt inne und dachte nach. »Weißt du was, geh du schon mal nach Hause, ich schaue schnell bei ihm nach dem Rechten.«

»Okay, gib mir die Posaune, und wenn du willst, kann ich dir sogar eine Wärmflasche ins Bett legen.«

»Danke, lieb von dir.« Ich lächelte wehmütig. »Das hat Dad früher immer gemacht. Aber als ein ziemlich großes Mädchen sollte man das langsam alleine können.« Ich stellte mich auf die Zehenspitzen und drückte einen Kuss auf seine Wange. »Du bist ein süßes kleines Eselchen, Tommy.«

Ich winkte ihm zu, als er sich entfernte, und ging

hinüber zu dem Fahrradladen. Das Glöckchen über der Tür bimmelte fröhlich, doch der Stewart, den ich antraf, war alles andere als fröhlich. Er hing auf beide Ellbogen gestützt hinter dem Verkaufstresen und starrte ins Leere. Mit den in die Wangen gebohrten Fäusten sah er aus wie ein mürrischer Bulldoggenwelpe.

»Was ist los, Stew? Alles okay?«

»Nein, es ist nicht alles okay. Es ist bereits lange nicht mehr alles okay, du Posaunenengel in Uniform.«

Trotz seiner spöttischen Bemerkung über meine grauenvolle Kostümierung war er ganz und gar nicht zum Scherzen aufgelegt. Seine Stimme klang belegt, seine Miene war düster.

»Hast du getrunken?«, fragte ich behutsam.

»Vielleicht ein bisschen.«

Nach wie vor hatte er diesen starren Blick, der sich auf die gegenüberliegende Wand richtete. Neugierig drehte ich mich um, und mir fielen fast die Augen aus dem Kopf, denn da lehnte ein zur Hälfte knallbunt umstricktes Fahrrad.

»Wahnsinn, du hast meine Idee aufgegriffen.«

»Ja, Ich wollte es während des Grand Départ ins Fenster stellen«, sagte er und verstummte sogleich.

Er sprach leicht lallend und im immer gleichen monotonen Tonfall, was mit daran liegen mochte, dass seine Worte durch die zusammengedrückten Wangen gedämpft wurden.

»Warum bin ich hier, Lana?«, platzte es mit einem Mal aus ihm heraus. »Warum bin ich hier, verfluchter Dreck?« Er richtete sich auf und trat mit dem Fuß gegen das nächstbeste Fahrrad. »Was zum Teufel habe ich mir dabei gedacht, ein Fahrradgeschäft zu eröffnen? Dutzende dieser Höllenmaschinen, denen ich keine Sekunde entkomme.« Er deutete auf das halb umstrickte Fahrrad. »Und er ist das schlimmste Exemplar von allen.«

»Er?«

»Genau. Herbert. Ich mache das mit dem Vermenschlichen, damit ich den Gegenstand meiner Wut besser hassen kann. Es ist eine Art Selbsttherapie.« Er blinzelte mich angestrengt an. »'tschuldige. Ich habe wohl tatsächlich ein bisschen viel getrunken.«

Ich ging näher zu ihm hin und legte ihm beruhigend die Hand auf den Unterarm. »Was hat Herbert denn getan, Stew?«

»Die ganze Zeit steht er stumm da und verurteilt mich. Macht sich über mich lustig, weil ich nächstes Jahr nicht an der Tour teilnehme. Oder jemals an irgendeinem Wettrennen. Ich bin lediglich ein Verkäufer, der in einem gottverlassenen Kaff irgendwo im Nirgendwo ein Geschäft eröffnet, das niemand braucht.« Er trat mit dem Fuß nach einem Mountainbike, das daraufhin aus seiner Halterung fiel und zu Boden polterte. »Autsch! Und jetzt habe ich mir an dem Dreckspedal auch noch den Fuß angeschlagen. Hab ich es dir nicht gesagt, dass diese Mistdinger es auf mich abgesehen haben.«

»Ich finde es schön, dass du dich hier niedergelassen hast.«

»Bitte.« Er stieß ein abfälliges Schnauben aus. »Ausgerechnet dir soll ich das glauben, nachdem ich dich so mies behandelt habe? Ich kann es dir ja nicht mal verübeln, dass du mich hasst.«

»Jetzt mach mal einen Punkt.« Ich führte ihn zu einer Bank und setzte mich neben ihn. »Wie kommst du auf die Idee, dass ich dich hasse, Stew? Anfangs habe ich es vielleicht getan, inzwischen nicht mehr. Gut, es wäre gelogen, wenn ich behaupten würde, dass es nicht noch immer ein bisschen wehtut. Aber Tom hat recht, es ist schwer, dich nicht zu mögen.«

»Das hat Tom gesagt?«

»Hat er. Allerdings musste er nicht mit ansehen, wie du sturzbetrunken deinen Groll an einem unschuldigen Fahrrad auslässt.«

Er stieß ein zittriges Lachen aus, das mir Hoffnung machte. »Dem habe ich es gezeigt, wie?«

»Sehr sexy. Und irgendwie voll Höhlenmensch, wie du das böse Rad fertiggemacht hast.« Ich legte den Arm um seine Taille. »Erzähl mir endlich, warum du dermaßen down bist.«

Schniefend ließ er den Kopf auf meine Schulter sinken. »Ein Anruf von einem Freund, der nächstes Jahr im Team *Sky* fährt, hat die Krise ausgelöst. Es war nett, mit ihm zu plaudern, doch dann hat er so begeistert von seinem Training und den bevorstehenden Rennen erzählt, dass mir wieder brutal deutlich wurde, wie sehr ich das alles vermisse.«

»Kannst du überhaupt nicht mehr Rad fahren?«

»Vielleicht eine Stunde auf leichter Strecke, danach

setzt der Schmerz ein. Eine Stunde Spazierenfahren, das ist nichts, geradezu lächerlich, wenn man darauf brennt, sich bei schweren Rennen, womöglich sogar auf Strecken im Gelände zu beweisen.«

Eine Erinnerung blitzte in meinem Kopf auf.

»Letztes Jahr, auf dem Pagan's Rock, hast du mir erzählt, dass es dir gar nicht um den Kampf an sich ging, als du deine Liebe zum Radfahren entdeckt hast, sondern um das Gefühl von Freiheit. Als würdest du fliegen, hast du gesagt.«

Er lächelte mich traurig an. »Das weißt du noch?«

»Jedes Wort.« Ich seufzte. »Und jetzt will ich die ganze Geschichte hören, warum du dich nicht gemeldet hast.«

»Es war so, wie ich gesagt habe. Eigentlich hatte ich es vor …« Er hielt inne und schluckte ein paarmal hart. »Aber dann passierte nicht einmal eine Woche später dieser Unfall, und mir wurde der Boden unter den Füßen weggezogen – Gott, das war die schlimmste Zeit meines Lebens. Ich hatte das Gefühl, alles verloren zu haben, einschließlich mich selbst.«

»Und darüber hast du mich vergessen.«

»Nicht wirklich vergessen, ich kann das schwer erklären. Es war, als wärst du Teil einer Zukunft gewesen, die es für mich plötzlich nicht mehr gab. Im Grunde sah ich nichts als meine elende Gegenwart und war unfähig, darüber hinauszudenken. Alle meine Träume und Wünsche waren in einem Nebel von Hoffnungslosigkeit verschwunden. Verstehst du das?«

Ich musste daran denken, wie es war, als wir von

Dads Erkrankung erfahren hatten und man uns später erklärte, dass die Chemo nicht angeschlagen habe und ihm lediglich eine begrenzte Zeit blieb. Damals hatte ich jeden Tag das Gefühl gehabt, es könne kein Morgen geben.

»Ja«, flüsterte ich leise. »Ich glaube zu verstehen, was du meinst.«

Er wischte eine kleine Träne weg, die meine Wange hinunterrollte.

»Natürlich, du und Tom, ihr habt es erlebt, euch hat es mit voller Härte getroffen. Von mir hingegen ist es egoistisch, mich so hängen zu lassen. Ich bin jung und gesund und kann mir sehr wohl ein neues Leben aufbauen. Trotzdem sitze ich hier und bemitleide mich, als würde morgen die Welt untergehen. Nur weil ich keine Rennen mehr fahren kann.«

»Depressionen funktionieren nun mal so, sie folgen keiner Logik.« Ich drückte sanft seine Schulter. »Tom und ich, wir hatten immerhin einander. Wen hattest du?«

Er lachte. »Harper.«

»Du machst Witze.«

»Ehrlich, er hat sich großartig verhalten«, beteuerte Stewart. »Wir wissen beide, wie schrecklich er sein kann, arrogant, eitel und selbstverliebt, doch als ich ihn brauchte, war er für mich da.«

»Er ist eigentlich kein schlechter Kerl, oder?«

»Nein. Einfach versaut durch eine unvernünftige Mutter, die ihn nach Strich und Faden verzogen und ihm nie Grenzen gesetzt hat. Und die mit Geld um sich schmiss. Und dennoch ist er trotz seiner Fehler für mich wie ein Bruder.«

»Es war also Harper, der dir aus der Depression half?«

»Ja, er und meine Physiotherapeutin Shiloh. Sie brachte mich damals zum Stricken. Weil sie dachte, ich müsste irgendwas Produktives tun, um mich abzulenken. Und sie hatte recht: Fünf löchrige Schals später begann ich zu begreifen, dass es selbst ohne Radrennen eine Zukunft für mich geben könnte, ich musste bloß danach suchen.« Er sah auf. »Und manchmal hatte ich auch dieses Mädchen im Kopf, das ich getroffen hatte, bevor alles den Bach runterging: ein hübsches Mädchen mit lachenden und bisweilen traurigen braunen Augen und einem sarkastischen, schiefen Lächeln. Damals fragte ich mich, ob sie wohl noch was mit mir zu tun haben wollte, jetzt, wo ich ein Niemand war.«

»Du könntest nie im Leben ein Niemand sein«, erklärte ich ihm mit einer Inbrunst, die mich selbst überraschte. »Warum hast du sie nicht einfach angerufen und gefragt? Das will mir nach wie vor nicht in den Kopf.«

»Ich glaube, der Hauptgrund war, dass ich mich wegen meines Verhaltens geschämt habe.« Er senkte den Blick. »Man ruft nicht aus heiterem Himmel jemanden nach sieben Monaten an und sagt: Hi, entschuldige die Verzögerung, ich hatte mir das Knie verletzt. Bist du mittlerweile verheiratet, oder steht das mit dem Date noch?«

»Wenn du einfach erklärt hättest …«

»Nein, du verstehst nicht, wie ich drauf war. Das Radfahren war bislang der einzige Sinn in meinem Leben gewesen. Ohne fühlte ich mich komplett wertlos und verachtete mich. Fühlte mich als Versager, konnte mich selbst nicht leiden. Und in so einer Verfassung mag man sich niemandem zeigen.«

»Okay, aber du hast ebenfalls nicht mit mir darüber geredet, als du hergezogen bist. Das ließ mich glauben, dass dir das alles nichts bedeutet hat. Kannst du dir vorstellen, wie bitter das war?«

»Es tut mir leid, Lana, das habe ich irgendwie nicht überrissen. Ich war zu diesem Zeitpunkt noch immer nicht wirklich im Reinen mit mir – und bin es bis heute nicht, wie du siehst. Und du hattest gerade deinen Vater verloren, da schien mir alles zu kompliziert, was über eine Freundschaft hinausging.« Er schüttelte den Kopf. »Mein Gott, du hast mich bestimmt für einen elenden Jammerlappen gehalten.«

»Unsinn, du weißt, dass es nicht so war. Also hör auf, so was zu sagen.« Ich legte den Finger unter sein Kinn und hob es an, damit er mir in die Augen sah. »An unserem ersten Abend hättest du mir erzählen können, dass du fünfzigmal die Tour de France gewonnen hast, ohne dass mich das beeindruckt hätte. *Du* hast mir Eindruck gemacht, Stewart. *Du* hast mich zum Lachen gebracht, bei dir fühlte ich mich sicher und geborgen und glücklich – du warst irgendwie einfach jemand Besonderes. Nicht wegen deines Jobs, sondern deinetwegen. Und deshalb war es für mich so schrecklich, dass du sang- und klanglos abgetaucht bist.«

»Du hast mir gefehlt, Lana«, murmelte er. »Dein Lächeln, deine finsteren Blicke, deine Witze.«

»Hast du meinetwegen hier den Laden eröffnet?«

»Nicht direkt. Ich war auf der Suche nach Geschäftsräumen, und plötzlich las ich: Laden und Wohnung in Egglethwaite ab sofort zu vermieten. Und als ich zudem herausfand, dass euer Restaurant direkt gegenüber war – da erschien mir das wie ein Wink des Schicksals. Könntest du mich jetzt vielleicht umarmen?«

»Natürlich.«

Ich legte beide Arme um ihn, zog ihn an mich und spürte seine feuchte Wange an meiner. Er roch nach Aftershave und Wein, genau wie an jenem Abend auf dem Pagans' Rock.

»Du riechst gut, Lana. Nach Kiwi«, flüsterte er in mein Ohr. »Darf ich dich küssen?«

Ich überlegte kurz. »Nein, Herzensjunge, jetzt nicht. Jetzt gehst du erst mal ins Bett und schläfst deinen Rausch aus, okay? Wir sehen uns bald, großes Pfadfinderehrenwort.«

»Und verzeihst du mir?«

»Ja, Stew. Diesmal tue ich es wirklich«, erklärte ich feierlich und küsste ihn auf die Stirn. »Gute Nacht, mein Lieber. Pass auf dich auf.«

Kapitel 40

Ich gab Stewart einen Tag Gnadenfrist, um sich durch seinen Kater zu kämpfen, am Sonntag dann stand ich vor seiner Tür.

Nach mehrmaligem Läuten öffnete er endlich und musterte irritiert den langen Regenmantel.

»Hey, was soll denn diese Kostümierung? Du siehst aus wie die Agenten zur Zeit des Zweiten Weltkriegs, fehlt nur der Schlapphut.«

»Ich werde dir gleich etwas zeigen, Stewart McLean, und falls du es wagen solltest, mich auszulachen, kannst du Herbert das Rad dorthin schieben, wo die Sonne nie scheint.«

»In die Kohlegruben von Barnsley?«

»Sehr komisch. Lass mich rein, okay?«

Er zog die Tür auf, und ich huschte an ihm vorbei in seinen Laden.

»Na schön«, sagte ich. »Du wirst gleich etwas ziemlich Schwabbeliges sehen, und wenn ich bloß einen Anflug von Gelächter höre …«

»… kann ich mir ein Fahrrad mit dem Lenker irgendwohin schieben. Kapiert.« Seine Augen wurden groß. »Du bist aber nicht nackt darunter, oder?«

»Schlimmer.« Ich kniff die Augen zu und riss wie ein Exhibitionist aus einer Comedysendung der Siebzigerjahre den Mantel auf. »Ich bin im Raddress.«

Nach einer Sekunde riskierte ich einen vorsichtigen Blick. Stewart lachte nicht, stand jedoch staunend mit geöffnetem Mund da. Es war eine ganze Weile her, seit meine Radlerhose für eine Runde auf dem Heimtrainer herhalten musste, und ich hatte mich bemüht, die augenfälligsten meiner Schwabbelpartien mit der engen Montur möglichst unauffällig platt zu drücken.

»Was ist?«

»Nichts.« Er schüttelte den Kopf. »Mann, ich hätte nicht gedacht, dass dieses Zeug so belastbar ist«, äußerte er schließlich wenig charmant.

Betroffen rieb ich mit der flachen Hand über meine Schenkel und fragte mich, ob ich wirklich so schlimm aussah.

Stewart lächelte, als er meinen gekränkten Blick bemerkte. »Nicht die untere Hälfte, Liebling.«

»Oh«, sagte ich und blickte auf meinen Busen, der das Top gefährlich dehnte. »Na schön, es sitzt ein bisschen straff. Trotzdem wird es den Nachmittag überstehen, glaube ich.« Ich nickte zur Treppe hin. »Und jetzt lauf los.«

Er stutzte. »Äh, wohin soll ich laufen? Ist das irgendein erotisches Rollenspiel, mit dem ich mich einverstanden erklärt habe, als ich neulich blau bis zum Abwinken war? Wenn dem so ist, dann ist das natürlich toll, versteht sich …«

»Träum weiter. Nein, wir beide werden den Cockroft Hill hochradeln. Schluss damit, dass du hier hockst und Trübsal bläst, wenn du auf einem Fahrrad sitzen könntest. Ich will dich in zehn Minuten im Radtrikot und mit zwei Helmen sehen oder was du ansonsten für uns beide in deinem Laden findest. Und jetzt zack, zack, McLean.«

»Wie bitte? Lana, es ist ewig her, seit …«

Ich hob herrisch einen Finger. »Habe ich nicht zack, zack gesagt, junger Mann? Ich wiederhole mich nicht gern.«

»Gott. Habe ich je erwähnt, dass du mir eine Höllenangst einjagst?«

»Dann solltest du lieber gehorchen, oder?«

»Na gut. Und du solltest mich keinesfalls scharfmachen, wenn ich gleich in meinen Raddress steige.«

»Pah.« Ich winkte ungeduldig in Richtung Treppe, und er ließ ein letztes Grinsen aufblitzen, bevor er die Stufen hochstürmte.

»Bitte sehr. Ich habe dir ein schönes Damenrad ausgesucht«, rief Stewart wenig später und winkte mich nach draußen.

Ich ging los, um das Vehikel in Augenschein zu nehmen, und gab mir dabei alle Mühe, nicht auf seinen in Polyester gekleideten Rumpf zu starren. Die Radmontur umhüllte ihn wie eine zweite Haut und ließ alles, wirklich alles wie modelliert erscheinen.

Zur Ablenkung strich ich über den Stahlrahmen. »Warum machen sie die Damenräder eigentlich mit diagonaler Stange, Stew? Das habe ich mich schon immer gefragt.«

»In früheren Zeiten wollten sie damit verhindern, dass den Frauen die Unterröcke hochrutschten. Gott behüte, wir könnten die Nachbarschaft schockieren und einen Blick auf Verbotenes gewähren.«

Ich lachte. »Der Höschendieb von Egglethwaite würde das bestimmt anders sehen. Komm, fahren wir. Und ich will keine dummen Bemerkungen hören, wenn ich zwischendurch absteigen und schieben muss.«

Wir waren noch nicht lange unterwegs, als mein flapsiger Scherz bittere Wahrheit wurde. Ich konnte nicht mehr. Und zwar nach nicht mehr als einer halben Meile.

»Wer hat dieses beknackte Land eigentlich designt?«, ächzte ich, während ich noch einmal alle Kräfte mobilisierte, um den Cockcroft Hill zu erklimmen.

Stew warf mir über die Schulter ein Lächeln zu. »Was ist los, gefällt es dir nicht?«

»Ich glaube, mir sind inzwischen beide Beine abgefallen und mindestens eine Arschbacke.«

Er lachte. »Wir können im *White Cross* einkehren, wenn wir oben angekommen sind. Ich muss sowieso meinem Knie ein bisschen Erholung gönnen.«

Knieverletzung hin oder her, er brauchte sich offenbar überhaupt nicht anzustrengen. Ich warf ihm einen neidischen Blick zu, dann gab ich endgültig auf und beschloss zu schieben. Bei Stewart sah das Bergauffahren aus wie die leichteste Sache der Welt: diese flüssigen Bewegungen, die perfekte Einheit von Mensch und Gerät. Er hatte sogar noch genug Puste, um zu pfeifen.

»Hey, schaffst du das letzte Stück auf dem Rad? Dann wirst du den Lunch im Pub noch mehr zu schätzen wissen.«

»Okay«, stöhnte ich und schwang mich auf den Sattel.

Wenn ich Stew beobachtete, konnte ich verstehen, warum er das Radfahren so liebte. Bei ihm war das ein ganz natürlicher Bewegungsablauf. Überdies sah er echt gut im Radtrikot aus. Ich meine total sexy, vor allem das Spiel seiner Muskeln, auf das ich mehr achtete als auf die Straße, sodass ich ein paarmal um ein Haar einen Sturz gebaut hätte. Es wäre ziemlich schräg gewesen, wenn ich auf einer von mir initiierten Radtour von einem Traktor umgemäht worden wäre, weil ich Stews geile Pobacken angeglotzt hatte.

So oder so rutschte ich erleichtert vom Sattel, als wir den Pub erreicht hatten.

»Was tust du da?«, wollte Stew wissen, als ich in meinem Rucksack zu wühlen begann.

»Ich ziehe meinen Regenmantel über. Oder denkst du, ich gehe in dieser Montur da rein?«

»Allerdings.« Er stellte sich hinter mich und kniff mich in die Hüfte. »Du siehst super aus. Besser als in dem dämlichen Regenmantel. Komm schon, Kleines.«

Mir wurde ganz schwummrig, als er mich berührte, und ich fragte mich unwillkürlich, was der Tag noch bringen würde. Hielt Stew unseren Ausflug vielleicht für ein Date? Na ja, geflirtet hatten wir jedenfalls ausgiebig.

Nach einem erfrischenden Getränk und einem Sandwich lehnte er sich in seinem Stuhl zurück und seufzte zufrieden.

»Danke, dass du mich an die frische Luft gezerrt hast, Lana.«

»Macht es dir Spaß?«

»Und wie. Mir war gar nicht klar, wie sehr es mir gefehlt hat, einfach Rad zu fahren, ohne dass ich irgendwas gewinnen muss.« Er grinste mich an. »Immerhin habe ich dich geschlagen.«

»Darauf würde ich mir nicht zu viel einbilden«, antwortete ich lächelnd. »Hey, hast du je daran gedacht, als Coach einzusteigen oder so? Tom und ich haben von diesem Radfahrprogramm für Kinder drüben in Mirfield gelesen. Ich wüsste nicht, was dagegen spräche, bei uns etwas Ähnliches aufzuziehen.«

»Du gibst keine Ruhe, bis Egglethwaite die Radnabe der westlichen Hemisphäre ist, wie?«

»Genau«, sagte ich und leerte mein Glas. »Aber im Ernst, Stew, du wärst toll in dieser Rolle. Denk darüber nach.«

»Vielleicht«, meinte er. »Und wie ist es mit dir, macht dir das Radfahren Spaß?«

»Wenn man Abstriche macht und die mörderischen Schmerzen im ganzen Körper vergisst, dann vielleicht«, erklärte ich sarkastisch. »Apropos Schmerzen, wie geht es deinem Knie?«

»Jetzt nach der Pause wieder gut. Ich wäre startklar, wenn es dir recht ist.«

Als ich nach meinem Geldbeutel zu kramen begann, hielt er mich zurück. »Kommt nicht infrage, das geht auf mich. Schließlich stehe ich tief in deiner Schuld, weil du mich aus meinem Elendssumpf gezerrt hast.« Bevor ich protestieren konnte, fügte er hinzu: »Sollte es deine feministischen Befindlichkeiten verletzen, darfst du nächstes Mal zahlen, okay?«

»Nächstes Mal? Einverstanden, gebongt«, erklärte ich, denn offenbar hatte er beschlossen, dass wir öfter ein Date per Rad verabreden würden.

»Und jetzt folgt der beste Teil«, versprach er, nachdem er gezahlt hatte.

»Wirklich?«

»Ja, es geht nach unten. Du wirst staunen.«

Und das tat ich tatsächlich, als ich von oben in den Abgrund spähte, der sich vor mir auftat. War mir der Cockcroft Hill bereits beim Hochfahren steil vorgekommen, so war das lächerlich verglichen damit, wie er von oben aussah. Unwillkürlich fühlte ich mich an einen Familienausflug nach Blackpool erinnert, wo ich zum ersten Mal in eine Achterbahn einsteigen sollte. Während die anderen Kinder glücklich kreischend mit den Armen gewedelt hatten, stand ich Todesängste aus.

»Du erwartest hoffentlich nicht, dass ich da runterfahre?«, erkundigte ich mich panisch bei Stewart, der schon mit funkelnden Augen auf seinem Rad saß, als wäre dies der schönste Tag seines Lebens.

»Ich erwarte sogar von dir, dass du da runtersaust wie ein Kind. So als könnte dich nichts aufhalten. Sonst wird das zwischen dir und dem Radfahren nie eine Lovestory.«

»Und wenn ich gegen die Mauer knalle?«

»Das passiert nicht, solange du den Lenker nicht loslässt. Trau dich, sag ja zum Leben«, forderte er mich auf und flog hügelabwärts.

Mir blieb nichts anderes übrig, als ihm zu folgen. Ich holte tief Luft, schwang mich aufs Rad und hatte das Gefühl, wie eine Rakete den Hügel hinunterzuschießen. Sofort bremste ich.

»Nicht bremsen«, rief Stew, der angehalten hatte und mir von unten zusah. »Lass einfach laufen.«

»Kann ich nicht!«, schrie ich starr vor Angst.

»Du kannst das, vertrau mir. Dir entgeht was, wenn du es nicht tust!«

Noch einmal pumpte ich Luft in meine Lunge, dann ließ ich die Bremse los und überantwortete mich dem Rausch der Geschwindigkeit. Stewart hatte recht: Es war Glück pur.

Ich kam mir vor, als würde ich auf der Nase eines Kampfflugzeugs thronen. Die Haare flatterten hinter mir her, die Augen brannten, und die mit Frost bedeckten Felder verschwammen in einem grünsilbernen Schleier.

»Aaaahh!«

»Gut, oder?«

»Wahnsinn! O Gott, Stew, ich glaube, mir wird schlecht …«

Unten angekommen bremste ich ab und stieg atemlos vom Sattel.

»Und?« Stewarts Wangen waren gerötet, und seine Augen leuchteten triumphierend. »Behaupte nicht, dass es dir nicht gefallen hat. Du fandest es toll, das sieht man dir an.«

Unwillkürlich musste ich lächeln, weil er sich wie ein kleiner Junge freute und um jeden Preis wollte, dass ich diese Freude teilte.

»Es war ein unglaubliches Gefühl«, bestätigte ich. »Könnte glatt süchtig machen.«

Zurück in Egglethwaite, deutete er auf mein Rad. »Das nehme ich aus der Vermietung«, erklärte er. »Ab sofort steht es dir ganz allein zur Verfügung. Du kannst es nehmen, wann immer du willst.«

»Echt?« Ich strahlte übers ganze Gesicht. »Tausend Dank, das ist lieb von dir.«

»Und ich bedanke mich für diesen Tag, Lana. Sag mir Bescheid, wann wir das wiederholen wollen.«

»Nein.« Ich schüttelte den Kopf. »Nächstes Mal bist du an der Reihe, mich zum Spielen abzuholen«, pflaumte ich ihn an.

»Okay, gerne. Ich freue mich bereits darauf.«

Er machte einen Schritt auf mich zu, und ich sah ihm an, dass er mich küssen wollte. Richtig, nicht nur freundschaftlich.

Doch plötzlich hatte ich das Gefühl, dass die Zeit noch nicht reif war, und drehte blitzschnell den Kopf zur Seite, sodass seine Lippen auf meiner Wange landeten.

»Na dann«, sagte er verlegen – offenbar hatte er verstanden. »Wir sehen uns später.«

Im Restaurant blieb kaum Zeit, mir über Stewart den Kopf zu zerbrechen. Eine Gruppe von Dungeons-and-Dragons-Spielern hatte den Raum für den Nachmittag reserviert, mir blieb gerade mal eine halbe Stunde, um mich fertig zu machen, bevor ich Jasmine in der Küche ablöste.

»Alles gut, Omaficker, behalt die Schürze an«, hörte ich sie sagen, ohne zu wissen, was sie meinte.

Deano drehte sich zu mir um. »Wann geht sie endlich?«, fragte er genervt. »In letzter Zeit hat sie eine ganz schön freche Klappe.«

»Na, wurde auch Zeit, dass sie sich wehrt, nachdem du jahrelang auf ihr herumgehackt hast.« Ich nickte zur Tür hin. »Geh schon, Jaz. Ich übernehme, du kannst nach Hause.«

»Schätzungsweise bedeuten die ständigen Beleidigungen, dass sie kuriert ist«, mutmaßte Deano, sobald sie weg war.

»Stimmt. Für sie hast du in dem Moment aufgehört, sexy zu sein, als du mit einer Frau was angefangen hast, die fast so alt ist wie ihre Großmutter.«

»Alles Teil meines Plans«, erklärte er großspurig, wenngleich nicht sonderlich glaubwürdig.

Ich sah ihn stirnrunzelnd an. »Willst du im vollen Ernst behaupten, du bist mit Yo-yo in die Kiste gestiegen, um Jaz ihre Verliebtheit auszutreiben?«

»Nein, ich bin mit ihr ins Bett gegangen, weil ich

scharf war und sie mich rangelassen hat. Aber das andere ist natürlich ein erfreulicher Nebeneffekt.«

»Mir will nach wie vor nicht in den Kopf, dass du mit ihr schläfst. Wenn du vierzig bist, dann ist sie …«, ich rechnete kurz nach, »na ja, jedenfalls alt genug für einen Seniorenpass oder für einen Platz im Seniorenheim.«

»Stört mich nicht, ich denke nicht in derart langen Zeiträumen. Wir haben jetzt Spaß, mehr will ich nicht.«

»Trefft ihr euch regelmäßig?«

»Wenn wir in Stimmung sind.« Er beugte sich vor und schaute versonnen in seine Kasserolle. »In ihrem Fall fast jeden Abend und an jedem zweiten Morgen. Ein Wunder, dass ich noch laufen kann.«

»Vielen Dank für diese anschauliche Info«, sagte ich und verzog leicht angewidert das Gesicht.

»Gern geschehen. Und was ist mit deinem Liebesleben?«

»Keine Ahnung«, wehrte ich verlegen ab, bevor ich einräumte: »Es könnte sich entwickeln.«

»Ach, gib dir endlich einen Ruck, du Mimöschen, und hör auf, ständig zu zaudern und zu zicken. Irgendwann kriegst du die Rechnung dafür«, stauchte er mich zusammen. »Deinen letzten Sex hattest du schätzungsweise vor drei Jahren.«

»Woher bitte willst du das wissen, zum Teufel?«

Er grinste. »War geraten. Und danke für die Bestätigung.«

»Solche Sachen darf man nicht übereilen, verstehst du?«

»Übereilen? Auf was oder wen wartest du? Seit Monaten führt ihr jetzt diesen Tanz auf.« Deano verdrehte fassungslos über meine mangelnde Entscheidungsfreude die Augen. »Mach endlich zu, fass dir ein Herz. Es ist höchste Eisenbahn, dass du mal wieder gevögelt wirst.«

Ich seufzte. »Die Sache damals ist mir ganz schön an die Nieren gegangen. Und wie sagt man so treffend: Gebranntes Kind scheut das Feuer.«

»Hat dir richtig schwer zugesetzt, oder?«, gab Deano sich mit einem Mal mitleidig.

»Sagen wir einfach, so was vergisst man nicht so schnell«, gab ich zu. »Wir werden ja sehen, was passiert.«

Kapitel 41

Es war diesmal ein eigentümliches Weihnachtsfest. Bittersüß. Gerry und Sue hatten uns zwar auf ihre Farm eingeladen, aber wir hatten beschlossen, dass wir beim Weihnachtsessen lieber allein mit unseren Erinnerungen bleiben wollten. Eine fröhliche Weihnachtsfeier stand nicht wirklich zur Debatte, wenn am Kopfende des Tisches ein leerer Stuhl stand.

»Danke für den Pulli«, sagte Tom, als wir nach dem Essen wie zu Dads Zeiten unsere Geschenke auspackten.

Als Kinder hatte uns das lange Warten zum Wahnsinn getrieben, jetzt hielten wir zu seinem Gedenken an der Tradition fest.

Ich war stolz, diesen Pullover aufgetrieben zu haben, denn es war ein witziges Teil. Bunt gestrickt, mit einem Bild von Darth Vader und der Aufschrift *Ich bin dein Vater im Himmel*. Auch Tom war um Originalität bemüht gewesen und schenkte mir ein Buch, das mich immer an meinen Ausraster am Viadukt vor laufender Kamera erinnern sollte. Es hieß: *F**k: Eine Geschichte des F-Wortes*.

»Wenn du nächstes Mal im Fernsehen fluchst und

anstößige Wörter verwendest, bist du wenigstens gut informiert«, kommentierte Tom sein Geschenk.

»Dad hätte mir deswegen gewaltig die Leviten gelesen«, erwiderte ich seufzend. »Irgendwie merkwürdig, so zu zweit, oder?«

Tom lächelte, weil in diesem Moment Flash aus der Küche geschossen kam und beinahe in die Norwegertanne gerumpelt wäre.

»Vergiss den Hund nicht. Für ihn ist es das erste Weihnachten.«

»Er will immer noch in Dads Zimmer. Komisch, wie lange Hunde brauchen, um zu vergessen«, sagte ich wehmütig.

»Ja, und mich will er dauernd zum Imbiss schleifen. Nun ja, in dem Fall könnte es natürlich auch am Essen liegen.«

Als ich sah, wie traurig Tom wirkte, strich ich ihm über die Wange.

»Verlier die Hoffnung nicht. Jetzt überstehen wir erst mal Weihnachten, und danach überlegen wir uns was.« Ich schob Flash von meinem Schoß und stand auf. »Dad würde nicht wollen, dass wir Trübsal blasen. Ich hole den Sherry, wir trinken einen und spielen dabei eine Runde Scrabble, wie hört sich das an?«

»Perfekt, so machen wir das.«

In dem Augenblick hörte ich draußen die Klingel summen.

»Wer könnte das sein?«, fragte ich Tom.

Er zuckte mit den Achseln. »Keine Ahnung. Ich erwarte niemanden.«

Ich ging in den Flur und drückte den Knopf der Gegensprechanlage.

»Hallo?«

»Ich bin's, Stew. Kann ich raufkommen?«

»Klar, gerne. Wir fingen gerade an, uns zu langweilen«, scherzte ich und drückte den Türöffner.

»Fröhliche Weihnachten«, sagte er, als ich ihm öffnete, und küsste mich auf die Wange.

Tom musste sich mit einer Umarmung zufriedengeben, erhielt dafür ein Lob für den Darth-Father-Pulli.

»Schicker Pullover, Tommy.«

»Ja, ganz mein Geschmack. Ich finde, das blinkende Lichtschwert bringt meine Augen besonders zur Geltung. Hattest du einen schönen Tag?«

»Nicht übel. Ich komme gerade vom Weihnachtsessen bei meinen Eltern. Zum Glück will Harper kein Ökoveganer mehr sein, sonst hätte meine Mutter beim Kochen einen Nervenzusammenbruch erlitten.«

»Willst du auf einen Sherry bleiben? Wir wollten gerade eine Partie Scrabble spielen.« Tom senkte die Stimme. »Bei Lana musst du allerdings aufpassen, sie bescheißt.«

Stew sah uns fragend an. »Habt ihr die Nachricht nicht bekommen?«

»Was für eine Nachricht?«, hakte Tom nach, während ich mich mit der flachen Hand gegen die Stirn schlug.

»Entschuldige, Tommy, das ist mir komplett entfallen. Gerry und Sue haben uns und ein paar Leute aus dem Ort auf einen kleinen Umtrunk nach dem Essen eingeladen. Ich habe zugesagt – es macht dir doch nichts aus, oder?«

»Natürlich nicht, hört sich nett an. Ich hole schnell meine Jacke.«

Er verschwand in seinem Zimmer, und auf Stews Gesicht leuchtete ein verschwörerisches Lächeln auf.

»Alles bereit?«, flüsterte ich.

»Ja, alle sind auf Position. Bist du sicher, dass er …« Stewart verstummte, weil Tom in Winterjacke und Mütze soeben aus seinem Zimmer trat. »Na schön. Dann wollen wir mal.«

»Fröhliche Weihnachten, ihr drei«, empfing uns Gerry, als wir auf der Farm ankamen. Das Haus sah ungeheuer weihnachtlich aus, das Dach war weiß überzuckert, und der bunte Adventskranz an der Tür stand in krassem Kontrast zu Gerrys schwarzer Nikolausmütze mit der Aufschrift: *Alles Humbug* – einem Zitat aus Dickens' Weihnachtsgeschichte.

»Wie lange hast du die Mütze eigentlich inzwischen?«, erkundigte ich mich und hielt ihm die Wange für einen Kuss hin. »Ich kann mich erinnern, dass du sie bereits getragen hast, als wir noch in die Grundschule gingen.«

»Die hier ist brandneu. Die Missus hat mir dieses Jahr eine frische beschert. Meinte, in der alten würden Flöhe hausen.«

Er winkte uns herein, und wir folgten ihm ins Wohnzimmer, wo Sue weihnachtliche Knabbereien auf dem Tisch bereitgestellt hatte. Der ganze Trupp schien hier versammelt. Wir sahen Yolanda und Deano, die Gott sei Dank fünf Minuten lang die Finger voneinander ließen; Roger Collingwood, der eine Fleischpastete verdrückte; Billy aus dem Pub; eine ganze Ladung von Morrismen aus Gerrys Tanzgruppe und, und, und …

»Wo ist er?«, murmelte ich.

»Hilft Sue in der Küche. Äh, ich hole mal was zu trinken. Bier für die Jungs?«

»Für mich ebenfalls ein Bier«, bat ich.

Stew grinste mich an. »Nein. Dein Onkel findet, du musst Sherry trinken, und zwar mit abgespreiztem Finger wie eine richtige Lady. Sieh es ihm nach, er stammt aus einer anderen Zeit.«

»Na schön, ich bringe dir ein Guinness, schließlich ist heute Weihnachten. Aber den kleinen Finger musst du trotzdem abspreizen, Blümchen.«

Tom wollte gerade etwas zu mir sagen, als ihm der Mund vor Verwunderung offen stehen blieb und er kein Wort herausbrachte. Stumm starrte er auf die Küchentür, die gerade aufschwang.

»Was tut er hier?«, stammelte er nach einer Weile verwirrt.

»Überraschung«, lächelte ich ihn an. »Das ist dein wahres Geschenk, der Pulli war nur eine Dreingabe.«

Cameron war genauso verdattert und stellte exakt dieselbe Frage wie zuvor Tom.

»Was tut er hier?«, wandte er sich an Sue, die soeben ein Tablett mit Sherrygläsern hereinbrachte. »Du hast ausdrücklich gesagt, er und Lana würden es nicht schaffen herzukommen.«

»Da habe ich wohl gelogen«, antwortete sie nonchalant.

»Und wieso?«

»Ich werde es dir sagen, mein Junge. Weil mir euer albernes Verhalten auf den Geist geht. Hör mir gut zu, wenn ich dir jetzt ein paar Dinge verklickere.« Sie stellte das Tablett auf dem Piano ab und strich ihr Kleid glatt. »Ich kenne Tom, seit er glaubte, sein kleiner Mann sei lediglich dazu da, um im Garten Feuerwehrmann zu spielen. Und ich kenne ihn zu gut, als dass ich nicht wüsste, was er denkt und fühlt – und genauso weiß ich, dass er manchmal einen schrecklichen Mist daherredet. Zugegeben, vielleicht versteht er sich nicht auf Worte, doch er versteht sich auf Gefühle. Und er liebt dich.«

Camerons Augen wurden groß wie Untertassen. »Wirklich?«

»O ja«, nickte Gerry.

»O ja«, bestätigte ich.

»O ja«, rief Deano.

Stew lächelte. »Jeder außer dir weiß es, Cam.«

Tom beobachtete uns missmutig. »Wieso redet ihr alle über mich, als wäre ich gar nicht hier?«

Ich schubste ihn vorwärts. »Dann mal los, Eselchen. Wir haben unseren Text aufgesagt, jetzt bist du mit deinem dran. Bühne frei für dich.«

Zaghaft ging er auf Cameron zu. »Sieht aus, als wollten sie uns verkuppeln.«

»Lauter sentimentale Gemüter.« Cameron musterte Tom von oben bis unten. »Hübscher Pulli.«

»Lanas Weihnachtsgeschenk.«

»Also, stimmt das, Tommy?«

»Ja. Und bei dir?«

»Ist es das Gleiche.«

»Dann komm her.«

Tom beugte sich vor, drückte einen Kuss auf Camerons Lippen, und die beiden verschmolzen in einer Umarmung, die keine Zweifel offen ließ.

»Du hast mir gefehlt«, hörte ich Cam flüstern. »Entschuldige, dass ich nicht mit dir reden wollte. Ich dachte, du würdest nicht …, du weißt schon.«

»Du hast mir ebenfalls gefehlt«, antwortete Tom leise. »Und entschuldige die alberne Aktion mit deinen Eltern. Mittlerweile bin ich bereit, sie kennenzulernen. Hoffentlich mögen sie mich.«

»Sie werden dich lieben. Fröhliche Weihnachten, Tommy.«

Ich stieß Stew mit dem Ellbogen an. »Ein Weihnachtswunder, wie?«

»Sie brauchten einfach einen kleinen Schubs, so schüchtern, wie sie sind.«

»Vielen Dank für deine Hilfe.«

Er zog ein kleines, in Geschenkpapier gehülltes Päckchen aus der Jackentasche. »Für dich.«

»Du hättest mir nichts schenken müssen.«

»Ich wollte aber. Na los, mach es auf.«

Ich zerriss das Papier und stieß auf eine kleine Schachtel, in der ein hübsches Silberarmband mit vier winzigen Anhängern lag: einer Fledermaus, einem Zug, einer Posaune und einem Fahrrad.

»Je einen für all die tollen Dinge, die du in diesem Jahr vollbracht hast«, erklärte Stewart. »Du hast die Tour hierhergebracht, du hast den Viadukt wiederbelebt– dafür steht der kleine Zug. Vielleicht ist das Armband bis nächstes Weihnachten voll.«

Ich blinzelte die Tränen in meinen Augen weg. »Es ist wunderschön«, flüsterte ich. »Wie bist du auf die Idee gekommen?«

»Ich wollte dir etwas schenken, was dich an alles erinnert, womit du die Welt besser gemacht hast. Und das war es doch, was dein Dad sich in seinem Nachruf für dich und Tom gewünscht hat.«

Woher wusste er davon?

Meine ratlose Miene brachte ihn zum Lächeln. »Tom hat es mir erzählt.«

»Danke«, murmelte ich. »Und ich habe gar nichts für dich.«

»Ich wüsste da was, was ich sehr gern hätte«, raunte er. »Darf ich?«

Meine Augen versanken in seinen, und der Raum schien sich in Schemen aufzulösen.

»Ja«, flüsterte ich. »Bitte.«

Sein Gesicht bewegte sich auf meines zu, und wenn er mich in diesem Augenblick geküsst hätte, hätte ich alle Vorsicht vergessen und mich für alle Zeit in seine Arme fallen lassen.

Bevor sich allerdings unsere Lippen trafen, kam Roger Collingwood auf seinen riesigen Clownsfüßen angewatschelt, und der magische Schleier um uns herum zerriss.

»Na, ihr beiden«, verkündete er strahlend. »Gibt es Neues vom Viadukt?«

»Klar. Er ist eingestürzt«, fuhr Stewart ihn barsch an.

Rogers Gesichtszüge entgleisten für einen Moment, bis er sich wieder fing.

»Haha, guter Witz«, sagte er und fixierte uns argwöhnisch. »Ich störe hoffentlich nicht, oder?«

»Ganz und gar nicht.« Stewart setzte ein höfliches Lächeln auf. »Wir können später weitermachen.«

Kapitel 42

Am zweiten Weihnachtsfeiertag blieb mir keine Zeit, mich mit einem nachweihnachtlichen Kater unter der Bettdecke zu verkriechen. Nicht solange Roger Collingwood die *Egglethwaite Silvers* leitete.

Rodge nämlich war nicht allein rührig und umtriebig, sondern besaß ebenfalls einen gesunden Geschäftssinn. Und so hatte er an diesem sechsundzwanzigsten Dezember ein Konzert vor dem Kaufhaus des Nachbarorts organisiert. Am zweiten Weihnachtstag, dem Boxing Day, an dem man traditionell Geschenke außerhalb der Familie verteilte und an dem viele Geschäfte geöffnet hatten, waren viele Leute unterwegs, die sich noch in weihnachtlicher Geberlaune befanden. Rogers Rechnung ging auf: Die Passanten brachten unsere Sammelbecher ganz schön zum Klimpern.

Leider war es verflucht frostig, sodass ich bereits bei unserer dritten Nummer, *Carol of the Bells*, dem gespenstischsten Weihnachtslied der Welt, trotz meiner Handschuhe jedes Gefühl in den Fingerspitzen verlor.

»Ich glaube, mein Posaunenzug sitzt fest«, raunte ich Nathan, unserem Mann am Euphonium, zu.

»Ich weiß, was du meinst«, flüsterte er zurück. »Mir

sind beim letzten Stück fast die Lippen am Mundstück festgefroren. Er wird uns hoffentlich nicht stundenlang spielen lassen, oder?«

Natürlich tat er das. Er war eben Roger Collingwood. Bis wir unseren Auftritt am Spätnachmittag beendet hatten, ironischerweise mit *Schneeflöckchen, Weißröckchen*, lagen zehn Zentimeter Schnee auf dem Boden.

Und es sollte noch schlimmer kommen. Als ich zu meinem Auto zurückkam, entdeckte ich, dass das verfluchte Ding bockte und nicht mehr ansprang. Seufzend zog ich mein Handy hervor, um Gerry zu fragen, ob er mich mit seinem Land Rover abholen konnte.

Keine Antwort. Also probierte ich es bei Tom, doch statt meines Bruders meldete sich Cameron.

»Hi, Cam. Ist Tom in der Nähe?«

»Ja, er hilft meiner Mum beim Abwasch. Was gibt's denn?«

»Ich stecke im Schnee fest. Würdest du bei Gerry nachfragen, ob der mich abholt?«, bat ich und beschrieb ihm meinen genauen Standort. »Ich kann ihn nicht erreichen. Tut mir leid, dass ich euch auf die Nerven falle, wo ihr gerade bei deiner Familie seid.«

»Kein Problem, wir erledigen das.«

»Danke, lieb von dir.«

Ich verstaute die Posaune im Kofferraum und ging zum Kaufhaus. Den Wagen würde ich stehen lassen und ihn am nächsten Tag mit warmen Anziehsachen und Starterkabeln ausstaffiert abholen.

Fünfzehn Minuten später starrte ich immer noch auf

die Straße und fror mir die Möpse ab, während vermummte Schnäppchenjäger um mich herumwuselten. Meine Uniformjacke war längst durchnässt, und ich konnte bloß hoffen, dass Gerry bald kam.

Plötzlich sah ich zu meinem Erstaunen, dass nicht Gerry mit seinem Land Rover, sondern Stewart auf einem schneebestäubten Fahrrad in meinem Blickfeld auftauchte. Und zwar nicht mit irgendeinem Fahrrad, sondern einem mit zwei Sätteln und vier Pedalen. Er bremste vor mir und klingelte.

»Abend, Soldat. Mitfahrgelegenheit gefällig?«

Ich lachte. »Scherzkeks. Was zum Teufel tust du auf dem Ding?«

»Wonach sieht es denn aus?« Er nickte zum hinteren Sattel. »Ich hole dich ab. Dein Bruder hat mich angerufen, weil Gerry nicht aufzufinden war. Es war das einzige Beförderungsmittel, das ich so schnell auftreiben konnte.«

»Erwartest du ernsthaft, dass ich auf diesem Ding fahre?«

»Es sind nur ein paar Meilen. Komm schon, das wird lustig.« Er stieg ab und kramte eine überdimensionale Fleecejacke und einen Helm aus der Satteltasche. »Das hier habe ich dir mitgebracht.«

Ich zog das herrlich warme Fleece über meine Uniformjacke und kuschelte mich dankbar hinein.

»Und wie funktioniert das?«, fragte ich, den Blick auf das Tandem gerichtet.

»So wie jedes Fahrrad. Du hast deine eigenen Pedale und deinen eigenen Lenker. Wir müssen lediglich einen Rhythmus finden, der uns beiden taugt.« Er grinste. »Wahrscheinlich ein Euphemismus. Ich überlasse das Tempo dir.«

Anfangs war ich absolut nicht begeistert. Obwohl ich einen Lenker zum Festhalten hatte, konnte ich weder lenken noch bremsen, Stewart hatte die alleinige Kontrolle. Jedes Mal, wenn wir um eine Ecke bogen, machte mein Magen einen Satz.

Aber nach etwa zehn Minuten begann ich, mich zu entspannen und fand sogar Spaß daran. War eigentlich ganz schön, wenn man unbesorgt die schneebedeckte Landschaft bewundern konnte, ohne auf die Straße achten zu müssen. Ich fühlte mich so sicher, dass ich hinter ihm den Cockcroft Hill hinuntergesaust wäre. Na ja, vielleicht …

Als wir um die letzte Kurve vor der Holyfield-Farm bogen, runzelte ich die Stirn. Vor dem Haus parkte Gerrys Land Rover, und durchs Fenster fiel Licht nach draußen.

»Ich dachte, er sei nicht zu Hause.«

»Hat Tom zumindest behauptet«, erklärte Stewart, während er das Rad an der Hauswand abstellte.

»Dieser hinterhältige Schuft«, murmelte ich. »Schätzungsweise war das seine Rache für unsere Intervention, dass wir klammheimlich Cameron zu dem Umtrunk eingeladen haben.«

»Rache?«

»Genau. Tom hat so eine Theorie. Über dich und mich, du kennst sie sicher.«

Errötend spähte ich zu Stewart hin. Um seine Mundwinkel zuckte ein amüsiertes Grinsen, dann zog er mich in seine Arme.

Mit einem leisen Seufzer sank ich an seine Brust. Ich wollte mich nicht mehr wehren, wollte in seinen Armen liegen, warum auch nicht? Auf einmal war alles ganz einfach.

»Erzähl mir von diesen Sternen, Sternenmädchen«, flüsterte er leise.

»Du hast das nicht vergessen?«

»O nein. Wie könnte ich das Funkeln in deinen Augen vergessen, als du mir davon erzählt hast?« Er strich mit einem Finger über meine Wange. »Und es sind ungemein hübsche Augen.«

Inzwischen hatte es zu schneien aufgehört, und am klaren Winterhimmel hing ein kalkweißer Dreiviertelmond. Als eine dünne Wolke daran vorüberzog, fächerte sich sein Licht zu einem kleinen, kreisrunden Bogen auf.

Ich deutete auf eine Sternengruppe vor dem tintenschwarzen Hintergrund und fuhr sie mit dem Finger nach. »Also, dieses W da oben ist die Cassiopeia. Die Römer glaubten, sie sei eine Königin gewesen, die zur Strafe für ihre Eitelkeit an den Himmel verbannt wurde.«

Stew lachte. »Jemand sollte Harper warnen.«

»Ich wette, das würde ihm gefallen. Dann wäre er endgültig der größte Star von allen«, erwiderte ich lachend und zeigte auf ein anderes Sternbild. »Und das Strichmännchen da drüben ist der Orion. Man erkennt ihn an seinem Schwertgürtel. Dreizehnhundert Lichtjahre entfernt, kannst du das glauben? Ich bin immer wieder baff, dass die Römer darin einen Mann erkannt haben wollen. Offenbar gab es damals ziemlich guten Stoff zu rauchen.«

»Und was ist dein Lieblingsstern?«

»Ach, der hellste«, flüsterte ich verträumt. »Der erste, der mir je gezeigt wurde: die Venus.«

»Ist die überhaupt ein Stern?«

»Nein. Doch als ich klein war, erzählte Dad mir immer, dass die Venus der hellste Stern sei. Vielleicht fand er das poetisch, die Göttin der Liebe.« Ich lachte. »Oder er suchte sich diesen Planeten aus, weil er nicht zugeben wollte, dass er keinen einzigen richtigen Stern kannte.«

Stewarts Finger spielten mit meinem Haar. Ich spürte, wie sein Herz pochte.

»Du bist faszinierend, weißt du das?«, murmelte er.

»Danke, die meisten Menschen sagen schräg dazu.«

»Bekomme ich jetzt meinen Weihnachtskuss, Lana?«

»Ja«, hauchte ich.

Er legte die Hand an meine Wange, und seine Lippen suchten meine. Seine andere Hand glitt an meinem Rücken abwärts und drückte mich an seinen Körper, aber sein Kuss blieb zärtlich. So als würde er abwarten. Abwarten, bis ich ihm zeigte, was ich wollte.

Als ich leicht die Lippen öffnete, war seine Zunge in meinem Mund, der Kuss wurde hungrig und intensiv, und unsere lang unterdrückten Gefühle explodierten wie ein Feuerwerk.

»O Lana, Lana«, raunte Stew und überzog meine Halsbeuge mit Küssen. »Passiert das wirklich?«

Spontan neigte ich den Kopf zur Seite, um seinen Lippen an meinem Hals so viel Haut wie möglich darzubieten. »Ja, das passiert wirklich.«

»Und du kommst mit zu mir?«

Kurz schnappte ich nach Luft. »In Ordnung, schließlich ist Weihnachten.«

Gut möglich, dass wir eine neue Rekordzeit für Tandemfahrten aufstellten, so eilig hatten wir es, das Ding zurück in den Laden zu schaffen. Sofort nach unserer Ankunft schleifte Stew mich mehr oder weniger ins Schlafzimmer und knallte die Tür hinter uns zu.

Mit zittrigen Fingern fummelten wir uns aus unseren Helmen, dann küsste er mich wieder und machte ohne jede Umschweife dort weiter, wo wir aufgehört hatten. Ein Schauer überlief mich, als er mich mit zittrigen Händen aus der unförmigen Fleecejacke schälte.

»Alles okay?«, keuchte er und dämpfte seine Leidenschaft ein wenig, als er spürte, wie sehr ich zitterte.

»Alles okay.« Ich lächelte verlegen. »Mir ist nur kalt.«

»Natürlich ist dir kalt. Du bist ja ganz durchnässt.« Er nickte zum Bett hin. »Zieh dich aus und leg dich rein.«

»Klingt ja total romantisch.«

»Na gut, dann zieh dich romantisch aus«, meinte er. »Hauptsache, du wärmst dich auf.«

Ich trat mir die klatschnassen Stiefel von den Füßen und krabbelte in sein Bett.

»Ziehst du dich nicht aus?«, fragte er verwundert.

»Unter der Decke. Ich will nicht, dass du mich siehst.«

»Warum das? Wenn ich die Zeichen nicht völlig falsch gedeutet habe, würde ich davon ausgehen, dass wir gleich Sex haben.«

»Im Dunkeln.«

»Spricht da wirklich Lana Donati? Die sirenengleiche Göttin der Nacktkalender und Star meiner erotischen Träume?«

»Das ist was anderes.« Mühsam schälte ich mich unter der Decke aus meiner nassen Uniform. »Bitte, Stew, schau woandershin. Ich bin sowieso schüchtern und sextechnisch zudem ein bisschen eingerostet.«

»Wenn du dich damit wohler fühlst.«

»Träumst du wirklich von mir?«, wollte ich wissen, während ich die Hose über meine Schenkel schob.

»Manchmal. Du nicht?«

»Doch«, gestand ich und merkte, dass ich schon wieder errötete.

»Ich mache mal ein bisschen Musik«, meinte er lächelnd.

Während ich meinen üppigen Busen befreite, stellte Stew das Handy auf einen Lautsprecher.

»Kirsty MacColl, richtig?«, fragte er, als *Fairytale of New York* anlief. »Etwas Weihnachtliches für dich.«

Lächelnd zog ich das letzte Kleidungsstück aus. »Woher hast du das gewusst?«

»Das hast du mir erzählt. Vor einem Jahr und …«, er zählte es an seinen Fingern ab, »sechs Monaten.«

Sein Blick fiel auf den Kleiderhaufen neben dem Bett. »Rutsch ein Stück.«

»Erst wenn du dich ebenfalls ausgezogen hast.«

»Was, ich darf mich nicht unter der Decke ausziehen? Das ist unfair«, scherzte er.

»Von wegen. Los, McLean, runter mit den Klamotten.«

»Das ist mein erster Striptease zu *Fairytale of New York*«, brummte er kopfschüttelnd und zerrte den dicken irischen Wollpullover über seinen Kopf, enthüllte dabei seine muskelbepackte Brust, die ich bereits auf dem Kalender bewundert hatte.

»Darf ich jetzt rein?«, erkundigte er sich.

»Du hast immer noch deine Boxershorts an.«

Er rutschte unter die Decke. »Wenigstens ein Weihnachtsgeschenk wollte ich dir zum Auspacken aufheben.«

Er zog mich an seinen Körper und strich eine Haarsträhne hinter mein Ohr. Eine winzige Geste, ganz flüchtig und dabei so intim, dass mich ein Schauer überlief. Sein heißer Atem wehte in kurzen Stößen über meinen Hals, seine Erektion drückte unnachgiebig gegen meine Hüfte.

»Ich will dich ganz sehen«, flüsterte er.

»Aber …«

»Ich will dich ganz sehen, Lana.«

Er hob die Decke an und betrachtete mich. Eine volle Minute sagte er kein Wort.

»Du bist so schön«, flüsterte er schließlich. »Wieso weißt du das nicht?«

»Weil es mir noch niemand gesagt hat.«

»Dann hätten die Betreffenden es eigentlich nicht verdient, dich zu berühren.«

Er schob sich auf mich und küsste meinen Hals, wanderte ihn ganz langsam und zart entlang. Ich genoss es und wünschte mir, dass es so lange wie eben möglich dauern werde.

»Stew?«, wisperte ich, als seine Fingerspitzen über meinen Bauch strichen. »Warst du mit vielen Frauen zusammen?«

»Ist das wichtig?«

»Es ist, weil ...« Ich schnappte nach Luft, als seine Hand sich um meine Brust schloss. »Es ist eine Weile her bei mir, weißt du.«

Ich hielt den Atem an, als seine Zunge meine harten Brustspitze umspielte. Mein gesamtes Nervensystem erblühte flammend wie ein Weihnachtsstern.

»Vertrau mir«, hörte ich Stews Stimme, »du kannst gar nichts falsch machen, Lana. Hier gibt es nur uns zwei.« Er ließ seinen heißen Mund zu meiner zweiten Brust wandern, und ich stöhnte leise auf, als er mit seiner rauen, nassen Zunge darüberfuhr. Meine Hüften begannen sich unter ihm zu heben und zu senken, als würde mein Körper instinktiv nach seinem suchen.

»Du weißt hoffentlich, was ich für dich empfinde«, murmelte er zwischen zwei Liebkosungen.

»Sag es.«

Er lächelte. »Du willst wirklich, dass ich es zuerst sage?«

»Du musst. Ah!« Ich bäumte mich vor Lust auf, als er leicht zubiss.

»Ich liebe dich, das solltest du eigentlich wissen. Immerhin scheint es jeder außer dir zu wissen.« Grinsend sah er mich an. »Weißt du, genau genommen wäre es recht und billig, wenn du das jetzt zurückgeben würdest, wo du schon die Hände in meiner Hose hast.«

»Ich liebe dich, Stew«, erklärte ich lachend.

»Und jetzt sag es auf Italienisch.«

»*Ti amo.* Weshalb?«

»Keine Ahnung, es klingt einfach sexy«, meinte er und schob einen Finger in mich hinein, während sein Daumen über die feuchte Hitze zwischen meinen Schenkeln glitt. Die Berührung brachte auch ihn zum Stöhnen.

»Stew?«, stammelte ich. »Das habe ich noch nie zu einem Typen gesagt, weder auf Englisch noch auf Italienisch.«

»Im Ernst?«

»Ja. Es waren gute Freunde, mehr nicht. Ich habe nie für sie in einer Weise empfunden, dass ich so etwas zu ihnen gesagt hätte. Diese Worte sind mir zu wichtig, um damit um mich zu werfen.«

Er hob die Hand und strich mir übers Gesicht. »Dann fühle ich mich besonders geehrt«, hauchte er leise. »Und jetzt entspann dich, Lana.«

Mich entspannen. Er wollte, dass ich mich entspannte. Obwohl seine abenteuerlustigen Finger rhythmisch in mich eintauchten und sein Mund das weiche Fleisch meiner Brüste umspielte. Entspannung war das Letzte, wozu ich fähig war.

Vielmehr merkte ich zunehmend, wie mein ausgehungerter Körper immer stärker reagierte, während wir uns gegenseitig erforschten und verlangende, lustvolle Laute von uns gaben. Anfangs versuchte ich meine Erregung zu dämpfen, doch als ich merkte, wie sehr Stewart es genoss, wenn ich mich ihm hemmungslos hingab, ließ ich es geschehen.

»O Gott«, seufzte ich, als meine Finger seine Erektion ertasteten und ich ihn nach Luft schnappen hörte. »O Gott, Stew, du bist so ... Hast du ein Kondom?«, wechselte ich unvermittelt ganz unromantisch zu einer sehr praktischen Frage.

Er beugte sich über mich zum Nachttisch und wühlte in der Schublade herum. »Äh, mit Zimtgeschmack«, las er mit zusammengekniffenen Augen vor. »Ich hoffe, das ist okay für dich.«

»Zimt?«, lachte ich leicht verlegen.

»Bei mir ist es ebenfalls eine Zeit lang her«, erklärte er. »Es handelt sich also um ältere Bestände.«

»Und ich dachte immer, bei dir ginge es ganz schön zu und dein Sexappeal wäre geradezu unwiderstehlich.«

»Oh, ist er durchaus, aber ich spare ihn mir für besondere Anlässe auf«, witzelte er und schob sich wieder auf mich. »Und weil Weihnachten ist und eine unglaubliche Frau nackt in meinem Bett liegt, ist heute so ein Anlass.«

Er streifte das Kondom über, das mit seinem Zimtgeruch irgendwie zu Weihnachten passte, schoss es mir durch den Kopf, bevor ich alles um mich herum vergaß.

»O Lana.« Stöhnend drang er immer tiefer in mich ein, vergrub das Gesicht in meinem Haar und drückte Küsse auf jedes Stück Haut, das er finden konnte. »O mein Gott, Lana …«

Ich liebte es, wie er meinen Namen aussprach, wie er jede Silbe kostete, als wäre es schmelzende Eiscreme. Es klang, als würde er mich vereinnahmen, mir jedes Mal neu seine Liebe erklären.

»Tut es weh?«, flüsterte er, als er mich den Atem anhalten hörte.

»Nein, nicht wirklich«, versicherte ich. »Einfach ungewohnt und so neu. Nach drei Jahren immerhin. Machst du das Licht aus?«

»Auf keinen Fall. Du bist wunderschön, und ich will dich anschauen.« Er strich mit dem Fingerrücken sanft über meine Wange. »Sei nicht nervös, Lana.«

Er hob mich an, bis ich rittlings auf ihm saß. »Entspann dich, vertrau mir.«

Ich tat es und überließ mich seinen starken Händen, die meine Schultern hielten. Himmel, war das ein unglaubliches Gefühl, jeder Stoß tief und erregend. Ich umklammerte seine kräftigen Schenkel und drückte ihn Mal für Mal tiefer, bis mein Unbehagen verflogen und mein Körper ganz natürlich mit seinem verschmolzen war.

Stewart versenkte seinen Kopf zwischen meinen Brüsten, überzog sie mit Küssen und raunte ganz leise immer wieder meinen Namen. Er nahm mich ohne jede Hemmung, Stoß für Stoß, und alle meine Sinne reagierten auf ihn, wie sie noch nie auf einen Mann reagiert hatten. Inzwischen war mir überdies völlig egal, was er von mir sah, weil ich mich schön und sexy und geliebt fühlte. Und weil ich ihn liebte und er mich in einer Weise ausfüllte, die mir den besten Orgasmus meines Lebens bescheren sollte.

Während er meine Brust mit seinen Lippen liebkoste, drängte ich mich stöhnend an ihn, und plötzlich durchlief mich ein fiebriges Zittern, das sich explosionsartig entlud. Eine Sekunde später stieß Stew ein langes, kehliges Stöhnen aus, umfasste mich fest und flüsterte rau: »Ich liebe dich, ich liebe dich«, bis auch er kam und wir keuchend aufs Bett zurückfielen.

»Das war echt unglaublich«, stammelte er atemlos.

»Und zimtig«, versuchte ich uns auf den Boden zurückzubringen.

»Kannst du hierbleiben? Ich möchte nicht, dass du jetzt gehst.«

Ich nickte. »Tom weiß ja, wo ich bin.« Ich kuschelte mich an ihn, schlang beide Beine um seine und drückte einen Kuss auf seine Nasenspitze. »Habe ich dir bereits gesagt, dass ich dich liebe?«

»Du könntest es irgendwann beiläufig erwähnt haben.« Seine Finger fuhren federleicht durch meine Haare.

»Ich bin so glücklich, Stew. Jetzt ist alles okay.«

»Ich bin ebenfalls glücklich, überglücklich«, hörte ich als Letztes, bevor ich ins Reich der Träume sank.

Kapitel 43

»Sag schon, rot oder blau?«, wollte ich wissen und hielt Tom zwei Cocktailkleider zur Begutachtung hin.

Er zuckte mit den Achseln. »Für wen hältst du mich, für Vivienne Westwood?«

»Mann. Du bist zu nichts zu gebrauchen.« Ich hängte beide Kleider in den Schrank zurück. »Wenn ich es recht überlege, probiere ich noch mal das silberne an. Gibst du es mir?«

Tom nahm das Kleid von meinem Bett und warf es mir zu. Ich hielt es vor mich hin und betrachtete mich kritisch im Spiegel.

»Zu tief ausgeschnitten.«

»Na und, Stew gefällt es bestimmt«, sagte Tom. »Außerdem hab dich nicht so. Es geht um ein paar Silvesterdrinks vor dem Fernseher, nicht um einen Ausflug ins *Savoy*.«

»Mag sein, aber das ist unser erstes richtiges, offizielles Date seit damals, und ich will, dass alles perfekt ist.« Lächelnd drehte ich mich um. »Letztes Silvester hätte ich im Leben nicht geglaubt, dass wir dieses Jahr mit einem Doppeldate feiern. Ehrlich gesagt, kam mir das noch vor zwei Wochen reichlich unwahrscheinlich vor.«

»Immerhin stand es an Halloween in deinen Tarotkarten«, bemerkte Tom grinsend.

»Stimmt.« Ich holte das rote und das blaue Kleid wieder aus dem Schrank. »Entschuldige, Tom, ich brauche Rat von einem heterosexuellen Mann. Wir sehen uns später.«

Obwohl das Restaurant geschlossen war, werkelte Deano in der Küche herum und probierte ein paar neue Rezepte aus.

Er ging an Silvester grundsätzlich nicht aus, weil er diesen Tag für einen *Drecksack, der Weihnachten killte*, hielt. Gerade begutachtete er argwöhnisch eine Art Omelette.

»Wachteleier«, brummte er vor sich hin. »Warum habe ich die verfluchten Wachteleier nicht bekommen? Hi, Lana.«

»Wieso weißt du, dass ich es bin?«

»Ganz einfach«, erklärte er. »Tom riecht nie nach Kiwi, und außer euch beiden ist niemand da.«

»Okay, dann schau mal her.« Ich hielt die beiden Kleider in die Höhe. »Wie sieht für dich ein sexy Dress für ein Date aus?«

»Männerhemd, kein Höschen«, antwortete er wie aus der Pistole geschossen, ohne dabei von seiner Pfanne aufzusehen.

Ich schüttelte den Kopf. »Nicht ganz so sexy. Sieh dir die beiden Kleider an.«

Er stocherte kurz in dem rätselhaften Pfanneninhalt, bevor er sich umdrehte.

»Sehen für mich beide gut aus«, meinte er achselzuckend. »Im Übrigen wirst du für Stew in jedem Aufzug wirken, als wärst du gut zu vögeln.«

»Jetzt such eins aus. Mir läuft die Zeit davon.«

»Dann das rote Bleistiftdings«, entschied er. »Das macht eine Sanduhrfigur und passt hervorragend zu meinen Haaren.«

»Wieso wusste ich, dass du irgendwas Komisches auf Lager haben würdest?«, lachte ich und boxte ihn in die Rippen. »Kommst du später auf ein Glas nach oben?«

»Meinetwegen. Unter der Bedingung, dass ich nicht *Auld Lang Syne* singen muss.«

Ich hätte keine Angst haben müssen, dass mir die Zeit davonlief. Eine halbe Stunde nach der verabredeten Zeit war Stew immer noch nicht aufgetaucht.

»Wo steckt er bloß?«, fragte ich Tom und Cameron, die mit Flash auf dem Sofa saßen, Prosecco schlürften und fernschauten.

»Beruhige dich und nerv uns nicht«, beschied Tom mich. »Wahrscheinlich kann er sich nicht zwischen den roten und den blauen Boxershorts entscheiden.«

»Es gibt keinen Grund, wegen der alten Sache paranoid zu werden«, gab Cameron seinen Senf dazu und brachte mich endgültig auf die Palme.

»Hast du deinem Freund etwa von den Abgründen meines Liebeslebens erzählt?«, fuhr ich meinen Bruder an.

»Mit solchen Geschichten verfliegt die Zeit«, grinste er gleichmütig.

»Mir scheint, du hast das vom letzten Jahr wirklich noch nicht verarbeitet«, tarockte Cam nach.

»Glaub ja nicht, nur weil mein Hund dich liebt, werde ich meine intimsten und peinlichsten Geheimnisse mit dir teilen.«

»Definitiv paranoid«, urteilte Tom.

»Na schön, dann bin ich es eben.« Ich ließ mich in den Sessel fallen. »Dass er bereits einmal aus meinem Leben verschwunden ist, geht mir einfach nicht aus dem Kopf. Wirf mal mein Handy her, Tom.«

Es war keine Nachricht eingegangen, und als ich anrief, ging niemand ans Telefon. Ich stand auf und schaute aus dem Fenster.

»Alles dunkel da drüben.«

»Vielleicht ist er auf ein Bier in den Pub gegangen«, mutmaßte Tom.

»Ich weiß nicht«, wandte ich zweifelnd ein.

Eine Stunde später, kurz vor neun, war er nach wie vor nicht aufgetaucht, und bei mir schrillten alle Alarmsirenen. Inzwischen hatte sich Deano zu uns gesellt und Platten mit diversen Tapas mitgebracht, von Stew hingegen keine Spur. Kein Licht in seiner Wohnung, keine Reaktion auf meine Anrufe.

»Wo zum Teufel steckt er? Ich verstehe das nicht.«

»Das kannst du so oft fragen, wie du willst, Lananana. Unsere Antwort lautet trotzdem: Wissen wir nicht«, antwortete Deano. Er nickte zu den Tellern auf dem Wohnzimmertisch hin. »Probier mal die Wildpastete, die ist der Wahnsinn. Die wird unser Verkaufsschlager am Tourwochenende.«

»Ich will keine Wildpastete. Ich will wissen, wo Stew ist.« Meine Augen weiteten sich entsetzt. »O Gott, wenn er einen Unfall hatte? Vielleicht liegt er irgendwo im Straßengraben. Während wir hier sitzen, Pastete mampfen und Prosecco schlürfen wie die letzten Arschgeigen.«

»Es gibt bestimmt eine plausible Erklärung«, versuchte Tom mich zu beruhigen.

»Das hoffe ich schwer. Los, köpfen wir noch eine Flasche. Ich brauche dringend was zu trinken.«

Beim Entkorken des Prosecco musste ich an Harper denken, der mittlerweile wahrscheinlich bei seiner zweiten Flasche Dom Perignon saß, während wir einfaches Volk uns mit preiswerter Prickelbrause begnügten.

»Lana!«, rief Tom in diesem Moment aufgeregt vom Wohnzimmer aus. »Da ist er!«

Mir fiel ein Stein vom Herzen. Er war gekommen, Gott sei Dank.

Ich eilte ins Wohnzimmer und sah mich um. »Wo ist Stew? Habt ihr ihn nicht reingelassen?«

»Er ist nicht hier, sondern im Fernsehen. Da, schau hin.«

Als ich auf das eingeschaltete Gerät blickte, sah ich einen Chor, der vor Monkton Hall, einem zwanzig Meilen entfernten Landgut, etwas aus Händels *Messias* sang.

»Was soll das? Wo ist Stew?«

»Er steht irgendwo unter den Zuschauern«, sagte Deano. »Wir haben ihn beide erspäht.«

Ärger breitete sich in mir aus wie ein Buschfeuer.

»Er hat mich ernstlich versetzt, damit er die verfluchte Musik hören kann? Dafür bringe ich ihn um.«

»Es geht nicht um Händel«, belehrte mich Tom.

»Sondern?«

»Sondern um deinen Busenfreund. Was da gerade läuft, ist *Harper Brady Extravaganza*, seine eigene Silvestershow.«

»O Gott, er hat seine eigene Show?«

»Offenbar.«

Nachdem der Chor den *Messias* abgehakt hatte, trat Harper mit seinem charmantesten Lächeln vor die Kamera. »Das war der *Beverley Minster Choir*, der uns hoffentlich so richtig eingestimmt hat, und als Nächstes sehen Sie einen Kaminkehrer, dessen Dienste als Glücksbringer an Neujahr besonders gefragt sind, und danach ein Paar, das sich beim ersten Glockenschlag des Jahres 1946 den ersten Kuss gab.« Sein Gesicht wurde ernst. »Doch zunächst muss ich mit Ihnen über etwas Wichtiges sprechen.«

Ich schüttelte den Kopf. »Das glaube ich einfach nicht.«

Seine Moderation wirkte ganz natürlich, locker und ungezwungen, so als wäre er mit jedem im Publikum seit Ewigkeiten befreundet. Der unbekannte Glücksstern, unter dem Harper Brady geboren worden war, hatte definitiv einen Sinn für Ironie bewiesen.

»Diese Shows sind grausam kitschig, findet ihr nicht?«, meinte Cameron. »Immer der gleiche sentimentale Quatsch, Paare, die ihre Goldene Hochzeit feiern und so weiter.«

»Stew, kommst du bitte zu mir?«, hörte ich mit einem Mal Harper im Fernsehen sagen. Eine Sekunde später erschien mein vermisster Lover auf dem Schirm und grinste nervös unter einer dicken Wollmütze hervor.

Ich erstarrte. »Jungs, habt ihr den geringsten Schimmer, was das hier werden soll?«

Tom sah mich so verdattert an, wie ich mich fühlte. »Frag nicht uns.«

»Das ist mein Cousin Stewart McLean«, erklärte Harper dem Publikum. »Sag hallo, Stew.«

»Hallo, Stew.«

»O Mann. Der Witz hat so einen Bart«, stöhnte Deano.

»Einige unter Ihnen kennen ihn bestimmt noch als den Dämon im Sattel, der er in seinen Zeiten als Radrennfahrer war«, fuhr Harper fort und hielt Stewart das Mikrofon hin. »Also. Es war ein aufregendes Jahr für dich. Willst du uns davon erzählen?«

»Danke, Harper.« Stewarts Stimme zitterte, aber sein Blick wirkte entschlossen und schien scheinbar genau auf mich gerichtet zu sein. »Es war wirklich ein aufregendes Jahr. Leider musste ich vor achtzehn Monaten verletzungsbedingt das Radfahren aufgeben. Seither verdiene ich mein Geld mit einem Fahrradshop in einem wunderbaren kleinen Ort namens Egglethwaite.« Er holte tief Luft. »Eine Bürgerinitiative hat dort in diesem Jahr eine Menge in Bewegung gesetzt, um den denkmalgeschützten Viadukt für Fußgänger und Radfahrer wieder zu öffnen.« Der Sender blendete ein Bild des Viadukts ein, während wir weiterhin Stews Stimme hörten. »Dieses Projekt lag ganz besonders einem jüngst verstorbenen Bewohner unseres Ortes am Herzen, Phil Donati.« Mich durchfuhr es wie ein elektrischer Schlag, als plötzlich ein Bild von Dad eingeblendet wurde, der glücklich grinsend und leicht angeheitert an der Bar des *Sooty Fox* stand. Er trug einen windschiefen Zylinder und einen schäbigen Anzug, das Foto war zu den Zeiten gemacht worden, als die *Egglethwaite Players*, eine Laienspieltruppe, noch existierten und Dad ihre Hauptattraktion war.

Dann wurde erneut auf Stewart und Harper geschaltet. »Hört sich nach viel Arbeit an, oder?«, erkundigte Harper sich.

»In der Tat, jeder trägt das Seine zum Gelingen bei. Und nicht zuletzt deshalb haben wir in sechs Monaten über fünfzigtausend Pfund an Spenden gesammelt.«

»Warum in so kurzer Zeit?«

Stewart nahm dankbar den Faden auf. »Weil es unser Hauptziel war, eine Etappe des Grand Départ im nächsten Jahr nach Egglethwaite zu holen. Überdies hatten wir das Gefühl, die Strecke über den Viadukt könnte für die Tour eine echte Bereicherung sein und die Schönheit der Gegend einer breiteren Öffentlichkeit bekannt machen.«

»Und hat es geklappt?«

»Davon sind wir ausgegangen, und seitens des britischen Tourismusverbands, der verantwortlich für die Streckenvorschläge ist, hatte man uns das auch mehr oder weniger zugesichert«, führte Stewart aus, und zum ersten Mal bemerkte ich, dass er sehr desillusioniert wirkte.

»Aber?«, bohrte Harper nach.

»Gestern Abend habe ich mit einem Freund gesprochen, der einen Blick auf die Streckenführung werfen konnte. Die entsprechende Etappe führt keine fünf Meilen an Egglethwaite vorbei – vorbei, jedoch nicht durch.« Erneut hatte ich das Gefühl, er würde mich direkt anzusehen. »Mit anderen Worten: Wir haben die Tour nicht bekommen.«

Kapitel 44

Ich schlug die Hand vor den Mund. »O Gott! Nein! Nein, das darf nicht wahr sein!«

»Es muss wohl.« Cam schüttelte fassungslos den Kopf. »Dann war also endgültig alles umsonst. Die ganze Arbeit für nichts.«

»Das ist nicht fair. Das ist einfach nicht fair«, flüsterte ich.

»Aber wieso haben sie die Route geändert?«, überlegte Tom laut. »Wir haben schließlich alles erfüllt, was sie von uns wollten. Der Viadukt wird mehr als rechtzeitig fertig, genau wie wir versprochen haben.«

»Psst«, mahnte Deano. »Stew redet immer noch.«

»Wirklich?«, sagte Harper eben zu Stew. »Sie haben euch bei der Route nicht berücksichtigt, nachdem sie das im Grunde zugesichert hatten?«

»Ja. Das wird viele Menschen hart treffen, nicht zuletzt Phils Kinder Tom und Lana, die dieses Projekt in seinem Sinne neu angestoßen haben.«

Aus dem vor dem Gutshaus versammelten Publikum waren erste Unmutslaute zu hören.

»Wir machen jetzt eine kurze Pause«, verkündete Harper. »Zuvor jedoch fordere ich die zuständigen

Leute auf, ihre Entscheidung zu überdenken und Egglethwaite die Chance zu geben, für die der Ort so schwer gekämpft hat. Immerhin ist Weihnachten die Zeit der Versöhnung.« Er schickte ein strahlendes Lächeln in die Kamera, dann wurde eine Werbung für Alka Seltzer eingeblendet.

»So ein Mist«, flüsterte ich und zuckte im selben Moment zusammen, weil mein Handy summte.

»Wer ist es?«, fragte Tom. »Stew?«

»Nein, Vanessa Christmas«, erwiderte ich und verzog mich in die Küche, um ungestört telefonieren zu können.

»Mrs. Christmas«, legte ich sofort los, nachdem ich das Gespräch angenommen hatte. »Hören Sie, ich hatte keine Ahnung, was Stewart geplant hat …«

»Sparen Sie sich die Entschuldigungen, Miss Donati. Ich mag es nicht, wenn man mich zu erpressen versucht.«

»Und ich mag es nicht, wenn man mich belügt.« Ich merkte, wie sich meine Nackenhaare aufstellten. »Warum haben Sie uns von der Route genommen? Wenn sie nicht einmal fünf Meilen entfernt vorbeiführt, hätte sie genauso gut durch Egglethwaite verlaufen können.«

»Man hatte einfach das Gefühl, dass andere Gemeinden eher berücksichtigt werden sollten«, antwortete sie steif.

»Damals haben Sie anders geredet.«

»Nun, das war damals.«

»Ich verstehe nicht …« Plötzlich ging mir ein Licht

auf. »Moment mal. Hat diese Fernsehsache zwischen mir und Sienna Edge eine Rolle gespielt?«

»Die war sicher nicht förderlich«, gab sie zu. »Die Tour ist für Menschen jeglichen Alters und jeglicher Herkunft gedacht. Derartige Publicity …«

»Offenbar haben Sie selbst gehört, was sie zu mir gesagt hat. Was hätten Sie denn geantwortet?«

»Das ist nicht von Belang.«

»Das ist sehr wohl von Belang«, fuhr ich sie an. »Sagen Sie schon, Vanessa. Wie hätten Sie reagiert, wenn man Ihnen unterstellt hätte, Sie würden das Andenken an Ihren verstorbenen Mann ausschlachten?«

Sie zögerte. »Vielleicht genauso wie Sie«, räumte sie schließlich ein »Aber das ändert nichts an den Tatsachen. Die Organisatoren haben die Szene gesehen und einstimmig entschieden.«

»Dann ist es allein meine Schuld. Wieder mal.« Ich blinzelte die Tränen zurück. »O Gott. Wir haben uns so angestrengt. Alle anderen. Der ganze Ort …«

»Na, na. Regen Sie sich nicht auf.« Sie seufzte. »Es mag Erpressung sein, allerdings steht Harper Brady dahinter, der in einer landesweiten Sendung kräftig für Sie Stimmung macht. Und dessen Einfluss kann niemand unterschätzen.«

»Was wollen Sie damit sagen?«

»Die Stimmung bei den maßgeblichen Leuten scheint erneut umzuschlagen. So wie es aussieht, setzt sich die Ansicht durch, dass es unpopulär wäre, sich gegen die zu erwartende Sympathiewelle zu stellen, die Ihr Mr. McLean mit seinem kleinen Taschenspielertrick zweifellos auslösen wird.«

»O mein Gott! Dann sind wir wieder im Spiel?«

»Scheint so. In den nächsten Wochen werden wir die Sache offiziell bekanntgeben. Bis dahin ein schönes neues Jahr«, schloss sie und legte auf.

Als ich mich wieder in meinen Sessel setzte, eröffnete im Fernsehen der Chor des Beverleyer Münsters soeben den zweiten Teil der Sendung.

»Und? Was hat sie gesagt?«, wollte Deano wissen.

»Haltet euch fest. Unter dem Eindruck der Fernsehsendung wird die Entscheidung offenbar zurückgenommen, wenngleich zähneknirschend.« Ich brachte ein vorsichtiges Lächeln zustande. »Die Tour kommt doch noch zu uns, Jungs.«

Ich griff nach meinem Handy und schickte Stewart eine Nachricht. *Du Riesenidiot. Es hat funktioniert, sie haben uns wieder auf dem Schirm. Liebe dich.*

Im Fernseher sah ich ihn das Handy aus der Tasche angeln und lächeln. Er flüsterte seinem Cousin etwas ins Ohr, während der Chorgesang langsam ausklang.

Harper räusperte sich. »Also, unsere Leitungen sind inzwischen heiß gelaufen, so viele Menschen haben angerufen und wollten diesen winzigen Ort in einer entlegenen Ecke von Yorkshire bei seiner Bewerbung für den Grand Départ unterstützen. Wir Briten lieben eben nichts so sehr wie einen Underdog, richtig? Aber Sie können sich beruhigen. Mir wurde soeben mitgeteilt, dass die Organisatoren der Tour und die Verantwortlichen beim Tourismusverband ebenfalls in Weihnachtsstimmung zu sein scheinen. Egglethwaite kann feiern.«

Aus der Zuschauermenge stieg Jubel auf, genauso wie bei uns vieren zu Hause.

»Ich glaube, du wolltest noch etwas sagen, bevor wir zum nächsten Programmpunkt kommen?« Harper hielt Stewart das Mikro hin.

»Ja«, sagte Stew und wirkte leicht verlegen. »Da schaut jemand zu, dem ich unbedingt etwas sagen muss, vor allem weil ich sie versetzt habe, um heute Abend hier zu sein.«

Er hielt etwas hoch, und die Kamera zoomte heran, bis ein kleiner silberner Stern zu erkennen war.

»Gute Idee. Mit Schmuck lassen sich Frauen am wirkungsvollsten besänftigen«, kommentierte Harper grinsend und erntete zustimmendes Gelächter.

»Das ist kein Geschenk. Das muss sie sich erst verdienen.«

»Was ist das?«, fragte Cameron verwundert.

»Ein Anhänger für ihr Armband«, erklärte Tom. »Stew hat es ihr zu Weihnachten geschenkt.«

»Und was hat es zu bedeuten?«

»Das wirst du bestimmt gleich erfahren. Warte es ab.«

»Schaust du zu, Lana Donati?«, ertönte wieder Stewarts Stimme aus dem Fernseher. »Dieser Anhänger gehört zu etwas, das du in ein paar Tagen mit der Post bekommen wirst. Dein Bruder und ich haben dich für den Studiengang Astronomie an der Universität von Lancashire eingeschrieben. Ein Fernstudium, das du neben deiner Arbeit machen kannst. Ich weiß, dass du damit deinen Dad stolz machen würdest.«

Mir verschlug es den Atem. »Nein. Das habt ihr nicht wirklich getan, oder Tommy?«

»Haben wir wirklich. Ich habe die nötigen Unterlagen aus deinem Zimmer geholt, dann haben wir dich angemeldet und die Studiengebühren fürs erste Jahr bezahlt.«

Ich warf mich auf ihn. »Du bist ein alter Geheimniskrämer, doch ich liebe dich.«

»Noch was?«, fragte Harper im Fernsehen und stieß seinen Cousin in die Seite. »Also los, sag es ihr. Unsere Zuschauer stehen auf Happy Ends.«

»Also gut.« Man sah deutlich, wie Stewart tief Luft holte. »Ich liebe dich, Lana. Heb mir was zu trinken auf, denn ich bin noch vor Mitternacht bei dir.«

Heftiger Jubel stieg auf, dann wurde Stewart ausgeblendet.

Epilog

Ich rüttelte Tom wach, der tief unter seiner Decke vergraben lag.

»Hey, alte Schlafmütze, aufwachen.«

»Warum«, murmelte er und war eindeutig noch ganz weit weg.

»Du Penner, heute findet das Rennen statt.«

Zwei Stunden später waren wir beide von Kopf bis Fuß in schreiendes Kanariengelb gekleidet und starteten unseren Rundgang durch Egglethwaite. Alle Anwohner, Vereine und Geschäftsleute hatten unermüdlich den Ort verschönert, und es gab kein Schaufenster an der Hauptstraße, das nicht eigens für das Rennen dekoriert war. Selbst der Bestatter hatte einen Grabstein mit Radmotiv in sein Fenster gestellt.

»Ist bei uns alles fertig?«, fragte ich Deano, der mit seiner neuen Freundin Shelley vor dem Restaurant stand und gelbe Wimpel an der Hausfront anbrachte.

»Fast«, sagte er und trat einen Schritt zurück, um sein Werk zu bewundern. »Ich glaube, dein Dad wäre begeistert. Das ist genauso versponnen, wie er oft war.«

Stew hatte sich redlich bemüht, für jeden, der ein

Rad dekorieren wollte, einen alten Drahtesel aufzutreiben, und ich war recht stolz auf die Szene, die unser bodentiefes Fenster schmückte. Deano hatte Sir Galahad in den Sattel gesetzt, mit einer Lanze unter dem Arm, als wollte er in dem gelben Trikot über der breiten Blechbrust nicht hoch zu Ross, sondern hoch zu Rad losstürmen zu einem Ritterturnier.

»Wer ist auf die Idee gekommen, die Lenkstange mit einem Geweih zu schmücken?«, erkundigte ich mich verwundert.

»Ich«, antwortete Shelley lachend. »Ich dachte, das ist irgendwie ziemlich abgespaced.«

»Sie ist voll die Künstlerin.« Deano tätschelte stolz ihren Hintern. »Wir haben uns im Töpferkurs kennengelernt.«

Sie kicherte. »Es war wie damals in *Ghost*. Er hat mir gezeigt, wo ich meine Hände hintun muss.«

»Kann ich mir lebhaft vorstellen«, spottete Tom.

»Und du kommst heute Nachmittag zurecht?« Da Tom und ich ziemlich lange weg sein würden, hatte Deano die Aufsicht über zwei Kellnerinnen und vier Aushilfen, die für diesen Tag eingestellt worden waren.

»Kein Problem, ich schaffe das mit links – immerhin darf ich endlich mal der Boss sein.«

Tom schlug Deano auf die Schulter. »Dann sehen wir uns später.«

Als wir uns abwenden wollten, zupfte Deano Tom am Ärmel. »Ach ja, ich habe Stew das Picknick für euch mitgegeben.«

Tom nickte. »Danke, mein Freund.«

Nachdem wir Stewarts Ladenfront mit den auf Hochglanz polierten Radständerärschen und dem umstrickten Herbert im Fenster inspiziert hatten, wanderten wir weiter die Straße hinunter, vorbei an einem Blumenbeet, das der Gartenverein aus blühenden Petunien kreiert hatte und das mit seinen rot-weiß-blauen Streifen die französische Trikolore darstellte. Flankiert wurde das Beet zu beiden Seiten von mehreren gelb lackierten Fahrrädern, einem Werk der von Stewart und mir gegründeten Kinderradsportgruppe.

Immer mehr Touristen trafen ein, die über die Straßen schlenderten und die Schaufenster bewunderten. Jede Pension, jeder Campingplatz in der Gegend war seit Tagen mit Radrennenthusiasten belegt.

»*Bonjour*«, begrüßte Billy uns, als wir einen kurzen Abstecher in den Pub machten.

Mit Baskenmütze, Streifenpullover und einer Zwiebelkette verkleidet, sah er aus wie die Karikatur eines Franzosen. Im Hintergrund plärrte *Bicycle* von Queen aus den Lautsprechern.

»Ich hoffe, du beleidigst mit deinem Aufzug nicht sämtliche Franzosen«, zog Tom ihn auf, während ich missmutig den Kalender anstarrte, der hinter der Bar hing und mich als Miss Juli abbildete.

»Musstest du den aufhängen?«, beschwerte ich mich. »Das sind nicht mal meine echten Beine.«

»Keine Angst, meine Hübsche. Niemand schaut auf deine Beine«, versicherte Billy grinsend und nickte zu meinem Oberkörper hin. »Hauptsache, die sind echt.«

»Charmant wie immer«, erwiderte ich sarkastisch. »Du bist einsatzbereit?«

»Und wie. Gratis Baguette mit Camembert für alle, die *Marseillaise* im CD-Player und ein Sortiment von französischen Weinen und Bieren hinter der Bar. Ich hoffe, heute Nachmittag gibt's hier nur noch Stehplätze.«

Ich klopfte ihm auf den Arm. »Wenn alles gelaufen ist, kommen wir auf einen Drink vorbei.«

Nachdem wir den Pub verlassen hatten, begutachteten wir die Schaufenster der verschiedenen Läden. Jean vom Blumengeschäft hatte einen Buchsbaum zu einem Rad gestutzt, das Café wartete mit einer idyllischen Picknickszene auf, die um ein altertümliches korbbehängtes Rad im Stil der Fünfzigerjahre arrangiert war, und auch die anderen Geschäftsleute hatten sich ihren Möglichkeiten entsprechend bemüht. Zudem schauten wir bei den Kirchen vorbei, um sicherzugehen, dass die Glocken genau in dem Augenblick geläutet wurden, wenn der Peloton vorbeifuhr. Sämtliche Kirchen auf der Strecke zwischen York und Sheffield würden auf diese Weise das Großereignis begleiten.

Weiter ging es zum Viadukt, wo Sue, Gerry und Yolanda mit Dekorieren beschäftigt waren.

»Fall bloß nicht runter«, ermahnte ich Gerry, der sich gerade weit über die Brüstung beugte und riesige Wimpel auf der Außenseite anbrachte. »Ein tödlicher Unfall würde sich nicht sonderlich gut machen.«

Sue schnaufte verächtlich. »Ach, spar dir die Mühe,

Lana, der lässt sich nichts sagen. Er will um jeden Preis, dass man sogar von der Raumstation aus seine kostbaren Wimpel sieht. Selbst schuld, wenn er sich dabei den Hals bricht.«

»Ist das derselbe Gerry, der die ganze Sache für eine Schnapsidee hielt und lediglich über drohende Nervenzusammenbrüche bei seinen Schafen lamentierte?«, warf Tom ein.

»Ha!«, kam Sue einer Antwort ihres Göttergatten zuvor. »Inzwischen verdient er ja daran. Wir machen ein kleines Vermögen, indem wir unsere Felder an die Camper vermieten. Der Weg zum Herzen eines Yorkshire-Mannes führt eben durch seine Brieftasche.«

»Wo ist Yo-yo?«, erkundigte ich mich.

»Da drüben.« Sue deutete auf Yolanda, die sich zur Feier des Tages das Haar yorkshireflaggenblau gefärbt hatte und mit einem mir unbekannten Mann das andere Ende des Viadukts mit Wimpeln schmückte.

»Wer ist der Typ?«

»Ihr neuester Fang. Neffe von jemandem aus ihrem Bridgeclub.« Sue verdrehte den Kopf. »Sie sollte allmählich kürzertreten.«

»Ach was. Die wird das so treiben, bis sie neunzig ist«, widersprach Tom. »Und das ist gut so. Was wäre Egglethwaite ohne eine Yo-yo, die jeden Mann anzubaggern versucht?«

»Und wo wollt ihr zwei jetzt hin? Zum Pagans' Rock?«

»Genau. Es wird Zeit für Tommys Picknick.«

»Ach ja. Das Picknick.« Sie gab uns einen Kuss auf die Wange. »Dann viel Glück.«

Gerry umarmte uns ebenfalls. »Das hier habt ihr gut gemacht, Kinder«, lobte er. »Damit habt ihr echt Geschichte geschrieben. Wenn Rodge sein nächstes Buch verfasst, seid ihr mit drin.«

»Alles möglich – verrückt, wie das alles gelaufen ist.« Ich stupste Tom an. »Komm schon, bester Bruder aller Zeiten. Unsere Männer erwarten uns.«

Oben am Pagans' Rock nahmen Cam, Stew und Flash ein Sonnenbad auf einer ausgebreiteten Decke, in deren Mitte ein offener Korb stand.

»Habt ihr etwa ohne uns zu essen angefangen?«, sorgte sich Tom sogleich.

»Bloß ein paar Oliven, mehr nicht«, erklärte Cameron schuldbewusst.

Ich ließ mich vor Stewart nieder, und er rutschte ein Stück vor, sodass er von hinten die Schenkel um mich schließen konnte. Es war unsere liebste Sitzposition, denn sie erlaubte ihm, meinen Hals zu küssen, wann immer ihm danach war, oder meine Brust zu befummeln, wenn niemand hinsah. Beides tat er so oft wie möglich.

»Wie schaut's unten aus?«, wollte er wissen.

»Super, sehr französisch. Vor allem Billy hat den Vogel abgeschossen.«

»Und der Viadukt?«

Ich grinste. »Yo-yo hat einen armen Burschen hochgeschleift, der ihr beim Schmücken helfen muss. Wir können nur hoffen, dass sie später nicht vor laufender Kamera rummachen. In etwa einer Stunde dürfte es so weit sein.« Ich nickte zum Viadukt hin, an dem Gerrys Riesenwimpel im Wind flatterte. »Offenbar wurden bereits die Tore geöffnet. Sieht aus, als würden die ersten Zuschauer eintrudeln.«

»Wie sieht es bei euch mit dem Picknick aus?«, wechselte Stewart das Thema. »Deano hat ein paar Flaschen eingepackt, falls euch das nicht zu früh ist.«

»Es ist mit Sicherheit zu früh«, erwiderte ich und zog den Korb zu mir heran, um meine Behauptung von wegen zu früh ad absurdum zu führen. »Eine besondere Gelegenheit allerdings erfordert besondere Maßnahmen«, sagte ich und schnappte mir wahllos eine Flasche.

Kurz darauf prosteten wir uns mit unseren Gläsern übermütig zu. »In diesem Sinne auf die gute Arbeit und darauf, dass wir so tolle Leute sind. Und geniale dazu, so wie wir das mit vereinten Kräften gedeichselt haben«, lobte ich uns grinsend über den grünen Klee.

»O mein Gott«, keuchte Cam nach dem ersten Schluck. »Was ist denn das? Das Zeug haut ganz schön rein.«

Stewart lachte. »Das ist Champagner vom Feinsten. Eine Spende von Harper, damit wir auf unseren Erfolg gebührend anstoßen können.«

Ich nahm ebenfalls einen Schluck und verzog das Gesicht. »Wow, echt stark?«

Stew grinste. »Er stellt eben an seine bevorzugten Getränke die gleichen Anforderungen wie an seine

Frauen. Überschäumend, mit vollem Körper und überteuert.«

»Sei nicht gemein.« Ich stupste ihn an. »Denk dran, was wir Harper zu verdanken haben.«

Tom räusperte sich, wandte sich Cameron zu und nickte zu einer Schale auf der Picknickdecke hin. »Probier mal den Hummus.«

Cam wehrte sofort ab. »Nein danke. Ich bin kein großer Hummusfan.«

»Das ist kein normaler Hummus, sondern Deanos Spezialrezept. Ernsthaft, den musst du probieren.«

Als Cam sich weiter zierte, wurde Tom ungeduldig. »Das ist ein Hammerhummus, glaub mir.«

Ich stöhnte. »Jetzt mach zu, Cam. Probier das Zeug, sonst gibt Tom keine Ruhe.«

Widerwillig griff er nach der Schale und probierte. »Da ist was drin«, stieß er hervor und beäugte argwöhnisch den Hummus.

»Das will ich schwer hoffen, sonst habe ich nämlich einen Haufen Geld umsonst zum Fenster rausgeworfen.«

Endlich angelte Cameron den schlichten Silberring aus Deanos Kichererbsendelikatesse und betrachtete ihn.

»Wenn er dir nicht gefällt, beschwer dich bei Lana, die hat ihn ausgesucht.«

»Er gefällt mir«, hauchte Cam andächtig. »Sehr sogar.«

»Und steckst du ihn dir an?«

»Er ist ein bisschen verschmiert.«

»O Mann, du bist vielleicht eine Diva. Leck ihn ab oder was weiß ich.«

Stewart beugte sich zu mir herüber. »Wurde ich gerade Zeuge des unromantischsten Antrags aller Zeiten?«

»Sieht so aus.«

Lächelnd zog Cameron Tom zu sich heran. »Du bist absolut romantisch und ein süßer Spinner«, flüsterte er und küsste ihn.

»Ist das ein Ja?«, fragte Tom leise und strich Cam die Haare aus dem Gesicht.

»Natürlich ist das ein Ja, was denkst du denn?«

Nachdem das Liebesdrama der beiden endlich ein gutes Ende gefunden hatte, lagen wir faul in der Sonne, plauderten und fütterten Flash mit Picknickresten, bis Cameron sich wie elektrisiert aufrichtete.

»Hey! Ich glaube, sie kommen.«

Aufgeregt spähten wir hinüber zum Viadukt. Die dort versammelte Menge jubelte frenetisch und schwenkte Trikoloren und Yorkshire-Flaggen. Und tatsächlich brauste wenige Sekunden später der erste Radfahrer in einem leuchtend gelben Trikot vorbei, dicht gefolgt vom Peloton. Es war ein kurzer Farbenblitz, dann waren alle wieder verschwunden. Wie ein flüchtiger Spuk. Irgendwie kam es mir merkwürdig vor, dass nach den vielen Monaten voller Arbeit und Mühen diese paar Minuten alles gewesen sein sollten.

»Da sind deine Helikopter, Lana.« Tom deutete nach oben, wo mehrere Hubschrauber das Rennen aus der Luft verfolgten.

»Nibali«, hörte ich Stewart murmeln. »Der Glückliche. Ob er wohl vorn bleibt?«

Ich nahm seine Hand. »Alles okay, Schatz?«

»Ja, wenngleich es für mich nach wie vor ein bisschen komisch ist, sie so vorbeifahren zu sehen. Schließlich war es mal mein größter Traum, dieses Trikot zu tragen. Und noch dazu in meinem Heimatland, das wäre zu schön gewesen.«

Ich drehte mich um und sah ihn an. »Fehlt es dir sehr?«

»Nicht mehr so wie früher. Ich hätte nie geglaubt, dass ich je wieder etwas finde, was mir ein Gefühl von Lebendigkeit gibt wie das Radfahren.« Er wickelte eine Strähne meines Haares um seinen Finger. »Bis ich diesem Mädchen begegnet bin.«

»Was für einem Mädchen?«

»Einfach einem Mädchen. Dem unglaublichsten, perfekt unperfektesten Mädchen der Welt. Und wenn ich an sie denke, fühle ich das Gleiche wie beim Radfahren. Als würde ich fliegen und als würde mich nichts aufhalten können. Mit dem Unterschied, dass dieses Gefühl viel sexyer ist, weil sie mich dazu total scharfmacht.«

»Du unverbesserliche Schwärmerseele.« Ich drückte einen Kuss auf seine Lippen. »Ich liebe dich, Stew.«

»Ach ja, dabei fällt mir was ein«, sagte er und wühlte in seiner Jackentasche. »Den hier hast du dir wahrhaftig verdient.«

Er überreichte mir den silbernen Sternenanhänger, den er mir vor einem halben Jahr an Neujahr gezeigt hatte.

»Tom hat es dir erzählt?«

Ich wurde rot, als ich ihn an dem Armband befestigte, das ich inzwischen ständig trug.

»Ja, eine Wahnsinnsleistung. In allen Prüfungen die Beste. Ich hatte ja keine Ahnung, dass die Dame meines Herzens eine Siebengescheite ist.«

Ich lachte.

»Und ist es das, was sich euer Vater von dir, von euch gewünscht hätte?«

»Ja. Wobei es ihm im Grunde nicht um Äußerlichkeiten ging. Obwohl ihm das Viadukt am Herzen lag und er sich über unseren Einsatz gefreut hätte, war ihm anderes wichtiger, das ist mir inzwischen klar geworden.«

Ich nickte zu Tom und Cameron hin, die aneinandergekuschelt in ihrer privaten kleinen Welt versunken waren.

»Die beiden dort. Und wir zwei.« Ich zeichnete mit der Fingerspitze zärtlich Stews Ohr nach und tauchte in diese tiefgrauen Augen ein. »Wir sind Dads Vermächtnis, darüber hat er in seinem Nachruf geschrieben. Er wollte, dass seine Kinder sich verlieben und glücklich werden und damit die Welt zu einem besseren Ort machen.«

»Und bist du glücklich?«

»Glücklicher als je zuvor in meinem Leben.«

»Und bist du verliebt?«

»Das weißt du genau. Zum ersten und zum letzten Mal.«

»Und du gehörst mir. Oder?«

»Ja, Stew. Ich gehöre dir.«

»In diesem Fall gestatte ich dir, mich zu küssen.«

Genau als Stewarts Lippen auf meine trafen, begannen die Kirchenglocken zu läuten und mischten sich mit dem Jubel und Applaus der Zuschauer auf dem Viadukt. Und in diesem Moment war es, als würde die Welt allein uns zujubeln.

Danksagung

Zuallererst möchte ich meiner Agentin Laura Longrigg bei *MBA Literary Agents* danken, die mich auf die Idee brachte, ein Buch zu schreiben, das während des Grand Départ in Yorkshire spielt, und die sich seither unermüdlich für meine Geschichte starkgemacht hat. Mein zweiter großer Dank gilt Sir Gary Verity und dem Team von *Welcome to Yorkshire,* ohne dessen Einsatz und Enthusiasmus Yorkshire nie ein so großes historisches Ereignis hätte ausrichten dürfen, sodass jemand wie ich nie darüber hätte schreiben können.

Ein riesiger Dank gilt ferner dem Team von *Mirror Books*: Paula Scott, Jo Sollis und Cynthia Hamilton, die sich so hartnäckig dafür eingesetzt haben, meine geliebten Figuren das Licht der Welt erblicken zu lassen, und mit denen es so angenehm zu arbeiten ist.

Ein großer Dank gilt auch allen, die geholfen haben, die Geschichte in Form zu bringen, vor allem meinen Lektorinnen Annabel Wright und Donna Cordon bei *Whitefox,* außerdem meiner Agentin Laura sowie meinen Testleserinnen Kate Beeden, Toni Armitage und Mark Anslow, die bereitwillig und unentgeltlich ihre Zeit geopfert haben, um mein Geschreibsel zu lesen und zu kommentieren. Sie waren alle eine immense Hilfe und dürfen für sich in Anspruch nehmen, die Geschichte um mindestens neunzig Prozent besser gemacht zu haben.

Nicht vergessen darf ich zudem all die fabelhaften, eifrigen Blogger, die ihre Zeit opfern und so fantastisch dazu beitragen, uns Autorinnen bei der Vermarktung ihrer Bücher zu helfen. Wir wissen das sehr zu schätzen, und zwar alle. Vielen Dank.

Ein Ritterschlag meinen schreibenden Freundinnen on- und offline, vor allem den reizenden Ladys aus der Facebook-Gruppe der *Wordcount Warriors,* meinen Kolleginnen von *Authors on the Edge*, die sich wie ich auf Liebesromane aus dem Norden Englands spezialisiert haben, und dem gesamten *Airdale Writers' Circle*. Danke für all die Aufmunterung, die Anmerkungen und die Unterstützung in den letzten Jahren.

Meine Familie mitsamt Quasi-Schwiegerfamilie war so verständnisvoll wie immer, wenn ich wieder mal in die Schreibklause (auch bekannt als vorderes Schlafzimmer) verschwand, um zu schreiben und umzuschreiben und zu schreiben und umzuschreiben und zu schreiben und wieder umzuschreiben: Ich danke allen Firths, Brahams und Anslows gleichermaßen. Ihr Katzen hingegen wart kein bisschen verständnisvoll, darum danke ich euch für gar nichts, trotzdem liebe ich euch. Und natürlich danke ich meinem Partner und Erstleser Mark, der mich zu all meinen romantischen Helden inspiriert – meint er zumindest.

Eine Umarmung und ein Freibier für alle meine

Freunde, allen voran Kate Beeden, Nigel und Lynette Emsley, Bob Fletcher und Amy Smith – ebenso wie Billy Connolly für die Schöpfung von Stewarts frechen Fahrradständern. Danke, Billy. Und desgleichen meinen so duldsamen Kolleginnen bei *Country Publications Ltd.* Ohne euch hätte ich das nie geschafft.

Habe ich jemanden vergessen? Irgendjemanden vergesse ich immer. Ähm: *Wilsden Band,* danke für die Euphoniumstunden. *Rylstone WI,* die Pioniere der Nacktkalender. *Queen,* die Band, nicht die Königin. Alle Orte, die Egglethwaite und seine Umgebung inspiriert haben: der Hewenden-Viadukt, der Druids'-Altar, Laycock, Heptonstall, Haworth, Harden, Wilsden und viele andere. Und die Menschen von Yorkshire, die schon immer der größte Schatz unseres Landes waren.

Okay, das war's.

Über Neuanfänge, Freundschaft und Liebe – wer Nora Roberts mag, wird Debbie Macomber lieben!

416 Seiten. ISBN 978-3-7341-0190-8

Es ist Sommer geworden im Städtchen Cedar Cove. Jo Marie Rose, die Besitzerin des Rose Harbor Inn, verbringt die meiste Zeit im Garten – zusammen mit Mark Taylor, der ihr bei der Instandhaltung zur Hand geht. Und obwohl sie allen, und auch sich selbst, versichert, dass Mark nur ein Freund ist – sie muss ständig an ihn denken. Auch ihre Gäste haben mit ihren Gefühlen zu kämpfen: Ellie Reynolds ist in Cedar Cove, um sich mit einem Mann zu treffen, der ihr gehörig den Kopf verdreht hat. Maggie und Roy Porter wollen ihren Urlaub nutzen, den Funken zurück in ihre Ehe zu bringen. Was werden die lauen Nächte für sie alle bereithalten?

Lesen Sie mehr unter: **www.blanvalet.de**

Über Neuanfänge, Freundschaft und Liebe – wer Nora Roberts mag, wird Debbie Macomber lieben!

416 Seiten. ISBN 978-3-7341-0191-5

Jo Marie Rose hat nach einem schweren Schicksalsschlag in dem beschaulichen Küstenstädtchen Cedar Cove einen Neuanfang gewagt. Mit ihrer Pension, dem Rose Harbor Inn, steht sie nun vor einer neuen Herausforderung: Als Erinnerung an ihren verstorbenen Mann will sie einen weitläufigen, üppigen Rosengarten anlegen. Hilfe erhält sie dabei von Mark, einem begabten Handwerker, in dessen Gesellschaft sie sich fast schon gefährlich wohl fühlt. Doch auch ihre neuen Gäste halten Jo Marie in Atem, denn Mary und Annie tragen beide ein Geheimnis mit sich herum, dessen Grundsteine in Cedar Cove liegen …

Lesen Sie mehr unter: **www.blanvalet.de**